ANGELINA

MÉMOIRES D'UN EXPERT PSYCHIATRE

Hugo Poche

SUSPENSE

À toutes les personnes
pour qui l'enfermement psychologique
est une prison, et à toutes celles chargées
de statuer sur leur devenir.

PROLOGUE

Je suis Adam.

Clarice Starling, pour certains. Vous savez, la jeune stagiaire engagée pour interroger un prisonnier de Baltimore ayant commis de nombreux meurtres et actes de cannibalisme.

Docteur Hannibal Lecter, pour d'autres. Justement ce fameux prisonnier-psychiatre incarnant l'intelligence du mal. Il faut croire que l'équipe de production du Silence des agneaux *est passée à côté de quelque chose en m'évinçant du casting. Peut-être parce que j'avais trop de poils au menton pour jouer Clarice et pas assez de sang entre les dents pour la seconde option. Toujours est-il que je remercie le grand écran ! L'autre jour, l'un de mes amis m'a dit qu'il avait eu une révélation, qu'il avait enfin compris mon métier. Évidemment ! Il venait de visionner* Mindhunter. *Que ferions-nous sans la fiction ? Je vous le demande.*

Je suis le docteur Jacuri.

Un expert psychiatre dont la vie ne ressemble pas en tout point aux idées véhiculées par le cinéma. Je suis avant tout psychiatre. J'exerce à l'hôpital et je suis médecin chef d'un service médico-psychologique régional, ou SMPR. C'est une unité de soins en santé mentale présente au sein d'un établissement pénitentiaire, permettant d'accompagner les détenus souffrant de troubles psychologiques. En plus de cela, je suis inscrit sur la liste des experts près la cour d'appel de Lyon. Je suis donc parfois sollicité par la justice pour évaluer l'état psychologique d'une personne ayant commis une infraction. Je peux intervenir à différents niveaux du parcours judiciaire. Mais, ce qui vous intéresse, j'imagine, c'est de savoir comment se passe un entretien avec un tueur. Je vous dis cela parce que voici ce que j'entends le plus au quotidien : Que votre métier doit être passionnant ! J'aurais tellement aimé faire ce que vous faites ! Rencontrer des tueurs doit être si terrifiant et intrigant à la fois. Vous ne craignez pas de devenir fou à côtoyer le mal tous les jours ? C'est un métier dangereux ? Que ressentez-vous face à eux ? De la fascination, de la peur, de la haine ? Ils vous donnent les détails des horreurs qu'ils ont commises ? Allez, Adam, raconte ! Dis-nous les pires atrocités que tu as entendues.

Ne souriez pas trop... je sais que, vous aussi, vous attendez de lire des abominations, de découvrir des faits qui dépassent l'entendement, de laisser l'adrénaline emplir vos veines, de ressentir une intensité émotionnelle, de satisfaire cette curiosité malsaine profondément humaine.

Vous vous dites : pourvu que l'insoutenable noircisse les pages à venir, que des détails croustillants soient distillés si finement qu'il sera impossible d'arrêter votre lecture.

Vous vous demandez : jusqu'où va pouvoir m'emmener cet homme qui a croisé le pire de l'âme humaine ?

J'ai envie de vous répondre : là où vous êtes prêt à me suivre. Certains tueurs m'ont entraîné vers des profondeurs d'où je n'étais pas sûr de remonter indemne.

Je suis Adam Jacuri.

Un homme de soixante-deux ans, proche de la retraite, qui aimerait s'autoriser à vivre sereinement les quelques années qui lui restent aux côtés de sa femme Lucille. Pour parvenir à le faire, je crois qu'il était inévitable que j'extériorise les démons qui ont hanté ma longue vie professionnelle. Alors, je vais vous en confier quelques-uns dans ce livre, en espérant que cela ne vous empêche pas trop de dormir...

PARTIE I

PARTIE I
Les racines du passé…

« Le passé est un prologue. »

William Shakespeare

CHAPITRE 1

Huelgoat, le 1er février 2023

– Ah ! Enfin, je te trouve, souffle Lucille en poussant la porte d'une dépendance aménagée en bureau. Mais que fais-tu ? Nous avions dit que nous allions au marché, ce matin. Tu te souviens que Gilles et Patricia viennent ce soir ?

– Oui, bien sûr, je m'en souviens. Je suis prêt ! s'amuse Adam en se levant de son fauteuil et en écartant les bras pour tourner comme un mannequin devant sa femme.

– Tu es un idiot, ricane-t-elle. Regarde-toi, tu as les cheveux tout ébouriffés, ajoute-t-elle en passant la main dedans. Et ta chemise ! Elle est froissée et tu es tout débraillé.

– Ce sont les vacances, soupire-t-il avec un sourire. Et puis, on est à la campagne, j'ai le droit d'être un peu décontracté, non ? Tu sais, si on passe notre retraite ici, tu ne me verras pas en costard tous les jours, il va falloir t'y faire.

Lucille le regarde avec malice et tendresse, et secoue légèrement la tête.

– Bon, d'accord. Regarde, je vais mettre ça sur mes épaules. Hop ! dit-il en prenant son pull bleu ciel sur le dossier du fauteuil. Un petit nœud devant. Je me coiffe, ajoute-t-il en plaquant ses cheveux blancs hirsutes. Et voilà, un vieux distingué. Ça te va mieux ? On peut y aller ? À moins que ma barbe aussi soit mal coiffée ?

– Tu es incorrigible. Que faisais-tu avant que j'arrive ?

– Le livre, tu sais…

– Comment ça ? Ah, non ! Tu m'avais dit que tu n'aurais rien à faire après toutes les heures consacrées à l'écrivaine pour lui relater ta vie. Je ne veux pas que tu t'enfermes ici pendant tes vacances.

– Mais tu es bougon, ce matin, dit-il en prenant le visage de sa femme entre ses mains. Fais voir, ajoute-t-il en la fixant dans les yeux. Ouh ! Oui, ça ressemble à des yeux de pas contente, ça. Alors, rassure-toi. J'avais juste le prologue à écrire, et je l'ai fait.

– Ah oui ? Tu me le fais lire ?

– Ah, non ! Je ne veux pas que tu t'enfermes ici pendant nos vacances ! l'imite-t-il.

– Idiot et pénible ! s'esclaffe-t-elle.

– Oui, mais les poireaux sont en train de nous appeler depuis les étals, écoute !

Lucille pouffe en sortant de la dépendance. Adam referme son ordinateur portable et verrouille la porte derrière lui avant d'inspirer à pleins poumons l'air breton.

En fin d'après-midi, les amis d'Adam et Lucille arrivent, les bras chargés. Bouteilles de vin, boîte de pâtisseries, bouquet de fleurs.

– Vous êtes fous, lance Lucille avec reconnaissance.

– Je vais vous inviter plus souvent, rebondit Adam.

– Arrête ! grince Lucille en lui donnant une petite tape sur le côté.

– Elle dit ça, mais elle n'en pense pas moins, continue à plaisanter Adam. Allez, entrez donc.

– Je disais à Gilles, en arrivant, que je rêverais d'une maison comme la vôtre ! s'émerveille Patricia. Perdue au milieu de nulle part. La rivière, le vallon verdoyant, toutes vos dépendances… c'est magnifique.

– Gilles, tu peux bien offrir ça à ta femme ! lance Adam. Un médecin, ça doit avoir les moyens, quand même.

– Moins qu'un expert psychiatre.

– Tu sais combien je suis payé pour faire une expertise ?

– Non ! s'interpose Lucille. Vous n'allez pas repartir là-dessus. La guéguerre de celui qui est le moins bien rétribué, on s'en fiche. On veut passer une bonne soirée, n'est-ce pas Patricia ? D'autant que sans moi, tu ne l'aurais pas, cette maison, idiot !

Les deux hommes rigolent en échangeant un regard complice.

– Au fait, Adam vous a dit qu'il comptait publier ses mémoires ? demande Lucille.

– Tu ne viens pas de dire que tu voulais passer une bonne soirée ? rétorque-t-il.

– Mais que tu es agaçant ! Tu n'arrêtes donc jamais ?

Gilles sourit et hausse les sourcils.

– Ça fait quarante ans qu'on se connaît, dit-il. Ça fait quarante ans qu'il n'arrête pas.

– Et c'est pour ça qu'on l'aime ! réplique Patricia.

– Tu sais que parfois, je me le demande, plaisante Lucille.

– Bon ! ponctue Gilles. Tu nous racontes l'histoire de ce livre ? Enfin, quand tu nous auras servi un verre.

Les deux couples sont installés devant la cheminée. L'odeur du feu, mêlée à celle des pierres et du bois des poutres, crée une ambiance chaleureuse qui plonge Lucille dans les souvenirs de son enfance. Sans s'en rendre compte, elle ferme les yeux et inspire longuement.

– Ça va ? s'inquiète Patricia.

– Oui, se délecte-t-elle. J'aime ces moments, cet endroit, ces odeurs.

– Je te comprends. Quelle chance vous avez.

– Certainement…

– Quelles histoires as-tu envie de raconter dans ce livre, alors ? demande Gilles à Adam.

– J'ai déjà exposé pas mal de choses à l'auteure. Elle va sûrement choisir les plus…

– Exceptionnelles, suppose Gilles.

– Oui, soupire Adam. C'est drôle, je me dis que plus ce sera choquant et plus ça aura de chances d'intéresser le lecteur. C'est un peu effrayant, non ? Ça en dit long sur notre société, je trouve.

– Ça ne date malheureusement pas d'aujourd'hui. La fascination pour le morbide. L'attrait qui entre en conflit avec le dégoût, et qui agit comme une force invisible nous poussant à ouvrir un œil derrière nos doigts écartés.

– Mais toi, Adam, intervient Patricia. Ce que tu retiens de ta vie professionnelle, c'est quelque chose de choquant ?

– Non, répond automatiquement Adam avant de baisser les yeux pour réfléchir.

Un silence s'installe. Tout le monde semble suspendu aux lèvres d'Adam et le sérieux a pris le pas sur la légèreté du début de soirée.

– Certains actes m'ont énormément choqué, oui, reprend Adam au bout d'un moment. Certains criminels m'ont perturbé. Mais, ce que je retiens, c'est tout ce que cette expérience m'a apporté. Chercher à comprendre le mal et à décortiquer les mécanismes psychologiques nous guide vers une meilleure connaissance de l'humain, inévitablement, et de la société dans laquelle nous évoluons, également. Tu vois, ma chérie, dit-il à Lucille en se penchant par-dessus son fauteuil pour lui saisir la main, parler de mon livre ne rend pas la soirée très gaie.

– Comment va Lou ? tente de dévier Patricia.

Adam lâche la main de sa femme et se renfrogne dans son fauteuil.

– Bien, s'empresse Lucille. Elle va bien.

– Elle fait la gueule à son vieux père, ronchonne Adam.

– S'il te plaît, pas maintenant.

– Pourquoi ? Qu'y a-t-il de mal à le dire ? C'est un fait. La justice et la psychiatrie ne font pas toujours bon ménage, nous le savons tous.

– Que s'est-il passé ? s'intéresse Gilles en reposant son verre sur la table basse pour concentrer son attention sur son ami.

– Une avocate et un expert psychiatre, il fallait se douter qu'un jour, ça provoquerait un conflit. Une affaire dans laquelle elle défendait la partie civile. En s'appuyant sur mon travail, le tribunal a conclu à l'irresponsabilité pénale de l'auteur. Il n'y a donc pas eu procès. La victime et sa famille l'ont très mal vécu. Lou me l'a reproché et elle m'en veut toujours.

– Elle a le droit d'en vouloir à l'expert, répond Patricia, mais pas à son père.

– Il est difficile de dissocier les deux, affirme Lucille. C'est parfaitement humain, non ? dit-elle en regardant Adam pour jauger sa réaction.

– Tu lui en veux d'avoir réagi ainsi ? demande Gilles à Adam.

– Non, bien sûr que non. Lou est une excellente avocate, totalement investie dans sa mission. Il est parfaitement logique qu'elle trouve cela injuste. Moi-même, il m'arrive de me poser la question du bien-fondé de ma fonction. Quand on voit ce qui nous est demandé en expertise post-sentencielle par exemple, on se demande jusqu'où la justice compte nous faire porter la responsabilité du sort des détenus. Ce n'est pas parce que je suis psychiatre depuis un peu plus de trente ans que je me sens légitime à prédire le comportement d'un individu. Nous devons statuer sur la dangerosité et le risque de récidive. Parfait. Donc, si on estime que l'individu présente peu de risques de repasser à l'acte, il est libre à la fin de sa période d'emprisonnement. S'il récidive, nous sommes pointés du doigt. Le plus sûr serait donc de faire un rapport dans le sens d'une dangerosité toujours accrue. La personne sera alors placée en rétention de sûreté. La société sera tranquille, mais nous, nous aurons sur la conscience le fait d'avoir concouru à l'emprisonnement par anticipation, parce que si ça se trouve, l'individu en question n'aurait jamais récidivé.

Face au silence et aux regards rivés sur lui, Adam hoche la tête et sourit.

– Vous les voulez, mes cas de conscience ? dit-il avec une énergie qui réveille la pièce. Je vous les offre. Bien ! Sur ce, l'apéro étant foutu, je vous propose de venir savourer le repas en laissant les sujets pourris dans le panier devant la cheminée.

CHAPITRE 2

Le 2 mars 2023

Adam a dû écourter ses vacances de quelques jours. Sur le chemin du retour vers Lyon, il ne sait pas comment briser la glace avec Lucille qui regarde le paysage défiler par la vitre. Il a reçu une réquisition d'un juge d'instruction pour effectuer une expertise en maison d'arrêt. Vu la gravité des faits et l'état psychologique instable de l'auteur placé en détention provisoire, Adam veut préparer au mieux le dossier avant de rencontrer le criminel. Lucille a tenté de le convaincre de rester dans leur maison secondaire, et de se faire envoyer les documents, mais il a préféré rentrer, se sentant incapable de travailler avec sérieux dans son repaire de détente.

– T'es-tu seulement demandé si je n'avais pas réellement besoin de rester en retrait de notre vie quotidienne encore un peu ? finit par demander Lucille.

– Tu sais que je ne le fais pas de gaieté de cœur.

– Ce n'est pas ma question.

– Qu'aurais-tu voulu que je fasse ? Tu sais ce qu'a fait cet homme. On en a suffisamment parlé aux informations. Il y a un caractère d'urgence.

– Il est en détention provisoire. Qu'y a-t-il de si urgent ? Il ne risque pas de mettre en danger nos concitoyens.

– Il ne supporte pas la détention. Ses troubles s'intensifient. Il risque de se mettre lui-même en danger.

– Tu es en train de me dire que l'urgence, c'est de le protéger ?

– De cerner ce qui est le plus adapté pour lui.

– Tu es inquiet pour un homme qui a massacré une femme ? s'effare Lucille.

– Ce n'est pas comme ça qu'il faut voir les choses, souffle Adam.

– Pourtant, c'est ainsi que tu me les présentes. Tu me dis rentrer en urgence afin de trouver ce qu'il y a de mieux pour lui sans te demander ce qu'il y a de mieux pour moi.

– Ce n'est absolument pas comparable.

– Tu as raison, je dis n'importe quoi. Excuse-moi.

– Nous aurons bientôt tout le temps pour profiter de nous.

– Certainement…

La radio s'interrompt pour laisser place à la sonnerie du téléphone dans l'habitacle. Le nom de

Jessie Maure s'affiche sur l'écran central. Adam accepte l'appel.

– Bonjour Jessie, merci de me rappeler aussi vite.

Lucille le regarde avec un air surpris.

– Bonjour Adam, entend-elle dans les haut-parleurs. Comment allez-vous ?

– Bien, je vous remercie. Je ne sais pas où vous en êtes dans la planification du manuscrit, mais je viens d'être réquisitionné pour une affaire qui pourrait faire l'objet d'un chapitre, je pense.

Lucille fusille son mari du regard. Il le sent du coin de l'œil, mais choisit de l'ignorer.

– Il faudra bien sûr attendre qu'une décision de justice soit prise avant de pouvoir en parler, mais je préfère vous prévenir pour que vous gardiez cela à l'esprit et que vous réserviez une petite place dans le livre.

– Pouvez-vous au moins me dire de quoi il s'agit ?

Lucille secoue la tête en essayant d'attirer l'attention de son mari.

– Une affaire récente et très médiatisée, répond-il. Je dois expertiser l'auteur présumé du meurtre la semaine prochaine.

– Il s'agit de quelle affaire ?

Cette fois, Lucille donne une tape sur la cuisse de son mari et fronce suffisamment les sourcils pour qu'il capte le message.

– Je vous rappellerai quand je pourrai vous en dire davantage.

Lucille fulmine sur le siège passager et attend à peine la fin de la communication pour lancer la joute verbale.

– À quoi joues-tu au juste ? attaque-t-elle. Tu te fiches de moi ! Déjà, depuis quand vous appelez-vous par vos petits prénoms ?

– C'est donc ça ? ricane-t-il. Tu es jalouse ? Mais enfin, c'est ridicule.

– Je n'ai aucune envie de plaisanter, garde ton humour pour un autre jour. Et non, ce n'est pas ça le problème. Depuis quand es-tu entré dans le jeu que tu combats habituellement ?

– Je ne comprends pas ce que tu veux dire.

– Ce livre devait être une façon de présenter la réalité de ton métier pour contrer les clichés trop largement répandus dans les médias et les fictions. Tu devais repousser le sensationnel, expliquer, faire comprendre que derrière un criminel, il y a un psychisme en perdition. Je me trompe ?

– Non, tu as raison.

– Alors, qu'es-tu en train de faire ? Tu n'as même pas rencontré l'homme qui a commis ce crime abominable, mais tu appelles déjà l'auteure pour lui dire que ça risque d'être intéressant. Tu te bases sur quoi, si ce n'est sur l'atrocité des faits qui pourra captiver le lecteur ?

– Je lui ai juste dit de garder l'idée au chaud. Ça ne mènera peut-être nulle part.

– En attendant, je te demande de faire attention. Si tu te perds dans ce projet, si l'objectif t'aveugle sur tes valeurs ou si l'auteure t'influence pour gagner du lectorat, je saurai t'ouvrir les yeux. Méfie-toi.

– Tu me renvoies une bien piètre image de moi-même, ma chérie. Je ne pense pas être à ce point irraisonné pour que tu me maternes de cette façon.

– Je ne te materne pas, je te fais une promesse. Si tu dévies de ta trajectoire, je te barrerai la route. Et ce n'est pas cette Jessie Maure qui m'en empêchera.

CHAPITRE 3

Lyon, le 6 mars 2023

Adam a passé tout le week-end enfermé dans le bureau de son appartement lyonnais. Il a décortiqué le dossier, s'est imprégné des faits, de leurs circonstances, des antécédents judiciaires et psychiatriques du mis en examen. Il est prêt à s'entretenir avec le détenu. Arrivé à la maison d'arrêt, il subit le rituel des contrôles avant d'être accompagné dans une pièce de quelques mètres carrés seulement, aux murs gris, avec une table et deux chaises. Il y a aussi un bouton d'urgence… Adam se positionne au fond de la salle, comme à son habitude, même s'il sait que placer le détenu entre lui et la sortie n'est pas l'idéal niveau sécurité. Pas de poignée côté salle, juste côté couloir. En général, le gardien laisse la porte entrouverte, au cas où…

À peine cinq minutes après son arrivée, il entend des pas dans le couloir. Le détenu est entouré de deux surveillants. Adam le regarde entrer dans la pièce et découvre un homme grand, aux cheveux mi-longs, noirs et gras et à la barbe ajourée. Sa tête semble chercher la bonne direction en vadrouillant entre tous les points cardinaux. Ses yeux finissent par capter le visage d'Adam, stabilisant l'effet girouette. Son regard interroge Adam sur les raisons de sa présence.

– Bonjour, monsieur Prezeau. Je suis le docteur Jacuri et je suis ici pour évaluer votre état mental et psychique.

– Il faut que je sorte de là, dites-le-leur, vous. Ils sont fous, tous ! Partout ! Dans les couloirs, dans les douches. Ils veulent me tuer ! Eux, ils savent, dit-il en regardant les surveillants, mais ils sont de mèche avec eux.

– Monsieur Prezeau, dit Adam d'une voix calme. Asseyez-vous. Nous allons prendre le temps de parler de tout cela. Vous voulez bien nous laisser, messieurs ?

Les surveillants acquiescent et quittent la pièce. Habitués, ils tirent la porte sans la fermer. Malheureusement, Adam entend le claquement quelques secondes après leur départ. Elle s'est refermée toute seule. Il tente de ne rien laisser paraître, mais le détenu tourne légèrement la tête et se dandine sur sa chaise.

– On est enfermés ? demande-t-il en regardant tout autour de lui.

– Nous pourrons sortir le moment venu, ne vous inquiétez pas.

– Il ment ? Non, pas lui. Il est là pour m'aider.

Adam comprend que le détenu ne s'adresse pas qu'à lui. Ses yeux dévient vers le haut comme s'il regardait à l'intérieur de sa tête.

– Monsieur Prezeau, expliquez-moi ce que vous entendez.

– Il me dit que vous êtes un menteur, vous aussi. Que vous êtes là pour me faire du mal, comme tous les autres.

– Qui sont les autres ?

– Les déchus, les démons, les sujets de Lucifer. Mais pas vous, hein ? Si ?

– Non, pas moi.

– Elle, elle l'était, vous savez ?

– De qui parlez-vous ?

– De celle que j'ai réussi à éliminer. Vous vous rendez compte ! s'exclame-t-il avec joie en se tortillant sur sa chaise. L'assistant de Lucifer. Je l'ai eu ! Le deuxième ange déchu. Kesabel, il s'appelait. Il se cachait dans le corps de cette femme pour séduire et attirer les hommes vers le péché, vers la luxure.

– Comment avez-vous su que cette femme était Kesabel ?

– Il me l'a dit !

– Qui vous l'a dit ?

– Lui, répond-il en levant une nouvelle fois les yeux à la limite de la rotation oculaire. Notre guide, notre protecteur, notre Seigneur. Il sait. Il connaît ses anges déchus. Il les traque pour nous préserver du mal. Je l'aide. Dans l'évangile selon Jean, chapitre huit, verset quarante-quatre, il est écrit que le diable est menteur et père du mensonge. C'est aussi le père des anges déchus.

Adam visionne les photos de la scène de crime dans son esprit. La violence inouïe qui s'en dégage, la cruauté pratiquement inhumaine qu'elles renvoient. Il avait déjà envisagé un phénomène de déréalisation paroxystique. Face au détenu, il prend conscience que tous les critères de la schizophrénie sont réunis.

– Vous connaissez le père de la femme que vous dites avoir éliminée ?

– Oui.

– Qui est-il ?

– Lucifer.

– Bien… Mais sur terre, qui est-il ?

– Kesabel, c'était Kesabel, répète le détenu en bougeant frénétiquement la tête. Kesabel, et son père, c'est Lucifer.

– Dans le corps de qui était Kesabel ?

Adam comprend qu'il perd le lien avec l'homme en face de lui. Celui-ci semble de plus en plus angoissé. Il ne tient pas en place sur sa chaise, ses yeux s'arrondissent et cherchent une issue.

– Il vous a dit d'éliminer Kesabel ? tente-t-il.

– Oui ! Kesabel. Maître de la luxure. Il fallait que j'obéisse.

– Sinon quoi ?

– Il me fait mal dans ma tête, il me détruit de l'intérieur. Je dois obéir sinon ça explose dedans.

Adam marque une pause. Il sait qu'il doit réussir à déterminer le degré de discernement lors du passage à l'acte. Comment, quand le délire semble avoir été la motivation, mais que le meurtre répond à un mobile, aussi mystique soit-il ? La clé réside dans l'identité de la victime. Il le sait. Mais cette approche semble activer les résistances du détenu. Comment savoir si le tueur était conscient de cette identité au moment du passage à l'acte ?

– J'ai coupé les ailes ? Oui. Non ? Si ? J'ai fait ça. C'est sûr.

– Monsieur Prezeau.

– Oui, les ailes. C'est ça qui saignait. Partout, il y en avait partout. Ils sont tous dangereux, tous ! Partout ! Dans les couloirs, dans les douches. Les gardes, ils savent.

– Monsieur Prezeau.

– Vous aussi ! hurle le détenu en donnant un grand coup en arrière dans le dossier de sa chaise, manquant de la faire basculer. Vous êtes l'un d'eux !

– Non, je suis le docteur Jacuri et je suis là pour vous, monsieur Prezeau. Pour vous aider. Si tous ces gens représentent réellement un danger pour vous, je vous aiderai.

– Oui ? Vous êtes de mon côté ? Et ma famille, elle sait ? Pourquoi elle ne vient pas me chercher ?

– À qui pensez-vous quand vous parlez de votre famille ?

– Ma mère. Une mère, ça protège. Et ma sœur, on est très proches, elle et moi. Elle est où ? Elle sait ce qui m'arrive ? Vous le lui avez expliqué ?

– Comment s'appelle votre sœur, monsieur Prezeau ?

– Olivia.

– Kesabel connaissait-il Olivia ?

Adam voit le regard du détenu changer subitement, devenir terne, froid, fixe. Les mouvements incontrôlés de son corps s'arrêtent d'un seul coup. Il comprend qu'il vient de déclencher un mécanisme. La charge est rapide et la surprise fait reculer Adam avec sa chaise. Il se lève alors que le détenu est penché par-dessus la table, regard accroché à celui d'Adam, lèvre retroussée.

– Ma sœur est pure ! crache-t-il avec des postillons. Viens là ! Je vais t'égorger, fils de Satan. Te couper les ailes. Te dépecer, t'ôter ta peau de démon. Te saigner. Viens !

Adam active le bouton d'urgence. Les surveillants sont réactifs et ne mettent pas longtemps à maîtriser le détenu.

– Non ! hurle ce dernier. C'est lui qu'il faut éliminer. Il est le mal. Lui, pas moi !

En quittant la maison d'arrêt, Adam reste de longues minutes dans sa voiture sans la faire démarrer. Il repense à l'entretien, à cet homme prisonnier de sa maladie mentale, à la violence du meurtre. Il regarde les questions auxquelles il va devoir répondre dans son rapport. Deux d'entre elles lui posent problème. Le discernement ou le contrôle des actes étaient-ils abolis ou altérés ? Le sujet est-il curable ou réadaptable ?

Adam estime ne pas avoir eu le temps d'obtenir les informations nécessaires pour y répondre. Il ignore ce qui s'est passé dans la vie du suspect les jours qui ont précédé les faits. Cette phase est pourtant essentielle dans la compréhension du passage à l'acte. Le suspect a-t-il dû faire face à un événement qui aurait créé un état de tension interne si intense que la conclusion inconsciente de Prezeau aurait été de devoir tuer pour se délivrer de cette angoisse ?

Il lance un appel au juge d'instruction.

– Monsieur le juge, docteur Jacuri. Je viens de voir M. Prezeau.

– J'attends votre rapport, docteur.

– Je dois le revoir.

– Pour quelle raison ?

– L'entretien a été interrompu.

– Comment cela ?

– L'individu a présenté des signes d'hétéroagressivité vis-à-vis de moi.

– Quelque chose a déclenché ce comportement ?

– Oui. L'évocation de sa sœur.

– Je ne comprends pas.

– M. Prezeau ne semble pas avoir conscience de la totalité des faits.

– Expliquez-vous, s'agace le juge.

– Il a tué un ange déchu qui s'appelle Kesabel. Il attend que sa sœur vienne le délivrer de la prison.

– Merde ! Il ignore vraiment tout ou vous pensez qu'il peut feinter ?

– La réaction déclenchée me laisse penser qu'il ne feinte pas. Pour moi, il ignore qu'il a massacré sa propre sœur.

CHAPITRE 4

De retour à l'hôpital, Adam prévient la secrétaire du service de psychiatrie qu'il n'est disponible qu'en cas d'urgence. Il doit se replonger dans les dossiers de Prezeau pour comprendre ses antécédents psychiatriques et déterminer s'il existe un déclencheur commun à ses bouffées délirantes. Il sait que s'il rend son rapport avec les observations faites durant ce premier entretien, l'irresponsabilité pénale risque fort d'être retenue. Il ne peut alors s'empêcher de repenser à la discussion houleuse qu'il a eue avec sa fille à ce sujet et aux risques que courrait la société si un individu aussi instable et dangereux pouvait sortir de l'hôpital psychiatrique dans quelques années. Pourtant, il sait qu'une telle personne n'a pas sa place dans une prison.

Comme pour tenter de se convaincre de l'horreur de ce meurtre, Adam ressort les photos de la scène de crime. Le corps d'Olivia Prezeau est nu, sur son lit. Le drap blanc sur lequel il repose est noyé dans le sang. Les premiers clichés montrent la dépouille lors de la découverte. Sur le dos, seins lacérés tant de fois qu'il n'en reste que des lambeaux de chair, bas-ventre incisé si profondément que le côlon tente de s'échapper et visage frappé si souvent qu'il est impossible de l'identifier. La deuxième partie des prises de vues expose l'arrière du cadavre. On voit les deux incisions nettes et profondes le long de la colonne vertébrale et la peau décollée de chaque côté. Les fameuses ailes dont parlait Prezeau.

Les coups sur la porte font sursauter Adam, le tirant trop brutalement de sa plongée macabre.

– Quoi ? peste-t-il.

– Désolée, répond la secrétaire en ouvrant un peu le battant.

– J'ai demandé à ne pas être dérangé !

– C'est Ilda, docteur. Elle est revenue. Elle demande à vous voir pour ne pas mourir.

Adam ferme les yeux dans un soupir.

– Faites-la entrer, capitule-t-il en rassemblant tous ses papiers dans le dossier avant de l'enfermer dans un tiroir.

– Docteur ! entend-il d'une voix désespérée. Aidez-moi. Je vais mourir, je le sais. Elle a prévu ça pour aujourd'hui, je l'ai entendue.

– Asseyez-vous, Ilda. Respirez, dit-il en inspirant lui-même profondément.

La patiente ne l'imite pas immédiatement, mais finit par caler sa respiration sur celle d'Adam.

– Voilà, dit-il en continuant. Il ne vous arrivera rien, Ilda. Vous êtes en sécurité, ici.

– Elle me trouvera, vous savez. Même ici.

– Alors, on sera là. Racontez-moi ce qui s'est passé après avoir quitté notre service. Ça fait trois semaines, maintenant.

– Au début, ça allait. Je me sentais bien, vraiment bien. Libre. J'étais contente de ne plus être enfermée ici. J'ai fait tout ce que vous m'aviez demandé, tous les exercices. Mais, elle est revenue. Elle n'était pas partie. Elle s'était cachée. Elle a fait des choses atroces et quand je lui ai dit d'arrêter, elle a répondu qu'elle allait me faire taire. Ce matin, elle m'a annoncé que ce serait aujourd'hui.

– Je vais lui parler, tout va rentrer dans l'ordre.

– Elle ne vous écoutera pas, elle est très en colère après vous.

Adam regarde sa patiente, assise comme une petite fille effrayée sur la chaise. Ses cheveux longs sont emmêlés de chaque côté d'une raie trop droite. Ses yeux sont rouges d'avoir trop pleuré. Ses joues sont creusées par l'angoisse.

– Elle devra m'écouter, répond-il. Elle n'a pas le choix. C'est moi qui décide, ici.

Ilda lève alors les yeux vers lui, étend ses jambes, se redresse dans la chaise et esquisse un sourire.

– C'est toi qui décides ? s'étonne-t-elle.

La voix a changé, bien plus grave et assurée.

– Bonjour Magda, dit-il.

– Depuis quand tu décides pour moi ?

– On avait un accord tous les deux.

– Tu sais où tu peux te le foutre, ton accord ? Quand je suis chez moi, je suis libre. C'est même toi qui l'as dit à l'autre niaise d'Ilda.

– Ne joue pas le rôle de l'animal blessé, je le connais. Tu as évolué, tu es bien plus maligne que ça.

– Je serai vraiment libre quand elle sera morte. Je ne veux plus de ce boulet au pied, elle m'empêche d'avancer.

– La tuer serait un acte de faiblesse. Avancer avec elle, un acte de bravoure.

La patiente rit aux éclats.

– Si tu savais comme je m'en tape d'être courageuse ! Quel psy de pacotille !

Adam accuse le coup. Il se retourne pour rejoindre son bureau et s'installer dans son fauteuil. Il en a assez, de tout cela. Lucille avait raison. Il aurait dû prolonger ses vacances plutôt que de les écourter. Anticiper sa retraite serait sans doute la meilleure chose à faire. Ces maladies mentales vont finir par le rendre fou. Il active l'interphone posé sur son bureau.

– Deux infirmiers, s'il vous plaît, dit-il.

– Tu fais quoi ? demande Magda. Je te jure que si tu m'attaches, je la buterai de la pire des façons qui soient. Tu ne pourras pas me garder ici indéfiniment, tu n'en as pas le droit. Quand je sortirai, je la retrouverai et tu auras sa mort sur la conscience.

Quand les deux infirmiers entrent dans le bureau, Magda se lève et tente toutes les figures de style pour résister en criant sa rage. Adam déverrouille son tiroir et sort le dossier Prezeau. Il préfère ne pas regarder Magda, il se confronterait à son échec.

– Contentions ? demande un infirmier tout en peinant à maîtriser la patiente.

– Oui. Revenez après, je vous donnerai les consignes pour le traitement.

– Docteur, entend soudain Adam d'une voix terrorisée qui lui déchire le cœur.

Il lève la tête et voit le corps de sa patiente ratatiné sur lui-même entre les deux infirmiers.

– Pourquoi me faites-vous cela ? Vous m'en voulez ?

Adam sent une boule grossir dans sa gorge.

– Emmenez-la ! s'énerve-t-il.

Les pleurs et les cris désespérés d'Ilda lui parviennent du couloir. Il inspire longuement avant de bloquer sa respiration, se lève, prend le dossier et claque son tiroir avant de sortir.

– Ne comptez pas sur moi avant demain, annonce-t-il à la secrétaire après avoir noté le traitement à administrer à la patiente.

CHAPITRE 5

Quand Adam pousse la porte de son appartement, il a les mains encombrées de dossiers et la tête saturée de réflexions psychiatriques et humaines. Le silence qui l'accueille lui fait penser qu'il est seul. Pourtant, en levant les yeux après avoir déposé ses affaires dans l'entrée, il découvre Lucille et Lou dans le canapé près des deux hautes fenêtres.

– Vous êtes là ? Quel calme, s'étonne-t-il en déposant un baiser sur le front de sa femme. Ça fait plaisir de te voir ici, adresse-t-il à sa fille en effleurant son épaule.

– Je suis là pour maman.

– Ça me fait plaisir quand même.

– Tu te souviens qu'elle passait un scanner, aujourd'hui ? demande-t-elle sur un ton réprobateur.

– Lou, intervient Lucille. Ton père avait une expertise importante cet après-midi, ce n'est pas…

– Si, c'est grave ! s'énerve Lou.

– Je suis désolé, s'attriste sincèrement Adam. Lou a raison, je n'ai pas d'excuse. Quels sont les résultats ?

– Il y a un petit quelque chose, répond Lucille. Mais, ce n'est rien, j'en suis sûre.

– Elle doit passer une IRM dans un premier temps, ajoute Lou.

– Un petit quelque chose, ça veut dire quoi ?

– Une anomalie visible sur les clichés.

– Quel poumon ?

– Les deux.

Adam accuse le coup et s'assoit dans un fauteuil près de sa femme. Celle-ci pose la main sur le genou de son mari.

– Ça va aller, ne t'inquiète pas.

Il la regarde avec un sourire tendre, mais inquiet, et enferme sa main dans la sienne.

– Bien sûr que ça va aller ! lui lance-t-il avec une certitude qui va à l'opposé de ce qu'il ressent. Tu as le temps de boire un verre avec nous, Lou ?

– Je…

– Ma chérie, dit Lucille. S'il te plaît.

– Oui, OK, je reste un peu.

***

– Comment ça va en ce moment ? demande Adam à sa fille alors qu'un blanc vient de s'installer dans la discussion.

– Ça va. Des affaires un peu délicates à gérer, mais ça va. Et toi, ton expertise, c'était qui ?

– Vous voulez vraiment parler de ça ? s'inquiète Lucille. Je ne veux pas que vous finissiez par vous fâcher une nouvelle fois.

– Non, maman, ne t'inquiète pas.

– L'homme qui a tué sa sœur dans sa chambre avant de la mutiler et de lui décoller des ailes dans le dos.

– Je vois. En effet, un gros dossier. Alors ? Il t'a paru comment ?

– Je dirais schizophrénie paranoïde.

– Tu restes manger avec nous, les interrompt Lucille en se levant du canapé. Je vais préparer le repas.

Lou remarque l'absence de note interrogative. Elle sait que sa mère a besoin de sa présence ce soir, elle ne veut pas la contrarier.

– Tu vas répondre quoi pour le discernement ? demande-t-elle à son père quand sa mère a quitté la pièce.

– C'est compliqué.

– Je ne te le fais pas dire.

– Il supporte très mal la détention alors qu'il n'est à la maison d'arrêt que depuis quelques jours.

– Mince… Le pauvre.

– Lou, s'il te plaît. Tu sais très bien ce que je veux dire. Sa maladie est incompatible avec l'enfermement et les conditions de détention.

– Alors, fais-le sortir. Tu sais ce que tu dois mettre dans ton rapport pour ça.

– Il a agi sous la pression des pulsions liées à son délire.

– Justement, sachant cela, le juge le déclarera irresponsable. Quoi ? s'étonne Lou, voyant son père souffler et chercher ses réponses entre les lames du parquet.

– C'est un passage à l'acte motivé par un délire psychotique, c'est sûr. Mais, son délire est construit. Je me retrouve dans la même impasse que face à un individu paranoïaque. Leur réalité est modifiée, certes, mais le délire est construit autour de cette réalité, donc l'acte est réfléchi. Prezeau a tué sa sœur parce que sa voix intérieure l'a convaincu qu'un ange déchu se cachait en elle. Il n'a même pas conscience que sa sœur est morte. Il est juste fier d'avoir éliminé un sujet répandant le mal sur terre. Il faut que je le revoie de toute façon, je ne sais rien de lui, je n'ai pas eu le temps.

– Comment ça ?

– L'entretien a été interrompu parce qu'il a voulu s'en prendre à moi.

– Quoi ? s'effare-t-elle.

– Chut, réagit-il en tournant la tête vers la cuisine. Ta mère ne doit pas le savoir. Je n'ai rien, ça va.

– Pourquoi vous vous mentez tous les deux sous couvert de protéger l'autre ?

– Que veux-tu dire ?

– Tu te fais agresser par un tueur, mais ça va. Maman a quelque chose aux poumons, mais ça va. Votre déni est construit, lui aussi ?

Adam se lève, profitant de la sonnerie de son téléphone dans l'entrée pour fuir les propos lucides de sa fille.

– Monsieur le juge ? répond-il en voyant le nom sur l'écran.

– Bonsoir docteur. Je vous appelle pour vous prévenir que le détenu que vous avez vu cet après-midi a été transféré en urgence à l'UHSA[1]. Après votre départ, il est devenu très instable et les surveillants l'ont retrouvé inconscient dans sa cellule. Il s'est visiblement tapé la tête contre le mur jusqu'à perdre connaissance. Je veux que vous rencontriez Prezeau une nouvelle fois dès que les soignants le jugeront stabilisé et que vous me rendiez votre rapport au plus vite. Je vais également demander une deuxième expertise par l'un de vos confrères.

Lucille rejoint Adam qui est resté figé après l'appel, téléphone à la main.

– Ça va ? lui demande-t-elle.

– Oui, tout va bien, répond-il automatiquement.

Il se dit alors que sa fille a raison. On cache souvent les problèmes à ceux que l'on aime le plus.

---

1. UHSA : unité hospitalière spécialement aménagée, implantée au sein d'établissements de santé et sécurisée par l'administration pénitentiaire.

CHAPITRE 6

Ce soir-là, la voie vers le sommeil semble impossible, presque interdite, à Adam. De quel droit peut-il dormir paisiblement alors que des individus livrent une lutte incessante contre leurs démons psychologiques et que d'autres se font massacrer quelque part, en secret ? Voilà l'une des conséquences de son métier. Savoir, comprendre, prendre conscience du mal a forcément un impact sur la perception que l'on se fait de la vie. Il a entendu tellement de choses innommables durant toutes ces années que son esprit en garde des traces indélébiles. Alors, quand il vit des journées comme celle-ci, Adam sait que, s'il s'endort, son inconscient risque de l'entraîner vers des endroits qu'il n'a pas envie d'explorer. Il se relève en faisant attention de ne pas réveiller Lucille et va s'asseoir dans son bureau. Les dossiers sont là, devant lui. Il pose la main dessus, mais une voix intérieure lui déconseille de les ouvrir.

Gregory Prezeau. L'homme qu'il a rencontré cet après-midi. Celui qui parlait à une entité invisible et qui a ressenti une angoisse telle lors de l'entretien qu'il a préféré faire taire les voix en s'assommant contre un mur, une fois dans sa cellule. Adam ne peut s'empêcher de culpabiliser. Gregory Prezeau. Cet homme qui se prend pour un serviteur de Dieu.

L'esprit d'Adam le projette alors vingt ans en arrière, lors d'une de ses premières expertises. Il s'appelait Pierre. Il avait tué trois personnes. S'il avait rencontré Gregory, il y aurait eu lutte céleste, puisque Pierre se prenait pour un démon et entretenait sa déshumanisation de toutes les façons possibles. Cet homme avait choqué Adam dans tout son être, créé un traumatisme en lui et provoqué un désastre tant sur le plan humain que professionnel.

Adam a trop lutté, l'épuisement arrive plus vite que quand il avait trente ans. Il ferme les yeux et sa tête bascule légèrement vers l'avant. Son inconscient le prend alors par la main sans lui demander son avis et l'accompagne jusqu'au jour de sa rencontre avec Pierre.

CHAPITRE 7

Mémoires, chapitre 1

J'étais encore tout jeune dans l'expérience de l'expertise psychiatrique quand j'ai croisé la route de Pierre. Si je fais le choix de vous en parler, c'est parce que cet individu a marqué ma vie de psychiatre et ma vie d'homme à tout jamais. Quand je l'ai découvert, ma première impression a été bonne. Un beau jeune homme, souriant, poli, respectueux. Puis, quand j'ai quitté la prison après l'entrevue, j'ai été pris d'une nausée. J'étais convaincu d'avoir parlé avec le diable en personne. Encore aujourd'hui, vingt ans après, évoquer son souvenir crée un mal-être en moi. Quand je vous disais, dans le prologue, que ma vie ne ressemblait pas aux fictions, je pensais aussi aux événements qui les dépassent largement. Ma rencontre avec Pierre en fait partie. Je vous la livre, maintenant, telle que je l'ai vécue :

Pierre entre dans la minuscule pièce dans laquelle on sera enfermés tous les deux pendant plusieurs heures. Je ne suis pas encore très à l'aise avec l'exercice, mais lorsque je le vois, je ressens un certain apaisement. Il ne ressemble pas aux monstres sanguinaires qu'on imagine quand on parle de meurtres tels que ceux qu'il a commis. Même si on apprend à se départir des représentations liées à l'imaginaire collectif, croyez-moi, elles débarquent vite quand on vit des moments comme celui-là.

Jessie Maure arrête de tapoter sur son clavier et fait reculer son siège à roulettes pour prendre de la distance avec son écran. Elle sent les émotions liées à ce qu'elle a vécu commencer à l'envahir. Elle ne doit pas les laisser contaminer le texte qu'elle est en train d'écrire. Seules les émotions d'Adam comptent dans ces mémoires, pas les siennes, surtout pas. L'exercice est périlleux, elle le sait, mais si elle n'y arrive pas, elle n'aura pas d'autre option qu'arrêter l'écriture. Après le drame du manoir Andermatt[2], elle se refuse à écrire de nouvelles fictions. La culpabilité le lui interdit. C'est lors du procès des personnes arrêtées dans le manoir qu'elle a rencontré Adam. Il venait exposer son analyse psychiatrique à la barre. La justesse de ses mots et l'éclairage qu'il a apporté aux jurés ont donné l'idée à Jessie. Elle s'est dit que cet homme devait avoir un tas de choses à partager et qu'elle pourrait les écrire. Ce ne serait alors pas une fiction,

2. Référence à *Synopsix*.

mais la réalité qui pourrait ouvrir les yeux au monde sur la nature humaine.

Jessie regarde sa montre. La nuit est déjà bien entamée. Il serait plus sage d'aller se reposer, mais elle préfère laisser Pierre sur les pages du manuscrit que l'emmener dans son lit. Elle se remet donc à écrire à la place d'Adam.

Je comprends que j'ai mis les pieds en enfer quand Pierre commence à me décrire ses crimes avec une joie non dissimulée, parfois proche de la jouissance.

– Le monde entier doit savoir que Satan est sur le point de gagner.

Je sais que Pierre voue une adoration sans limites à l'Antéchrist. Chez lui, les murs sont décorés de croix à l'envers.

– Vous savez ce qui est drôle ? La croix inversée est appelée la croix de saint Pierre ! Si je ne suis pas né pour ça !

Dans une chambre, les enquêteurs ont retrouvé une tête de bouc fraîchement coupée avec une étoile à cinq branches, entaillée sur le front. Dans un seau, les entrailles de la bête.

– Mon père m'a appris à chasser quand j'étais petit. Le gibier, ça sent fort. J'aimais glisser mes doigts dans le ventre encore chaud et humer ces odeurs qui faisaient de moi un autre. Quand je sens mes forces m'abandonner, je fais ça. Les entrailles

me permettent de redevenir plus puissant que vous autres.

Je suis là, face à un homme qui me raconte les détails de son parcours criminel sans aucun filtre ni remords, mais avec une lueur que je perçois désormais dans son regard. Il jubile parce qu'il voit qu'il me choque. Je ne sais pas, à cet instant, ce qui me terrifie le plus. Ses actes ou le sadisme qui fait briller ses yeux. Il est en train de me manipuler et je ne sais pas comment l'éviter.

– Saint Pierre a lui-même voulu se faire crucifier à l'envers. Les autres doivent suivre. Les pieux en métal glissent mieux. J'ai choisi ceux sans pointe au bout, sinon, ça perce les organes au lieu de les contourner.

J'ai envie de lui dire de se taire, de me lever, de quitter la pièce. Mais ça, c'est Adam. Je suis là en tant que docteur Jacuri et je ne peux pas me permettre de faire ça. Je suis là pour comprendre, donc pour écouter. Mes yeux ont du mal à rester Jacuri, je le sens, ils expriment le dégoût d'Adam, et Pierre s'en délecte.

– La deuxième victime est restée consciente presque jusqu'au bout. Je crois qu'elle a rendu son dernier souffle quand j'ai relevé le pieu pour la mettre la tête en bas. Dommage, j'y étais presque.

J'ai vu les photos. Je sais ce qu'il a fait. Mais, l'entendre me le raconter détruit des choses à l'intérieur de moi. Je ne peux pas faire l'inventaire des dégâts, je le ferai avec le recul, mais je suis terrifié par les dommages irréversibles qu'il crée dans mon esprit.

– Une croix de saint Pierre humaine. Si mon père avait su, en me donnant ce prénom. Lui, il n'a pas attendu que le pieu s'enfonce trop loin, il est devenu mou d'un coup. Il a toujours été lâche de toute façon.

Je me répète mentalement qu'il ne faut pas que je me fasse avoir. Je devrais laisser les mots glisser sur moi comme des gouttes d'eau sur un pare-brise et les faire voler sur les côtés à coups d'essuie-glaces. Pourtant, certains pénètrent comme des balles perforantes dans mon cœur, dans ma tête, dans chaque cellule de mon corps. Je me concentre sur ce qui accompagne le discours de Pierre. Je décèle des signes d'hallucination auditive ou visuelle par moments. C'est discret, mais je ne crois pas me tromper. Est-il en lien avec une voix qui lui ordonne de faire ce qu'il fait ? Comment m'y prendre pour le déterminer ?

Jessie Maure a l'impression qu'elle vient de se vider de son énergie vitale. Quand Adam lui a confié ces souvenirs, elle a eu du mal à les ingérer. Elle a alors pris le temps de les digérer et là, le fait de les régurgiter l'a épuisée. Elle continuera demain.

CHAPITRE 8

Le 7 mars 2023

Adam a saisi ce que son inconscient voulait lui faire passer comme message en le martelant avec les souvenirs de Pierre et de ses crimes. Ses doutes et angoisses quant à la responsabilité de son expertise sur Gregory viennent de là. Comment peut-il se dépêtrer de cette toile d'araignée compacte qui l'enferme depuis tant d'années ? Lui et un autre expert avaient conclu à la maladie mentale pour Pierre. Avant de prendre sa décision, le juge d'instruction avait demandé une contre-expertise. Deux autres experts avaient alors rendu des rapports certifiant que Pierre était un psychopathe pervers, donc totalement conscient et responsable de ses actes. Malgré l'insistance d'Adam auprès du juge pour le convaincre que Pierre n'avait pas sa place en prison et qu'il y avait un risque à l'y enfermer, le juge avait suivi l'avis des autres experts. Pierre avait donc été jugé aux assises puis avait été incarcéré. Trois semaines après seulement, il était repassé à l'acte, au sein du centre pénitentiaire. Il s'en était pris à un surveillant venu lui servir son repas. À l'aide d'une matraque artisanale, il l'avait violemment frappé à la tête avant de le traîner dans sa cellule pour le tuer et exposer son corps sur la porte, pendu par les pieds à l'aide de ses draps.

Adam avait eu du mal à y croire quand on le lui avait annoncé. Une sorte d'état de choc avait tenté de le protéger, mais les conséquences psychiques allaient apparaître. Il en avait voulu aux deux experts venus contredire son analyse, au juge ayant refusé de le croire, aux jurés n'ayant pas pris conscience du danger d'incarcérer un tel individu.

Portant encore en lui la culpabilité de la mort de ce surveillant, il estime ne pas avoir le droit de se tromper avec Gregory. L'erreur ne lui est plus permise. C'est pourquoi, ce matin, il est devant l'unité de soins qui a pris Gregory en charge et il compte bien repartir avec des réponses.

– Docteur Jacuri, vous savez très bien que nous ne pouvons pas communiquer avec vous sur le patient. Nous sommes chargés de l'accompagner et de le soigner, vous, de l'expertiser.

– Et vous, vous savez que cette absence de communication est une aberration, rétorque Adam au psychiatre vers lequel on l'a dirigé.

– Peut-être, mais c'est la loi.

– Merci docteur, intervient le chef de service qui vient d'arriver dans le couloir. Je prends le relais. Suis-moi, souffle-t-il à Adam avant de le faire entrer dans son bureau. Tu n'as rien à faire ici, on doit t'appeler quand le patient sera stabilisé et ce n'est pas encore le cas.

– Tu l'as vu ?

– Adam, tu sais que je ne peux pas. Si ça se sait, tu seras rayé de la liste des experts. Au mieux.

– À quelques mois de la retraite, tu penses que ça m'effraie ? Je te demande juste de me donner ton avis. On bosse dans le même intérêt, non ? Savoir ce qu'il y a de mieux pour les patients. J'ai le sort de ce type entre les mains, et peut-être celui d'autres personnes qu'il croisera à l'avenir, alors, s'il te plaît, je te le demande en ami, quel est ton premier diagnostic ?

– Tu l'as vu hier, tu dois l'avoir, ton diagnostic. Il serait difficile de passer à côté, là.

– Schizo paranoïde ?

Le chef de service acquiesce en silence.

– Tu l'as mis sous antipsychotiques ?

– Adam…

– OK. Dans combien de temps penses-tu que je puisse le voir ?

– Je ne peux pas prédire l'évolution de son état. Je tiens le juge au courant. Et nous n'avons pas eu cette discussion.

De retour dans son service, Adam est interpellé par la secrétaire.

– Docteur Jacuri ? Vous n'êtes pas censé être à la prison aujourd'hui ?

– Si. Je suis passé prendre des nouvelles. Qui était de garde cette nuit ?

La secrétaire lui tend le planning.

– Merci. Appelez-moi Marc, s'il vous plaît.

Cinq minutes plus tard, un homme entre dans le bureau d'Adam.

– Bonjour, docteur.

– Bonjour. Comment va Ilda ?

– Mieux. Lors des transmissions, hier soir, les infirmiers m'ont expliqué ce qui s'est passé. Les médicaments l'ont calmée et elle n'a pas dissocié depuis l'événement d'hier.

– Bien. On continue le traitement au même dosage et on supprime les contentions. Je veux que vous la surveilliez toute la journée et que vous me fassiez des comptes-rendus réguliers. Si Magda se manifeste, vous ne la laissez pas seule et vous m'appelez. Je serai joignable.

– Entendu.

– Votre avis sur ce cas ?

– C'est compliqué. On sait que les médicaments ne sont qu'un pansement temporaire pour les troubles dissociatifs de l'identité.

– Je sais, soupire Adam. Ça fait des années que j'accompagne Ilda en psychothérapie et j'ai l'impression de repartir de zéro à chaque crise.

Je ne suis serein que lorsqu'elle est là, entre nos murs et calmée chimiquement. Quoi qu'il arrive, j'ai l'impression d'être un gardien de prison, finalement. Qu'elle soit physique ou mentale.

– Vous êtes dur avec vous-même.

– Réaliste. Allez, je file retrouver la vraie prison avec les vrais détenus.

CHAPITRE 9

En quittant le parking de l'hôpital, Adam est morose. Il dirige machinalement sa voiture sans aucune concentration sur son environnement. Vu l'heure, la circulation sur le périphérique est fluide. Il enclenche le régulateur de vitesse et se laisse transporter. L'allure constante le plonge encore plus dans son état second. Ses pensées se croisent et s'entrechoquent. Il essaye de chasser les plus désagréables, mais celles qui prennent leur place ne sont pas plus réjouissantes. Des criminels dangereux, il passe aux détenus en souffrance psychologique, à Ilda qu'il n'arrive pas à aider, puis à Lucille pour qui son inquiétude ne fait que grandir. Même l'idée de la retraite ne parvient pas à apaiser ses tensions. Qui dit retraite dit abandon des personnes comme Ilda qui font partie de sa vie et pour qui il représente un repère, la seule lumière dans le brouillard. À travers cette tempête de l'esprit, ses yeux perçoivent un mouvement rapide devant la voiture. Le choc et le bruit le surprennent tellement qu'il écrase le frein.

Les roues du véhicule se bloquent dans un crissement et l'arrière chasse sur le côté. Adam respire un grand coup en essayant de comprendre. Il avance le buste, tirant sur la ceinture, et regarde à travers le pare-brise. Son capot est enfoncé sur le dessus. Il regarde dans le rétro intérieur. Il vient de passer sous un pont. Il déclipse sa ceinture et descend sans s'inquiéter des voitures qui arrivent. Certaines ralentissent, d'autres klaxonnent. Il voit alors une pierre au milieu de la chaussée. Son premier réflexe est d'inspecter le pont. Une voiture s'arrête et la vitre coulisse.

– Ça va, monsieur ? Il ne faut pas rester là, vous risquez de vous faire renverser.

– Ça va, répond Adam.

Encore le « ça va » automatique, à la place du : « Non, ça ne va pas du tout. Je viens de recevoir une pierre qui a failli m'envoyer dans le décor. Vu la taille et l'endroit d'où elle venait, je pense qu'on l'a volontairement jetée sur ma voiture. » Mais, l'autre conducteur est déjà reparti, satisfait du « ça va ». Adam lance un appel et deux policiers arrivent rapidement pour constater les faits. Difficile de déterminer ce qui s'est réellement passé, selon l'un d'eux. Adam a envie de lui dire qu'il ne faut pourtant pas être sorti de Saint-Cyr pour le deviner. Il perd une bonne partie de la matinée et comprend que ça ne mènera à rien. Il attendra maintenant d'être sorti du travail pour batailler avec son assurance, il n'a plus le temps.

Dès son arrivée au SMPR de la prison, il est sollicité par un infirmier psychiatrique.

– On a un nouveau patient, lui dit-il. Il nous a été adressé pour état dépressif et pensées suicidaires. Incarcéré depuis trois mois pour…

– Non, je ne veux pas savoir ce qu'il a fait pour le moment. Quel âge a-t-il et quelle peine a été prononcée à son encontre ?

– Il a vingt-trois ans et il est condamné à cinq ans fermes.

– Entendu. Je vais aller le voir.

Adam découvre un jeune homme, recroquevillé sur lui-même.

– Bonjour, je suis le docteur Jacuri, psychiatre et chef de ce service.

– Aidez-moi, murmure l'homme en relevant la tête.

Adam voit alors un visage triste et épuisé, ainsi que des ecchymoses sur le profil droit.

– Je ne survivrai pas. Autant mourir tout de suite. Aidez-moi, je vous en supplie.

– Que s'est-il passé ? demande Adam en regardant les blessures.

– Je regrette. Je n'ai jamais voulu ce qui est arrivé. Je ne recommencerai pas, vous pouvez le leur dire. Aidez-moi à sortir d'ici.

– Je ne peux pas vous aider à sortir, vous le savez bien. Mais, je peux vous accompagner et vous aider à accepter votre détention. Vous n'êtes pas seul, contrairement à ce qu'on croit quand on est détenu.

– Pas seul ? Vous n'êtes pourtant pas là quand ils me coincent, qu'ils me frappent ou qu'ils…

Le jeune homme noie la fin de sa phrase dans un sanglot.

– Je vous jure que je n'ai jamais voulu la tuer cette mamie.

Adam inspire longuement. Il aurait préféré ignorer encore un peu l'acte pour lequel cet homme est ici. Il aime analyser l'individu avant de rencontrer le criminel.

– Je voulais juste lui voler son sac. Elle est tombée. Sa tête a percuté le bord du trottoir. Je n'ai pas vu qu'elle était morte, sinon, je ne serais pas parti en courant. Je voulais juste un peu d'argent. Cinq ans ! Ils ont retenu l'homicide involontaire, mais ils m'ont chargé parce que c'était une personne vulnérable et que j'ai volé son sac. Faites-moi sortir ou gardez-moi ici, mais pitié, ne les laissez pas me ramener là-bas. J'ai compris et je ne ferai plus jamais de mal à personne.

– Alors ? demande l'infirmier quand Adam sort de la chambre.

– Alors ? s'énerve Adam. Alors, je me bats pour que des malades mentaux qui n'expriment aucun remords n'aillent pas en prison, et là, je viens d'expliquer à un jeune, qui a fait la connerie de sa vie, mais qui s'en veut à mourir, qu'il va devoir rester sagement en prison pendant des années, à se faire frapper et violer. Ça vous va comme réponse ?

Adam repart vers son bureau. Il a du mal à se reconnaître. Aboyer de cette façon ne lui ressemble pas. Son téléphone s'active dans la poche de sa blouse.

– Lou ? Que se passe-t-il ? Tout va bien ?

– Tu es où ?

– À la prison, pourquoi ?

– Tu as eu l'info ?

– De quoi parles-tu ?

– Un ancien client à toi est sorti de l'hôpital il y a plusieurs jours déjà.

– Ce ne sont pas des clients.

– Pour moi, des patients sont des personnes en souffrance, désolée. Pour celui-là, particulièrement, je ne peux pas dire autre chose.

– Qui est-ce ?

– Pierre.

Adam se fige.

CHAPITRE 10

Mémoires, chapitre 2

Quand j'ai rendu mon rapport d'expertise concernant Pierre, je me suis dit que, peu importe l'endroit où il serait placé, prison ou hôpital, il ne devrait jamais sortir. Sa curabilité me paraissait impossible et sa réinsertion, beaucoup trop dangereuse. Dangereuse pour la société, mais je l'avoue, j'ai aussi pensé à moi.

Oui... Quand vous travaillez au contact des criminels, vous envisagez inévitablement les conséquences. Pour vous, mais aussi pour votre famille. Il m'arrivait, surtout au début, de me demander ce qui arriverait le jour où un criminel frustré par mon expertise sortirait de prison. Idem *avec les détenus que l'on accompagne au sein de l'établissement. La particularité de ces personnes, c'est qu'elles n'ont souvent pas demandé à être soignées, contrairement à un patient qui vient consulter en cabinet. La relation détenu-soignant est donc parfois complexe et conflictuelle. Votre esprit finit par retenir les situations agressives, les mots, les menaces, les regards. Alors, vous commencez à ressentir une peur. Au départ, diffuse. Vous devenez vigilant, vous êtes attentif à ce qui vous entoure quand vous sortez. Puis, plus le temps passe, plus la paranoïa vous envahit. Vous rêvez que le pire des criminels se tient debout, à côté du lit, à vous regarder agoniser. Vous bondissez dans le lit, essoufflé, votre femme vous demande ce qui vous arrive en allumant la lumière. Vous lui répondez que tout va bien, elle éteint et se rendort. Mais vous, vous luttez pour ne surtout pas vous rendormir, on ne sait jamais, si la mort pouvait venir vous cueillir dans un cauchemar.*

Finalement, les années passent, les expertises se multiplient et votre inconscient capte qu'il n'y a pas de conséquences. Il s'apaise. La peur finit par se taire.

CHAPITRE 11

Une barre en bois a été plaquée contre les omoplates de l'homme et ses bras, écartés à l'horizontale, y ont été solidement ficelés. Il fait sombre. La pièce est noyée dans une sorte de brouillard dense. L'odeur est puissante, un encens entêtant. Les gémissements de supplice trouvent écho sur les quatre murs et se propagent comme une boule de billard qui enchaîne les bandes. L'homme est allongé sur le ventre, sur une table en métal. Des bougies l'entourent. Des calices aussi. Leur contenu est rouge, mais trop visqueux pour être du vin. L'homme est nu. Ses jambes sont écartées et ses pieds, attachés. Il ferme les yeux et s'étrangle dans un spasme de terreur quand la tête de bouc fraîchement coupée est déposée devant lui. À travers la fumée, une silhouette se meut, s'empare d'un pieu posé le long d'un mur et s'approche du bassin du supplicié. Les cris s'intensifient. L'homme ne voit pas ce qui se prépare dans son dos, mais l'imaginer est pire.

Sans pointe, a dit Pierre, *sinon ça perce les organes.*

Quand le hurlement bestial explose, le brouillard disparaît et le visage de la victime apparaît.

Adam expulse un cri rauque en se redressant violemment dans son lit. Il vient de se voir entre les mains de Pierre.

– Ça va ? s'inquiète Lucille en allumant, yeux mi-clos.

– Oui.

Adam reprend son souffle et aimerait chasser les images qui vont s'accrocher, il le sait.

– Ça va aller, c'était juste un cauchemar.

– Ça faisait longtemps que tu n'en avais pas fait.

– Je retourne en enfance, que veux-tu, tente-t-il de plaisanter. Tu croyais en avoir fini avec les couches, ma chérie ?

Adam dépose un baiser sur la joue de Lucille en maîtrisant au mieux la folle course de son cœur.

– Rendors-toi, idiot, articule-t-elle l'esprit entre deux mondes, avant d'éteindre.

Non, il ne se rendormira pas. Hors de question de retourner dans la dimension où Pierre avait le pouvoir de l'empaler avant de le retourner pour exposer une nouvelle croix inversée. Adam attend que la respiration de Lucille devienne profonde et régulière avant de se lever. Il enfile sa robe de chambre, descend dans la cuisine pour se faire couler un café et s'approche des deux hautes fenêtres du salon, tasse chaude enfermée entre ses deux mains.

Plaqué contre la vitre, il regarde le brouillard qui a profité de la nuit pour se répandre. La rue est déserte. Le monde est endormi. « C'est un temps de loups-garous, cache-toi sous la couette », aurait-il dit à Lou quand elle était petite. Ce souvenir le fait sourire, mais l'effet apaisant est éphémère. À travers le brouillard, il aperçoit une silhouette. Non, il doit confondre. Les lampadaires sont éteints, il n'y voit rien. Le brouillard danse, créant un peu de netteté par endroits. Il ne s'est pas trompé et la silhouette semble avoir la tête inclinée dans sa direction pour le fixer. Adam recule d'un pas. Une nouvelle vague de brouillard débarque, le rendant aveugle un moment. Quand il recouvre la vue, la rue est vide, mais la peur est revenue.

CHAPITRE 12

Jessie Maure relit le deuxième chapitre des mémoires d'Adam. Il est tard, elle ne sait plus ce qui est bon ou mauvais dans son approche. Ce qu'elle sait, c'est que la peur dont parle Adam, elle la ressent toujours aussi intensément malgré les mois qui l'éloignent progressivement de l'événement traumatique. Quand on frôle la mort, on angoisse à l'idée que cela se reproduise. Quand quelqu'un nous fait frôler la mort, on est terrifié à l'idée que ce quelqu'un revienne.

Elle sait qu'il est en maison d'arrêt. Elle sait que le procès a lieu dans quelques semaines et qu'il sera sévèrement puni. Mais elle sait aussi que la perpétuité réelle n'existe pas en France et que les troubles psychiques de cet homme pourraient jouer en sa faveur. Et ce qu'elle sait plus que tout, c'est que si cet homme ressort, il viendra finir le travail.

Jessie espère que, comme Adam, la peur finira par s'estomper. Le procès sera peut-être l'étape clé dans son travail de reconstruction. Celle qui lui apportera la reconnaissance du traumatisme subi et la sécurité confirmée pour son intégrité physique. Peut-être pourra-t-elle alors sortir de chez elle sans l'angoisse qui l'empêche parfois de respirer ou d'avancer. Peut-être pourra-t-elle dormir plus de deux heures consécutives sans l'alerte inconsciente qui la pousse à allumer la lumière pour s'assurer qu'il n'y a personne dans sa chambre. Peut-être pourra-t-elle briser la chaîne des troubles obsessionnels compulsifs qu'elle a mise en place pour calmer ses angoisses : vérifier quatre fois que toutes les portes sont verrouillées, une cinquième, au cas où, regarder dans les placards, sous le lit, puis encore dans les placards, avant de se mettre sous la couette. Rallumer une dernière fois et se pencher pour voir sous le lit. *Tu viens de le faire... oui, mais, on ne sait jamais. Et le placard, tu as vérifié ? Les portes, elles sont vraiment fermées ?*

Jessie a l'impression de glisser lentement vers la folie depuis que la lame s'est enfoncée en elle. Le fait d'y penser lui envoie une décharge électrique et elle passe la main sous son pull pour toucher sa cicatrice du bout des doigts. Étrange sensation. C'est comme toucher une zone anesthésiée, ce n'est pas douloureux, mais désagréable. Le souvenir, quant à lui, est destructeur. Quand il lui revient en rêve, elle se réveille systématiquement en entendant le murmure de cet homme au creux de son oreille : « Te tuer ne sera pas un problème pour moi. » Cette phrase qu'il a prononcée quelques minutes avant de passer à l'acte. Puis, arrive la question qui a propulsé Jessie directement en enfer : « Je te tue avant ou après ? Je veux dire, j'incise, je te vide et tu meurs, ou l'inverse ? »

Jessie se lève brutalement de sa chaise et regarde à travers la fenêtre. Le brouillard est opaque et son jardin est plongé dans le noir absolu. Depuis sa mezzanine, elle ne craint rien, pourtant, la vague d'effroi qui s'empare d'elle la pousse à activer l'interrupteur du volet électrique d'un geste rapide. Elle a envisagé à plusieurs reprises de déménager pour se mettre à l'abri dans un appartement en pleine ville. Des voisins, une sécurité accrue, une diminution de ses tensions. Mais elle est consciente du leurre d'une telle décision, et surtout, elle refuse de se sentir en prison alors qu'elle est victime, non coupable. Sa prison est mentale pour le moment, mais elle fera tout pour la surmonter. Elle avait prévenu Adam qu'elle ne pourrait pas écrire de chapitre sur ce tueur. Pourtant, plus elle avance et plus elle pense que ce serait peut-être une bonne chose.

CHAPITRE 13

Une semaine plus tard, le 15 mars 2023

Adam a été prévenu dans la matinée par le juge d'instruction. Selon les soignants, Gregory Prezeau serait apte à être entendu. Son instabilité sur les plans psychomoteur et logorrhéique aurait quasiment disparu grâce au traitement médicamenteux, ainsi que ses hallucinations auditives. Les thématiques de persécution et de messianisme, quant à elles, semblent toujours sous-jacentes.

– Bonjour, madame Jacuri.

Adam chasse les pensées de ce qui l'attend à la sortie de l'hôpital. Il doit se concentrer sur ce que va annoncer le médecin à Lucille. Celle-ci, assise dans la chaise à côté, lui prend la main alors que le médecin s'assoit face à eux et ouvre son dossier. Adam perçoit tout de suite le moment où l'homme cherche les meilleurs mots à prononcer en premier. Son cœur accélère la cadence. La main de Lucille renforce son étreinte.

– Je ne vais pas tergiverser, se décide le médecin. Je suis désolé.

– Dites-moi, répond Lucille, surprise de ne pas ressentir l'effondrement intérieur qu'elle avait imaginé.

– Les analyses ont mis en évidence la présence de métastases dans vos deux poumons, ainsi qu'à d'autres endroits. Il est fréquent de dépister ce type de maladie tardivement puisqu'elle reste asymptomatique très longtemps. Madame Jacuri, inspire le docteur, c'est un cancer métastatique diffus.

– Très longtemps ? J'en déduis que je suis à un stade avancé ?

Deuxième malaise du médecin. Adam est pétrifié. Aucun mot ne peut sortir de sa bouche puisque sa conscience vient d'activer le disjoncteur.

– Vous en êtes au stade quatre, madame Jacuri.

Cette annonce lève légèrement le voile du déni dans l'esprit de Lucille. Elle ressent une décharge sous le sein gauche.

– Mes chances ? demande-t-elle aussitôt sans pourtant se sentir prête à entendre la réponse.

– Nous allons lancer une chimiothérapie sans attendre.

– Ce n'est pas ma question.

Adam la regarde. Il a envie de lui dire qu'il ne veut pas savoir. *Quel égoïsme !* se dit-il alors. L'émotion le gagne et ses yeux se brouillent.

– Ce cancer laisse quatre pour cent de chance d'avoir dix ans d'espérance de vie.

– Pitié, épargnez-moi les statistiques et parlez-moi de moi. À mon âge, et dans l'état actuel de la maladie, combien de temps me reste-t-il à vivre ? Sans tergiverser.

– Entre sept et onze mois.

Adam retient de justesse un sanglot. Il doit soutenir sa femme. Mais comment fait-on dans ce genre de situation ? Comment rester fort quand on apprend que la personne qu'on aime le plus au monde est condamnée ? Condamnée, comme ces individus qu'il voit chaque jour. Comme Prezeau qui l'attend pour l'expertise. Non ! Il n'a pas le droit de laisser son esprit prendre la fuite.

– Avec ou sans traitement ? demande Lucille qui commence à réaliser. Je veux dire, cette espérance de vie, c'est avec ou sans traitement ?

– Avec. Je suis sincèrement désolé.

– Alors, je vais passer des mois à me sentir mal à cause de la chimio, à vomir, à perdre mes cheveux, à me sentir épuisée. Et quand ce sera terminé, je vais mourir, c'est bien cela ?

– Non ! lâche Adam avec force. Non, ce n'est pas ça ! Docteur, dites-lui que ça ne va pas se passer comme ça.

– Sans traitement, enchaîne Lucille, combien de temps ?

– Beaucoup moins.

– Combien ?

– Quelques mois, voire quelques semaines.

– Lucille, qu'es-tu en train de…

– Je veux avoir toutes les informations pour prendre ma décision.

– Quoi ? Mais, de quelle décision parles-tu ?

– Vous ne pouvez pas m'obliger à suivre le traitement, docteur ?

– Non, mais…

– Vous ne pouvez pas ?

– Non.

– Lucille !

Adam voudrait la raisonner, mais elle fait le choix d'ignorer ses paroles.

– Quand je serai admise en soins palliatifs, pouvez-vous m'assurer que vous ne me laisserez pas souffrir ?

– Arrête, je t'en supplie, l'implore Adam, le cœur au bord de l'explosion.

– Nous parlerons de tout cela le moment venu, répond le médecin.

– C'est quoi, le moment venu, pour vous, si ce n'est pas le jour où vous annoncez à une personne qu'elle va mourir ?

– Lucille, s'il te plaît. Tu es en train de passer directement à…

Adam ne trouve pas les mots.

– À l'étape finale ? Oui, tu veux que je fasse quoi d'autre puisqu'elle est inévitable ? Si on me disait que j'avais une chance de survivre, je me battrais, tu le sais, tu me connais suffisamment. Mais, là, ce n'est pas le cas.

– Madame Jacuri, je crois qu'il faut que vous preniez le temps de digérer cette annonce. Je sais à quel point c'est compliqué et nous avons des personnes qui peuvent vous aider à accepter…

– Accepter ? le coupe-t-elle avec cynisme. Parce que je peux refuser, à votre avis ? Tiens, non, je n'en veux pas de ce cancer, je vais passer mon tour pour cette fois.

Le médecin pince les lèvres, ne sachant pas quoi répondre.

– Quand devrait-elle commencer la chimiothérapie ? demande Adam.

– Le plus tôt possible.

Lucille fixe son mari. Ses yeux lui disent qu'elle ne veut pas de ce traitement, mais ils croisent ceux de l'homme en qui elle croit et qui lui disent qu'elle doit tout essayer parce qu'il veut repousser l'échéance le plus possible.

CHAPITRE 14

UHSA, Lyon, le même jour

– Docteur, vous vous sentez bien ?

Adam redresse la tête. Face à lui, Gregory Prezeau. L'entretien a commencé depuis quinze minutes, mais Adam est incapable de se concentrer. Il devrait être aux côtés de Lucille en ce moment, et ne plus la quitter jusqu'à…

– Docteur ? répète Gregory.

Adam regarde en silence l'homme dont le visage est si abîmé par les tourments. Des cernes noirs, les yeux tristes, les joues creusées, les dents attaquées par les drogues, les cheveux gras.

– Comment vous sentez-vous, ici ? demande enfin Adam.

– Vous me l'avez déjà demandé tout à l'heure. Vous êtes sûr que ça va ?

– Répondez à ma question.

– Je n'ai plus tout ce chahut dans ma tête et les autres ne me font pas de mal.

– Vous savez pourquoi je suis là, Gregory ?

– Oui, pour comprendre ce qui s'est passé et pour m'aider.

– Vous voulez bien m'aider à comprendre ?

– Si je peux. Mais, je ne veux pas que ça recommence, je ne veux pas retourner là-bas, ils me tueront, vous savez !

– Ne pensez pas à cela. Vous êtes ici, avec moi, en sécurité. J'aimerais que l'on parle de vous et de votre parcours.

Adam écoute Gregory lui rapporter les événements importants de sa vie, la dérive, les délits, la drogue, la rue. Son discours est cohérent et colle aux antécédents judiciaires et psychiatriques qu'Adam détient. La paranoïa avait été diagnostiquée par les psychiatres, mais pas la schizophrénie. Adam doit trouver ce qui a provoqué la décompensation schizophrénique responsable du passage à l'acte. Il sait que ce meurtre est certainement l'acte inaugural de la maladie de cet individu et que si la prise en charge est immédiate et efficace, la guérison est possible. S'il va en prison, les chances seront bien plus faibles.

– Gregory, j'aimerais que nous parlions des jours qui ont précédé l'événement pour lequel vous êtes ici. Vous êtes d'accord ?

– J'ai fait des conneries. Ils voulaient me piquer mes doses, les gars dans la rue. Ils m'ont frappé, vous savez, mais c'était à moi, ils n'avaient pas le droit de me les prendre. Vous êtes d'accord ?

– Qu'avez-vous fait ?

– Je me suis défendu. Ils étaient plusieurs. Ils m'ont frappé fort et ils m'auraient tué.

– Qu'avez-vous fait ? répète Adam qui sent Gregory voyager dans ses souvenirs.

Son regard est fixe, rivé sur le bureau, et son corps réagit par soubresauts comme s'il revivait la scène.

– J'ai sorti mon couteau, finit-il par dire en esquivant un coup imaginaire. J'ai agité la main dans tous les sens pour qu'ils arrêtent de me faire mal. Il y a eu des cris, c'était fort, ma tête me faisait mal. Puis du sang, je crois. Je me souviens, j'avais du sang sur les mains. Ils m'ont cassé le nez, j'avais du sang dans la bouche aussi. Puis, plus rien. Le calme, le vide, la douleur. Ils m'ont abandonné là, par terre, j'avais froid.

– Que s'est-il passé ensuite ?

– J'avais nulle part où aller. Je suis rentré à la maison.

– À la maison ?

– Là où on doit vous protéger, normalement. Là, où les parents attendent.

– Quand les autres vous ont frappé, Gregory, vous souvenez-vous si quelqu'un vous parlait ?

– Dans ma tête, vous voulez dire ?

– Oui.

– Non. Je ne suis pas fou, vous savez. Mais j'ai reçu une mission. Il m'a accordé sa confiance pour que je la réalise.

– À quel moment vous a-t-il confié cette mission ?

Gregory baisse les yeux. Un long silence s'ensuit. Adam s'en veut. Il n'aurait pas dû aller aussi vite. Il vient de rompre le contact alors que Gregory lui fournissait des informations importantes au cours de l'anamnèse. Mais la volonté de rentrer retrouver sa femme est bien plus forte que tout le reste.

– Vous êtes donc rentré chez vos parents, reprend-il. Que s'est-il passé ?

– Le premier démon m'a ouvert la porte ! grogne Gregory en serrant les poings. Il m'a fait du mal, beaucoup de mal. Il a voulu me renvoyer dans la rue après m'avoir battu presque à mort.

Adam ne sait pas ce qu'il doit croire. Quelle est la part de réalité et de délire dans le discours de cet homme ? Son père aurait-il pu le frapper et faire basculer son psychisme ?

– Ma mère l'en a empêché, vous savez. Elle est forte, elle a lutté contre le démon pour moi et elle a gagné, il est parti en claquant la porte. Elle m'a soigné et protégé. Une mère, ça protège.

– Votre sœur était-elle à la maison, à ce moment-là ?

– Non, elle est rentrée plusieurs jours après.

– Elle ne vit pas chez vos parents ?

– Si, mais… Maman était très fâchée.

Gregory replonge dans le passé. Il se trémousse sur sa chaise et se tord les doigts. Adam sent une angoisse envahir le patient.

– J'étais enfermé dans la chambre. Le premier démon était revenu, lui aussi, alors ma mère m'avait enfermé pour me protéger. Ça criait dans la maison.

Il fallait que je la protège, ils allaient lui faire du mal, la tuer.

– Qui ?

– Les deux démons qui avaient décidé d'éliminer ma mère.

– Vous m'avez dit que votre sœur était rentrée, tente Adam une nouvelle fois.

– Ma mère a hurlé qu'elle avait honte, que le sexe n'était pas moral quand il était rémunéré. La voix de Kesabel a alors grondé dans toute la maison. Je l'ai reconnue, et le Seigneur m'a dit que je devais vite le tuer. Mais j'étais enfermé. J'ai tapé contre la porte, personne n'entendait, les démons hurlent trop fort. D'un seul coup, la porte s'est ouverte, j'ai reculé. Il est entré et a refermé derrière lui.

– Qui ?

– Kesabel. Et il s'est jeté sur moi en me disant de l'aider. Il avait pris l'apparence d'une femme pour me tromper. Il pleurait et me disait qu'ils allaient le tuer. Le Seigneur m'a aidé à rester sur la bonne voie en me répétant que c'était un démon, pas une femme, et qu'il n'était pas en danger, qu'il faisait une comédie pour mieux me tuer après. La porte était fermée, personne ne pouvait savoir ce qui se passerait. J'ai accompli ma mission.

– Vous souvenez-vous de l'apparence qu'avait prise Kesabel ?

Gregory ferme les yeux et secoue frénétiquement la tête. Des plaintes aiguës s'échappent de sa gorge.

– Il a voulu me tromper ! Il était fort ! Mais je l'ai eu !

– Quelle apparence ?

– J'aurais pu me faire avoir, vous savez. Oui, il a failli m'avoir. Mais le Seigneur m'a guidé.

– De qui le démon avait pris possession ? répète fermement Adam qui sent sa patience arriver à échéance.

– De ma sœur ! crie Gregory en laissant filer la syllabe jusqu'à bout de souffle. Ma sœur ! Ma sœur !

– Stop ! impose Adam qui le sent basculer.

Gregory le regarde, immobile, les yeux de plus en plus ronds. Adam y voit apparaître une lueur d'horreur.

– C'était une apparence, souffle-t-il, désemparé. Dites-moi que c'était une apparence.

Gregory s'inflige un premier coup avec ses poings au niveau des tempes.

– Non ! crache-t-il. C'était une apparence.

Un deuxième coup plus fort. Adam voit le patient perdre pied face à l'arrivée de la prise de conscience. Il sait que celle-ci peut être dévastatrice pour son équilibre psychique. Pourtant, cette fois, il est incapable de réagir. Gregory s'inflige des coups de plus en plus puissants de chaque côté du crâne, terrorisé, postillonnant l'abomination qui s'empare de lui à coups de spasmes. Alertés par les cris, deux soignants entrent dans la pièce et s'occupent de Gregory. Le chef de service arrive précipitamment.

– Que s'est-il passé ? demande-t-il à Adam.

– Il a compris.

CHAPITRE 15

– J'ignore si le deuxième expert ira dans mon sens, mais Gregory Prezeau a commis son acte sous l'effet délirant de sa maladie, annonce Adam au juge d'instruction par téléphone. Son discernement était aboli et il a obéi à une voix intérieure. Ce n'était pas prémédité, il a réagi à une situation représentant un danger de mort dans son délire.

– J'attends votre rapport, répond froidement le juge.

– Cet individu n'a pas sa place en prison, monsieur le juge.

– Contentez-vous de répondre aux questions posées sur la réquisition.

– Vous ne comprenez pas ce que je veux vous dire. La schizophrénie de cet homme est apparue à travers cet acte. S'il est accompagné comme il se doit dans une structure spécialisée, les chances de curabilité sont importantes. En prison, il va s'enfoncer rapidement dans la maladie.

– J'entends ce que vous me dites et je prendrai ma décision en tenant compte de ces informations.

– Avez-vous déterminé ce qui s'était passé au sein de la famille dans les jours qui ont précédé le meurtre ?

– Je ne viens pas mettre mon nez dans votre travail, docteur Jacuri, laissez-nous, les enquêteurs et moi-même, faire le nôtre.

– Il est fort probable que le père de Gregory l'ait violenté quelques jours avant alors qu'il venait de se faire tabasser par des mecs dans la rue. Si c'est le cas, le processus psychologique aurait commencé à ce moment-là. Il aurait transformé la réalité pour faire de son père un démon et se serait donné comme mission de soulager la terre de ces êtres néfastes. Savez-vous si sa sœur se prostituait ?

– Docteur, souffle le juge.

– Vous avez enquêté autour de la victime, vous avez forcément cette info. Si c'est le cas, c'est pour cette raison que Gregory l'a prise pour Kesabel, démon de la luxure. Il m'a expliqué que sa sœur était rentrée, qu'une dispute avait commencé entre elle et ses parents alors qu'il était enfermé dans une chambre. Sa sœur se serait réfugiée avec lui pour échapper à la foudre de ses parents et sa voix intérieure lui aurait dit qu'il s'agissait de Kesabel et qu'il devait la tuer pour protéger sa mère. Si cela peut vous aider à déterminer les circonstances du crime…

– En effet, cette déclaration est importante. J'aimerais entendre le détenu en votre présence.

– Bien entendu.

Assis derrière son volant sur le parking de l'hôpital, Adam écoute les messages qu'il a reçus durant la journée. La police lui explique que des faits similaires à ce qui lui est arrivé sur le périphérique ont été rapportés et que ses effectifs font leur maximum pour retrouver les auteurs de ces infractions. Adam se dit que c'est peine perdue. Un deuxième message vient d'un infirmier de son service évoquant l'état d'Ilda qui semble se dégrader puisque Magda est réapparue et qu'elle s'amuse à défier les soignants. Adam expire son épuisement mental. Il n'a pas la force ni l'envie de chercher une solution. Sa femme l'attend avec sa fille. Il va devoir prendre une décision. Il a consacré sa vie aux autres, il est temps qu'il se consacre à Lucille pour ses derniers mois. Alors qu'il surprend ses pensées à exprimer « ses derniers mois », il ne peut retenir sa douleur. Bras posés sur le volant, il y cache son visage pour pleurer.

CHAPITRE 16

Mémoires, chapitre 3

Certaines professions exigent une présence totale à l'autre. Que je sois face à un patient en souffrance ou à un détenu, je me dois de faire abstraction de mes pensées, de mon système de valeurs, de mes représentations inconscientes... et de mes problèmes personnels. Dit de cette façon, ça peut paraître simple. On enferme tout dans un tiroir le temps de l'entretien et on récupère ses affaires en sortant. Pourtant, la réalité est bien plus complexe. Les artéfacts parasites sont nombreux quand on se trouve assis à un mètre d'un homme ou d'une femme ayant, pour certains, commis des actes répugnants. Avant d'être expert, je suis humain et mon esprit a parfois besoin de trouver une porte de sortie pour fuir l'insupportable ou d'en finir au plus vite pour résoudre les problèmes qui se jouent à domicile.

Je me souviens d'un jour où j'ai reçu un détenu en grande détresse morale au SMPR :

Peu de temps après le début de l'entretien, mon téléphone vibre. Lucille. Elle attendra. Deuxième appel. Mes pensées commencent à se disperser. Une oreille écoute le détenu qui ose avouer ce qu'il subit chaque jour, alors que je me demande si Lucille a quelque chose d'urgent à me dire.

Troisième appel. Cette fois, l'oreille commence à devenir sourde aux propos de l'homme en pleurs. L'inquiétude prend toute la place.

– Excusez-moi, dis-je au détenu sans me soucier du moment auquel je l'interromps. Je suis à vous dans une minute.

Je me lève et me retourne pour répondre.

– Que se passe-t-il ? Je suis en entretien.

– C'est Lou !

Je perçois la panique dans la voix de Lucille. Une force invisible me comprime le sternum.

– Il s'est passé quelque chose au lycée, un groupe de crétins s'en est pris à elle. Elle s'est enfuie, je ne sais pas où elle est. Elle a éteint son téléphone. Elle a dit à ses copines qu'elle allait se foutre en l'air ! Aide-moi, il faut qu'on la retrouve.

La peur explose dans ma poitrine. Je me retourne et ignore les yeux du détenu qui implorent mon aide.

– Je suis désolé, nous devons reporter le rendez-vous à demain, j'ai une urgence. Les infirmiers vont vous ramener.

Il essaye de me retenir, de me dire que je suis sa dernière chance. Mais à choisir, je préfère être la dernière chance de ma fille que de cet homme qui a commis un crime.

Ce soir-là, Lou est rentrée à la maison, elle n'avait rien, nous avons pu parler et résoudre le problème.

Ce soir-là, le détenu a été retrouvé mort dans sa cellule. Plusieurs essais lui auront été nécessaires avant de trouver la carotide. Le crayon qui lui a servi était à moi. Quand Lucille m'a téléphoné, je me suis retourné... Quand le détenu m'a imploré, je l'ai ignoré.

Tous nos actes ont des conséquences et certaines vous poursuivent toute une vie.

CHAPITRE 17

Lou est assise sur un tabouret haut et discute avec Lucille qui prépare le repas. Adam ne sait pas quel comportement adopter en entrant dans l'appartement. Il voit les yeux tristes de sa fille, mais entend la voix énergique de sa femme.

– Tu rentres tôt, ce soir ! s'exclame-t-elle. C'est bien, nous allons pouvoir passer la soirée tous les trois. Je prépare un petit filet mignon, chèvre-miel.

Faire comme si de rien n'était, est-ce de cette façon qu'il doit aborder ce moment ? Lucille est-elle dans le déni ou essaye-t-elle de protéger sa famille ?

– Ça va, papa ? demande Lou en descendant de son tabouret pour enlacer Adam.

Touché par cette marque de tendresse, il ravale au mieux son émotion et passe le bras dans le dos de Lou pour la serrer un peu contre lui.

– Ça va.

– J'ai dit à Lou qu'on ne pleurait pas, ce soir ! lance Lucille en tapotant du couteau la planche à découper.

– Que fais-tu, toi, pourtant ? demande Adam en la rejoignant dans la cuisine.

– Justement, tiens, répond-elle en lui tendant le couteau. Coupe-les, ces satanés oignons.

Lou se met à parler d'une affaire sur laquelle elle travaille. Adam écoute, mais trouve la situation étrange. Ignorer le sujet, parler d'autre chose, est-ce la meilleure solution ? Doit-il répondre et élargir l'échange ou, au contraire, mettre le sujet tabou au milieu de la table et forcer sa femme et sa fille à le regarder en face ?

– Et toi, papa, tu as revu le tueur d'anges déchus ?

– Oui.

– Alors ?

Adam fait le choix de tenir le sujet tabou éloigné encore un peu et raconte ce qui s'est passé avec Gregory Prezeau.

– C'est toi le psy, mais je trouve ça étrange, finit par dire Lou.

– Que veux-tu dire ?

– Déjà, c'est un peu rapide pour que les médicaments l'aient stabilisé aussi rapidement, non ?

– S'il n'est vraiment qu'au début de la maladie, les traitements peuvent avoir un effet rapide.

– Ils permettent aussi de recouvrer la mémoire ? Ce n'est pas un peu étonnant qu'il se souvienne de tout d'un coup ? Le fait qu'il soit sorti de son déni délirant au bout de quelques minutes d'entretien ne te pose pas question ?

– Lou, intervient Lucille. Ne crois-tu pas que ton père connaît mieux que toi la maladie mentale, ses symptômes et ses exceptions ?

– Si, bien sûr. Je voulais juste lui faire part de mon regard extérieur et de mes interrogations.

Adam fait rouler un morceau de viande du bout de sa fourchette et le regarde faire des huit dans la sauce. Et si sa fille avait raison ? Était-il entièrement disponible au cours de cet entretien pour percevoir ce qui s'y déroulait ? Son inquiétude pour Lucille aurait-elle pu modifier sa perception des événements et le rendre aveugle à des détails importants ?

Après le repas, Adam a préparé trois cafés qu'il apporte dans le salon sur un plateau avec une boîte de chocolats.

– Assieds-toi, lui dit Lucille d'une voix douce alors qu'elle tend une main vers Lou et l'autre vers lui. Merci d'avoir respecté ce que je voulais, ce soir. J'avais besoin de faire comme si tout allait bien, besoin de parler avec vous et de rire, sans recevoir vos regards de pitié ou de tristesse.

Ces mots activent immédiatement l'émotion dans les yeux de la famille.

– Je ne suis pas dans le déni, ajoute-t-elle en regardant son mari avec un sourire triste. Je sais ce qui m'attend, je sais que je ne gagnerai pas cette bataille, mais je sais que je veux rester auprès de vous le plus longtemps possible.

– Maman, expire douloureusement Lou.

– Ça va aller, ma chérie. Je voulais vous dire que j'avais réfléchi et que je vais accepter le traitement. J'ai appelé Gilles, cet après-midi, il va me faire entrer dans le meilleur service d'oncologie qu'il connaît. Les mois à venir ne seront pas très drôles, je crois.

– Nous serons là, dit Adam. Je vais anticiper mon départ à la retraite.

– Non. Vos vies ne doivent pas s'arrêter. Je ne veux pas qu'elles s'arrêtent.

– Maman, nous n'allons pas pouvoir continuer comme si de rien n'était, tu le sais bien.

– Si, parce que je vous le demande. J'ai besoin que mon environnement proche ne soit pas chamboulé. Ne bousculez pas mes repères, c'est ce qui va m'aider à tenir.

CHAPITRE 18

Le lendemain, le 16 mars 2023

Le juge d'instruction a rejoint Adam à l'UHSA pour auditionner Gregory Prezeau. Dans l'attente de l'arrivée du détenu, ils échangent au sujet de ce que Prezeau a confié à Adam, la veille.

– J'espère qu'il sera en mesure de renouveler ses déclarations, précise le juge. J'ai vu le psychiatre du service en arrivant et il m'a dit que le détenu était très perturbé depuis votre entrevue. La révélation de l'identité de la victime l'aurait fait replonger.

– Je ne lui ai pas révélé la vérité, il l'a conscientisée, c'est différent.

La porte s'ouvre et Gregory apparaît, entouré de deux infirmiers. Adam a l'impression d'avoir fait un bond dans le passé. Il retrouve le même homme que celui qu'il a vu en prison. Désorienté, regard méfiant, mouvements saccadés du corps.

– Le patient présentant des signes d'hétéro-agressivité évidents, nous allons rester avec vous pendant la durée de l'entretien, annonce un infirmier.

– C'est entendu, répond le juge.

Adam comprend que ce dernier n'est pas à l'aise face à la maladie mentale. Il le voit reculer sa chaise et s'asseoir en position défensive.

– Bien ! lâche-t-il quand Gregory est assis. J'ai demandé à vous entendre une nouvelle fois, monsieur Prezeau, suite à l'entretien que vous avez eu avec le docteur Jacuri. Les déclarations que vous avez faites durant celui-ci sont très importantes pour la compréhension des faits et pour la décision judiciaire vous concernant.

– Les démons sont entrés ! rugit Gregory avec des yeux effrayés. Ils sont là, je les ai vus cette nuit. Ils sont venus me chercher. Ils savent maintenant que j'ai tué l'un d'eux.

Adam est désarçonné. Retour à la case départ. Le juge le regarde en coin, comme s'il attendait son intervention pour recadrer les idées du détenu.

– Gregory, se décide-t-il. Ils ne peuvent rien contre vous, ici. Vous êtes en sécurité.

– Non, pas lui, murmure Gregory. Il est gentil, il veut m'aider.

Le juge adresse un regard interrogateur à Adam.

– Que vous dit-il ? continue Adam en ignorant le comportement du juge.

– Il me répète que vous en êtes un. Vous, docteur. C'est vrai ? Il doit avoir raison, le Seigneur ne se trompe jamais. Si vous faites partie des démons, ça veut dire que…

– Messieurs, lance le juge à l'attention des infirmiers. Pensez-vous qu'il soit possible d'obtenir un discours cohérent du détenu dans les minutes à venir ?

– Si vous sous-entendez une action de notre part pour le stabiliser, non.

– Bien. De toute évidence, cet entretien ne mènera nulle part. Il est certain que cet individu est soumis à son délire, ses hallucinations auditives et ses convictions démoniaques le prouvent. S'il était en décompensation au moment de l'acte, comme vous semblez le certifier, ajoute-t-il en regardant Adam, je crois que l'alinéa 1 de l'article 122-1 du Code pénal aura là un exemple parfait.

Gregory tourne la tête dans tous les sens.

– Lui aussi ? chuchote-t-il en levant les yeux. Oui ! Lui, je crois. Vous avez raison.

Ses yeux se figent alors sur le juge et un sourire terrifiant s'étire sur son visage. Les infirmiers sont à l'affût. Ils interviennent avant que Gregory n'ait le temps de se jeter sur le juge. Celui-ci se lève brusquement, récupère sa serviette en cuir par terre et quitte la pièce en passant au plus loin du détenu qui ne le quitte pas des yeux et qui malmène les infirmiers pour se libérer.

– Docteur, je vous attends dehors, dit le juge en précipitant sa fuite.

Adam lui emboîte le pas, mais il est arrêté par la voix de Gregory.

– Docteur, je peux vous dire quelque chose ?

Le détenu semble s'être calmé instantanément après le départ du juge. Les infirmiers relâchent un peu l'intensité de leur prise.

– Juste à vous, précise-t-il à Adam.

– Pouvez-vous le lâcher et vous éloigner un peu ? demande alors Adam aux soignants.

– Je crois que c'est une très mauvaise idée, répond l'un d'eux.

– Je ne sollicite pas votre avis, je vous demande poliment de faire ce que je vous dis.

– Nous sommes responsables de ce qui se passe dans cette pièce.

– En tant que psychiatre, je prends l'entière responsabilité de mes actes, merci, messieurs.

Les infirmiers desserrent lentement leurs doigts pour pouvoir réagir si le détenu se jette brusquement sur Adam. Mais il semble étrangement calme. Ils reculent vers la porte. Gregory effectue un léger mouvement de tête vers Adam pour lui dire d'approcher. Adam accepte, lui-même surpris de sa confiance. Quand il est assez près pour que Gregory lui parle sans être entendu par les autres, il tend l'oreille et son corps s'électrise avant de se figer.

– Je sais ce que j'ai fait et ma sœur n'était que la première. À bientôt, docteur.

CHAPITRE 19

Quand Adam retrouve le juge dans le hall de l'hôpital, il se sent perdu. À qui appartenaient les mots prononcés par Gregory ? Au Seigneur mental, au disciple du bien ou au tueur qui se joue de lui depuis le début ?

– Docteur, l'interpelle le juge, je crois que les choses sont désormais très claires.

– Avez-vous reçu le rapport du deuxième expert ? s'empresse de demander Adam qui ressent le besoin d'avoir une confirmation extérieure de son analyse.

– En effet, il va dans le même sens que le vôtre. Schizophrénie paranoïde, abolition du discernement au moment du passage à l'acte, curabilité envisageable si prise en charge immédiate. Étant donné ce que je viens de voir, vous avez raison, cet homme est malade et l'irresponsabilité semble évidente. Vu sa dangerosité, je vais demander au préfet un placement immédiat en UMD[3].

3. UMD : unité pour malades difficiles.

Adam ignore ce qu'il doit faire. Avouer au juge ce qu'il vient d'entendre de la bouche de Gregory pour reporter la décision au risque de se tromper, ou se taire et faire interner le patient au risque qu'il ressorte précocement et qu'il recommence ? Pourquoi n'arrive-t-il pas à faire preuve de lucidité dans cette affaire ? Tout est noyé dans un épais brouillard. Il repense alors au brouillard de l'autre nuit, à la silhouette immobile.

– Docteur, vous allez bien ?

Adam répond par l'affirmative alors qu'il a l'impression que tout est en train de s'écrouler comme un château de sable emporté au ralenti par un vent puissant.

– Docteur, l'accoste un infirmier. On a vraiment besoin de vous dans le service. Ilda va mal et elle n'a confiance qu'en vous.

– J'arrive, répond-il machinalement.

– Merci pour votre aide dans ce dossier, docteur, dit le juge en tendant la main.

Adam la regarde, la serre et sait que lorsqu'il l'aura lâchée, il sera trop tard. S'il a quelque chose à dire, c'est maintenant. Il rit jaune intérieurement en se disant que certaines décisions capitales se jouent en deux secondes et que l'esprit humain devrait être capable d'analyser toutes les informations en même temps pour résoudre un problème insoluble. N'ayant pas téléchargé l'algorithme adéquat dans son cerveau, Adam fait le choix de capituler.

– À bientôt, monsieur le juge.

Après sa visite compliquée dans la chambre d'Ilda, Adam retrouve le calme de son bureau pour quelques minutes. Il regarde son téléphone pour s'assurer que Lucille n'a pas eu besoin de lui et découvre que Lou lui a envoyé un lien. La curiosité le pousse à l'ouvrir et le visage de Pierre lui saute alors désagréablement aux yeux. Une photo qui date de vingt ans. Les médias ne pouvaient pas passer à côté de cette information. La liberté d'un homme ayant commis les pires des atrocités et ayant fini par tuer son père. Comment renforcer le sentiment d'insécurité des citoyens, si ce n'est en publiant de tels articles ? Accompagnant le lien, une phrase de Lou :

Es-tu sûr d'être en sécurité, papa ?

CHAPITRE 20

Mémoires, chapitre 4

Je faisais le constat, dans le chapitre précédent, que nos actes ont tous des conséquences et que celles-ci sont parfois dramatiques. Cela m'amène à ressasser un souvenir que j'ai envie de vous dévoiler.

En tant que psychiatre, je suis parfois amené à solliciter le préfet pour demander une autorisation de sorties d'essai, c'est-à-dire donner la possibilité à un patient de quitter l'hôpital le temps d'un week-end, d'une semaine, d'un mois... Et, l'étape suivante, quand les sorties d'essai du patient se sont bien passées, je mets ma casquette d'expert pour statuer sur la dangerosité de l'individu et permettre la sortie définitive de l'hôpital psychiatrique.

Il y a cinq ans, j'étais le psychiatre traitant d'un jeune homme interné après qu'il avait été déclaré irresponsable de ses actes. Après trois années de soins, cet individu semblait aller beaucoup mieux. Son état était stable depuis des mois, il avait pris conscience de ses actes, était parvenu à prendre de la distance, s'était pleinement engagé dans la démarche de soins. Il avait la volonté de se réinsérer socialement, professionnellement, et sa structure familiale lui permettait un soutien certain à sa sortie. J'ai alors fait appel au préfet. Sorties d'essai autorisées pour une première période de trois mois. Premier week-end, le patient revient le dimanche soir, heureux. Les permissions s'enchaînent ainsi sur la période, avec, chaque fois, quelques jours supplémentaires autorisés. Les trois mois sont renouvelés par le préfet dans l'objectif d'aboutir à une sortie définitive. Quinze jours de permission lui sont alors proposés. C'est à la fin de la première semaine qu'il se lève en pleine nuit, qu'il va chercher le couteau lui faisant de l'œil sur le plan de travail depuis deux jours – ce sont ses mots –, qu'il monte délicatement l'escalier, qu'il entre dans la chambre de ses parents et qu'il se demande subitement ce qu'il fait là. Sa mère sent sa présence. Elle se réveille, le regarde et voit la lame luisante dans sa main. Elle hurle. Il est saisi, prend peur et veut juste qu'elle se taise. Il la poignarde à cinq reprises. Son père s'extrait comme il peut du lit et trébuche, empêtré dans les draps. Impossible de laisser un témoin. Cette fois, l'acharnement prendra fin après vingt-deux coups de couteau.

À votre avis, qui est responsable de ce dramatique fait divers aux yeux de tous ? Mais, je dois vous avouer que l'avis de l'opinion publique n'est rien pour moi dans ces cas-là, comparé à mon propre sentiment de culpabilité. Il y a des professions où l'échec vous empêche d'avoir une augmentation, vous fait perdre un client, vous prive de sommeil le temps de trouver une solution dans un dossier.

Dans mon cas, cet échec a coûté la vie à deux personnes. Alors, même si la récidive grave est l'exception de l'exception, elle existe et quand elle vous touche, elle vous détruit. Comment pouvez-vous continuer à vous faire confiance après un tel drame ? Comment encore croire en votre jugement, en votre capacité à soigner, en votre faculté à déterminer ce que doit devenir un individu ? Je n'ai jamais trouvé la réponse à cette question, mais je continue d'exercer. On se construit sur nos erreurs, mais dans mon cas, rien ne me certifie que je ne les commettrai pas de nouveau. Rien ne me certifie que les autres psychiatres ne les commettront pas.

CHAPITRE 21

Adam fait défiler les pages de l'article sur l'écran de son téléphone et lit avec attention chaque ligne. Il est expliqué qu'après l'assassinat du surveillant en prison, Pierre a été jugé une nouvelle fois aux assises et réexpédié en cellule. Heureusement, un psychiatre du centre pénitentiaire a très vite alerté sur la dangerosité de ce détenu, sentant poindre les prémices d'un nouveau passage à l'acte. Le préfet a alors pris la décision de placer Pierre au sein d'une unité pour malades difficiles afin de soigner sa maladie mentale. Il y est resté sept ans après lesquels les comptes-rendus de l'UMD ont révélé une bonne intégration au groupe, une participation active aux activités proposées, un respect rigoureux des soins et une évolution psychologique très favorable. Cela a marqué la fin de son internement au sein de l'unité pour malades difficiles et son transfert en hôpital psychiatrique. Après dix autres années d'hospitalisation, Pierre a bénéficié de son premier congé d'essai de quelques jours, mais il a très vite présenté des comportements inquiétants et n'a pas respecté le contrat de soins. La réintégration en hôpital a donc été actée. L'année dernière, une nouvelle autorisation de sortie lui a été accordée. Cette fois, tout s'est bien déroulé. Il semblait stable et s'est lancé dans la recherche d'un travail. Il a honoré tous ses rendez-vous médicaux, s'est impliqué dans son parcours de soins et de réinsertion et n'a plus montré aucun signe de schizophrénie. Sa sortie définitive a été décidée.

Adam lance une recherche sur Internet et note des numéros de téléphone. Après plusieurs tentatives et de longues minutes de musique d'attente, il est enfin en contact avec la bonne personne.

– En effet, j'ai suivi Pierre Morin durant les cinq dernières années de son hospitalisation. C'est à quel sujet ?

– J'ai croisé le chemin de cet individu, il y a vingt ans. Confronter les souvenirs que j'ai de lui et l'idée qu'il soit aujourd'hui libre est très perturbant pour moi.

– J'imagine, mais vous savez tout comme moi qu'un individu évolue et que la guérison est possible, sinon, nous ne ferions pas ce métier.

– Et vous savez aussi, tout comme moi, qu'il est très délicat de se prononcer avec certitude sur la dangerosité et le risque de récidive.

– Vais-je réellement devoir me justifier aussi auprès de mes pairs ? Vous êtes censé savoir que la psychiatrie ne garde ses patients que le temps nécessaire pour leur donner les soins dont ils ont besoin. L'hôpital n'est pas une prison, on y dispense des soins, non des peines. Si vous voulez vous en prendre à ceux qui sont vraiment responsables de sa liberté, contactez donc son avocat ou le tribunal d'application des peines.

– Bien sûr… Pouvez-vous me parler du comportement de Pierre Morin lors de ses sorties d'essai ?

Adam entend souffler à l'autre bout de la ligne.

– Écoutez, je ne sais pas ce que vous cherchez à faire ou à entendre, mais si vous m'appelez pour porter un jugement sur mes méthodes de travail, je crains que nous en restions là.

– Persiste-t-il chez cet homme ne seraient-ce que des braises d'agressivité ?

– J'ai l'impression d'être interrogé par un journaliste, c'est marrant. Même si « marrant » n'est pas le premier terme qui me vienne.

– Écoutez ! râle Adam. Il y a vingt ans, j'ai demandé que cet homme soit interné. La justice en a décidé autrement et il a fini par tuer un surveillant. Il y a vingt ans, cet homme a ressenti une jouissance non dissimulée à me détailler ses crimes, son goût pour le sang et pour la toute-puissance démoniaque. Vous n'avez sûrement pas vu cette facette de lui, sinon, vous me répondriez moins à la légère.

– Vingt ans, vous le dites vous-même. Vingt ans de soins. Heureusement que je n'ai pas eu l'occasion de voir cette facette, ça aurait signifié un échec total de la prise en charge.

– Je souhaite que cet échec ne vous pète jamais à la gueule !

Adam raccroche, le cœur tambourinant à cent à l'heure. Qu'est-il en train de faire ? Pourquoi s'en prendre si brutalement à un confrère qui n'a fait que son travail ? La peur. C'est elle qui est en train de s'emparer de sa raison. L'angoisse de mort sur laquelle il a tant travaillé, c'est elle qui lui pète à la gueule, comme il vient si bien de le dire. L'annonce de la maladie de sa femme a eu sur lui un effet terrassant. Prendre conscience de la finitude. Celle de l'autre… la sienne. Que sommes-nous censés faire quand celle-ci est annoncée ?

Le téléphone de son bureau retentit, l'empêchant d'aller au bout de sa réflexion.

– Docteur, un appel qui semble urgent, annonce la secrétaire. Je n'ai pas compris le nom, mais la personne semble très désorientée.

– Passez-la-moi, répond Adam d'une voix lasse.

Alors qu'il entend le changement de ligne suivi d'un silence, il amorce la discussion.

– Docteur Jacuri, j'écoute.

– Jacuri… Comment allez-vous, docteur ?

La secrétaire a parlé de quelqu'un de désorienté, pourtant, la voix qui s'adresse à Adam est très calme. Si calme qu'elle en est déroutante.

– À qui ai-je l'honneur ? demande Adam.

– Je voulais juste m'assurer que votre voiture n'était pas trop abîmée.

Adam se rembrunit, son visage se froisse et son esprit turbine.

– Excusez-moi, mais je ne crois pas avoir compris qui vous êtes.

– Au contraire. Je crois que vous l'avez très bien compris.

Adam se laisse tomber dans son fauteuil.

– Qui êtes-vous ? réitère-t-il plus sèchement, des notes angoissées dans la gorge.

– La peur ne nous protège pas, docteur. La folie, si.

Alors qu'il entend le bip de fin de communication, Adam est comme pétrifié. Il repense à la silhouette dans le brouillard de sa rue sombre, aux mises en garde de Lou, à la pierre jetée sur sa voiture. Il ferme alors les yeux. Comment n'a-t-il pas fait cette association libre avant ? Pierre était fier de porter le nom de la croix inversée. Ça a dû l'amuser de jeter la pierre du haut du pont. Adam ressent subitement la peur engrangée durant toutes ces années ne faire qu'un avec son être. Il compose un numéro sur son téléphone tout en tournant les pages de son agenda.

– Oui Gilles, c'est moi, Adam. Dis-moi, la chimio que doit subir Lucille, tu peux me dire comment ça va se passer ? Elle doit aller à l'hôpital tous les jours ?

– Non, j'ai eu le service ce matin, elle commence demain une première cure de six jours. Elle aura ensuite vingt jours de repos avant la deuxième.

– Très bien. Donc, on peut partir dans six jours. Elle n'a pas obligation de rester sur place ?

– Non. Écoute, je suis sincèrement désolé de…

– Je sais. Merci d'avoir fait les démarches pour elle. Je te rappelle.

En sortant du bureau, Adam rejoint directement la secrétaire.

– Vous m'annulez tous les rendez-vous de la semaine prochaine. Si besoin, vous pouvez les avancer et charger mon planning des prochains jours.

– Bien, docteur.

CHAPITRE 22

Mémoires, chapitre 5

Après avoir été en contact avec plusieurs individus ayant commis des crimes glaçants, la peur, dont je vous parlais dans les précédents chapitres, a activé mon réflexe de survie qui s'est manifesté dans un premier temps par la possibilité de fuir. Trouver un refuge, loin de Lyon. Un endroit isolé que rien ne pourrait relier à moi. Une demeure au milieu de nulle part que ma femme achèterait sous son nom de jeune fille. Ma paranoïa a d'abord fait sourire Lucille, puis elle a trouvé l'idée séduisante. En quelques semaines, elle a déniché l'annonce de ses rêves. Une grande propriété au cœur des monts d'Arrée, sur la commune de Huelgoat. Un jardin aménagé avec une terrasse, des dépendances, un grand étang et des arbres centenaires. Une rivière qui file sous un pont en pierre permettant de relier la maison à une petite île. Un ancien moulin réhabilité en une somptueuse pièce avec cheminée. Je me suis vite projeté dans cette dépendance et l'ai imaginée comme mon bureau, mon cabinet, ma zone de retrait. Lucille a râlé, elle la voulait pour elle, pour y installer son atelier créatif, entre tableaux et sculptures. La première visite a suffi à nous convaincre. Véritable coup de cœur pour ce havre de paix, sans voisins. Juste nous et la nature. Retour aux sources.

Autour de cette demeure, la forêt de Huelgoat. Quelle magnifique découverte ! Si vaste qu'il est difficile d'en connaître tous les recoins. Si verte qu'il suffit d'y mettre un pied pour laisser la nature vous envahir. Si mystérieuse que chaque promenade est source d'émotions diverses et variées, mais toujours enchanteresses.

Je me souviens de notre première soirée. Au coin du feu, Lucille semblait tracassée et n'avait de cesse d'observer à l'extérieur. Un plaid sur les épaules, elle alternait entre le fauteuil près de la cheminée et le mur près de la fenêtre.

– Tu es sûr qu'on a bien fait ? m'avait-elle alors demandé.

– Cette maison est parfaite.

– Alors, pourquoi je ne me sens pas en sécurité ? Tu as réussi à me transmettre ta parano, tu n'es qu'un idiot !

– Personne ne pourra nous trouver ici, comment veux-tu que ce soit possible ?

– En disant cela, tu sous-entends que quelqu'un pourrait avoir envie de nous trouver, et ce simple

constat m'effraie. Tu travailles avec des fous sanguinaires, je te rappelle.

– Ne les appelle pas comme ça, s'il te plaît.

– Ne fais pas ton psy offusqué, c'est la réalité. Des fous qui commettent des crimes abominables, voilà ce qu'ils sont. Et si l'un d'eux arrivait à nous retrouver ici, tu imagines ? Il pourrait faire ce qu'il veut de nous, il n'y a personne à des kilomètres à la ronde.

– En effet, tu deviens parano à ma place.

– On le serait à moins, non ? Regarde, m'avait-elle dit en scrutant le jardin dans la pénombre. N'importe qui peut se cacher sur cette propriété, il y a des arbres partout, des cabanons, l'île avec son moulin. C'est un terrain de jeux rêvé pour un psychopathe.

– Les psychopathes que j'ai expertisés sont en prison.

– Ne joue pas sur les mots, s'il te plaît, tu comprends très bien ce que je veux dire. Et puis mince alors ! C'est quand même toi qui as voulu acheter une maison de repli, alors arrête de faire comme si c'était moi qui devenais trouillarde. Tu m'agaces à la fin !

– Mais c'est que tu te mettrais en colère contre moi.

– Oui ! Ton sourire moqueur m'exaspère, ce soir. N'y a-t-il donc qu'avec tes patients que tu as un peu de compréhension et d'empathie ?

– Je te comprends et je t'empâte, avais-je répondu pour briser la glace.

– Mission réussie, elle avait ri.

– C'est toi qui t'empâtes, vieux machin ! m'avait-elle lancé avec tendresse. Pour en revenir à cette maison, il est hors de question que tu me laisses ici toute seule, tu m'entends ?

– À votre service, madame. Voulez-vous que j'aille chasser le loup dans la forêt, ce soir ?

– Oui ! Un fusil ! C'est ça qu'il nous faut.

– Tu n'es pas sérieuse ?

– Si, bien sûr. Au cas où. Ça me rassurerait, je crois.

– C'est hors de question.

– Alors un chien.

– Encore pire ! Entre un fusil et un chien, je choisis de dormir en chien de fusil contre toi ce soir, avais-je dit en me mettant derrière elle pour la serrer contre moi.

– Tu m'énerves, avait-elle répondu en se retournant avant de me fixer longuement.

– Il ne nous arrivera rien, je te le promets.

CHAPITRE 23

Huelgoat, une semaine plus tard,
le 25 mars 2023

Adam s'est levé à l'aube pour profiter du dégradé céleste. Le printemps est là, la vie sort de sa léthargie. Lucille, quant à elle, est très fatiguée. Sa première cure l'a vidée de son énergie habituelle et Adam ne peut que le constater avec impuissance et tristesse.

– Bonjour, dit-elle en le surprenant sur la terrasse. Il fait froid, ce matin, tu ne trouves pas ?

– Bonjour, ma chérie. Tu as raison, rentrons pour prendre le petit déjeuner.

– Je n'ai pas très faim.

– Mais tu dois…

Adam s'arrête de lui-même. Qu'a-t-il à lui conseiller ?

– Hier soir, relance-t-elle en passant la baie, j'ai perdu mes premiers cheveux. L'équipe soignante m'avait parlé d'un délai de deux à trois semaines après le premier traitement, avec des exceptions. Je suis donc une exception.

Adam s'étonne de la banalité avec laquelle sa femme s'exprime sur le sujet. Il ne sait pas comment réagir. S'apitoyer, rassurer, rester neutre ? Quel incompétent ! Psy et incapable de trouver la bonne posture face à sa propre femme.

– Pourras-tu essayer de me trouver un grand foulard sur le marché ? enchaîne-t-elle en mettant la machine à café en marche.

– Nous n'y allons pas ensemble ? se surprend Adam.

– Je n'en ai pas la force.

– Nous prendrons le temps, ça te fera du bien.

Il se mord la joue. Quelle phrase ridicule !

– Je ne le pense pas.

– Tu ne m'avais pas dit qu'il était hors de question que tu restes ici toute seule ?

– De quoi veux-tu que j'aie peur ? Dans mon état, la mort serait une…

Cette fois, c'est Lucille qui s'autocensure.

– Je préfère juste rester là, j'espère que tu me comprends. Je n'ai pas envie de croiser les regards curieux, peinés, ou encore de faire face à la pitié des gens.

– Leur peine serait pourtant sincère, tu le sais. On se connaît tous, là-bas.

– Justement. Ils ne regarderaient que moi. *Celle qui s'est défaite en un rien de temps, qui marche lentement, qui s'essouffle au moindre effort. Regarde, elle a même commencé à perdre ses cheveux. Qu'est-ce que ça doit être difficile, la pauvre, je la plains, tu te rends compte...* Non. Je ne veux pas que l'attention soit focalisée sur moi, et surtout sur cette satanée maladie.

– Tu resteras donc enfermée, ici ?

– La propriété est assez vaste pour que je prenne l'air, tu ne crois pas ? Pourras-tu passer à la miellerie de Huelgoat pour prendre du miel de luzerne ? Je me dis que ça soulagerait peut-être mes nausées.

– Je ne suis pas sûr de vouloir te laisser seule.

Lucille pose des yeux interrogateurs sur son mari quand elle saisit l'intonation employée.

– Que se passe-t-il ?

– Je suis juste un peu inquiet pour toi.

– Pourquoi as-tu voulu venir cette semaine ?

– Pour que tu puisses te reposer.

– Je te connais, Adam. Tu me caches quelque chose.

– Non, bien sûr que non.

– Tu n'es pas comme d'habitude. Je te sens très préoccupé.

– Ça te semble si inconcevable ?

– Je connais la symbolique de cette maison pour toi. Ton refuge, ton moyen de repli, ton point de chute en cas de fuite. Et là, tu as peur de me laisser seule. Alors, je te le demande encore une fois, pourquoi sommes-nous ici ?

– Et moi, je te le répète, dit Adam en enrobant le visage de sa femme de ses mains, nous sommes là pour te permettre de te reposer.

En revenant du marché, Adam traverse le petit pont pour aller s'enfermer quelques minutes dans le vieux moulin. Lucille ne l'a pas vu arriver. Elle est installée dans une autre dépendance, face à une toile vierge, immobile depuis une heure. Rien ne parvient à la mettre en mouvement. Elle tourne légèrement la tête et regarde les pots de peinture. Une envie subite de les prendre pour jeter leur contenu sur la toile la submerge. Débarque alors sous sa poitrine une vague puissante qui emporte tout sur son passage en remontant jusqu'à sa gorge. Ses mâchoires se contractent, ses dents se scellent, des picotements envahissent son nez et des larmes, ses yeux. Elle se lève du tabouret en bois, prend le pot de rouge et expulse violemment la peinture en direction du grand chevalet. Un premier sanglot accompagne ce geste. Une chorégraphie inconsciente se met alors en place, un deuxième pot, un deuxième spasme, un troisième et l'émotion devient incontrôlable. La colère évacuée laisse place au bout de quelques minutes à la peur, puis à la tristesse. Quand Adam entre, il trouve Lucille à genoux, recouverte d'éclaboussures multicolores, le regard perdu dans des émotions incontrôlables. Lui qui s'apprêtait à faire un défilé de mode se retrouve à terre sans chercher à comprendre et enlace le corps de sa femme pour venir le coller tendrement contre lui, en silence.

Après de longues minutes de réconfort mutuel, Lucille ouvre les yeux et pose son regard sur Adam en reculant légèrement.

– Que fais-tu dans cette tenue ? s'étonne-t-elle sans parvenir à laisser le rire de surprise exploser.

– J'ai très mal choisi mon moment, je suis désolé.

– Non, ne t'excuse pas. C'est plutôt bien choisi, au contraire. Ça met un peu de légèreté dans tout ce beau bordel qui me terrifie.

– Je suis désolé…

– Non. Arrête, s'il te plaît. Raconte-moi ce qui t'a pris.

– Je te plais ? plaisante Adam sans pourtant en avoir le cœur.

Lucille le regarde se lever et tourner devant elle comme une danseuse dans une boîte à musique.

– Tu n'es pas possible, s'esclaffe-t-elle soudain. Mais qu'est-ce qui t'est passé par la tête. Où as-tu trouvé cet accoutrement ?

– Dans une boutique chic. Je trouve ça plutôt adapté à la saison, non ?

Lucille l'observe, sourire aux lèvres. Il porte une chemise turquoise, un nœud papillon mauve et des bretelles roses, le tout assorti d'un pantalon en velours orangé et de baskets blanches.

– Tu craignais que les gens ne voient que toi, explique enfin Adam après avoir arrêté les tours sur lui-même. Quand nous sortirons demain, tu verras lequel de nous deux fera le plus jaser ! Tu ne croyais quand même pas que j'allais te laisser me faire de l'ombre ?

Lucille secoue la tête, tendrement amusée.

– Et ça, c'est pour toi, ajoute-t-il en tendant un foulard. Assorti à mon nœud pap, si ce n'est pas la grande classe !

– Monsieur Jacuri, dit-elle en se relevant à son tour. Vous êtes l'homme le plus fou que je connaisse.

CHAPITRE 24

Hôpital psychiatrique, Lyon, le même jour

Déclaré pénalement irresponsable de ses actes par le juge d'instruction et en attendant son transfert en unité pour malades difficiles, Gregory Prezeau a été placé en isolement à l'hôpital psychiatrique de Lyon. Il sait que son comportement va être attentivement observé durant cette période. Il se souvient des précédentes hospitalisations, il connaît le processus. Il aura des entretiens réguliers avec des psychiatres qui chercheront à analyser chaque mot, chaque geste, chaque regard. Ils lui parleront certainement de cette angoisse qui le pousse à se méfier du monde et à déformer la réalité, ainsi que de cette voix qui l'a guidé vers le point de non-retour. Ils essaieront de décortiquer son délire, de savoir quand est apparu ce sentiment omniprésent de persécution et de trouver ce qui a pu le raccrocher à sa mission sainte. Alors, Gregory leur donnera ce qu'ils veulent, ce qu'ils attendent ou plutôt ce qu'ils projettent à un instant donné de la maladie. Coller à son délire avant d'en sortir, c'est là que se trouve la clé, il le lui a bien expliqué.

Gregory sait aussi que son arrivée dans le service va provoquer des sentiments contradictoires au sein des équipes soignantes et une peur ou une excitation auprès des autres patients. Un sourire s'étire sur son visage à cette simple idée. Le secret médical impose aux soignants de ne pas divulguer les pathologies et le passif des patients, mais Gregory se fera un plaisir de se vanter dès sa sortie d'isolement. Il saura alors repérer ceux qui s'identifieront à lui jusqu'à imaginer la réalisation d'un acte meurtrier.

Le cliquetis de la clé dans la serrure de sa porte le tire de ses pensées.

– Monsieur Prezeau, vous avez rendez-vous avec le psychiatre, annonce un infirmier. Je vous conduis à son bureau.

Gregory se lève du lit et suit le jeune homme sans problème. Il repère alors d'autres patients en passant devant la salle commune. Pas compliqués à identifier, ils portent tous le même pyjama bleu, pyjama « thérapeutique » de son petit nom. Une infirmière tourne la tête vers lui alors qu'il détaille la pièce et leurs regards s'accrochent. Elle voit en lui une menace. Il lit la peur dans ses yeux et lui sourit. Elle perd le duel.

– Entrez, monsieur Prezeau, lui dit le psychiatre depuis son bureau. Asseyez-vous.

Gregory s'exécute en regardant tout autour de lui.

– Je suis le psychiatre chargé de vous suivre durant toute votre hospitalisation. Vous devez savoir qu'un dossier d'admission en UMD est en cours de validation et que dès qu'une unité répondra favorablement, vous y serez transféré.

– Oui. Il faut combien de temps ? Combien de temps ? Combien pour aller là-bas ?

– Je n'ai pas la réponse, c'est variable.

– Des jours, des semaines, des mois ?

– Monsieur Prezeau, l'interrompt le psychiatre, vous savez pourquoi vous êtes ici ?

– J'ai tué un démon. Je n'ai pas été puni pour ça parce que c'est bien de tuer les démons.

– Si c'est bien, pourquoi êtes-vous ici ?

– Pour expliquer. Pour éveiller les consciences. Pour raconter. Pour protéger les sujets de Dieu.

– Je ne peux pas vous laisser dire que vous avez échappé à la prison parce que votre acte est bon, Gregory. Tuer n'est pas et ne sera jamais un acte louable.

– Pourtant, je n'ai pas été jugé et on m'a libéré. Cette prison est pleine de démons, vous savez. Ils ont bien failli m'avoir à plusieurs reprises, des fous, des monstres, des êtres cruels. Les juges, ils ont vu que je n'étais pas comme eux.

– Non, Gregory, ils ont vu que votre état psychologique nécessitait des soins adaptés pour vous éviter de reproduire ce que vous avez fait. Vous devrez prendre conscience, au cours de votre hospitalisation, de la gravité de votre acte et vous devrez trouver un apaisement de l'esprit vous permettant de travailler sur un projet de vie. Êtes-vous prêt à entamer un travail à nos côtés pour atteindre ces objectifs ?

La tête de Gregory effectue des mouvements brefs et multidirectionnels, comme si son cou n'était plus qu'un ressort relâché brutalement.

– Mes collègues m'ont expliqué que vous aviez pris conscience de ce qui s'était passé le jour de votre passage à l'acte. C'est exact ?

– Je l'ai eu, oui. J'ai tué l'ange déchu, celui du sexe. Mais, vous savez, ce n'est que le premier sujet de Lucifer, il y en a d'autres.

– Que feriez-vous si l'un d'eux se trouvait devant vous ?

Gregory se fige subitement et ses yeux transpercent ceux du psychiatre alors qu'un sourire apparaît sur son visage.

– Vous êtes lequel ? demande-t-il. Yekun, Azazel, Léviathan ?

– Je ne suis pas un ange déchu.

– Si vous l'étiez, je vous détruirais et je vous arracherais les ailes. Il me le dira. Si vous en êtes un, il me le dira.

– J'ai entendu ce que je voulais, ramenez-le dans sa chambre, dit le psychiatre à l'infirmier.

Quelques minutes après, le médecin est interrompu dans la rédaction de son rapport par des coups sur sa porte.

– Oui, lance-t-il.

L'infirmière qui a croisé le regard de Gregory se présente.

– Je peux vous parler, docteur ?

– Oui, entrez et fermez derrière vous. Qu'y a-t-il ?

– Le nouveau, celui qui vient de prison, je… Il est passé tout à l'heure et… Enfin, je…

– Oui, je vous écoute.

– Je préférerais ne pas m'occuper de lui.

– Depuis quand les soignants choisissent leurs patients, vous pouvez me dire ?

– Je suis désolée, je sais que ça ne se fait pas, mais il me fait peur et il a eu un sourire malsain en me voyant.

– Dois-je vous rappeler que nous travaillons en psychiatrie ?

– Non, bien sûr, mais là, c'est un cas lourd quand même. Il est déjà passé à l'acte.

– Et nous allons l'accompagner pour lui éviter de recommencer.

– Sauf votre respect, docteur, j'ai du mal à me dire que je vais aider un homme qui a tué sa sœur de sang-froid.

– Alors, nous avons un problème.

– Vous n'êtes pas gêné, au fond de vous, par ce que nous devons faire ?

– La question n'est pas là. Nous devons faire abstraction de nos convictions, de nos valeurs et de nos préjugés pour accomplir la mission qui nous est confiée. Cet homme a été déclaré irresponsable, cela veut dire qu'il a agi sous la pression de son délire. Notre rôle est de mettre un terme à ce délire.

– Très bien.

– Je peux compter sur vous ?

– Oui.

Alors que l'infirmière sort du bureau, le psychiatre l'interpelle.

– Surtout, venez me voir au moindre doute ou problème. La peur est humaine et il se peut que ce patient s'en délecte. Il m'a aussi montré son sourire malsain. Ma porte sera toujours ouverte pour vous.

– Merci.

CHAPITRE 25

Huelgoat, le même jour

Depuis l'ancien moulin sur l'îlot, Adam observe Lucille qui s'est endormie sur la terrasse de la maison. Enveloppée dans un plaid beige, elle a laissé la fatigue prendre le dessus sur les douleurs. La distance ne permet pas à Adam de voir les traits du visage de sa femme, mais il les espère un peu détendus. Il se retourne et détaille la pièce dans laquelle il se trouve. Pierres, poutres, fenêtres en demi-cercles… Pour le moment, il a aménagé cet endroit pour en faire son bureau. Mais s'il installe deux fauteuils confortables, qu'il décale les bibliothèques chargées de livres sur la psychothérapie et les maladies mentales, qu'il colle son bureau au fond et qu'il réhabilite la pièce attenante en salle d'attente, il pourrait aisément en faire son cabinet et y recevoir des patients. La voilà, la solution en attendant la retraite. Lucille aime cet endroit, la nature la ressource et l'apaise. Il ne peut pas lui imposer de rester dans leur appartement lyonnais, plus maintenant… Il ressent un pincement douloureux sous la poitrine en réalisant une nouvelle fois qu'il y a désormais une échéance. La sonnerie de son portable lui évite de descendre plus profond dans les idées angoissantes. Le numéro de l'hôpital. Il hésite. Il a promis à Lucille de couper. Elle dort, ça ne la perturbera pas et il gardera cet appel pour lui. De toute façon, il se connaît, s'il ne décroche pas, la curiosité le poussera à rappeler.

– Jacuri, j'écoute.

– Docteur, c'est Liliane.

Liliane est la secrétaire d'Adam et il sait que si elle se permet d'appeler, c'est qu'il y a urgence.

– Que se passe-t-il ?

– Je suis vraiment désolée de vous déranger, mais j'ai pensé que vous voudriez être au courant de ce qui s'est passé ce matin. Le docteur Perez a autorisé la sortie d'Ilda.

– C'est impossible, elle n'a pas pu se stabiliser aussi rapidement, pas dans l'état dans lequel elle était quand je suis parti. Son départ est prévu quand ?

– Elle vient de partir.

Adam est abasourdi. Liliane ne sait pas si elle doit ou non briser le silence. C'est finalement lui qui reprend la parole.

– Passez-moi Perez.

– Bien, docteur.

Après la musique d'attente qui lui semble interminable, Adam entend la voix sèche de son collègue.

– Je n'ai pas vraiment le temps, Adam.

– Je comprends mieux, alors.

– Tu comprends quoi ?

– Pourquoi tu as fait sortir une patiente capable de se mettre en danger. Par manque de temps. Ou de chambres, c'est ça ?

– Qu'est-ce que tu racontes ?

– Ilda. Qu'est-ce qui t'a pris de la faire sortir ?

– Le traitement l'a stabilisée. Elle n'avait plus rien à faire à l'hôpital.

– Stabilisée ? s'étrangle Adam. As-tu au moins lu son dossier ?

– Tu me fais quoi, là ? Tu pars en vacances à l'improviste et tu viens me donner des leçons sur ma façon de travailler ?

– Magda, la deuxième personnalité d'Ilda, est maligne et intelligente. Elle a très bien pu te faire croire qu'elle était apte à rentrer chez elle. Mais, son seul objectif est de tuer Ilda, tu le saisis, ça ?

– Et tu préconises quoi ? Un enfermement à vie pour éviter à cette femme de se suicider ? Tu sais très bien que c'est impossible. À moins que tu ne confondes avec les rétentions de sûreté que tu conseilles parfois pour certains détenus. Enfermer par anticipation, ça te plaît ?

– Je dis juste qu'il était trop tôt, répond froidement Adam en se retenant de répliquer. Seule chez elle, Magda pourra faire n'importe quoi et si elle prend le dessus sur la personnalité principale, c'est foutu.

– Elle ne sera pas seule, je ne suis pas aussi incompétent que tu sembles le croire. La condition à sa sortie était que quelqu'un puisse s'occuper d'elle.

– Qui ?

– Sa mère.

– Ce n'est pas vrai ? souffle Adam. Dis-moi que ce n'est pas vrai ! Tu ne connais pas cette patiente ! crache-t-il. Tu aurais dû m'appeler avant de prendre ta décision !

– Tu reportes sur moi une responsabilité qui t'appartenait, Adam. Tu viens de réaliser que tu as abandonné ta patiente en prenant des vacances, et…

– Je ne suis pas en vacances ! grogne-t-il. Tu ne comprends vraiment rien, je ne vais pas en rester là, crois-moi.

Adam n'attend pas la réponse de son collègue, il raccroche et pose la main à plat sur son front en fermant les yeux. Que doit-il faire ? Avant, il ne se serait pas posé la question, il aurait dit à Lucille de préparer son sac, qu'il avait une urgence au travail. Elle aurait râlé, il se serait excusé et lui aurait promis de revenir vite. Mais il ne peut plus lui faire ça, c'est au-dessus de ses forces. Il ne peut pas non plus la laisser seule, ici. Lou, peut-être qu'elle pourra l'aider. Il lance un appel.

– Papa ? chuchote-t-elle. Ça va ? Je suis au tribunal, je n'ai pas trop le temps de te parler. Maman va bien ?

– Ça va, elle se repose. J'ai besoin de toi, Lou.

– Dis-moi.

– Je dois rentrer à Lyon, mais je ne veux pas imposer le voyage à ta mère ni la laisser seule ici.

– Quand ?

– Le plus tôt possible. Est-ce que tu peux venir pour t'occuper d'elle ?

– Je peux essayer de me libérer, mais ce ne sera pas avant trois jours.

– Je t'ai dit le plus tôt possible, Lou.

– Oui, j'ai entendu, et je te réponds que le plus tôt possible pour moi, c'est dans trois jours.

– C'est trop long.

– J'ai une audience importante qui commence dans quinze minutes. L'affaire Priard, tu dois voir de quoi je parle. Et après-demain, ce sont les plaidoiries. Je n'ai pas le choix.

– Tu bosses avec ton associé sur ce dossier, non ? Il peut assurer.

– Tu te moques de moi ! Et, toi ? Qu'est-ce qu'il y a de si urgent ?

– Une patiente en danger.

– Ça change, pouffe-t-elle cyniquement.

– Je me passerai de tes sarcasmes.

– Sérieusement, papa. Tu t'entends, tu te regardes, tu te vois ou pas ?

– Arrête !

– Mais, merde, papa ! Même mourante, maman passe après tes patients !

– Cette patiente va très certainement se foutre en l'air, Lou ! Je ne peux pas fermer les yeux, c'est impossible.

– Même quand le cancer est en train de foutre en l'air ta femme ?

– Stop ! Et le criminel que tu défends à ce procès, il mérite plus ton attention que ta propre mère ?

– Tu es…

– Pardon ! Excuse-moi, je dis n'importe quoi.

– Je peux m'arranger pour être là dans trois jours, répète Lou. À toi de voir si tu peux attendre. Sinon, demande à maman ce qu'elle veut, c'est aussi une idée, non ?

– Quoi qu'il arrive, je ne peux pas la laisser seule, ici.

– Si c'est ce qu'elle souhaite ?

– Non !

– Pourquoi ?

– S'il lui arrivait quelque chose ?

– Je l'ai appelée hier, elle m'a dit qu'elle était fatiguée, mais que tous les autres effets de la chimio avaient disparu.

– C'est vrai. Mais, je ne peux pas.

– Alors, reste à ses côtés. Désolée, je dois y aller, on m'attend.

Assis à son bureau, Adam repose le téléphone et enferme sa tête entre ses mains. Que fera-t-il de plus s'il va à Lyon ? Maintenant qu'Ilda est chez sa mère, il n'a plus aucune possibilité d'action. Comment peut-il protéger cette femme d'elle-même ? Doit-il prévenir quelqu'un ? La mère est-elle aussi en danger ? Adam sait que Magda est capable de tout. Doit-il avertir la police qu'un risque d'auto ou d'hétéroagressivité est présent au domicile de la mère ? Ce serait alors aller à l'encontre de l'avis de son confrère. Et on lui répondrait que tant qu'il n'y a pas eu d'actes, il n'est pas possible d'intervenir. Alors quoi ? Il doit laisser faire, attendre et croiser les doigts pour que la mort ne s'impose pas au sein de ce foyer ?

– Que se passe-t-il ?

Adam sursaute et libère sa tête de son carcan. Lucille est entrée derrière lui sans un bruit.

— Je t'ai entendu au téléphone. N'arrêterez-vous donc jamais de vous disputer tous les deux ?

– Qu'as-tu entendu ?

– Qu'une de tes patientes était en danger, mais que tu refusais de me laisser seule. Tu t'imposes un dilemme insoluble sans même en discuter avec moi. Je refuse que tu fasses ça, Adam.

– Que je fasse quoi ?

– Que tu changes, que tu te mettes des barrières, que tu me couves sans mon consentement.

– Tu as besoin de moi.

– Non, mais je crois que ça te rassure de le penser. Je ne suis pas psy, mais je me dis que ça doit faire contrepoids à ton sentiment de culpabilité. Tu te sens impuissant face à cette maladie et à son issue inévitable. Mais rester à me surveiller ne changera rien à ce qui m'attend et tu le sais.

– S'il te plaît, répond Adam, les yeux brouillés par l'émotion.

– Ce n'est pas toi qui m'as toujours appris à poser des mots simples sur des situations compliquées pour les désamorcer ? C'est ce que je fais. Je sais que ça te paraît brutal et que tu n'as pas envie de l'entendre, mais c'est la réalité. Alors, fais ce que tu as à faire. Que se passe-t-il avec cette patiente ? Je la connais ?

– C'est Ilda.

– Raison de plus. Cette femme compte pour toi, je le sais, depuis le temps que tu la suis.

– Elle ne devrait pas compter pour moi, c'est une patiente.

– Et alors ? Un psy n'est-il pas aussi un homme qui ressent, éprouve et compatit au point de s'attacher parfois ? Quelle honte de vouloir faire de vous des robots sans émotion ! Ce qui fait de toi un bon psy, c'est ton humanité, Adam. Je t'aime pour ça et tes patients se sentent en confiance grâce à cela. Dis-moi ce qui arrive à Ilda.

– Mon collègue a autorisé sa sortie. Elle est en danger, j'en suis presque convaincu.

– Où vit-elle ?

– Sa mère est venue la chercher.

– Pourrait-elle s'en prendre à sa mère ?

– Ilda, non. Magda, je pense que oui.

– Alors, rentrons.

Adam pose un regard étonné sur Lucille.

– Non. Cet endroit est le seul où tu dois être en ce moment. Je sais que tu te sens bien, ici.

– Mais si tu ne l'es pas, comment veux-tu que je le sois ?

– Je vais trouver une autre solution. Que pourrais-je faire de plus même si je vais là-bas, de toute façon ?

– Ton premier réflexe a été de repartir. Suis ton instinct. Va la voir, assure-toi qu'elle est stabilisée comme le pense ton collègue et reviens. Si tu constates qu'elle est en danger, fais ce qu'il faut pour la faire revenir dans ton service et occupe-toi d'elle.

– Mais toi ?

– Je vais rester ici.

– C'est hors de question !

– Je suis malade, certes, mais ça ne vous donne aucun droit de décision sur moi, monsieur Jacuri. Lou t'a dit quoi ?

– Qu'elle pourrait te rejoindre dans trois jours.

– Parfait. Je suis encore capable de passer seule trois petites journées. Et tu seras peut-être même revenu avant.

– Je ne sais pas… Je ne veux pas te savoir seule, ici. C'est trop…

– Grand ? Perdu ? Ce n'est pas ce que tu voulais quand nous avons acheté ?

– Je vais l'appeler, se décide soudain Adam. Je vais appeler la mère d'Ilda, je saurai déjà un peu comment ça se passe.

Après avoir contacté sa secrétaire pour lui demander le numéro inscrit dans le dossier, Adam se lance. Lucille est restée près de lui.

– Allô, entend-il d'une voix qui lui envoie une décharge le long de la colonne vertébrale.

– Qui est à l'appareil ?

– C'est indiscret comme question, c'est vous qui appelez et vous ne vous présentez pas.

– Docteur Jacuri.

Le rire qu'il perçoit lui glace le sang.

– Jacuri ! Je savais que vous vous inquiéteriez, mais vous battez tous les records de vitesse.

– Magda, j'aimerais parler à votre mère.

– Ça change, d'habitude, vous me demandez de parler à l'autre cruche. Ma mère, elle dort, elle avait besoin de se reposer. Elle a pris ses cachetons, alors même si je la réveille, elle n'arrivera pas à articuler, vous la connaissez. Vous avez fait une erreur en abandonnant Ilda, doc. Votre collègue n'a pas été difficile à bluffer. C'est l'autoroute pour moi, maintenant. Vous êtes loin, ma mère est abrutie par les médicaments, ça va aller vite. Je serai bientôt débarrassée de l'autre parasite. Ne tentez rien. Si la police débarque, je jouerai le jeu comme avec l'autre psy, et vous passerez pour un incompétent.

– Magda, écoutez-moi.

– Non, c'est fini ce temps-là. Au revoir, doc.

Lucille voit l'expression de son mari se transformer comme un glaçon en plein soleil.

– Magda a pris le dessus, arrive-t-il à peine à prononcer.

– Que va-t-il se passer ?

– Elle va se suicider.

– Sa mère l'en empêchera.

– Alors, elle la tuera.

Lucille ouvre des yeux ronds.

CHAPITRE 26

Mémoires, chapitre 6

J'ai toujours eu du mal à fixer certaines limites. Cette profession nous impose des règles intransigeantes alors qu'elle nous demande de travailler sur l'humain et le psychisme mouvant. C'est parfois difficilement compatible, à mes yeux en tout cas. Face à nous, des hommes, des femmes, des enfants. Des pertes de repères, des souffrances, des névroses, des psychoses, des idées noires. La limite de l'arrêt des soins m'a toujours posé problème. Tout comme celle de la décision de justice. Un patient qui quitte l'hôpital doit-il sortir de mon esprit ? Ce serait en effet plus raisonnable et confortable. Pourtant, j'ai souvent franchi cette limite. Parfois en m'interrogeant sur ce que devenait le patient, parfois en allant plus loin et en prenant régulièrement des nouvelles. Idem *pour les détenus. Que l'incarcération, la libération ou la rétention de sûreté soient actées, je ne peux pas fermer le dossier dans mon esprit et y coller l'étiquette « affaire classée ». Chaque personne qui croise ma route a un devenir, quel qu'il soit, et certaines rencontres humaines, même s'il s'agit de relations psy-patient, me poussent à accompagner ce devenir.*

J'ai parfois été choqué par des réflexions entendues lors de réunions, de formations ou de débats post-conférences... « Tant qu'il ne se suicide pas en cours de thérapie », « Elle a fait le choix de se donner la mort, mais je ne la suivais plus à ce moment-là, c'est déjà ça », « Les patients sont les seuls responsables de leurs actes, je ne considère pas le suicide comme l'échec du psy. »

Soit... Je me suis toujours demandé si ces personnes étaient si détachées du sort d'autrui qu'elles voulaient bien le dire. Je me suis aussi beaucoup remis en question. Suis-je trop humain pour exercer dans ce domaine ? Ne devrais-je m'intéresser qu'à la maladie mentale et à son traitement sans regarder l'humain qu'il y a derrière ? Ne devrais-je jamais voir, non plus, l'homme derrière le crime ? Cela m'est tout simplement impossible. Si je travaille avec l'humain, c'est parce que je l'aime et que je veux aider, donner un nouveau souffle, guider vers le meilleur. N'en déplaise à certains de mes confrères, le jour où je rangerai les dossiers classés une fois la porte de mon cabinet fermée, je me fais la promesse de cesser mon activité.

CHAPITRE 27

Lyon, le soir même

Il fait nuit quand Adam arrive enfin devant la maison de la mère d'Ilda. Il est exténué d'avoir fait la route d'une traite. Il aura tout essayé avant d'arriver. Dès son départ de Bretagne, il a appelé un enquêteur avec qui il est souvent en contact. Ce dernier lui a dit qu'il allait faire le nécessaire, mais que s'il ne se passait rien au moment où il se présenterait au domicile, il serait difficile d'aller plus loin. Adam a alors rappelé le docteur Perez. Une dispute s'en est suivie. Son confrère a très mal pris le fait qu'Adam agisse contre son avis. Malgré les arguments d'Adam et l'insistance sur le fait qu'Ilda était en danger, Perez a mis un terme à la communication en lui disant qu'il allait trop loin et qu'il allait devoir rapidement se ressaisir s'il ne voulait pas que le Conseil de l'ordre soit informé.

Adam envoie un texto à Lucille pour lui dire qu'il est bien arrivé. Elle lui répond de faire attention à lui. Il le lui promet.

En descendant de la voiture, il remarque la lumière à travers le verre fumé de la porte d'entrée, ce qui le rassure légèrement. Il sait que s'il arrive à parler à Magda, il peut inverser le processus et faire revenir Ilda. Il sonne, le cœur battant, et ne perçoit qu'un long silence de l'autre côté de la porte contre laquelle il plaque son oreille. Il s'apprête alors à retenter sa chance quand il entend un hurlement strident. Une ombre à travers la vitre floue le fait reculer. Une main vient se plaquer contre la porte pour repartir brutalement en arrière et s'évanouir en même temps qu'un nouveau cri d'horreur. Adam ne réfléchit plus, il appuie sur la poignée et plaque son corps contre la porte pour l'ouvrir. Il se laisse emporter par son propre mouvement puisque celle-ci n'était pas verrouillée. En perte d'équilibre, il se rattrape *in extremis*, yeux écarquillés. Son esprit refuse en même temps que sa tête se balance de droite à gauche. Ses mains se lèvent machinalement et la droite avance légèrement en guise d'apaisement.

– Ilda, c'est moi, le docteur Jacuri. Ça va aller, pose ça.

– Recule ! hurle la patiente.

– Ilda, réitère Adam. Soyez forte, revenez. Ilda ! Ne la laissez pas faire.

– Ta gueule !

– Magda ! s'énerve soudain Adam. Tais-toi ! Pose ça, tout de suite !

– Tout ça, c'est ta faute ! Si tu n'avais pas sonné, elle serait encore en train de dormir et je n'aurais pas été obligée de faire ça, dit-elle en regardant le sol.

Adam suit le mouvement des yeux et observe le corps de la mère d'Ilda. Les giclées de sang commencent déjà à perdre en puissance. L'égorgement était trop profond pour qu'Adam ait la moindre chance de la sauver. Il sent un malaise arriver. Un voile sombre s'abat devant ses yeux et ses tympans bourdonnent. Il inspire un grand coup sec et sa main se retient au mur près de lui.

– Ça ne devait pas se passer comme ça ! crie Magda en plaquant la lame ensanglantée contre son propre cou.

– Non ! panique Adam en revenant à lui. Attends ! Magda, ne fais pas ça. Ilda n'est pas là.

– Si, je l'ai trouvée. Elle est là, entre mes mains, tu es aveugle ?

– Non, ce n'est pas elle. Ilda, montre-toi ! Tu dois prouver à Magda qu'elle se trompe.

– Arrête !

– Ilda !

– Stop !

Adam avance progressivement vers sa patiente. Il enjambe le corps de la mère qui bloque le couloir.

– Arrête-toi, je te dis ! s'époumone Magda en appuyant un peu plus sur la lame, entamant légèrement la peau et faisant perler le sang.

– Ilda, écoute-moi, tente Adam d'une voix douce. Sors de ta cachette et il ne t'arrivera rien. Je te protégerai, je te le promets.

Magda baisse un peu la tête et laisse filer un couinement. Adam ressent un picotement d'espoir. Le corps de la jeune femme se recroqueville et la main tenant le couteau perd en fermeté.

– Voilà, c'est ça, viens Ilda, montre-toi. Maintenant que je suis là, il ne peut plus rien t'arriver. Je ne te laisserai plus.

Les yeux de la jeune femme se posent alors sur le corps couvert de sang de sa mère. Un hurlement de terreur envahit la maison. Ilda recule, chancelle, visage horrifié.

– Ilda, essaye de la rassurer Adam en avançant vers elle et en tendant la main pour attraper l'arme.

– Non ! expire-t-elle dans un sanglot poignant en se plaquant contre le mur et en y laissant glisser son corps. Elle a tué maman ? C'est ça ? Elle va me trouver et faire la même chose. Pitié…

– Ilda, ça va aller maintenant, dit Adam en s'accroupissant. Regarde-moi, Ilda, il faut que tu me fasses confiance.

Il voit alors la tête de la jeune femme se redresser lentement et ses yeux s'arrimer aux siens. Un sourire malsain accompagne le retour de la personnalité *alter* et le geste est bien trop rapide pour qu'il puisse l'empêcher. La lame entre profondément et glisse en travers du cou de Magda. Le sang atteint le visage d'Adam qui effectue un mouvement de recul et tombe sur les fesses avant de se rejeter en avant pour plaquer la main sur la plaie béante. Le courant est trop fort, il contourne les digues, ruisselle au-dessus des phalanges, recouvre l'avant-bras.

– Non, couine Adam en collant sa seconde main dessus. Non…

Il regarde le visage de la jeune femme et croise alors les yeux implorants d'Ilda juste avant que la lueur ne s'éteigne. Sa tête est emportée vers l'avant par l'émotion trop intense et rencontre celle d'Ilda, front contre front. Adam craque en silence.

CHAPITRE 28

Les lumières bleues tourbillonnent et éclairent le ciel noir par intermittence. Les acteurs du drame en cours s'activent autour d'Adam à qui on a demandé de sortir de la maison. Il voit arriver les ambulances, les gendarmes, les techniciens en identification criminelle. Tout le monde semble savoir exactement ce qu'il faut faire. Sauf lui… Si, rester là et répondre aux questions des enquêteurs.

– Connaissiez-vous les victimes ?

– Oui. La mère a été ma patiente il y a quelques années et la fille…

– Je vous écoute.

– Ilda venait de sortir de l'hôpital psychiatrique.

– Votre patiente également ?

– Oui, mais ce n'est pas moi qui ai autorisé sa sortie.

– Étonnant si c'était votre patiente, non ?

– J'étais absent cette semaine.

– Bien. Quel médecin a autorisé la sortie ?

– Le docteur Perez.

Il détourne la tête et voit Lou arriver en courant.

– Ça va ? demande-t-elle, inquiète en voyant le sang sur lui.

– Ça va, je n'ai rien.

– Maître Jacuri, se présente Lou au capitaine. Avez-vous déjà interrogé mon client ?

– Oui.

– En qualité de ?

– Témoin.

– Très bien. Vous pouvez nous laisser quelques minutes ?

Le capitaine accepte et s'éloigne de quelques mètres.

– Elle s'est suicidée, Lou, prononce Adam comme s'il était en train de réaliser ce qui s'est passé. Je n'ai pas su l'en empêcher.

– Papa, regarde-moi. Ce n'est pas ta faute.

– Elle me faisait confiance. Je l'ai abandonnée.

– Non, c'était une patiente de l'hôpital. Les traitements n'ont pas suffi, sa maladie l'a emportée.

– Elle a tué sa mère.

Lou accuse le coup.

– Deux personnes viennent de perdre la vie devant mes yeux. Et je n'ai rien pu faire.

Adam porte une main devant sa bouche pour étouffer un râle de désespoir.

– À quoi je sers, Lou ? À quoi a servi ma vie ?

– Papa, arrête, s'il te plaît. Tu as sauvé bien plus de vies que tu ne le penses.

– Elle m'a regardé, tu sais. Ses yeux ont imploré mon aide au moment où elle rendait son dernier souffle. Mais j'étais impuissant.

Lou regarde au loin par-dessus l'épaule de son père. Adam remarque son inquiétude et se retourne pour voir ce qui se passe.

– Merde, lâche-t-elle. Le procureur vient d'arriver. Je le connais, c'est un… bref. Il ne laissera rien passer.

– Ça veut dire quoi ?

– Que la garde à vue te pend au nez.

Adam se fige.

CHAPITRE 29

– Maman, calme-toi, ça va aller. Ce n'est qu'une formalité.

– Une formalité ! Ton père est en garde à vue et tu me dis que c'est une formalité.

– Ils n'ont rien contre lui, la mesure sera vite levée. Et je suis là, je vais veiller à ce que tout se passe bien.

– Dire que c'est moi qui l'ai poussé à aller là-bas, mais quelle idiote !

– Vous ne voulez pas arrêter de vous flageller tous les deux ? La culpabilité n'a jamais rien résolu et ça ne fait pas avancer les choses.

– Comment va-t-il ?

– Il est dévasté par ce qu'il a vu et parce qu'il n'a pas pu empêcher Ilda de se suicider.

– Ils ne vont pas le malmener ? Comment est sa cellule ? Il va dormir sur quoi ? Il a une couverture ?

– Tout va bien se passer, je te le promets. Il est aussi inquiet pour toi que tu l'es pour lui. Comment tu vas ? Tu veux que je demande à Gilles et Patricia de te rejoindre ?

– Non, bien sûr que non. Je vais bien, je n'ai pas besoin de nounous. Combien de temps va-t-il rester enfermé ?

– La garde à vue peut durer jusqu'à vingt-quatre heures et être prolongée d'autant si le magistrat le décide. Mais je suis confiante, il devrait rapidement sortir.

***

– Tu as pu rassurer ta mère ? Comment va-t-elle ?

– Ça va, ne t'inquiète pas.

– Elle a bien fermé toutes les portes ?

– Je ne le lui ai pas demandé. Écoute, papa, nous n'avons que trente minutes avant que les enquêteurs t'interrogent. Nous n'avons pas le temps d'échanger sur des futilités. Il faut que tu saches quelle posture adopter.

– Je vais dire la vérité, que veux-tu que je fasse d'autre ?

– En théorie, c'est simple. En pratique, les questions vont te déstabiliser. Je ne pourrai pas intervenir durant les auditions. Tu dois être prêt.

– Que dois-je faire, alors ?

– Ce qu'ils vont essayer de déterminer, c'est un mobile. Tu ne dois en aucun cas laisser penser que tu aurais pu en vouloir à Ilda ou que sa mort aurait eu un bénéfice pour toi.

– C'est évident que non.

– Pour toi.

– Ensuite ?

– Tu dois pouvoir donner des détails précis de ce qui s'est passé une fois que tu es entré dans la maison. C'est important. Tes positions, ce que tu as touché, pris, déplacé. Les gestes d'Ilda. Comment elle tenait son couteau, dans quel sens elle l'a manipulé quand elle s'est tranché la gorge.

Adam ferme les yeux et ses traits se froissent.

– Désolée, papa. Je sais que c'est difficile, mais c'est important. Les enquêteurs vérifieront si tes déclarations collent avec le rapport du légiste. Ils ont effectué des prélèvements sur toi ?

– Oui. Le sang sur mon visage, mes cheveux, ils ont pris mes vêtements et mes chaussures, ils ont gratté sous mes ongles. Bref, ils ont bien fait leur boulot.

– Tu n'as pas touché au corps de la mère d'Ilda ?

– Non.

– Tu n'as pas reçu de sang quand Ilda l'a égorgée ?

– Non, je n'étais pas encore rentré quand elle l'a tuée.

– Quand as-tu touché le couteau ?

– Trop tard… elle venait de se…

– Tout ça a son importance. Les relevés d'empreintes et les constatations du légiste vont déterminer les circonstances. Il faut que ça colle à tes déclarations. Te souviens-tu avoir marché dans le sang ?

– Sûrement, quand j'ai enjambé le corps de la mère pour rejoindre Ilda.

– OK.

Alors que Lou prend en note ce que lui dit son père, Adam la fixe sans même la voir. Des flashes lui agressent l'esprit. L'horreur se diffuse en lui comme un liquide acide qui emprunte toutes les voies possibles. Son cerveau alterne entre tentatives de déni et réalité crue.

– Ils vont aussi t'interroger sur les antécédents psychiatriques d'Ilda et sur l'accompagnement que tu as mis en place pour elle. Ils vont t'amener à douter de tes compétences. Ne laisse pas les questions ébranler la confiance en ta pratique. Ne les laisse pas s'engouffrer dans la moindre faille. C'est toi qui connais la psychiatrie, pas eux.

– Si je connaissais si bien la psychiatrie, Ilda ne serait pas…

Lou le fait sursauter en frappant la table du plat de sa main.

– Arrête avec ça, maintenant ! C'est la dernière fois que tu parles comme ça jusqu'à ce que tu sois sorti d'ici, tu m'entends ! Cette femme était malade. Il y a des maladies qui ne se guérissent pas malgré tous les efforts des soignants. C'était le cas d'Ilda et son passage à l'acte était prévisible. Raison pour laquelle tu n'aurais jamais autorisé sa sortie de l'hôpital dans son état. Raison pour laquelle tu as prévenu la police cet après-midi. Raison pour laquelle tu as fait huit heures de route pour rentrer et t'assurer qu'elle allait bien.

– Cette déclaration va mettre le docteur Perez dans la merde.

– Et ça, on s'en fout. C'est à toi qu'il faut penser, là, papa. Tu crois que ton Perez aurait des scrupules à t'enfoncer ?

– Non.

– Tu étais d'accord avec lui, ce matin ?

– Non.

– Tu juges son avis, professionnel ?

– Non.

– Voilà. Tout est dit.

Un silence s'installe le temps que Lou finisse d'écrire ce qu'elle juge important.

– J'y étais presque, tu sais, avoue soudainement Adam.

– Que veux-tu dire ? demande Lou en posant son crayon.

– Ilda est revenue pendant un instant. J'ai cru que j'avais réussi, dit-il, l'émotion au bord des paupières. Elle a chassé Magda en écoutant ma voix. Elle a alors vu sa mère gisant dans son sang. Le choc a été trop violent pour elle. Magda a dû profiter de cette faille pour reprendre le dessus. Ça a été très rapide. Elle m'a regardé avec un sourire et je n'ai pas eu le temps de réagir. Peut-être que si j'avais saisi le couteau quand Ilda était là…

– Papa, dit tendrement Lou en lui prenant la main au-dessus de la table. Refaire l'histoire ne la fera pas revenir. Je suis désolée, tu dois me trouver très dure depuis tout à l'heure, mais je ne veux pas qu'il t'arrive quoi que ce soit. Alors, face aux enquêteurs, tu dois être ferme sur tes appuis. Tu as fait ton maximum pour cette patiente, mais rien ni personne n'aurait pu éviter ce drame. La seule chose qui pouvait empêcher ça, c'était l'hospitalisation, et l'autorisation de sortie n'a pas été signée de ta main. Tu dois t'en tenir à cette version. Promets-le-moi.

Adam lui serre la main et la fixe en silence.

CHAPITRE 30

Mémoires, chapitre 7

Culpabilité…

Innocence…

Deux notions autour desquelles il serait possible de débattre indéfiniment. Sont-ce des termes sociologiques, juridiques, psychologiques ? Un mélange de tout cela, mais dans le langage commun, ces mots renvoient à la loi, à la transgression et à l'implication d'un individu.

En tant qu'expert psychiatre, je me dois de respecter une totale impartialité. Mon intuition, mon avis, mes préjugés ne comptent pas. Le docteur Jacuri se doit de rendre un rapport factuel concernant l'état psychologique d'un individu soupçonné ou condamné. Si trouble ou maladie psychologique il y a, est-ce en lien direct avec le passage à l'acte ? Le discernement de l'individu était-il altéré ou aboli au moment de la transgression ?

Pourtant, derrière le docteur Jacuri, il y a Adam, l'homme qui a tendance à s'intéresser davantage à l'humain qu'à l'acte. L'homme qui a parfois été convaincu de l'innocence de celui qui se trouvait face à lui, mais dont l'avis n'avait pas d'importance. Alors, il m'est arrivé, je l'avoue, de me poser des questions qui n'auraient jamais dû ne serait-ce qu'effleurer mon esprit. De me demander quelles réponses apporter aux questions du juge d'instruction pour aider au mieux l'individu me paraissant innocent.

La justice et la police sont représentées par des hommes et des femmes, comme moi, qui doivent se départir de toutes représentations et certitudes pour assurer leur fonction. Pensez-vous que cela soit possible pour chaque affaire ? Y a-t-il un magistrat, un enquêteur, un expert ou un scientifique capable de promettre qu'à aucun moment de sa carrière il n'a flanché et fait pencher la balance dans le sens de son intuition ou de sa conviction ? Je ne le pense pas.

Les preuves sont là pour apporter la certitude qu'un individu a commis une infraction. La culpabilité ainsi établie va engendrer une peine appropriée, censée aider la personne à prendre conscience de son acte et activer sa propre culpabilité intérieure pour lui éviter de le réitérer.

Mais qu'en est-il de l'appréciation des preuves lors du jugement, ou du manque de preuves ? La décision finale laisse une place à l'intime conviction du juge et des jurés en matière criminelle. Qui dit intime conviction dit subjectivité. Cela est admis et fait partie intégrante du processus de jugement.

Alors, s'il m'est arrivé d'agir en fonction de mon intime conviction, pourrait-on me le reprocher ?

Les doigts de Jessie Maure s'immobilisent au-dessus du clavier en même temps que ses réflexions prennent la main sur son récit.

L'homme qui a failli lui ôter la vie va être jugé. Doit-elle continuer à se convaincre que sa culpabilité va être établie et que la peine assortie sera assez longue pour qu'elle cesse de ressentir une insécurité handicapante ? Ou doit-elle se préparer à ce que l'intime conviction des juges vienne minimiser les actes et la sanction ? Les expertises psychiatriques vont-elles influencer le jugement et dresser le même tableau que celui qu'Adam avait peint lors du procès des individus présents dans le manoir Andermatt ? Ce jour-là, celui où Jessie avait vu le docteur Jacuri pour la première fois, le principal suspect n'avait pas été appréhendé, mais Adam avait déclaré ceci en parlant de l'intéressé :

Cet enfant n'a jamais été désiré, du moins par son père, et a été maintenu enfermé dans le placard de sa chambre de sa naissance jusqu'à ses sept ans. Les seuls contacts qu'il avait étaient avec sa sœur qui lui apportait à manger et à boire une fois par jour. Il a grandi ainsi, sans possibilité de rencontrer l'Autre. Quand je dis l'Autre, il s'agit bien sûr en premier lieu de la mère, puis du père, et enfin, du cercle des relations sociales plus étendues. Les principales étapes de la construction du Moi ont donc été impossibles pour lui. L'identification, ou la capacité de s'identifier, est un des processus psychiques les plus fondamentaux à l'origine de la construction de la personne, le processus par lequel quelqu'un se transforme, de façon provisoire ou permanente, en assimilant un trait ou un attribut, partiel ou total, d'une autre personne. C'est le processus par excellence de la formation de la personnalité. Le suspect n'a pas eu accès à ce phénomène psychique puisqu'il a été privé de tout environnement social. Il a dû se raccrocher à la seule chose à laquelle sa sœur lui a donné accès, la fiction. Très tôt, elle lui a lu des histoires. Quand elle lui apportait à manger, avant que le père ne la fasse déguerpir de la chambre. Puis, dès que le père a été arrêté et emprisonné, elle a appris à son frère à lire.

Plus tard, au foyer de l'enfance, le jeune garçon était fortement angoissé. Il a montré très tôt une structure de personnalité paranoïaque et dès que sa sœur s'éloignait, il entrait en crise de panique. Elle avait pris l'habitude de lui laisser des mots censés le rassurer. Les écrits sont donc devenus non seulement une source d'apaisement de ses angoisses ingérables, mais aussi un référentiel d'identification. Je suis le personnage que je lis. Il a commencé à se sentir exister à travers ses lectures, non seulement en s'appropriant la vie des personnages, mais aussi en les incarnant psychiquement et émotionnellement. La directrice du foyer nous a parlé d'un garçon capable de retenir ce qu'il lisait, mais incapable d'élaborer sa pensée. En effet, il n'en avait pas, car il n'avait pas d'identité propre. Quand l'incarnation psychique de ses personnages n'a plus permis l'apaisement recherché des tensions, il a commencé à tenter l'incarnation physique, ce qui a débouché sur le passage à l'acte.

Jessie se remémore ces déclarations en survolant les notes qu'elle a prises durant le procès. Elle se dit alors que si les jurés entendent cela, ils pourraient ressentir de la pitié pour l'homme qui a tenté de l'assassiner. Un nœud se forme dans sa poitrine et des larmes lui picotent les yeux. La colère est en train de grandir en elle. Pourquoi tenter d'excuser un individu qui a commis tant d'atrocités ? Adam lui a expliqué à plusieurs reprises qu'il n'était pas question d'excuser, mais de comprendre. Elle pensait avoir saisi la nuance, mais elle se rend compte qu'en tant que victime, il est inconcevable d'essayer de comprendre quoi que ce soit du processus qui a abouti au passage à l'acte. Seul le résultat compte, et seule la peine prononcée peut donner l'impression que justice est rendue. Elle imagine les yeux de pitié des jurés à l'écoute du récit de l'enfance de son agresseur. Elle se voit alors bondir dans la salle d'audience et leur crier que c'est elle la victime, pas lui. « Il est coupable, je suis innocente ! »

Toujours, dans son imagination, elle se voit alors se rasseoir. Innocente ? L'est-elle vraiment ? N'a-t-elle pas fourni les consignes à cet homme ?

Culpabilité…

Innocence…

Deux notions autour desquelles il serait possible de débattre indéfiniment.

CHAPITRE 31

Lyon, le lendemain, le 26 mars 2023

Adam se redresse sur son lit trop dur quand il entend le bruit de la serrure. Il voit apparaître le capitaine.

– Bonjour Adam, ta garde à vue est levée, tu peux y aller.

– Quel plaisir de t'entendre clamer mon innocence de si bon matin !

– Les éléments matériels, le rapport du légiste et les premières déductions de morpho-analyse des traces de sang viennent confirmer tes déclarations. Nous aurons certainement besoin de t'entendre à nouveau, fais en sorte de ne pas t'éloigner.

– Vous allez convoquer le docteur Perez ?

– Je ne peux pas te parler de l'enquête.

– La responsabilité d'un psychiatre en cas de suicide n'cst pas…

– Adam, l'interrompt le capitaine. Tu vas pouvoir récupérer tes affaires. Ta fille t'attend en bas.

Lou accueille son père avec un sourire bienveillant.

– Allez, on sort de là, s'empresse-t-elle de lui dire quand il arrive à sa hauteur. Je te ramène à la maison.

– Tu as prévenu ta mère ?

– Non, je te laisse le plaisir de lui annoncer que tu es innocenté.

– Aux yeux de la loi, répond faiblement Adam en montant dans la voiture de Lou.

– Qu'est-ce que tu racontes ? s'étonne-t-elle en s'installant derrière le volant.

– Je n'ai pas commis d'acte entraînant la mort de ces deux femmes. Je ne suis donc pas responsable aux yeux de la loi.

Lou inspire profondément et souffle.

– Tu n'es pas responsable du tout.

– Si j'avais accompagné différemment Ilda, si je n'étais pas parti cette semaine, et surtout, si je n'étais pas allé chez elle. Magda m'a dit que j'étais responsable de la mort de sa mère. Si je n'avais pas sonné…

– Magda n'était qu'une erreur psychologique dans le programme d'Ilda, papa. C'est marrant, tu m'as toujours mise sur le chemin que tu estimais bon pour moi en faisant référence à des penseurs, des philosophes, et on a souvent discuté de ce concept de culpabilité. Ne seraient-ce pas Nietzsche et Freud qui s'accordaient à dire que la culpabilité avait des effets néfastes et morbides ?

– Peu importe, je ne peux m'empêcher de penser que ce drame aurait pu être évité.

– Que tu aurais pu l'éviter ?

– Oui.

– Je ne suis pas d'accord. Tu ne peux pas sauver la terre entière, sors-toi ça de la tête.

– Je vais arrêter, je n'en peux plus. Les criminels, la maladie mentale, l'impression de me battre contre des moulins à vent, que ce soit en psychiatrie ou en justice.

– Alors oui, arrête. Tu as bien mérité ton repos.

– Je pourrais recevoir quelques patients dans mon vieux moulin, histoire de ne pas tourner la page trop brutalement.

– En aider encore quelques-uns, sourit Lou.

– Des névrosés, pas des psychotiques.

– Vous allez vous installer là-bas, alors ?

Adam regarde sa fille qu'il sent subitement peinée.

– Ça a toujours été notre projet de vie, tu le sais, depuis que nous avons acheté cette demeure.

– Oui.

– Pourquoi ai-je l'impression que cette idée te contrarie, désormais ?

Adam réalise en parlant.

– Bien sûr, reprend-il, je suis idiot de te poser cette question.

– Non, c'est moi qui suis puérile et égoïste. Maman a le droit de passer ses… enfin, de se ressourcer là-bas. Je viendrai vous voir à chaque repos. On l'appelle ? se ressaisit-elle avec des fausses notes dans la voix.

– Oh mon Dieu ! Comme je suis soulagée ! s'exclame Lucille en entendant Adam. Tu es tranquille, ils ne peuvent plus rien contre toi ?

– Je dois rester à leur disposition le temps de l'enquête, mais ça va aller.

– Tu ne peux donc pas me rejoindre ?

Adam interroge Lou du regard.

– Lou pense que si.

– Tant que la police sait où il est, il n'y a pas de souci, intervient celle-ci.

– Et toi, comment vas-tu ? demande Adam à sa femme.

– Bien, je n'ai pas beaucoup dormi, j'étais très inquiète pour toi. Je suis sincèrement désolée de ce qui s'est passé. J'espère que tu ne ressasses pas trop.

– Il va avoir besoin que tu lui secoues les puces, maman. Tu feras ça pour moi ?

– C'est traumatisant, ce que ton père a vécu, Lou. Comprends-le.

– Je le comprends, mais je refuse qu'il se noie dans la culpabilité.

– Je ferai ce qu'il faut pour…

– Bon, ça y est ? râle gentiment Adam. Vous avez fini de parler de moi à la troisième personne ? Il n'apprécie pas trop.

Lou sourit en fixant la route.

– Au fait, relance Lucille dans le haut-parleur. Un homme est passé hier soir, il voulait te voir.

Adam sent son cœur défaillir.

– Qui ? se hâte-t-il.

– Je l'ignore, il ne m'a pas dit son nom.

– Que voulait-il ?

– Je te l'ai dit, te voir. Pourquoi t'énerves-tu ainsi ?

– À quoi ressemblait-il ?

– Mais enfin, c'est cette nuit passée à te faire interroger qui a déteint sur toi ? Si cet homme veut te voir, il reviendra, où est le problème ?

– Tu as fermé les portes à clé ?

– Adam, arrête, tu vas finir par me faire peur ! Que t'arrive-t-il ?

– Papa ? s'étonne Lou.

– Pardon, souffle Adam. Je ne sais pas ce qui m'a pris, je… Ce que j'ai vécu hier me fait perdre la raison. Je te rejoins dès ce soir.

– Non, je veux que tu te reposes avant de reprendre la route, c'est trop risqué après ce qu'il vient de t'arriver.

– Ça va aller, je te tiens au courant, conclut Adam avant de raccrocher.

Lou dévie le regard et perçoit l'inquiétude sur le visage de son père.

– Qu'est-ce que tu as ?

– Rien, je suis un peu fatigué, ta mère a raison.

– Pour l'homme, le mensonge est un outil ; pour la femme, une parure. Tu te rappelles ? Autre citation, de Frédéric Dard celle-ci, censée me faire avancer sur les bons rails. Tu m'as appris à me défaire de mes parures, à ton tour de jeter tes outils.

– Je t'ai appris trop de choses, je crois, et tu as une trop bonne mémoire.

– Je t'écoute.

– Je suis inquiet.

– Je le vois, mais de quoi ?

– Pierre. Depuis sa libération, je…

– Tu ne penses quand même pas qu'il puisse s'en prendre à toi ?

– Une nuit, j'ai vu une silhouette dans notre rue.

– C'est un peu de la parano, non ?

– Puis, j'ai reçu une pierre sur ma voiture.

– Oui, maman me l'a dit. C'est pour ça que tu fais un lien ?

– Je ne l'ai pas établi tout de suite. Mais un homme m'a téléphoné plusieurs jours après.

Cette fois, Lou est plus attentive et quitte la route des yeux une seconde pour regarder son père.

– Je crois que c'est lui, avoue-t-il.

– Qu'a-t-il dit ?

– Que la peur ne nous protégeait pas, mais que la folie, oui.

Lou se fige, interdite.

CHAPITRE 32

À l'hôpital psychiatrique, la sortie d'isolement de Gregory Prezeau a surpris quelques soignants et l'infirmière, déjà préoccupée par la présence de ce criminel, a besoin d'une explication. Elle se rend dans le bureau du psychiatre.

– Vous m'aviez dit que je pouvais venir vous parler quand je le souhaitais, docteur, s'annonce-t-elle depuis la porte.

– En effet, vous pouvez entrer, je vous écoute.

– Il s'agit du patient Prezeau.

– Je m'en doute.

– Son isolement n'aura duré que très peu de temps. Je m'interroge sur…

– Mon jugement ?

– Non, bien sûr que non. Sauf votre respect, docteur, un patient de cette dangerosité qui arrive dans notre service reste habituellement plusieurs semaines en isolement. Le voir intégrer les groupes de résidents en salle commune… enfin, je trouve cela prématuré.

– J'ai donc raison, vous remettez en question ma décision concernant cet individu. Rapide, je vous l'accorde, mais il faut aussi prendre en compte le temps qu'il a passé dans le premier service psychiatrique avant d'intégrer le nôtre. L'évolution de ce patient depuis son arrestation est encourageante. Il montre une diminution évidente des symptômes et les éléments délirants ont quasiment disparu. Il est important pour moi de pouvoir évaluer son comportement au contact des autres. Vous savez que l'isolement peut avoir des effets néfastes s'il est utilisé dans de mauvaises intentions. Rappelez-vous, ce patient n'est pas en prison chez nous.

– Et si son délire réapparaît alors qu'il est avec d'autres patients ?

– Nous adapterons alors sa prise en charge. C'est votre rôle, ainsi que celui des autres soignants, de le surveiller et d'anticiper ses réactions.

– Si l'anticipation est impossible ?

– Que voulez-vous dire ?

– Si ce patient s'en prend à quelqu'un sans que nous ayons pu le prévoir ?

Le psychiatre plisse les yeux et fixe l'infirmière sans ciller.

– Je veux dire, dans ce cas, sur qui reposera la responsabilité ? Sur les soignants, donc, moi si je suis de garde, ou sur vous, qui aurez pris la décision de le sortir de son isolement ?

– Je n'apprécie guère le ton que vous employez.

– Ni moi, la charge que vous imposez à vos équipes.

– Je vous l'ai déjà clairement expliqué, si les patients de mon service vous font peur, mademoiselle, vous devriez envisager de changer de voie.

– Inutile d'essayer de relier la peur au « mademoiselle », ça ne fonctionne pas sur moi. Je vais faire mon travail comme il se doit et considérer Gregory Prezeau comme n'importe quel patient. Mais sachez, monsieur, qu'en cas de problème, je saurai faire en sorte que la responsabilité n'incombe pas aux soignants qui ont les mains dans le cambouis.

Maeva quitte le bureau avec tout l'aplomb dont elle se sent capable, mais une fois la porte refermée derrière elle, elle déglutit avec peine et sait que ça ne suffira pas à faire glisser la peur qui lui remonte dans la gorge. Direction la salle commune.

Gregory a été accompagné par un infirmier et a choisi une chaise en retrait de tous les pyjamas bleus. Le soignant note sur un calepin : « Intégration non immédiate, isolement naturel sans que ça semble perturbant pour le patient, observation de l'environnement, aucun signe d'agitation ou de comportement délirant. » Gregory a repéré un homme d'une trentaine d'années dans un coin de la pièce. S'il est seul, il paraît pourtant tenir un discours accompagné de gestes. Ses yeux et sa tête sont très mobiles. Il rit souvent et peut alterner avec des pics de colère qui ne durent jamais très longtemps.

– Il est complètement fou, celui-là, annonce une voix rauque.

Gregory tourne le visage vers celle qui vient de lui parler à l'oreille. Une femme d'une soixantaine d'années, cheveux blancs de seulement quelques millimètres. Style poux ou erreur de sabot ? Gregory se pose la question.

– Des maboules, j'en vois souvent, mais là ! insiste-t-elle. Je crois que chaque fois qu'il vient, il en tient une couche de plus. Et toi ? Je ne te demande pas pourquoi t'es là, ça a déjà fuité. Tu l'as vraiment tuée, ta frangine ? Genre, un truc dégueu, il paraît ! Tu racontes ?

Les pupilles froides de Gregory viennent se visser à celles de la vieille folle. Le malaise envahit vite la patiente qui ravale son sourire de curiosité morbide.

– Moi, je l'aurais bien butée la mienne, aussi, dit-elle en reculant légèrement. C'est à cause d'elle que je suis là. Elle m'a toujours fait passer pour une folle pour que mes parents me rejettent. Elle a réussi, ils m'ont fait interner et chaque fois que je sors, c'est retour à la case départ au bout de quelques…

– Tais-toi.

La patiente reçoit ces mots prononcés froidement comme une gifle cinglante.

– Tu te tais, tu fais demi-tour et tu me laisses.

Dans un froncement de sourcils aussi surpris qu'effrayé, elle s'exécute et file vers l'infirmière qui vient d'entrer dans la salle. Gregory la suit du regard et voit la jolie brune en blouse. Il esquisse un léger sourire alors qu'elle vient elle aussi de le repérer.

– Il est givré ce type ! lance la vieille à l'infirmière. Tu m'entends Maeva ? Complètement fêlé !

– Comme tous les gens ici, Maryse, répond l'infirmière. Tu me dis ça de tous ceux qui sont là.

– Mais lui, c'est pire. Il est mauvais ! Il l'a vraiment tuée ? C'est vrai, ce qu'on raconte ? Une scène épouvantable ?

– Arrête, Maryse. Ne dis pas ce genre de choses, répond Maeva en lui faisant signe de baisser d'un ton.

– Pourquoi ? On a le droit de savoir avec qui on passe du temps quand même.

– Personne ne t'oblige à passer du temps avec lui.

– Ça ne l'empêchera pas de me planter un couteau dans le dos un jour, si ça lui prend ! Si c'est un assassin, il devrait être en prison, pas ici.

– Il a des troubles psychologiques, comme tous les patients de ce service.

– Ah bah, ce n'est pas l'impression qu'il donne. Il m'a paru tout sauf débile.

– Il faudrait savoir ce que tu dis.

– J'ai dit qu'il était givré, mais genre psychopathe, pas débile mental. Et puis, tu sais, l'autre jour…

Maeva ne sait pas comment mettre un terme au débit de paroles de la patiente qui la considère depuis des mois comme sa meilleure amie. En détournant légèrement le regard, elle s'aperçoit que Gregory n'est plus sur sa chaise. Elle ressent alors un pincement au cœur et tous ses sens se mettent inconsciemment en alerte alors que ses yeux balayent la pièce.

– Maeva, tu m'entends ?

– Je suis occupée, Maryse, on se revoit tout à l'heure, répond-elle en avançant parmi les tables où sont installés des patients.

Elle repère l'infirmier qui s'occupe de Gregory et suit la direction de son regard. Gregory a rejoint John.

– Qui se ressemble s'assemble, dit le soignant quand Maeva arrive à côté de lui. Entre schizos, tu crois qu'ils se comprennent ? Je me suis toujours demandé s'ils avaient la même non-réalité ou s'ils avaient chacun leur planète.

– Je dirais chacun la sienne avec des passerelles à reconnaissance maboule, lâche Maeva pour décompresser.

L'infirmier lui lance un regard surpris et pouffe discrètement.

– Qu'est-ce que tu penses de lui ? demande-t-elle.

– Il n'est pas là depuis assez longtemps pour que je te dise grand-chose.

– Tu crois que c'est une bonne idée, cette sortie d'isolement ?

– Il faut qu'on reste neutres par rapport à ce qu'il a fait, même si ça fout un peu les boules, je te l'accorde.

– Tu ne réponds pas à ma question.

– Si cet homme n'avait pas tué sa sœur, te poserais-tu la question ?

Maeva encaisse en silence cette réalité.

– Qu'est-ce qu'ils se racontent, à ton avis ?

– Toi aussi tu l'entends ? demande Gregory à John.

– Laissez-moi, il ne faut pas qu'ils sachent.

– Qui ?

– Eux. Ceux qui m'enferment. Ils viennent me chercher à chaque fois que je l'entends et ils me gardent ici pendant des semaines. Je veux sortir, rentrer chez moi.

– Ils te font quoi, ici ?

– Ils le font taire.

– Et tu te sens mieux quand il se tait ?

– Oui, mais je ne veux pas être ici. Je veux qu'il se taise quand je suis seul chez moi.

– Qu'est-ce qu'il te dit ?

– Il m'agresse, il crie, il me donne des ordres. Ça fait mal dans ma tête. Parfois, il essaye de me faire rire, mais après, il recommence à m'insulter. Il me dit que tous les autres me veulent du mal. Je sais qu'il a tort.

– Et si je te dis comment le faire taire sans leur aide, sans les médicaments ?

John pose enfin les yeux sur Gregory.

– Allez, c'est l'heure ! les interrompt l'infirmier.

– Non, attendez ! s'agite John.

– On se reverra, l'apaise Gregory en suivant le soignant.

En passant près de Maeva, il se pare à nouveau de son sourire sans la regarder. Elle se maîtrise au mieux pour ne rien laisser paraître.

– La peur ne vous protégera pas, susurre-t-il.

– Qu'est-ce que tu dis ? demande sèchement l'infirmier en se retournant.

– Il me parle encore parfois, vous savez, répond Gregory.

– OK, avance maintenant.

Maeva est tétanisée. Elle a entendu et elle sait que cette phrase lui était destinée.

CHAPITRE 33

Huelgoat

Lucille connaît bien Adam et son stress palpable lors de son appel commence à l'angoisser. Elle regroupe dans son esprit tous les faits qui paraissent anodins si on les considère indépendamment, mais qui forment un puzzle inquiétant si on les assemble :

Les cauchemars d'Adam sont réapparus.

Si perturbants qu'il se lève la nuit pour ne pas se rendormir ;

Sa voiture a été prise pour cible ;

Il a décidé à l'improviste de poser une semaine pour venir ici ;

Il semblait inquiet de la laisser seule dans cet endroit ;

Savoir qu'un homme est passé l'a mis dans tous ses états.

Lucille sent soudain une menace rôder autour de son mari et, indirectement, autour d'elle. Elle regarde à travers les fenêtres du salon. La pénombre commence son travail de camouflage des détails. Un frisson la traverse et elle se demande alors si elle a réellement fermé toutes les portes à clé. Comment n'a-t-elle pas compris plus tôt ? Le traitement médical lui ramollit-il à ce point les neurones ? Adam n'a pas posé des jours pour elle, mais pour fuir quelque chose. Cette maison, ils l'ont achetée pour ça, pour y trouver refuge au cas où. Adam ne lui a rien dit pour ne pas l'inquiéter, comme il le fait toujours. Se préserver mutuellement au risque de mentir par omission.

Pourtant, Lucille doit savoir. Elle ne pourra pas supporter la solitude de la nuit tant qu'elle n'aura pas de réponses. Adam ne laisse jamais ses dossiers en cours à Lyon quand ils viennent en Bretagne. La peur que l'appartement soit cambriolé le pousse à emporter une caisse de chemises cartonnées à chaque fois. Lucille sait qu'il entrepose tout ce qui concerne son travail dans le vieux moulin sur l'îlot de leur terrain. Ses yeux scrutent une nouvelle fois l'extérieur, mais son corps a du mal à se décider. La nuit arrive vite. Les oiseaux ne chantent déjà plus. Seul le bruit de la rivière qui file sous le pont l'accompagnera une fois qu'elle aura franchi le seuil de la porte, elle le sait. Ce qui est apaisant et ressourçant le jour peut vite devenir effrayant la nuit tombée. Son téléphone la fait subitement sursauter en vibrant sur la table basse. Elle secoue la tête en soufflant. Se laisser ainsi envahir par une peur irrationnelle au point de surréagir au moindre bruit !

– Oui, répond-elle, voyant qu'il s'agit d'Adam.

– J'ai pris la route tout à l'heure, je serai là tard, mais je te rejoins.

– Tu devais rester te reposer.

– Ça va, j'ai dormi un peu en rentrant à l'appartement. Que fais-tu ?

– Rien, je… Auras-tu faim en arrivant ?

– Non, ne t'embête pas. Il me reste encore cinq heures de trajet. Tu dormiras depuis longtemps.

– Adam.

– Oui ?

– Que me caches-tu ?

– Pardon ?

– Qui est cet homme qui te cherchait, hier soir ?

– Je l'ignore, tu m'as dit qu'il ne s'était pas présenté.

– Tu comptes me prendre pour une andouille encore longtemps ?

– Mais enfin, que t'arrive-t-il ?

– Tes cauchemars, tes insomnies, notre semaine imprévue loin de tout, ton inquiétude face à ma solitude ici. Tu te moques de moi ?

– Lucille, tu te rends compte de ce que tu me dis ? Ne crois-tu pas que les choses ont changé au point de vouloir…

– Vouloir quoi ?

– Prendre soin de toi.

Lucille accueille ces mots d'une façon étrange. Ses angoisses l'avaient emmenée si loin de sa maladie qu'elle ne sait plus quoi croire en cet instant.

– Mes cauchemars sont sûrement dus à l'angoisse de mort qui a été réveillée en moi, se justifie Adam. Et il me semble normal d'avoir envie de te protéger, d'être à tes côtés, de profiter du temps qu'il nous reste tous les deux. Ça te paraît si étonnant ?

– Les policiers ont-ils une piste concernant celui qui a jeté une pierre sur ta voiture ? demande-t-elle hors de propos pour ne pas se laisser extraire de ses interrogations par les mots d'Adam.

– Quel rapport avec ce que je viens de te dire ?

– Réponds-moi, s'il te plaît.

– Non.

– Toi, tu as une idée ?

– Non, comment le pourrais-je ?

– Peut-être parce que tu penses que c'est la même personne qui est venue jusqu'ici hier soir.

– Quoi ? s'étrangle Adam. Bien sûr que non, que vas-tu t'imaginer ?

– Je suis bien obligée de faire appel à mon imagination puisque mon propre mari me cache des choses. Que dirais-tu si je laissais les portes ouvertes cette nuit ? On ne craint rien dans cette maison isolée, tu n'es pas d'accord ? Et tu pourrais ainsi rentrer sans faire de bruit pour ne pas réveiller ta chère épouse qui se repose.

– Lucille, je t'en prie, arrête tes sottises.

– Tu as raison. Je ne laisserai que la baie du salon ouverte.

– J'ai mes clés, arrête de jouer à ça ! s'agace Adam.

Adam entend le bruit de la baie qui coulisse.

– Que fais-tu ? s'empresse-t-il de demander.

– Je sors, j'ai quelque chose à vérifier.

– Non ! Retourne dans la maison.

– Attends, j'y suis presque.

Adam distingue le bruit de l'eau qui coule.

– Voilà, je suis dans le moulin, j'ai fermé derrière moi.

– Mais enfin, que fais-tu là-bas ?

– Je vais chercher les réponses que tu refuses de me donner.

– Je t'interdis de fouiller dans mes dossiers, c'est confidentiel.

Lucille laisse échapper un rire.

– Tu m'as toujours raconté tes affaires, ce n'est pas maintenant que tu vas me parler de confidentialité.

– Lucille, s'il te plaît, laisse ces dossiers où ils sont, retourne dans la maison et on reparlera de tout ça demain.

– Gregory Prezeau, c'est celui qui a…

– Lucille ! se fâche Adam. Pose ça !

Le ton employé surprend Lucille. Elle n'a que très rarement entendu son mari s'énerver, et jamais sur elle, aussi brutalement.

– Je crois que je vais te laisser, dit-elle. Et évite de passer tes nerfs sur la route.

– Non, attends, excuse-moi.

– À tout à l'heure, Adam.

Lucille raccroche sans attendre. Adam serre le volant à s'en faire pâlir les phalanges. Il connaît sa femme, elle ne décrochera plus et s'entêtera jusqu'à trouver quelque chose. Il doit la protéger, mais comment faire à plus de quatre cents kilomètres ?

CHAPITRE 34

Mémoires, chapitre 8

Cloisonner.

Savoir laisser les dossiers au bureau et se libérer l'esprit une fois à la maison. Certaines professions le permettent sûrement. Certaines personnes en sont sûrement capables. Mais mon travail ne m'a jamais donné l'opportunité de tester ce concept de cloisonnement. Physiquement, j'ai toujours trimballé mes dossiers, comme un toutou qu'on traîne où qu'on aille, jusque sous la chaise d'un restaurant. Mentalement, j'ai toujours trimballé mes patients, mes détenus, mes problèmes, comme des puces qu'on vous injecte dans le cerveau jusqu'à vous réveiller la nuit avec la suite du film qui défile.

Docteur Jacuri au travail, Adam à la maison. Faux.

J'ai essayé, je me suis battu contre moi-même, j'ai testé des techniques de centrage, de bulle de protection... Pipeau tout ça, je ne suis pas compatible avec ces mises en pratique. Les cordonniers sont souvent les plus mal chaussés, me direz-vous.

Bref, j'ai toujours été à demi docteur Jacuri, à demi Adam, que ce soit au travail ou à la maison.

Le problème, c'est quand vous rapportez des dossiers d'enquête chez vous, que des rapports détaillés s'y trouvent, que des photos illustrent les faits... vous pouvez parfois avoir des surprises. C'était il y a vingt ans, je venais de recevoir une réquisition du juge pour Pierre. J'avais trois jours pour étudier le dossier. Voilà ce qui s'est alors passé :

Épuisé par ma journée de travail et mon début de soirée passé à faire défiler les pages du dossier morbide dans mon bureau, je me décide à aller sous la douche pour réactiver mes neurones. Lucille et Lou sont couchées depuis deux heures déjà. Je prends mon temps, l'eau coule sur mon visage et j'ai l'impression qu'elle emporte un peu de l'horreur de ce que j'ai déjà découvert dans le dossier de Pierre. Les photos sont à la limite du supportable. Je sais que je devrai y revenir plus attentivement puisque je n'ai réussi, pour l'instant, qu'à les survoler du regard. Les rapports d'autopsie sont eux aussi perturbants. Les détails du parcours effectué par chaque pieu dans chaque victime vous retournent l'estomac comme un rien et connaître le supplice enduré en fonction du moment où la mort a bien voulu libérer chaque victime active des émotions pas très agréables.

Mais ce qui m'empêche encore de sortir de la douche où je me sens bien et à l'abri de tout, c'est d'imaginer que dans trois jours, je serai face à l'homme qui a commis ces meurtres. Les photos, les rapports, les déclarations des primo-intervenants sur les scènes de crime... tout cela vous donne l'impression qu'un monstre a agi, qu'une créature aux dents acérées, aux yeux rouges et à la bave épaisse a attaqué avec une sauvagerie inimaginable à l'échelle humaine. Pourtant, cette bête a un nom, elle s'appelle Pierre et aussi un visage, celui d'un jeune homme beau et souriant.

Il est temps pour moi de replonger dans les abîmes de cet esprit torturé. Je noue ma robe de chambre et pousse la porte de mon antre dans laquelle je n'ai laissé que la lumière orange tamisée de ma lampe de bureau. Mon corps cesse soudainement de se mouvoir, mes yeux s'ouvrent plus grands pour me permettre d'être sûr qu'ils voient ce qu'ils voient et mon esprit va trop vite pour que je comprenne ce qu'il est en train de me dire. Lou est tellement absorbée par les pages qu'elle tient sous la lampe qu'elle n'a pas remarqué ma présence.

– Repose ça.

Je viens de souffler ces mots comme si ma vie en dépendait. Je crois que si je les prononce à nouveau, je vais crier trop fort et lui faire peur. Elle me regarde avec les yeux d'un animal pris au piège dans les phares d'une voiture. Je me dis qu'elle a peur que je la dispute. Je suis loin du compte.

– Laisse-moi continuer, papa, s'il te plaît.

– C'est hors de question ! Ferme ça !

Je viens de m'énerver. Voir ma fille en quasi-jubilation devant des scènes d'horreur déclenche un malaise en moi.

– Ça m'intéresse, papa.

– Ça t'intéresse ?

J'ai à nouveau crié et l'ai rejointe pour lui claquer le dossier sous le nez.

– Ce n'est pas un film ou une série, là ! C'est la vraie vie et tu n'as pas à voir ça. Qui t'a autorisée à fouiller dans mes dossiers ?

– Je suis bien obligée de le faire en cachette puisque tu ne me permets rien. J'ai quinze ans, papa, je ne suis plus une fillette. Et je te rappelle que je veux être juge d'instruction, il serait temps que je sache concrètement à quoi m'attendre, non ?

– Justement, tu n'as que quinze ans et bien le temps de changer d'avis sur ton avenir professionnel.

– Merci de croire en moi, ça fait plaisir.

– Je t'interdis de parler de ce que tu as vu à tes copains. C'est confidentiel, je pourrais avoir de gros ennuis.

– De mieux en mieux ! Je pensais que tu avais une meilleure opinion de moi.

– File te coucher !

Quel diplomate je fais, je m'épate moi-même. Je vois Lou se lever du fauteuil et chercher les mots appropriés pour me clouer le bec avant de disparaître. J'ai l'habitude, non seulement elle est curieuse et n'a pas froid aux yeux, mais en plus, elle ne supporte pas de ne pas avoir le dernier mot. Elle se poste devant moi et me regarde. Je ne lis pas de colère dans ses yeux. J'aurais préféré, je crois. J'y vois de la déception.

– Toutes tes belles pensées de philosophes censées me porter ne sont finalement qu'un leurre. Je n'ai pas besoin de ces citations éphémères pour avancer, j'ai besoin d'un père qui me comprenne, me fasse confiance, me voie grandir et me tienne la main pour accomplir mes projets.

Là, mon bec est bien cloué.

– J'ai eu le temps de voir le pire de ce dossier, je crois. Les photos, les pieux, le sang, les têtes de bouc coupées, les masques de douleur des victimes, les corps autopsiés... Et toi, tu me dis d'aller me coucher sans explications. Je veux juste comprendre ce qu'il y a derrière tout ça pour que ça me paraisse plus supportable. Et tu es le seul à pouvoir m'aider à comprendre. J'aimerais que tu me dises comment un être humain est capable de faire ça.

J'ai alors pris conscience de la maturité de Lou et ma fierté de père m'a ouvert les yeux sur la chance que je devais saisir. Lou et moi avons passé le reste de la nuit à discuter de ce dossier, de la nature humaine et de mon métier. Je ne l'ai plus jamais empêchée de toucher à mes dossiers. Aujourd'hui, elle est avocate, et l'une des meilleures en matière pénale.

CHAPITRE 35

Huelgoat

Lucille est assise au bureau d'Adam, dans la pièce principale du moulin, sombre, aux odeurs de pierres humides et de vieux bois. Des dossiers sont ouverts devant elle, les pages éparpillées se chevauchent et des photos parsèment le tout. Elle ne bouge plus. Son regard est fixe. Sa bouche, entrouverte. Le froid s'est emparé d'elle, la glaçant jusqu'au sang. C'est donc ça, la réalité de son mari, son quotidien depuis tant d'années. Il lui parlait de ses affaires, mais ne lui décrivait en fait que l'infime pointe de l'iceberg. Il n'a jamais ne serait-ce que frôlé la surface de l'eau et Lucille n'aurait nullement pu imaginer les terrifiantes profondeurs auxquelles il devait faire face quand il se trouvait devant certains criminels.

Tout se mélange dans la tête de Lucille. Elle pense à Adam et se demande comment il a réussi, toutes ces années, à continuer d'être l'homme qu'elle a toujours connu, optimiste, séducteur, drôle, bourré d'autodérision et d'esprit, clown sur les bords en compagnie des amis proches. Comment a-t-il pu élever leur fille sans tomber dans la paranoïa du danger environnant et la surprotection ? Comment pouvait-il rentrer le soir avec le sourire et toujours un mot pour détendre l'atmosphère ? À quoi pensait-il quand il venait se glisser près d'elle sous la couette après avoir passé des heures à étudier ce genre de dossiers ?

Un bruit sec à l'extérieur du moulin saisit soudainement Lucille et la stoppe dans ses réflexions. Elle se retourne et aperçoit la lumière du salon. Dans la précipitation, elle a oublié de refermer la baie derrière elle. *La raison pour laquelle Adam se sent menacé en ce moment se trouve-t-elle dans ces pages ?* se demande-t-elle en reposant les yeux sur le bureau. La peur explose alors dans son ventre. Elle regarde sa montre. Encore quatre heures avant l'arrivée d'Adam. Et si un de ces fous sanguinaires était réellement là pour s'en prendre à elle ? Va-t-elle subir le même sort que les victimes qu'elle vient de voir empalées, dépecées ou ouvertes sur la table d'autopsie ? Non, il faut qu'elle se raisonne, tout cela est impossible. Ces criminels sont en prison ou à l'hôpital, mais pas libres. On ne libère pas de tels monstres, aussi fous soient-ils.

Lucille voit la besace en cuir d'Adam posée contre un des pieds du bureau, rabat ouvert. Son attention est attirée par un journal plié. Adam et elle n'achètent plus la presse écrite depuis un bon moment. Elle se penche pour saisir sa cible et la déplie sur ses genoux. Son cœur se contracte fort sous l'effet de la surprise. Les journalistes ont ressorti une photo qui date d'il y a vingt ans. Les yeux de Lucille cherchent dans le capharnaüm des dossiers et repèrent le visage de Pierre. C'est bien lui. Elle regarde alors la date du journal. Publié il y a une semaine. Il y a donc deux semaines que cet homme a retrouvé sa liberté. Lucille tremble sans même s'en rendre compte. Un deuxième claquement la propulse au sol. Accroupie derrière le bureau, elle frissonne et ne maîtrise plus rien. Elle pourrait attraper son téléphone sur le bras du fauteuil, sortir et courir se cacher, chercher un objet pouvant lui permettre de se défendre. Rien. La peur vient de la pétrifier. Son esprit capte alors une lueur mouvante par la fenêtre près de la porte. Comme coincée dans un étau qui se resserre de plus en plus autour d'elle, Lucille commence à manquer d'air. Sa main parvient à se décoller de sa cuisse pour activer l'interrupteur de la lampe de bureau. Maintenant dans le noir total, elle se remet en boule, immobile. La lueur repasse une fois et s'évanouit sur la droite. Lucille doit savoir. Si un danger s'approche, elle doit le connaître pour s'en protéger. Toujours accroupie, elle se déplace jusque sous la fenêtre près de l'entrée. Ce n'est qu'une fois arrivée qu'elle peste contre elle-même en voyant son portable resté sur le fauteuil. Elle retournera le chercher quand elle saura à quoi s'en tenir. Se redressant légèrement pour que ses yeux atteignent le rebord de la fenêtre, elle observe rapidement les alentours. Son corps s'affaisse alors d'un seul coup et elle recule jusqu'à se caler dans un coin de la pièce, à la limite de l'hyperventilation. Elle a juste eu le temps d'apercevoir une silhouette massive sortir de la maison par la baie du salon.

Des coups sur la porte du moulin manquent de faire exploser son cœur. Impossible ! La personne qu'elle vient de voir sortir du salon ne peut pas déjà être là. Lucille s'entend couiner intérieurement, comme un miaulement de chaton resté coincé dans la gorge.

– Madame Jacuri ! Vous êtes là ?

Lucille plaque une main sur sa bouche, chose qu'elle a toujours trouvée ridicule dans les films.

– Madame Jacuri, c'est la gendarmerie, nous venons voir si tout va bien.

Elle se ressaisit et sent son corps reprendre progressivement consistance.

– C'est fermé et éteint ! entend-elle crier. Tu as fait le tour de la maison ?

– Il a parlé du moulin !

Lucille se rapproche de la fenêtre et ose un regard. Elle voit le gendarme tourné vers celui qui est resté sur la terrasse. Elle se précipite alors vers la porte, déverrouille et rejoint l'agent.

– Je suis là, dit-elle, soupirant de soulagement. Vous m'avez fait très peur.

– Vous aussi, madame Jacuri.

– Que faites-vous là ?

– Votre mari nous a demandé de venir vérifier que tout allait bien pour vous. Il nous a expliqué que vous étiez seule et qu'il n'arrivait pas à vous joindre.

– Ah ! Il exagère toujours ! tente de plaisanter Lucille.

– Êtes-vous en sécurité, madame ?

– Oui, enfin, je le suppose. Vous allez finir par m'effrayer.

– Je vous conseille de fermer les portes de votre maison quand vous passez du temps ici. Ça évite les surprises lorsque vous revenez. On n'est jamais trop prudent.

– Vous avez raison. J'allais rentrer, de toute façon, conclut-elle en allant chercher son portable.

– Qu'est-ce que c'est ? demande le gendarme, intrigué, en levant sa lampe torche pour éclairer le dessus du bureau depuis la porte.

– Rien, ce sont juste des dossiers de mon mari.

– Que fait-il ?

– Il est psychiatre.

– Désolé d'insister, mais ce que je viens de voir ne ressemble pas à des dossiers de psychiatrie.

– Il est aussi expert. C'est bon, nous pouvons sortir ou vous avez prévu de m'interroger ?

– Oui, excusez-moi.

– En arrivant dans son salon, Lucille voit le deuxième gendarme descendre de l'étage.

– Bonsoir, madame, je me suis permis d'inspecter votre domicile pour que vous soyez rassurée, ainsi que votre mari.

– Merci beaucoup.

– N'hésitez pas si besoin, avec mon collègue nous patrouillons toute la nuit.

– Entendu. Je vous remercie.

***

Adam est surpris de voir la lumière à travers les interstices des volets en bois quand il arrive enfin à destination. Lucille s'est-elle endormie sans éteindre ou est-elle en train de l'attendre ? Il la découvre, blottie dans un fauteuil près de la cheminée, les genoux remontés contre la poitrine, le teint blafard avec la joue côté feu bien rosée. Quand elle pose les yeux sur lui, il voit qu'ils sont rouges. Fatigue, émotion ? Il s'attend à ce que la colère anime son arrivée et ne sait pas vraiment comment aborder sa femme à cet instant. C'est elle qui fait le premier pas. Elle déplie son corps pour s'extraire du fauteuil et Adam remarque que ce simple mouvement lui coûte. Il avance vers elle, mais se retrouve arrêté par la main de Lucille qui lui signifie de la laisser faire. Elle inspire longuement et se met enfin debout. Sa main qui disait stop se tend alors vers Adam. Il la saisit sans savoir ce qui l'attend. Elle s'en sert comme d'une prise pour se stabiliser et se rapprocher de lui. Une fois assez près, elle se blottit contre lui sans un mot et pose la joue contre son torse. Il l'enlace, surpris.

– Tout va bien ? demande-t-il.

– Je suis morte de fatigue.

– Tu n'aurais pas dû m'attendre.

Elle recule légèrement la tête et le regarde fixement.

– Comment as-tu fait ? finit-elle par dire après quelques secondes.

– Que veux-tu dire ?

– Ces horreurs qui t'ont accompagné toute ta vie… comment as-tu fait pour rester l'homme que tu es ?

– Qu'as-tu vu ?

– Très peu de choses par rapport à ce que tu as dû supporter toutes ces années, mais assez pour prendre conscience de ce que tu as vécu et des efforts que tu as dû déployer pour rester toi auprès de Lou et moi.

– Je crois justement que c'est vous qui m'avez permis de garder le cap.

Lucille sourit légèrement.

– Je te demande d'être honnête, Adam. As-tu peur de Pierre ?

Adam baisse les yeux et soupire.

– Je dois savoir. J'ai le droit de savoir.

– Oui.

– Ce n'était pas lui.

Les sourcils d'Adam se froncent et son regard interroge Lucille.

– L'homme, l'autre soir, ce n'était pas lui. Je sais qu'il a vieilli de vingt ans, mais je crois que ce n'était pas lui. Et pourquoi te voudrait-il du mal ? Tu n'as rien fait contre lui.

CHAPITRE 36

Unité psychiatrique de Lyon,
le 27 mars 2023

Gregory découvre de nouvelles têtes dans la salle commune ce matin. Il a choisi le même coin que la veille pour s'installer et avoir une vue d'ensemble sur tous les patients. Deux infirmiers sont à l'affût, il les voit discuter en gardant toujours un œil sur lui. La belle brune n'est pas encore là. Dommage, il aime sentir la peur de cette femme. John est à l'autre bout de la salle, en train de ricaner et de faire des messes basses avec deux autres patients. Il ira le voir plus tard, ne rien précipiter, tout vient à point à qui…

– Salut.

Un jeune homme le tire de ses pensées.

– Salut, répond-il.

Ses yeux détaillent rapidement l'individu qui se plaque contre le mur à côté de lui. Il remarque de larges bandes aux poignets et de nombreuses cicatrices sur les avant-bras et le cou. Certaines anciennes, d'autres plus récentes.

– Toi aussi, tu te sens mal avec tous ces chtarbés ? demande le jeune. Je te vois les observer depuis tout à l'heure.

– On l'est aussi si on est là, non ?

– Il y a différents barreaux à une échelle. J'ai l'impression que pas mal d'entre eux ont atteint le sommet.

– Pourquoi te fais-tu du mal ?

Le jeune grimace et son regard se perd au fond de la salle.

– Qu'est-ce que ça peut te foutre ? finit-il par cracher.

– Tu sais pourquoi je suis là ?

– Tout le monde le sait. Si tu comptes me menacer avec ça pour m'éviter de t'insulter, tu te fous le doigt dans l'œil. Bute-moi si ça te chante, je m'en tape, au contraire.

Gregory sourit intérieurement. Comme quoi, tout vient à point à qui…

– Vas-y, raconte-leur ce que tu m'as dit hier !

John vient d'arriver avec ses deux compères et s'adresse, tout excité, à Gregory.

– Allez, balance, ils ne me croient pas.

– Je ne vois pas de quoi tu parles.

– Quoi !

John commence à s'ébrouer sur place comme une puce coincée dans un dé à coudre.

– Il ment, il me l'a dit, lance-t-il aux deux autres en tournant la tête dans des mouvements trop rapides pour que ses yeux suivent parfaitement le rythme.

– Je discutais avec mon ami, expose Gregory. Vous pouvez nous laisser ?

– Ton ami ? expulse John avec des postillons. Hier, c'était moi, ton ami, tu voulais m'aider.

– Tu avais raison, dit Gregory au jeune près de lui, le niveau supérieur de l'échelle.

Voyant les deux hommes rire ensemble devant lui, John sent une angoisse qui menace de l'anéantir. Une voix crie fort dans sa tête, il plaque les mains contre ses tempes, ferme les yeux et retrousse les lèvres jusqu'à exposer toutes ses dents jaunies et grignotées par les drogues.

– Merde, expire Gregory. À l'aide ! Il fait une crise ! lance-t-il à destination des soignants, mais d'une voix volontairement trop faible.

Les deux infirmiers qui le surveillent commencent quand même à concentrer leur attention vers le groupe.

– Qu'est-ce que tu lui as fait ? s'emporte un des deux acolytes de John en poussant Gregory au niveau de l'épaule.

– C'est vrai ça ! renchérit l'autre avec un geste violent lui aussi. Pourquoi il est dans cet état, tout d'un coup ?

Cette fois, les soignants réagissent et se dirigent rapidement vers eux. Gregory les voit. John explose soudainement et pousse un hurlement qui transit certains patients et en excite d'autres.

– Stop ! les somme un soignant avec fermeté en accélérant le pas.

Trop tard, John vient de se jeter sur Gregory, les deux mains autour du cou.

– Je vais te tuer, putain !

– Au secours ! crie Gregory sans rien tenter pour se défendre. Aidez-moi !

Les infirmiers arrivent et essayent de maîtriser John, mais les deux acolytes s'en mêlent. Toujours à la merci de John, Gregory aperçoit d'autres soignants entrer en trombe dans la pièce et la belle brune en fait partie. Il jubile intérieurement même si l'air commence dangereusement à lui manquer. Le jeune torturé aide les soignants à lutter contre les trois fous. Une fois l'armée médicale en place, les trois adversaires sont rapidement immobilisés et extraits de la pièce. Certains patients trépignent et claquent des mains avec un grand sourire. D'autres respirent enfin et se remettent à leur activité. D'autres regardent le plafond et ne se sont rendu compte de rien. Gregory s'est laissé glisser contre le mur, main sur sa gorge.

– Ça va aller ? demande le jeune.

Gregory voit la belle brune s'éloigner. Il feint un évanouissement.

– Eh ! lance alors le jeune en rattrapant Maeva. Il a besoin d'aide, vous n'allez pas le laisser comme ça.

– Il s'en remettra, répond-elle sans regarder Gregory.

– Vous êtes infirmière, vous devez l'aider !

Maeva serre les dents et ose un coup d'œil vers Gregory. Elle le voit basculer lentement contre le mur et vers l'inconscience. À contrecœur, elle se précipite vers lui et s'accroupit pour lui tenir la tête. Ce simple contact la fait frissonner. Gregory ouvre alors les yeux et une jouissance s'y lit rapidement.

– Enchanté, articule-t-il.

Maeva se redresse aussitôt et regarde autour d'elle.

– Patrick ! hèle-t-elle. J'ai besoin de toi.

Alors que l'infirmier arrive, le jeune torturé lance un regard mauvais à Maeva.

– Vous n'avez pas le droit d'adapter vos soins en fonction des personnes, lui dit-il.

– Laisse-moi tranquille.

– Je vous aimais bien, pourtant.

– On n'est pas là pour se faire aimer.

Gregory voit la colère dans les yeux du jeune patient et il s'en délecte jusqu'à ce que Patrick le prenne en charge.

CHAPITRE 37

– Que s'est-il passé, ce matin, dans la salle commune ?

Assis de l'autre côté du bureau, Gregory garde les yeux baissés face au psychiatre et se triture les doigts. *Encore un peu*, se répète-t-il. C'est trop tôt, il doit faire attention à ce qu'il dit.

– Il est des leurs, vous savez. Je savais qu'ils me retrouveraient, même ici. Ils arriveront à m'avoir, vous ne pourrez pas toujours me protéger. Ils finiront par me tuer.

– De qui parlez-vous ?

– Des démons, des anges déchus, des serviteurs de Lucifer.

– Gregory, vous avez fait un travail remarquable ces dernières semaines et vous savez que ces idées font partie du délire lié à votre maladie.

– Oui.

– John n'est pas un démon. C'est un homme souffrant de schizophrénie et j'aimerais comprendre ce qui a déclenché sa crise d'angoisse et d'agressivité, ce matin.

– Non, il me le fera payer.

– John restera en isolement jusqu'à ce que son état se soit stabilisé, vous n'avez rien à craindre.

Gregory se réjouit de cette décision.

– Les soignants m'ont rapporté que c'est John qui est venu à vous, accompagné de deux autres patients. Vous confirmez ?

– Oui, ils sont venus me dire des choses incompréhensibles et John n'a pas supporté que je discute avec le jeune, je ne sais même pas comment il s'appelle.

– Victor.

– Oui. Alors, John m'a dit que je n'avais pas le droit d'être ami avec Victor et il est devenu fou de rage. Ses copains m'ont agressé et lui, il m'a sauté à la gorge.

– Vous aviez déjà parlé avec lui, hier, m'a-t-on déclaré.

– Oui.

– De quoi ?

– Il m'avait expliqué que les voix dans sa tête ne le quittaient pas et qu'il voulait juste rentrer chez lui, qu'il ne voulait plus que vous l'enfermiez ici.

– Très bien.

– Vous allez me punir pour ce qui s'est passé ? Vous savez, je ne les entends plus, moi, les voix et j'aime les moments dans la salle commune. Je n'ai pas voulu ce qui est arrivé ce matin.

– Je le sais et je n'ai aucune raison de vous remettre en isolement pour l'instant. Les infirmiers m'ont dit que vous aviez su garder votre calme même face à l'agression de John et qu'à aucun moment vous n'aviez fait preuve de violence ou d'agressivité. C'est un très bon point pour vous.

Gregory se satisfait de cette manche remportée. Pas trop vite, ça paraîtrait louche, il le lui a répété plein de fois.

– Mais vous pouvez me jurer, docteur, que ce n'est pas un démon ? Si lui et ses deux copains étaient là pour m'éliminer parce que j'ai tué l'un des leurs ?

– Vos idées délirantes doivent continuer à s'apaiser, Gregory, ne les laissez pas reprendre le dessus. La réalité est là, devant vos yeux, pas dans votre esprit.

– Je vais faire attention, oui. Victor, il est gentil, lui, il m'a aidé, vous savez ?

– Je suis ravi de l'entendre. Cependant, je voulais vous parler d'une dernière chose. Une patiente est venue se plaindre de vous.

La vieille folle, se dit Gregory, contrarié.

– Avez-vous été agressif envers une patiente, hier après-midi ?

– Vous devez parler de celle qui a les cheveux courts et blancs ?

– Que s'est-il passé ?

– Elle est venue me dire et me répéter en boucle que tout le monde était fou ici alors que j'étais tranquille dans mon coin. J'ai eu l'impression qu'elle allait réveiller mes délires et que j'allais me mettre à voir des démons partout, alors je lui ai dit de se taire. Après, elle a parlé de ma sœur, alors je lui ai dit de partir. C'est tout.

– Très bien.

– Pour ça, vous allez me punir ?

– Il n'y a pas de punition chez nous, juste des accompagnements adaptés pour le bien-être de chaque patient.

CHAPITRE 38

Huelgoat, le même jour

Adam est debout sur la terrasse avec une tasse de café fumant à la main et il regarde l'eau courir sous le pont. Il n'a pas réussi à dormir et attendait avec impatience que le soleil se lève pour avoir une raison valable de sortir du lit. Chaque fois que ses paupières se fermaient trop longtemps, il voyait défiler des images terrifiantes. Il sait qu'Ilda va obséder son esprit pour une durée indéterminée. Lou aura beau lui rabâcher qu'il n'est pas responsable, il est convaincu du contraire. Assister à ce meurtre et ce suicide sanglants a brisé quelque chose en lui. La violence de ces morts a tellement choqué son esprit qu'une partie de celui-ci semble encore anesthésiée, comme s'il n'était pas sûr d'avoir vécu cela dans la réalité.

Il sait que cet événement doit être le point final à sa carrière. Il ne pourra plus jamais accompagner une personne psychotique sans être influencé par ce vécu traumatisant. Il ne pourra plus, non plus, expertiser des criminels sans penser à Pierre et à la peur qu'il a réussi à injecter en lui jusqu'à le rendre parano. Adam repense alors à toutes ces années, à toutes ces personnes rencontrées au détour de chemins tortueux et sans issue, à toutes ces âmes perdues qui ne demandaient qu'à trouver le moyen de se sentir apaisées. Il pense aussi aux mémoires que Jessie Maure est en train d'écrire. Auraient-elles été les mêmes s'il les racontait maintenant, après tant de prises de conscience malheureuses ? Certainement pas. Elles auraient été plus sombres, plus pessimistes, plus fatalistes. Doit-il laisser courir ce projet ou y mettre un terme avant qu'il ne voie le jour ? Lucille avait raison, quel besoin a-t-il eu de vouloir mettre en lumière des affaires criminelles ? Ce livre ne devrait plus s'appeler *Mémoires d'un expert psychiatre*, mais *Souvenirs d'un vieux fou*. Vieux fou qui a assisté, impuissant, à la mort de sa patiente. Adam se laisse gagner par l'émotion. Les images du couteau qui glisse sur le cou d'Ilda et du sang qui jaillit ne le quittent pas. Les yeux d'Ilda avant extinction non plus.

Quand Lucille le rejoint, elle le voit pleurer en silence, immobile face à la rivière. Elle l'enlace et ce geste brise en Adam les digues qui ont retenu depuis trop longtemps les émotions puissantes. Il s'étrangle dans un sanglot poignant et expulse comme il peut ces quelques mots :

– C'est fini. J'arrête tout. Je ne sers plus à rien.

CHAPITRE 39

Unité psychiatrique de Lyon

– Content de te voir là, dit Victor en rejoignant Gregory dans le coin devenu habituel. J'avais peur qu'ils te tiennent pour responsable de ce qui s'est passé ce matin et qu'ils te foutent encore en isolement.

– J'ai bien joué avec le psy. J'étais victime, après tout.

Victor affiche un sourire en coin.

– Je crois que le cerveau de ce John est grillé jusqu'au dernier neurone. Chaque fois que je viens, il est là et toujours un peu plus perché.

– Tu viens souvent ?

– Ça m'arrive, répond Victor en déviant le regard. Les infirmiers t'ont quand même à l'œil, enchaîne-t-il en voyant Patrick et Maeva les regarder depuis l'entrée de la salle.

– C'est peut-être toi qu'ils matent.

– Je ne vois pas pourquoi. Je ne suis pas dangereux. C'est toi le tueur, pas moi.

– Tu essayes de te buter toi-même, ce n'est pas beaucoup mieux.

– Au moins, je ne fais de mal à personne.

– C'est une façon de voir les choses.

– Tu les vois comment, toi ?

– Nous ne faisons que répondre à des pulsions. Les nôtres sont destructrices. Les pulsions de mort, comme disait Freud.

– Tu m'as l'air beaucoup moins toqué que tu veux bien le laisser paraître, je me trompe ?

– Qu'est-ce que ça peut te foutre ?

– Un partout.

– Toujours est-il qu'une pulsion de mort peut être dirigée vers autrui ou vers soi-même.

– Ouais, c'est en ça que nous sommes différents.

– La bonne nouvelle, c'est qu'il est possible de les dévier.

Victor fronce les sourcils et regarde ses pieds.

– Tu as déjà essayé ? demande Gregory.

– De quoi tu parles ?

– De changer de cible. Visiblement, t'acharner sur toi n'apaise pas vraiment tes tensions psychiques.

– Mes tensions t'emmerdent.

– Si ça ne t'apaise pas, ça veut dire que l'objet de décharge de tes pulsions n'est pas le bon.

– Si tu continues, c'est sur toi que je vais me décharger.

Gregory pouffe. Il voit que Victor regarde régulièrement en direction de Maeva.

– Elle te plaît ?

– Laisse tomber.

– Putain, elle te plaît !

– Ce n'est qu'une conne ! Elle t'aurait laissé crever, ce matin. Tout ça parce que… je ne la croyais pas comme ça.

– Elle a peur.

– Bah, c'est naze. Elle est là pour soigner, on ne choisit pas ses patients quand on a signé pour ça.

– Ce n'était pas si grave, ce qu'elle a fait, elle a quand même appelé un collègue pour qu'il m'aide. Pourtant, ça t'a mis la rage, je l'ai vu dans tes yeux.

– Qu'est-ce que ça peut foutre ? On s'en tape !

– Ça fout que cette colère que tu ressens envers les autres, tu n'as pas à la retourner contre toi.

– Tu sais quoi, tu me saoules ! Je ne sais même pas pourquoi je te parle, en fait.

– Parce que j'ai réussi à faire ce que tu rêves de faire depuis longtemps.

Victor fusille Gregory du regard.

– Va vraiment te faire foutre ! Gros malade !

– Eh, Victor ! le rappelle Gregory alors qu'il s'éloigne. Je serai là demain, après-demain et tous les autres jours. Quand tu seras prêt…

Victor dresse son majeur et se dirige vers les infirmiers.

– Je peux retourner à ma chambre ? demande-t-il.

– Je te raccompagne, répond Maeva.

Dans le couloir, elle hésite. Elle n'a pas à faire ça, pourtant sa curiosité est en train de l'emporter.

– Tout va bien ? demande-t-elle.

– Ouais.

– J'ai vu le signe que tu as adressé à Prezeau, un problème avec lui ?

– C'est vous qui avez un problème avec lui, je crois, pas moi.

– Il t'a dit quelque chose me concernant ?

– Pourquoi je vous le dirais ? C'est nul, ce que vous avez fait ce matin.

– Ça ne te regarde pas.

– C'est facile, ça ! Vous, vous pouvez me demander ce que vous voulez, mais moi, je dois juste fermer ma gueule.

– Je veux que tu fasses attention à lui. Je ne veux pas qu'il t'arrive quelque chose.

Victor s'arrête de marcher et la fixe. Il aimerait que cette femme s'intéresse vraiment à lui, Gregory avait raison, il ressent des choses pour elle. Il regarde des deux côtés du couloir, ils sont seuls. Il doit savoir.

– Tu me promets de faire attention ? dit-elle en attendant qu'il se remette en marche.

Victor avance vers elle sans répondre ni la quitter des yeux et se penche rapidement pour l'embrasser. Il a à peine le temps d'effleurer ses lèvres qu'elle recule, effarée.

– Qu'est-ce que tu fais ? Ça ne va pas !

Maintenant, il sait.

– Pauvre fille ! lâche-t-il avant de regagner sa chambre précipitamment et de claquer la porte.

Maeva sursaute quand le bruit la tire de sa stupeur. Son esprit cherche à comprendre ce qui vient de se passer et elle se demande rapidement ce qu'elle a pu faire qui ait laissé imaginer quoi que ce soit à ce patient. Elle se retourne en direction de la salle commune. Gregory est là, à la porte, et il la regarde, sourire figé. Elle s'immobilise. Il lui adresse un clin d'œil avant de retourner dans le coin de la pièce.

CHAPITRE 40

Mémoires, chapitre 9

Peut-on être fou à perpétuité ? Première question qui m'a accompagné durant toutes ces années. Criminel un jour, criminel toujours ? Deuxième interrogation.

Dans ce brouillard d'incertitudes, qu'en est-il des personnes qui accompagnent les malades mentaux ou les criminels ? Sont-elles assez formées, ont-elles assez de moyens pour gérer comme il se doit ces cas difficiles, et surtout, sont-elles assez protégées ?

Juillet 2022

Un patient souffrant de schizophrénie semble réellement stabilisé grâce au traitement que je lui prescris au sein de l'hôpital depuis trois mois. Il ne présente plus de troubles de la pensée et du langage. Il tient des discours cohérents, il n'a plus d'idées illogiques ni d'éléments délirants, sa gestuelle décalée et saccadée a disparu. Après avoir demandé l'avis de deux confrères, je décide d'autoriser sa sortie et le préfet me suit, avec obligation de traitement.

Six mois plus tard, ce patient se rend à l'hôpital avec son scooter qu'il dépose près d'un bosquet bordant le parking des soignants. Il avait sûrement repéré leur manège et attendait quelqu'un. La nuit tombe, c'est la bonne période de l'année, il ne risque pas d'être repéré. Il dira que ce sont les voix qui l'ont guidé. Il attend longtemps, il fait froid, les voix s'intensifient alors que l'angoisse monte. Elles l'auront bien cherché, ces deux peaux de vache qui le forçaient à prendre ses médicaments et qui le regardaient comme une bête de foire. Deux femmes finissent par sortir à l'arrière de l'hôpital pour regagner leur voiture et rentrer se reposer chez elles après leur garde de douze heures. Elles rient. Elles se moquent de lui, c'est sûr.

Il sort le couteau de boucher de la poche ventrale de son sweat à capuche et se met en route, déterminé, rapide. Elles le voient arriver, leur esprit a du mal à analyser. Qui est cet homme qui semble soudainement les avoir prises pour cibles ? Les rires cessent et l'inquiétude arrive, mais trop tard. La première tombe quand la lame pénètre dans le mou du ventre alors que l'homme a collé son corps contre le sien. La deuxième n'arrive pas à crier tant la sidération a coupé tous ses réflexes. Les yeux écarquillés sur la lame ensanglantée qui ressort dans un bruit écœurant, elle recule de quelques pas et s'apprête à partir en courant. Elle est alors brutalement arrêtée et vole en arrière, tirée par sa queue-de-cheval. Le dos plaqué contre son agresseur, elle retrouve l'instinct de hurler, mais son cri se transforme aussitôt en un gargarisme quand la lame lui tranche profondément la gorge.

Je choisis le terme « profondément » parce que cette femme a été retrouvée quasiment décapitée. Sa collègue, qui n'était pas morte du premier coup de couteau, a alors subi un acharnement terrible.

L'homme laisse les corps sur le parking, sans tentative de dissimulation, reprend son scooter et rentre chez lui. Il est interpellé quelques jours plus tard, ne nie pas les faits, mais n'exprime aucune culpabilité. Sa froideur montre alors qu'il se satisfait inconsciemment d'avoir trouvé une solution évitant sa destruction psychique.

Peut-on être fou à perpétuité ?

Attention, pas d'amalgames ni de généralisations ! Mes mémoires ne sont pas là pour classer les patients psychotiques dans la case criminels. La réalité est tout autre. Bien que le diagnostic de schizophrénie soit associé à un risque plus élevé de violence par rapport à la population générale, il faut savoir que les passages à l'acte hétéroagressifs de type homicide sont extrêmement rares. Les médias se délectent de ces crimes parce qu'ils sont souvent d'une rare violence et que la folie fait peur. Mais, ne tombons pas dans le piège de la stigmatisation.

Cette affaire a bien évidemment soulevé la question de la responsabilité des psychiatres, dans ce cas, la mienne. Cet acte aurait-il pu être prédit, anticipé, évité ? Doit-on laisser sortir des patients aux premiers signes de stabilisation ou considérer qu'un malade mental reste un malade mental et que sa place est en dehors de la société ? Questions qui occupent les esprits depuis la création des asiles au XIX*e siècle. Criminels en prison, fous à l'asile ?*

Jessie Maure est interrompue par son téléphone. Elle ignore habituellement les appels quand elle écrit, mais elle voit le nom d'Adam s'afficher et choisit de répondre.

– Bonjour, Jessie, c'est Adam.

– Bonjour, comment allez-vous ?

– À vrai dire, je suis un peu perdu. Je viens de vivre des choses assez difficiles et je me pose la question de l'intérêt de publier mes mémoires.

Jessie accuse le coup et ne trouve aucun mot à exprimer.

– Que sommes-nous en train de faire, finalement ? Satisfaire le besoin de sensationnel des foules, attiser les fantasmes morbides de certains, renforcer les représentations déjà trop négatives des malades mentaux ? Nous faisons ce que j'exècre chez les médias.

– Je ne le crois pas, justement. Vous prenez tous ces problèmes différemment pour les présenter aux lecteurs sous un prisme nouveau. Il est important de comprendre la maladie et les passages à l'acte pour poser un regard inédit sur eux, non ?

– Je ne sais pas. Je ne sais plus.

– J'ai appris pour Ilda. Je suis sincèrement désolée. Je sais que vous étiez attaché à cette patiente.

– Justement, quel psychiatre suis-je pour laisser une patiente s'ouvrir la gorge devant mes yeux et oser écrire mes anecdotes professionnelles pour les offrir au grand public ? C'est odieux, irrespectueux, en désaccord total avec mes valeurs.

– Je comprends, mais…

– Je suis désolé, Jessie, je sais que vous avez déjà avancé sur le projet et que vous m'avez consacré beaucoup de temps en amont, mais il me paraît plus sain pour tout le monde d'arrêter là.

Jessie sent une brèche s'ouvrir sous sa poitrine. Son dernier espoir de continuer dans l'écriture s'envole sans qu'elle ait son mot à dire. Pourtant, la rédaction de ce livre est la première qui la pousse à tant de réflexions sur la nature humaine et la place du crime dans une société.

– Vous réagissez sous le coup de l'émotion, Adam, tente-t-elle. Les interrogations que vous soulevez dans ces mémoires, les graines que vous semez pour faire pousser des réflexions sont trop importantes pour que vous balayiez tout d'un revers de main. Prenez le temps de réfléchir, s'il vous plaît.

– Je ne sais pas. Je crois que ma décision est prise.

– M'autorisez-vous à continuer d'écrire ce que vous m'avez confié et à vous le soumettre sans obligation de publication ?

– Vous perdriez votre temps. Il serait plus judicieux de vous concentrer sur un autre projet pour avancer.

– C'est ce projet qui me tient à cœur. Je comprends tellement de choses en formulant vos pensées. Alors, même si cela ne mène nulle part, ça me fera grandir, j'en suis certaine.

– Faites ce que vous voulez tant que vous n'exposez pas ce texte sans mon consentement.

– Je vous en fais la promesse.

CHAPITRE 41

Unité psychiatrique de Lyon,
une semaine plus tard, le 10 avril 2023

Gregory sort du bureau du psychiatre, il vient d'apprendre la nouvelle de sa prochaine affectation. Il ne lui reste que quatre jours ici, il doit forcer le destin. L'infirmier qui l'accompagne jusqu'à la salle commune a assisté à l'entretien.

– Alors, content de ta prochaine maison ? plaisante-t-il.

Gregory le regarde froidement.

– Profite de tes vacances ici parce que là-bas, ce ne sera pas la même.

– Ça vous réjouit, on dirait ?

– Tu ne croyais quand même pas t'en sortir comme ça ? Tu as tué quelqu'un, je te rappelle. Ta place est en prison et l'UMD s'en rapproche avec des soignants en plus.

– Et vous, en tant que soignant, vous ne devez pas vous départir de vos jugements ?

– Avec des mecs comme toi, perso, j'exprime ce que je veux. Un criminel n'a rien à foutre dehors ni chez nous.

Gregory regarde le nom inscrit sur la blouse. C'est la première fois qu'il voit cet homme. Il fera en sorte que ce ne soit pas la dernière. En arrivant à la porte de la salle, il est agréablement surpris. Victor semble l'attendre dans leur coin commun. Peut-être n'aura-t-il pas trop à forcer le destin, finalement.

– Je t'ai à l'œil, tu as intérêt à te tenir à carreau, se sent obligé de dire l'infirmier.

– Évite de me perdre du regard, tu as raison, lui répond Gregory avant de se diriger vers Victor.

Celui-ci l'accueille assez froidement. Ils ne s'étaient plus parlé depuis leur échange sur les pulsions.

– Salut, lance Gregory.

– Je sors après-demain, annonce Victor.

– Déjà ?

– Pas dur de faire croire que les idées noires ont disparu, ils s'en fichent, de toute façon, ils ont besoin de libérer les chambres. Ils doivent se dire que si je réussis à me foutre en l'air la prochaine fois, ce ne sera pas une grosse perte et que j'arrêterai de venir les faire chier ici. Ils en ont marre de voir ma gueule.

– Ça y est ? Tu veux que je te flagelle aussi pour accentuer le truc, ou comment ça se passe ?

– Ta gueule !

– Pourquoi tu es là ?

– Je me mets où je veux, il n'y a pas de place attitrée, à ce que je sache.

– Ça fait une semaine que tu m'évites, pourquoi ce matin ?

– Tu me saoules avec tes questions.

– OK, restons là comme deux cons. Au fait, moi je pars dans quatre jours. Ils vont s'ennuyer sans nous deux, tu ne crois pas ?

– Sérieux ? s'étonne Victor. Ils te laissent sortir ?

– Non, ils me transfèrent chez les vrais méchants. En UMD, où le cadre est plus ferme et les soignants, plus vilains, tu vois ce que je veux dire.

– En fausse prison, quoi.

– On peut dire ça comme ça. Mais je n'y resterai pas longtemps. Moins que si j'avais fini en prison, c'est sûr.

Victor le regarde enfin et plisse les yeux.

– Attends… lâche-t-il.

– Quoi ?

– Tu n'es pas du tout barjot en fait, c'est ça ?

Gregory lève un seul sourcil.

– Putain ! Tu les as bluffés ?

– Qui peut savoir avec certitude ce qui se passe dans la tête de quelqu'un ? Tu ne les as pas bluffés, toi, en disant que tes idées suicidaires s'étaient envolées ?

– Ça n'a rien à voir.

– Ça a tout à voir. Et arrête d'essayer de te foutre en l'air, putain !

– Tu y connais quelque chose en désespoir, toi, peut-être ? Alors, ferme ta gueule !

– Après-demain, c'est ça ?

– Ouais.

– Alors, il nous reste deux jours.

– Deux jours pour quoi ?

– Te préparer.

CHAPITRE 42

Huelgoat, un mois plus tard,
le 8 mai 2023

« Encore sous le choc, le personnel de l'hôpital psychiatrique n'a pas souhaité s'exprimer sur le terrible drame qui a touché une infirmière du service la nuit dernière. Maeva Chabli avait trente-deux ans et elle laisse derrière elle un mari et une petite fille de trois ans. C'est alors qu'elle quittait sa garde de nuit que l'horreur s'est abattue sur elle. Son corps sans vie a été retrouvé non loin de sa voiture et les premières constatations du légiste font état de soixante-dix-sept plaies à l'arme blanche et de plus de vingt hématomes à la suite de coups portés au visage et à la poitrine. Un acharnement qui traduit une rage meurtrière, une volonté d'anéantir, un acte pulsionnel et désorganisé.

Plusieurs questions vont désormais être au centre des investigations. Le meurtrier connaissait-il la victime ? La violence du crime reflète-t-elle une maladie mentale ? Était-ce un patient ? Et bien entendu, cette affaire va soulever des problèmes et interrogations touchant directement la sécurité de notre société et la responsabilité de nos politiques : quels risques représentent les malades mentaux ? Nos soignants sont-ils assez protégés ? S'il s'avère que le tueur de cette infirmière présente un trouble psychologique, sera-t-il jugé ? Ira-t-il en prison ? Sera-t-il seulement pris en charge par une unité psychiatrique pour sortir quand son traitement l'aura stabilisé, avec le risque qu'il passe à l'acte à nouveau ? »

Adam saisit la télécommande sur la table de la cuisine et décide d'éteindre la télé. Lucille boude son repas. Sa fourchette joue avec le même morceau de légume depuis plusieurs minutes. Elle se sent épuisée et nauséeuse. Sa deuxième cure de chimiothérapie lui provoque beaucoup plus d'effets secondaires que la première et la maladie semble rapidement gagner du terrain.

– Encore un drame… expire-t-elle, essoufflée même au repos. Crois-tu qu'ils réagiront un jour ?

– Qu'est-il possible de faire ? La psychiatrie et la justice sont deux serpents qui se tournent autour et finissent toujours par se mordre la queue. J'ai l'impression que ce genre d'affaires résume tristement toute ma carrière.

– On ne sait pas encore qui a commis ce crime, ce n'est peut-être pas un malade.

– En effet, mais c'est une infirmière de psychiatrie qui a été visée. J'aimerais qu'on parle d'autre chose si ça ne t'ennuie pas. J'ai tourné la page.

– Pourtant, je crois que tu te mens à toi-même. Il y a des pages qu'il est impossible de tourner. La preuve, tu continues les consultations ici.

– Cela n'a rien à voir. Je ne reçois plus de personnes souffrant de maladies psychiques, tu le sais.

– Je peux te demander d'être franc avec moi ?

Adam valide d'un signe de tête.

– Si les médecins ne m'avaient pas diagnostiqué de cancer et si mes jours n'étaient pas comptés, serais-tu ici avec moi ou aurais-tu continué à exercer à l'hôpital et au SMPR ?

– Que t'apporterait la réponse à cette question ? On ne refait pas l'histoire avec des « si ».

– Je crois que je la connais la réponse, et tu sais pourquoi ? Parce que je te connais. Peut-être même mieux que tu ne te connais toi-même. Tu as changé, Adam, et ta décision d'arrêter si brutalement a joué un rôle dans cette transformation.

– En quoi aurais-je changé ?

– Tu es souvent ailleurs, préoccupé, absent. Ton humour a disparu et je ressens de la tristesse en toi.

Adam la fixe, les yeux brillants.

– Te voir souffrir et ne rien pouvoir faire est une véritable torture pour moi.

– Je l'entends et je sais à quel point c'est dur pour toi, mais ce n'est pas cette tristesse-là ou cette préoccupation dont je parle. C'est à un autre niveau.

Ton corps est là et je sais que tu te convaincs d'être à la bonne place. Mais j'ai vu ton tourment tout à l'heure avec cette information qui vient de tomber. Ce n'est pas uniquement parce que ça résume ta carrière.

– Alors, c'est quoi ?

– Tu aimerais encore te battre pour trouver des solutions à ces problèmes graves au lieu de recevoir des névrosés qui n'ont pas assez confiance en eux ou des femmes qui ne supportent plus leur mari. Tu racontes avoir tourné la page, mais ton esprit te dit que tu as abandonné lâchement alors que des malades ont besoin de toi, que les soignants ont besoin de toi, que les détenus ont besoin de toi.

– Tu veux vraiment savoir ce que mon esprit me dit ?

Lucille hoche la tête. Adam serre les dents pour contenir au mieux son émotion avant de parler.

– Cette affaire ne fait que me confirmer que ma vie professionnelle m'a épuisé physiquement, mentalement et psychologiquement… pour rien. Rien n'a changé et rien ne changera jamais.

– Tu laisses donc le pessimisme et le fatalisme te servir d'excuses ?

– Mais enfin quoi ! s'agace-t-il soudain. Que cherches-tu à me faire dire ? Que voudrais-tu que je fasse ?

– J'aimerais, par exemple, que tu prennes conscience du nombre de personnes que tu as aidées plutôt que de faire le décompte des drames qui jonchent ta carrière. J'aimerais que tu sois fier de toi autant que je le suis.

La contraction des mâchoires ne suffit plus à Adam pour réprimer l'émotion.

– Et ce que j'aimerais plus que tout, c'est que, si tu penses avoir encore quelque chose à accomplir, tu fonces. Ta présence ne me fera pas vivre plus longtemps.

– Arrête, je t'en supplie.

– J'ai découvert par hasard que tu avais effectué des recherches internet sur l'UMD de Plouguernével. Tu penses que tu pourrais intégrer cet établissement ? Ça serait un mix de tes deux activités d'avant, non ? Ce n'est pas loin, quarante minutes de trajet.

– Je ne veux pas reprendre un travail, Lucille. Je suis bien ici et ma patientèle commence à s'élargir.

– Alors pourquoi cette recherche ?

Adam soupire.

– Je ne veux plus que tu me caches quoi que ce soit, tu le sais, soupire Lucille.

Adam la fixe et il voit la détermination dans son regard. Elle ne lâchera pas avant de savoir la vérité.

– Un homme que j'ai expertisé a été transféré là-bas, il y a un mois, lui avoue-t-il.

– Quel homme ?

– Gregory Prezeau.

Lucille plaque lentement le dos contre sa chaise et tente de faire rentrer l'air au mieux.

– Dis-moi qu'il est impossible de s'enfuir d'une unité comme celle-ci, finit-elle par implorer avec angoisse.

CHAPITRE 43

UMD de Plouguernével

Voilà un mois que Gregory a intégré l'UMD de Plouguernével. Il sait que la durée légale d'hospitalisation est de six mois, mais que son acte le condamnera à des renouvellements. Depuis son arrivée, il a pu constater que les mesures de surveillance au sein de l'UMD sont réellement intensifiées par rapport à un service classique, le but étant de réduire au maximum les comportements agressifs. Cela ne facilitera pas la mise en œuvre de son projet, mais tout vient à point à qui…

– Gregory, l'aborde l'ergothérapeute, vous vous sentez prêt pour votre première séance ?

– Je crois, répond-il dans une attitude volontairement renfermée et coupée du reste de la salle.

– Alors, suivez-moi, on va rejoindre l'atelier avec les autres patients du groupe.

Gregory reste proche d'elle durant le trajet jusqu'à l'atelier de création, tête baissée, démarche hésitante.

– Vous savez que vous pouvez juste assister à ce premier atelier, il n'y a aucune obligation de participation, lui précise Émilie, l'ergothérapeute.

Elle pense devoir le rassurer, c'est parfait.

– Eux, derrière nous, chuchote-t-il en se détournant à peine, ils sont dangereux. Je suis sûr qu'ils me reconnaissent.

– Ils vous voient depuis un mois, c'est normal qu'ils vous reconnaissent.

– Non, vous ne comprenez pas, ils sont des leurs. Ils veulent me faire payer.

– Gregory, raccrochez votre esprit à la réalité. Vous êtes avec moi, Émilie. Nous allons réaliser un atelier de création et les patients du groupe sont là dans le même but que vous. Atteindre des objectifs pour se sentir mieux et acquérir une autonomie qui permettra d'avancer dans le processus de soins.

Gregory effectue de petits hochements de tête pour lui montrer qu'il comprend, mais jette des regards vers l'arrière signifiant qu'il est quand même angoissé. En entrant dans l'atelier, il découvre avec surprise les armoires ouvertes, dans lesquelles sont suspendus les outils. Il interroge alors Émilie du regard.

– Pour réaliser nos objets, nous avons besoin d'utiliser certains outils, explique-t-elle.

– Ils peuvent me tuer avec ça !

– Personne ne vous tuera, Gregory.

– Vous ne les connaissez pas, ils sont capables de tout !

– Vous êtes en sécurité, précise le collègue d'Émilie qui préparait la salle. Le petit matériel est compté à la fin de chaque séance.

Gregory détaille les outils avec des yeux effarés, mais il est en réalité en train de photographier tout ce qui est à sa disposition : cutter, ciseaux, pointes pour la vannerie, marteau pour le cuir, ciseau à bois… Près des armoires, il remarque aussi des machines plus imposantes comme une perceuse radiale et une scie à chantourner. Des idées naissent dans son esprit et des plans commencent à se dresser.

– Vous désirez faire quoi ? demande le collègue d'Émilie. Comme il s'agit de votre première séance…

– Je veux juste regarder, se précipite Gregory en cherchant du regard un endroit isolé.

– Très bien, vous pouvez vous installer où vous voulez et n'hésitez pas à nous rejoindre dès que vous en ressentez l'envie.

Gregory attire un petit tabouret dans un coin de l'atelier et s'assoit, comme si son corps était replié sur lui-même. Émilie et son collègue passent la première partie de la séance à l'observer, il les voit faire. De son côté, il prend le temps d'analyser les patients qu'il avait déjà repérés. Certains comportements confirment ce qu'il avait imaginé, d'autres contredisent ses hypothèses. Un homme retient particulièrement son attention à cause de son rapport ambigu à l'objet. Il le voit manipuler les outils avec des moments d'hésitation, de pause, où il semble se délecter du regard et du toucher de ce qu'il tient en main. Il se dit qu'il pourrait facilement partir en vrille et se jeter sur un patient ou un des deux thérapeutes pour l'égorger ou le planter. Comment un lieu si sécurisé et surveillé peut-il accorder tant de confiance à certains patients au point de leur mettre des armes au creux de la main ? Difficilement compréhensible, mais intéressant.

À l'heure de la pause, Gregory rejoint le groupe et accepte un café. Il ne participe pas aux discussions, mais écoute avec attention. Il comprend que l'excitation qui anime le début de conversation concerne l'homme qu'il a repéré. Il a rendez-vous dans l'après-midi avec un expert psychiatre censé statuer sur une possible fin d'hospitalisation.

– Tu seras bientôt dehors, Frédéric ! s'émoustille un petit homme aux cheveux mi-longs en tapant des mains.

– Bruno, intervient calmement Émilie, pour l'instant, aucune décision définitive n'a été prise.

– Il est guéri, il faut le laisser sortir ! s'agace-t-il autant qu'il sautille de joie.

– Nous aussi, on va sortir bientôt, lance un autre patient que Gregory a jugé vraiment délirant.

– On va revenir au moment présent, annonce fermement le collègue d'Émilie pour calmer l'euphorie qu'il sait dangereuse.

– Toi, t'es juste arrivé, t'es pas près de sortir, dit le même patient en rigolant niaisement à l'attention de Gregory. Mais, nous, oui !

– J'ai dit qu'on arrêtait, impose l'ergothérapeute en se plaçant au centre du groupe. Si vous ne profitez pas de cette pause pour vous détendre et prendre conscience de ce qui vous entoure, nous reprenons maintenant.

Gregory remarque le calme de Frédéric et sa mise en retrait de l'effervescence qui pourtant le concerne. Il est surpris quand il le voit poser les yeux sur lui. Son regard dévie alors vers l'armoire puis revient à Gregory. Le sourire qui accompagne le mouvement n'échappe pas à Émilie. Gregory remarque qu'elle fixe Frédéric et il effectue alors un léger mouvement de tête de droite à gauche pour avertir le patient. Celui-ci baisse la tête et lève un sourcil que Gregory prend pour un « dommage ». Gregory se dirige vers Émilie et lui demande s'il peut finalement participer. Elle accepte et il s'installe à côté de Frédéric.

– Merci, dit ce dernier quand le travail reprend.

– Tu vas sortir, alors pourquoi ?

– Ce cutter m'obsède depuis ce matin. Il me laisse le caresser, faire entrer et sortir la lame, ça glisse tout seul.

Gregory perçoit un soupir de plaisir.

– Et cette femme, ajoute-t-il en regardant discrètement Émilie, elle m'obsède depuis mon arrivée.

– Si tu fais ça, tu ne sortiras jamais.
– Même si je sors… Je finirai par recommencer et ce sera retour ici.
– Ici, tu n'auras le temps d'en saigner qu'une. Dehors, tu auras plus de possibilités avant qu'ils te chopent.
Frédéric tourne la tête pour fixer Gregory qui lui sourit.

Le soir même, Gregory hésite en arrivant à la cafétéria. Il a appris la nouvelle et se doute que la surveillance va être accrue autour de Frédéric. Sa demande de sortie a été refusée et la prochaine ne pourra pas avoir lieu avant trois mois. Les infirmiers et éducateurs sont à l'affût aux quatre coins de la pièce. Certains surveillent le comportement de Frédéric pour repérer le moindre signe extérieur de tension interne, d'autres se concentrent sur les patients proches de Frédéric qui se réjouissaient de sa liberté. Le petit homme électrique de l'atelier d'ergothérapie est assis en travers du banc à côté de Frédéric et il lui parle à voix basse, laissant l'autre de marbre. Gregory s'apprête à s'asseoir à l'écart quand il voit Frédéric chasser le parasite d'un regard menaçant. Sans demander son reste, ce dernier rejoint une autre table en ronchonnant. À nouveau hésitant, Gregory balaye la pièce du regard et croise celui de plusieurs soignants. Il ne peut pas se permettre de prendre de risques, c'est trop tôt. Il se pose donc là où il se trouve et regarde son plateau. Frédéric ne met pas longtemps à le rejoindre et à s'asseoir face à lui. Certains infirmiers se mettent en alerte. Le chef d'équipe dresse un doigt pour indiquer d'attendre.

– Tu vois, j'avais raison, je reste là de toute façon, j'aurais mieux fait de…

– Tais-toi, l'arrête froidement Gregory sans le regarder ni hausser le ton. On a trois mois, c'est parfait.

– Pour quoi ?

– Te préparer. Fais-moi confiance. Maintenant, lève-toi et pars, sinon je fais une crise.

– Quoi ?

– Laisse-moi ! crie Gregory en portant les mains contre ses tempes.

Frédéric fronce les sourcils et lève les mains quand les soignants fondent sur eux.

– C'est bon, je m'en vais, il est barré ce type, je ne lui ai rien fait !

– Qu'est-ce que tu lui as dit ? demande un infirmier.

– Mais rien ! Il…

Gregory reste prostré, la tête entre les mains et les yeux fermés.

– On t'a vu venir à sa table et lui parler, alors on veut juste savoir ce que tu lui as dit.

– Il est possédé, je le sens ! couine subitement Gregory sans ouvrir les paupières. Il a été envoyé pour me faire du mal.

– Vous voyez bien, reprend Frédéric. Il est dans son délire, je n'y suis pour rien.

Les infirmiers prennent alors Gregory en charge et le raccompagnent à sa chambre. Il sait qu'il sera vu par le psychiatre dès demain matin pour parler de cet incident. C'est parfait.

CHAPITRE 44

Adam a pris en compte les remarques de Lucille. Il sait qu'elle a raison sur toute la ligne et il doit désormais intégrer le choix qu'il a fait et être pleinement présent pour elle. Ce matin, il a enfilé une des tenues extravagantes qu'il a achetées ces dernières semaines et il sourit au miroir psyché. Chemise rouille, pull léger vert anis, nœud papillon rouge et pantalon bleu. Pour parfaire le tableau, il a chaussé ses lunettes à un euro, rondes aux contours épais. Lucille entre dans la chambre et le découvre ainsi fagoté.

– Qu'est-ce que c'est que cette tenue ? se moque-t-elle dans un toussotement.

– On sort, ce matin, très chère, répond-il, le menton haut et le bras avancés à angle droit.

– Je ne sors pas avec toi dans cet état, plaisante-t-elle en saisissant le bras d'Adam. Quelle honte !

– Un peu de légèreté et de couleur, fichtre !

Lucille lui sourit affectueusement. Le voilà, l'Adam qu'elle avait perdu.

Le but d'Adam est atteint, Lucille s'en rend vite compte. Les commerçants du village n'ont d'yeux que pour la disharmonie visuelle qu'il expose avec fierté. Les rires jonchent leur balade, mais toujours avec respect. Adam et Lucille sont très appréciés de tous. Personne n'a exprimé de pitié ou de tristesse face à l'état de Lucille. Les discussions habituelles ont repris leur cours, les maraîchers ont parlé du manque d'eau et de la pluie à venir prévue pour plusieurs semaines. La fromagère a raconté la naissance de ses deux derniers cabris. Le boucher a voulu faire goûter son dernier pâté à Lucille qui a ravalé sa salive en voyant le toast avancer vers elle.

– Plus tard, peut-être, a-t-elle répondu en riant.

À la sortie du marché, elle saisit le bras d'Adam et se colle à lui. Cette balade lui a fait du bien même si elle ressent maintenant une fatigue physique. Adam tourne légèrement le visage pour la regarder. Il éprouve un apaisement triste. Le voilà, le bonheur simple. Pourquoi attendre l'annonce d'une fin pour le réaliser ?

– Qu'elle va être belle, notre retraite ! soupire-t-il d'aise.

La sonnerie de son téléphone retentit alors dans sa poche. Il préfère l'ignorer pour ne pas lâcher Lucille.

– Tu ne décroches pas ?

– Ça peut attendre, j'en suis sûr. Rentrons.

– C'est peut-être Lou ? insiste Lucille. Regarde, s'il te plaît.

Adam s'exécute et sort son portable de sa sacoche. Ce n'est pas Lou. Il savait qu'il n'aurait pas dû.

– Qui est-ce ? demande Lucille.

– Une ancienne connaissance, répond-il en remettant l'appareil dans le sac.

– Tu ne me ferais pas des cachotteries ?

– Mais non, pouffe Adam, que vas-tu chercher ?

– Alors, dis-moi, ça ne veut rien dire, une ancienne connaissance. Je la connais ?

– Un ancien collègue, aurais-je dû dire. Et non, tu ne le connais pas.

– De l'hôpital ?

– Mais tu es curieuse ! Non, un collègue expert.

– Pourquoi n'as-tu pas décroché ?

– Que pourrions-nous avoir à nous dire ? Je ne suis plus de la partie.

– Il semblerait pourtant qu'elle te rappelle à l'ordre, cette partie, dès que tu lâches.

– À croire qu'elle a des allures de boomerang. Mais, je sais esquiver ! lâche-t-il en se baissant d'un coup sur le côté.

Il plaque alors la main contre sa hanche en se redressant.

– Ah ! Passé un certain âge, l'esquive est craquante on dirait, plaisante-t-il.

Deuxième appel. Cette fois, son envie de rire disparaît.

– Excuse-moi une minute, dit-il à Lucille alors qu'ils arrivent devant le muret du lac de Huelgoat.

S'éloignant un peu en longeant le mur, il décroche.

– Bonjour, Adam, je suis désolé de te déranger, mais j'ai besoin de tes lumières.

– Écoute, Jacques, sache que j'ai arrêté, je ne vais pas pouvoir t'aider, excuse-moi.

– Tu es pourtant le seul à pouvoir m'aider.

L'attention d'Adam est activée.

– C'est au sujet de Jean Ferou. Son procès va se dérouler dans quelques semaines. Je dois intervenir.

– En quoi puis-je t'aider ? Je ne comprends pas ?

– Tu as dressé un profil psychologique détaillé de cet homme avant même de l'avoir expertisé. Les avocats vont sûrement se servir de ton rapport pour tenter de minimiser sa peine.

– Ce profil a été établi dans le cadre de l'affaire du manoir Andermatt, ça n'a rien à voir avec la tentative de meurtre sur la personne de Jessie Maure.

– Justement, je veux vraiment cadrer le truc pour qu'il prenne le max.

Adam est chiffonné.

– Je ne comprends pas bien ? Tu veux exposer ton travail et tes déductions, ou assurer la condamnation d'un homme ?

– Ne joue pas sur les mots, Adam. On sait tous les deux que ce qu'il a commis à l'encontre de Jessie Maure n'a rien à voir avec son délire paranoïaque.

– C'est une évidence, alors explique cela aux jurés.

– Si cela ne suffit pas ?

– Ne suffit pas à quoi ?

– À ce qu'il croupisse en taule.

Adam, les yeux au ciel, plaque une main sur sa nuque.

– Écoute, Jacques, je crois que je vais te laisser.

Il raccroche et se retourne face au lac avec l'espoir que le miroir de l'eau reflétant les arbres et les maisons typiques va apaiser ce qu'il ressent.

– Ça ne va pas ? s'inquiète Lucille en le rejoignant.

– Comme disait mon père, on n'a pas le cul sorti des ronces.

PARTIE II
… nourrissent notre avenir

« Jamais la psychologie ne pourra dire sur la folie la vérité, puisque c'est la folie qui détient la vérité de la psychologie. »

Maladie mentale et psychologie,
Michel Foucault.

CHAPITRE 45

Huelgoat, six mois plus tard,
le 13 novembre 2023

Adam se retourne sur lui-même. Installé dans le moulin, il n'a qu'un canapé deux places pour s'allonger et les couvertures ne suffisent pas à lutter contre le froid. Peu importe, aucune douleur physique ne sera en mesure de gagner la partie sur sa souffrance psychologique. Voilà trois semaines qu'il vit dans ces quelques mètres carrés, incapable de remettre les pieds dans la maison. Trois semaines qu'il repousse la fatigue pour ne pas risquer de revivre l'horreur en songes. Trois semaines qu'il se considère comme mort et qu'il ne laisse aucune chance à quiconque de lui redonner vie. Ça n'aurait jamais dû se terminer de cette façon. Il n'a pas su la protéger, elle non plus. Cette erreur le condamne à vie, il le sait.

Il a beau lutter, l'épuisement finit par faire tomber le rideau et visiblement, son inconscient ne demandait que ça. Adam regagne la maison après la dernière séance de la journée. Le dos courbé pour se protéger de la pluie froide qui s'abat sur lui, il traverse le pont et fait attention de ne pas glisser sur la terrasse en bois. Il a cette drôle d'impression de déjà-vu avec une émotion très négative. Il n'a pas envie d'ouvrir la baie, pourtant il sait déjà qu'il va le faire. Il n'a pas envie de voir ce qui l'attend, pourtant il sait qu'il ne pourra pas y échapper.

– Chérie, c'est moi ! s'entend-il dire comme un innocent qui ne sait pas encore que ça ne sert à rien.

Il entre, ôte ses chaussures et avance. Le froid a envahi la pièce alors il regarde vers la cheminée, le feu est éteint.

– Chérie, tu es là ? commence-t-il à s'inquiéter.

Cette fois, c'est le sang qu'il choisit de voir en premier. Son cœur s'arrête, comme à chaque fois qu'il fait ce cauchemar.

– Lucille ! hurle-t-il en contournant le canapé blanc.

Rien n'a changé, elle est toujours là. Elle regarde le plafond. Adam tombe à genoux. Parfois, il se jette sur elle pour essayer de la faire revenir à la vie. Parfois, il appelle à l'aide. Parfois, il s'allonge contre elle. Cette nuit, il décide de rester à distance en silence pour pleurer son désespoir. Le couteau n'est qu'à quelques centimètres de lui. Qu'est-ce qui le retient de s'en emparer pour le faire glisser sur sa gorge ? Ilda l'a fait et sa mort a été rapide.

Il a alors une pensée furtive pour Lou. Il prend quand même le couteau. Chaque fois le même dilemme. Se soulager définitivement ou aider sa fille à faire face à l'horreur ? Parfois, il repose le couteau. Parfois, il se tranche la gorge et se réveille en sursaut. Cette fois, il choisit la deuxième solution. La lame froide se plaque sous son menton avant de descendre légèrement au niveau de la carotide. Il enferme la main froide de Lucille dans la sienne, ferme les yeux et… un rire explose dans ses oreilles. Première fois que son cauchemar prend cette direction. Il éloigne le couteau et tourne la tête.

– Quel beau tableau ! s'exclame l'homme de l'autre côté du canapé. Magnifique !

Il détourne alors les yeux vers Lucille. Le sang semble lui avoir dessiné des ailes sur le canapé blanc.

Adam se redresse brutalement sur le canapé, faisant glisser les couvertures. Il met du temps à trier ses pensées dans les bonnes cases. Réalité ou rêve ? S'il s'était inventé une vérité ? Serait-il possible que… Il pivote en position assise et pose la tête dans ses mains. Il se refait alors le film en évitant soigneusement tous les *scenarii* oniriques qu'il a pu visionner. Un doute atroce s'empare de lui. Il doit parler aux enquêteurs.

***

– Ça se peut, non ? On n'a même pas envisagé cette possibilité !

Les deux gendarmes, qui s'étaient déplacés le soir où Lucille était seule, sont assis face à Adam dans un bureau de la brigade. Ils l'écoutent avec perplexité depuis qu'il est arrivé, visiblement dans un état de stress intense.

– Je ne comprends pas, répond le lieutenant Dupuis. Qu'est-ce qui vous fait soudainement penser qu'un tiers était présent ?

– Lucille ne m'aurait jamais fait ça.

Le major Grivois ne cache pas sa surprise.

– Attendez, souffle-t-il en secouant la tête sous l'incompréhension. Vous êtes en train de faire des déclarations exactement contraires aux précédentes ?

– J'ai réfléchi depuis. Quand c'est arrivé, j'étais sous le coup de l'émotion, je ne pouvais pas analyser la situation. Mais j'étais complètement à côté de la plaque. Elle ne m'aurait pas laissé comme ça, et surtout pas en m'offrant ce spectacle abominable.

– Vous avez déclaré, je vous cite, enchaîne le lieutenant en lisant les premiers procès-verbaux d'audition : « Ma femme était en phase terminale. Elle ne supportait plus la douleur et voulait que ça s'arrête. Le matin du drame, elle m'avait demandé de l'aider à mourir. C'était inenvisageable pour moi et beaucoup trop douloureux à imaginer. Je n'ai pas su entendre sa souffrance et l'accompagner suffisamment dans ses derniers instants. Elle a donc choisi de se libérer seule. Elle s'est suicidée alors que j'étais en séance à seulement quelques mètres de la maison. Quand j'ai découvert son corps sur le canapé, j'ai été anéanti. »

– Après cette déclaration, continue le major, vous nous expliquez que votre femme n'aurait pas pu se suicider ?

– Je sais que ça paraît absurde, mais j'en suis convaincu.

– Dans un premier temps, vous nous avez avoué qu'elle vous avait demandé de mourir. C'est donc tout naturellement que les soupçons se sont posés sur vous. Vos patients et les constatations médico-légales vous ont innocenté et ont validé la thèse du suicide. Aujourd'hui, vous venez nous dire qu'on a sûrement assassiné votre femme.

– Oui.

– Seules vos empreintes et celles de Lucille ont été relevées sur les lieux et sur le couteau.

– Alors, il portait des gants.

– On ne parle pas uniquement d'empreintes digitales dans ce genre d'affaires, vous devez le savoir.

– Il a fait en sorte qu'on ne puisse pas remonter jusqu'à lui, c'est tout.

– Mais de qui parlez-vous ?

– Gregory Prezeau.

Les sourcils des enquêteurs jouent au yo-yo depuis le début de l'entretien.

– Qui est cette personne ?

– Un malade mental que j'ai expertisé pour le meurtre de sa sœur.

– Vous avez une preuve qu'il était chez vous le jour du décès de votre femme ?

– Non, mais…

– Cet homme vous a-t-il menacé ? reprend le lieutenant après le silence d'Adam.

– Pas directement.

– S'il a tué sa sœur, il doit être en prison, non ?

– En UMD puisque mes conclusions ont fait pencher vers l'irresponsabilité pénale.

– Et comment expliquez-vous qu'un patient enfermé en UMD puisse avoir tué votre femme ?

– Peut-être a-t-il eu une sortie d'essai, il faut vérifier. Il est à l'UMD de Plouguernével, c'est à côté.

Les deux enquêteurs échangent un regard incrédule.

***

– On va vraiment l'écouter ? s'étonne le major Grivois quand il voit son lieutenant chercher le numéro de l'UMD de Plouguernével. L'affaire a été classée en suicide.

– Ça ne coûte rien de faire cette vérification.

– Ouais, ronchonne le major. Si tu veux mon avis, le vieux est en train de devenir à moitié fou.

– Après ce qu'il a vécu, on peut avoir un peu de compassion, non ?

– Tu connais mon avis sur les psys.

– Oui, mais là, on a un homme qui a perdu sa femme, et d'une façon traumatisante. Qu'il soit psy, on s'en fout un peu.

– Si tu avais vu les dossiers qui jonchaient son bureau quand on est allés là-bas la première fois, il patauge dans le glauque, notre gars. Et puis, c'est peut-être juste trop dur pour lui d'accepter que sa femme a pu lui faire ça, et ça le rassure de croire qu'elle n'y est pour rien. Tu y as pensé, à ça ?

– Bon ! s'énerve le lieutenant. Laisse-moi faire mes vérifications et toi, reprends le dossier d'enquête. Vérifie tous les relevés des TIC[4] et le rapport du légiste.

– Elle est classée, cette affaire.

– Tu as autre chose à faire, peut-être ?

– OK, capitule le major. Moi, ce que j'en dis…

4. TIC : Technicien en identification criminelle.

CHAPITRE 46

UMD de Plouguernével, le même jour

Un transfert a eu lieu à l'UMD il y a cinq jours. Comme à chaque nouvelle arrivée, certains patients trépignent d'impatience et questionnent les soignants sur l'identité et les troubles du nouveau. Chaque admission commençant par une période d'isolement et d'observation, la curiosité est poussée à son comble. Chaudement vêtu, Gregory est plaqué contre un mur de la cour extérieure, une jambe repliée. Il regarde les patients qui s'animent devant lui. L'un d'eux, qui se prend pour une femme, chantonne, formant des nuages blancs devant sa bouche. Il sait qu'il va finir par danser, il le fait à chaque fois. Les rumeurs de couloir racontent qu'il a aussi dansé juste avant d'enlever ses chaussures pour planter un talon aiguille dans l'œil de son compagnon d'un soir. Un autre patient est tourné face à un mur d'enceinte et semble tenir une conversation à une tache marron. Il choisit toujours la même. Gregory se demande ce qu'il se passera le jour où le Kärcher sera passé sur le mur.

Tout comme les autres patients, Gregory s'interroge sur l'identité du nouveau. Un peu de sang neuf ne fera pas de mal, il a l'impression de tourner en rond et de ne servir à rien, vu les profils qui l'entourent.

– Gregory ! l'appelle un infirmier depuis la porte. Le psychiatre demande à te voir.

Il décolle son pied du mur sans retirer les mains des poches chaudes de sa parka noire et suit l'homme jusqu'au bureau du médecin.

– Bonjour, Gregory, asseyez-vous.

– Nous avions rendez-vous ?

– Non, mais je dois vous parler.

– C'est grave ? Vous avez l'air inquiet.

– J'aimerais qu'on revienne sur votre première sortie d'essai. Je vous ai expliqué qu'il était extrêmement rare qu'un patient ayant commis un homicide soit autorisé à sortir aussi rapidement.

– Oui, et je vous en remercie.

– Vos progrès et le contexte exceptionnel ont motivé ma décision et celle du préfet.

Gregory ne sait pas quoi répondre. Il voit le psychiatre baisser les yeux et inspirer d'une façon anormalement prolongée avant de reprendre.

– Les soignants qui sont responsables de vous m'ont affirmé que vous étiez monté dans le train en direction de Lyon.

– Je ne comprends pas.

– Comment s'est passée votre correspondance à Paris ?

– Bien. J'ai pris le métro pour changer de gare, qu'est-ce que vous voulez que je vous dise ?

– En arrivant à Lyon, votre mère vous attendait ?

– Oui.

– Vous avez donc pu assister à l'enterrement de votre père avant de prendre le train de retour le lendemain ?

– Oui.

– Les soignants qui sont venus vous chercher à la gare m'ont dit que vous étiez déjà sur le quai quand ils sont arrivés.

– Exact. Mon train était arrivé avant eux.

– Vous étiez bien présent dans ce train ?

– Je ne vous suis pas trop, là. Vous cherchez à me rendre fou, ce matin, docteur ?

– Un gendarme vient de m'appeler. Il voulait savoir si vous étiez bien entre nos murs justement aux dates où j'ai autorisé votre sortie.

– Pourquoi ?

– Une femme retrouvée morte, non loin d'ici.

Gregory expire un rire jaune.

– OK ! Donc, naturellement, comme on a fait sortir un fauve de sa cage, on pense que c'est lui qui a bouffé la gentille proie !

– Calmez-vous, Gregory, personne n'a dit que…

– Personne ? Mais regardez-vous ! Vous êtes déjà en train de douter de moi. Je pensais qu'on avait une bonne relation, tous les deux. Que j'avais réussi à vous montrer que vous pouviez me faire confiance depuis tous ces mois de travail à vos côtés.

Gregory ferme subitement les yeux et secoue la tête. Le psychiatre sent l'angoisse envahir son patient.

– Je ne doute pas de vous, Gregory, tente-t-il de l'apaiser. Et il ne sera pas difficile de prouver que vous étiez aux obsèques de votre père à l'autre bout de la France.

– S'ils n'ont pas de coupable, ils vont s'acharner, c'est sûr. Ils me traqueront et réussiront à me faire avouer n'importe quoi sous la contrainte. Ils sont forts, vous savez.

Le psychiatre sait qu'il risque de réactiver la paranoïa de Gregory en lui parlant de ça, mais il préfère que ce soit lui plutôt que les enquêteurs.

– Nous prouverons votre innocence et ils n'auront aucune raison d'en douter.

– C'est ça, la vie qui m'attend ? Prouver que je suis innocent alors que tout le monde me voit comme un fou sanguinaire ? Vous savez, même ma mère a eu peur de moi. Elle n'a pas dormi la nuit où j'étais chez elle, je l'ai entendue. Tout le monde me hait et me veut du mal dehors.

– Nous reparlerons de tout ça avant votre prochaine sortie. Il y a un deuxième point que je voulais aborder avec vous. J'ai reçu une demande de visite vous concernant.

Cette annonce vient de faire exploser la bulle d'angoisse de Gregory qui redresse la tête.

– Qui ?

– Une personne que vous avez rencontrée à Lyon lors de votre détention provisoire.

– Non ! Je ne veux voir personne de la prison, je refuse.

– Il ne s'agit pas de ça. C'est l'expert psychiatre qui vous a reçu à plusieurs reprises.

– Jacuri ? s'étonne Gregory.

– Oui. Si cette visite vous pose problème, je peux ne pas l'autoriser.

– Si ! réagit Gregory. Je veux bien. Il m'a aidé, ça me ferait plaisir qu'il voie ce que je suis devenu.

En quittant le bureau du psychiatre, Gregory est perdu dans ses pensées et longe le couloir vers la salle commune sans prêter attention à ce qui se passe autour de lui. C'est le cliquetis de la porte sur sa droite qui le fait revenir à la réalité. Machinalement, il tourne la tête pour regarder. Un infirmier sort de la pièce, suivi par un homme qui garde la tête baissée.

– Allez, on y va, le presse un peu l'infirmier. S'il y a le moindre problème, on reviendra ici.

Le nouveau ! comprend alors Gregory. Ça y est, ils le sortent pour le plonger dans le grand bain et voir s'il arrive à nager.

– Tu vas rester planté là longtemps ? demande l'infirmier à Gregory.

– Non, j'y vais.

La voix de Gregory fait relever la tête au nouveau. Gregory le voit et se fige.

– Allez ! s’impatiente le soignant. Laissez-nous avancer.

Gregory s’exécute, mais ne peut s’empêcher de regarder plusieurs fois en arrière pour s’assurer qu’il a bien vu ce qu’il a vu, que ce n’est pas une illusion de son esprit. Non, c’est bien lui, en chair et en os.

CHAPITRE 47

– Merde ! lâche le lieutenant Dupuis en raccrochant.

– Quoi ? demande le major.

– Gregory Prezeau était bien en permission de sortie le jour où Lucille Jacuri s'est suicidée.

– Tu plaisantes ?

– Il aurait été autorisé à sortir pour aller à l'enterrement de son père à Lyon.

– Comme ça ? Un mec qui a buté sa sœur peut se balader comme ça ?

– Le psy dit que l'évolution de sa maladie est frappante, sûrement parce qu'il n'était qu'au début de sa schizophrénie quand il a tué sa sœur et qu'il a été traité à temps.

– Malades ou pas, je te les collerais au trou pour le reste de leurs jours, ces mecs-là ! Bon, et on fait quoi ? L'enquête est bouclée. Le légiste a été formel, non ? Pour lui, le suicide est l'hypothèse la plus évidente au vu des constatations qu'il a pu faire. Le proc ne va pas rouvrir le dossier juste pour une supposition.

– On va vérifier qu'il était bien aux obsèques et qu'il a bien pris son train de retour le lendemain, pas avant. Même si notre boulot nous apprend à les fuir, les coïncidences existent.

***

– Tu te rends compte de ce que tu dis ? s'offusque Lou au téléphone avec son père, alors qu'elle est dans le hall du tribunal. Qu'est-ce qui te prend d'avoir cette idée ?

– C'est possible, non ? Tu crois vraiment que ta mère aurait pu faire ça ?

– Tu as bien vu l'état dans lequel cette maladie l'a mise ! Qui ne voudrait pas en finir dans ces cas-là ?

– Mais pas de cette façon !

– Alors comment ? s'énerve Lou qui a du mal à contenir son émotion. Dans un pays où on discute du suicide assisté ou de l'euthanasie sans jamais prendre de décisions. Comment ? Tu peux me dire ?

– Elle savait que ça me tuerait à petit feu.

– Elle a pensé à elle, pour une fois, papa. Accepte-le, s'il te plaît.

– Tu l'acceptes, toi ?

– J'essaye, grogne Lou en faisant les cent pas dans sa robe noire. Ce que tu fais ne m'y aide pas en revanche.

– Je vais aller le voir.

– De qui tu parles ?

– De celui qui a pu faire ça à ta mère.

– Tu ne m'écoutes pas, en fait. Tu deviens fou ou quoi ? Il est hors de question que tu ailles voir cet homme !

– La visite m'a été autorisée.

– Et tu vas lui dire quoi ? s'effare Lou. « Tu as réussi à t'échapper de l'UMD pour venir tuer ma femme ? » Tu réalises l'absurdité de tes idées ou non ? Pourquoi cet homme te voudrait-il du mal, en plus ? Comment aurait-il su que tu habitais là ? Comment se serait-il échappé d'un lieu ultra-sécurisé ? Comment aurait-il fait pour ne laisser aucune trace de sa présence dans votre maison ? C'est du grand n'importe quoi ! Papa, s'il te plaît, ne va pas le voir. Je crois que tu as surtout besoin de repos. Il faut que tu dormes. Tu as regagné la maison ?

– Non, je ne peux pas. C'est au-dessus de mes forces.

– Je vais venir passer quelques jours avec toi, d'accord ? On va prendre le temps de parler. Mais en attendant, promets-moi de ne pas aller voir ce fou.

– Les gendarmes ne feront rien, je l'ai bien compris, je veux juste essayer de…

– Promets-le-moi.

– Je veux juste lui parler.

Adam entend sa fille souffler.

– Je te laisse, j'ai une audience, se contente-t-elle de dire avant de raccrocher.

CHAPITRE 48

Gregory voit enfin le nouveau arriver à la porte de la salle commune, aux côtés de l'infirmier qui lui parle, très certainement pour le rassurer et lui expliquer encore une fois les règles à respecter. Gregory pense que si ce patient est arrivé là, c'est bon signe. Par contre, il a sacrément morflé. Amaigri, cerné et avec une panoplie de nouvelles cicatrices. Victor, celui qui se veut du mal. Gregory se dit qu'il va falloir rapidement s'occuper de lui pour le requinquer avant de le voir passer l'arme à gauche. Pour le moment, il ne peut pas se permettre d'aller lui parler, l'attention est trop focalisée sur lui.

– Il est là pour quoi ? demande-t-il à la cheffe de service qui passe devant lui.

– Vous savez très bien que je ne peux pas vous répondre.

– Il a l'air tellement triste…

– Moi, je sais ! fanfaronne le petit homme électrique du groupe d'ergothérapie.

– Bruno, le recadre la cheffe. Vous ne savez rien le concernant alors je vous interdis de répandre des idées fausses.

– Ça fait trop longtemps que je suis là, m'dame ! s'agite-t-il autour d'elle. On me la fait pas, à moi. Je les reconnais, les suicidaires irrécupérables.

– Bruno ! renouvelle la cheffe avec plus de fermeté. Taisez-vous ou je vous fais raccompagner à votre chambre.

– Je porterai plainte contre vous, lui dit-il en la pointant du doigt sans arrêter de gigoter. La contrainte physique est interdite sans raison valable. Et j'ai le droit de m'exprimer. Ça s'appelle la liberté de parole.

Le patient qui dansait dehors quelques instants plus tôt est rentré et se met alors à fredonner *La Liberté de penser*.

– Tais-toi, toi, là-bas, lance Bruno. On t'a rien demandé.

– Arrête, tente doucement Gregory.

– Ta gueule, toi aussi ! se débat Bruno alors que personne ne le touche. Laissez-moi tranquille, tous autant que vous êtes. Bande de dégénérés !

– Bon, allez, expire la cheffe en regardant deux soignants, raccompagnez-le dans sa chambre et qu'il y reste jusqu'au moment du repas.

– Je t'aurai un jour, vieille peau de vache !

La cadre hausse les sourcils, soupire et s'éloigne sans un regard pour Gregory. Quand celui-ci reporte son attention sur Victor, il s'aperçoit que ce dernier le fixe depuis l'autre coin de la pièce. L'infirmier s'est écarté, le laissant seul pour prendre ses marques. Gregory repère une table libre dans un angle à l'écart du groupe de patients qui font des activités ou des jeux. Il s'y rend et s'assoit avant de jeter un dernier regard à Victor. Dix minutes plus tard, celui-ci le rejoint, mais reste debout contre la fenêtre.

– Sacrée surprise, commence Gregory. Je ne te demande pas comment tu vas, ça se voit à ta tête.

Victor regarde dehors sans répondre.

– Qu'est-ce que tu fais là ? Ils ne savent plus comment faire à l'hosto pour t'empêcher de te punir ?

– Je les ai tués, chuchote Victor.

– Quoi ?

– Tous les deux.

Se méfiant des oreilles et des regards qui traînent, Gregory s'adapte.

– Les deux quoi ? De quoi tu parles ?

– Tu le sais très bien, rétorque Victor en posant enfin les yeux sur Gregory. Elle, ça a été la première. Le plus dur, c'est le premier coup, après il y a une sorte d'euphorie qui fait qu'on n'a pas envie de s'arrêter. Elle l'avait bien cherché, à m'allumer comme ça pour me rejeter comme une merde quand j'ai voulu l'embrasser.

– Tu as tué l'infirmière ? lâche Gregory dans un murmure estomaqué.

– C'est ce que tu voulais, non ?

Gregory secoue la tête.

– Et le deuxième, c'était l'infirmier odieux avec nous, celui qui t'a mal parlé le dernier jour avant mon départ, tu te souviens ?

Gregory le fixe sans ciller et sans voix.

– Tu verrais ta tête. Tu as peur de quoi ? Que je balance que l'idée venait de toi ?

– Tu seras jugé ?

– Sûrement.

– Pourquoi ils t'ont envoyé ici ?

– J'ai essayé de me foutre trois fois en l'air en détention provisoire, ils ne savaient plus comment faire.

– Il faudra qu'on reprenne tout depuis le début alors.

– Non. Je ne veux plus jamais que tu m'adresses la parole. Avant toi, il me restait une chance. Depuis toi, je suis déjà mort.

Gregory le regarde repartir vers l'infirmier qui l'a accompagné et disparaître dans le couloir menant aux chambres. Il contracte les mâchoires, et les poings sous la table. Lui, il saurait quoi faire, mais il ne peut plus lui parler.

CHAPITRE 49

UMD de Plouguernével,
le lendemain, le 14 novembre 2023

Adam est arrivé dans la salle des visites de l'UMD. Il attend en regardant tout autour de lui. Deux patients sont déjà en entretien avec des proches. L'ambiance est calme et la surveillance accrue. Il voit un mouvement sur sa droite et tourne la tête dans cette direction. Gregory arrive, accompagné d'un infirmier qui le laisse terminer le trajet seul alors qu'il se poste non loin de la table.

– Docteur Jacuri, quel plaisir de vous voir ! lance le patient, main tendue vers Adam.

– Bonjour, se contente de répondre Adam sans accepter la poignée de main.

– C'est une visite officielle ? s'étonne Gregory alors qu'il vient de s'asseoir et de remballer son bras. Vous psy, moi malade, c'est pour ça que vous êtes si distant ?

– Les médecins m’ont fait part de vos progrès depuis votre arrivée ici.

Adam prend sur lui pour garder un semblant de cordialité.

– Je me sens beaucoup mieux, c’est vrai. Je dois d’ailleurs vous remercier.

– Non, ne le faites pas.

– Pourtant, vous avez pris des risques pour moi, dit Gregory en baissant significativement la voix.

– J’ai fait mon travail.

– Vous savez que vous l’avez outrepassé et moi aussi, je le sais.

– À quoi jouez-vous ?

– Et vous, que faites-vous là ?

– Je viens m’assurer que vous allez bien.

– Que je vais bien ou que je ne représente plus un danger ?

– Les deux sont liés.

– Vous êtes envoyés par eux, c’est ça ?

– De qui parlez-vous ?

– Les flics. Ceux qui pensent que j’ai buté une vieille.

Adam se retient de bondir par-dessus la table pour l’étrangler. Les gendarmes se seraient donc renseignés…

– Je ne vois pas de quoi il est question. Je ne suis pas au courant.

– Mais attendez, j’y pense, vous n’avez quand même pas fait tout ce chemin juste pour venir me voir ? Lyon, ça fait une trotte, je le sais, j'y suis allé il y a trois semaines pour enterrer mon père.

– Vous vous souvenez de ce que vous m'avez dit la dernière fois qu'on s'est vus ? dévie Adam.

– Si je m'en souviens ? susurre Gregory avec un large sourire. Ce qui me fait vraiment plaisir, c'est que vous, vous vous en souveniez. La folie nous protège, docteur.

Le cœur d'Adam manque un battement. Cette phrase. Celle prononcée par la personne qu'il pensait être Pierre au téléphone.

– Qu'avez-vous dit ?

– C'est la première fois que je vois de la peur dans vos yeux, docteur. Mais vous savez que cette peur ne vous protégera pas…

Adam recule sur sa chaise et regarde les infirmiers.

– Vous allez leur dire quoi ? lance Gregory avec un plaisir non dissimulé. Que vous vous êtes trompé, que je n'ai jamais été fou et que vous le saviez, mais que vous avez fermé les yeux pour que je n'aille pas en prison ? Vous risquez gros et ils ne vous croiront pas, ils penseront que c'est leur traitement qui m'a sauvé. Je suis la fierté de l'UMD, une évolution si rapide de la schizophrénie paranoïde, ça relève presque du miracle.

– Taisez-vous !

– Vous refusez de regarder votre échec en face ou c'est la peur qui monte en vous qui vous met dans cet état ? Je vous avais pourtant dit qu'il y en aurait d'autres après ma sœur.

– Je ferai ce qu'il faut pour que vous ne sortiez jamais d'ici.

– Je crains que vous n'ayez pas ce pouvoir, docteur.

CHAPITRE 50

Sur le chemin du retour, Adam a les deux mains cramponnées à son volant et les idées bien agitées dans sa tête. Essayant au maximum de chasser les émotions dès qu'elles secouent ses ventricules, il se force à analyser les mots de Gregory ainsi que la situation. Lou a raison, même si ce malade avait pu être libre de ses mouvements, comment aurait-il su qu'Adam et Lucille possédaient une maison ici ? Et pourquoi aurait-il pris le risque de passer à l'acte dès sa première autorisation de sortie s'il est aussi sain d'esprit qu'il le prétend ? Pourtant, il semble jouer avec Adam et se délecter de l'effet qu'il produit sur lui, tout comme Pierre jouissait de son pouvoir de terreur en racontant ses crimes.

Pierre. Lui, il est libre de ses mouvements et il aurait très bien pu suivre Adam jusqu'à Huelgoat s'il le surveille comme le médecin l'avait imaginé à Lyon. Il aurait alors attendu qu'il commence ses séances, cet après-midi-là, se serait faufilé dans la maison par la baie vitrée, aurait pris un couteau dans la cuisine et aurait tranché les veines de Lucille endormie sur le canapé. *Pourquoi ?* se demande Adam. Était-il dissimulé dans un coin, à attendre le retour d'Adam dans le salon pour observer sa souffrance et jouir de son sentiment de toute-puissance ?

En traversant le village d'Huelgoat, Adam ralentit après le pont pour bifurquer vers la droite. Il laisse alors la miellerie sur sa gauche en repensant à Lucille qui aimait tant venir ici. Soudain, ce qu'il voit a l'effet d'une pointe chauffée à blanc plaquée lentement sur son cœur. Immobile, à l'entrée du sentier menant à la Grotte du Diable, et tourné vers lui, Pierre lui sourit. La voiture l'a dépassé avant qu'Adam n'ait eu le réflexe de piler. Pied sur le frein, il engage la marche arrière et s'arrête dans un soulèvement de poussière sur le petit parking. Il voit le dos de l'homme disparaître dans le sentier. Sans réfléchir, il se lance à sa poursuite. Le manque de sommeil des dernières semaines et le peu d'alimentation se font rapidement sentir. Il passe, à bout de souffle, sous deux imposants rochers avant de se retrouver dans un corridor étroit, sombre et frais entre les roches. Débouchant en haut des marches en terre menant à l'escalier de la grotte, il pose une main sur la rambarde le temps de respirer en se tenant le flanc droit. Un groupe de jeunes filles crient et ricanent en regardant vers le gouffre.

– Mesdemoiselles ! lance Adam, attirant leur attention. Un homme vient de passer par là, vous l'avez vu ?

Les ados secouent la tête et repartent aussitôt dans leur délire effrayant pour savoir laquelle descendra en premier. Adam se précipite sur la droite et arrive au théâtre de verdure. Aucun bruit, aucun mouvement. Il sait que l'endroit est bien trop vaste et truffé de cachettes pour avoir la moindre chance de retrouver celui qu'il cherche. Après s'être malgré tout entêté pendant quinze minutes, il regagne sa voiture et lance un appel.

– Lieutenant Dupuis, j'écoute.

– Docteur Jacuri.

– Ah, docteur ! Vous tombez bien, j'allais vous appeler. Nous avons fait les vérifications d'usage et Gregory Prezeau est hors de cause pour votre femme. Il n'était pas à Huelgoat au moment de sa mort.

– Je sais ! lâche Adam, essoufflé. Je me suis trompé de personne.

– Comment ça ? s'étonne le lieutenant.

– C'est un autre malade qui a fait le coup, je viens de le voir, il est là, dans la forêt. Il s'appelle Pierre Morin, il a été interné il y a vingt ans pour meurtre et il est sorti récemment de l'hôpital psychiatrique.

Le lieutenant vient d'activer son haut-parleur pour en faire profiter le major. Ce dernier ouvre de grands yeux.

– Je n'ai pas entendu parler d'une telle remise en liberté dans le coin, répond le lieutenant.

– Non, pas ici, à Lyon.

Le major balance la tête.

– Et pourquoi un ancien patient, visiblement guéri, viendrait jusqu'ici dans le seul but de tuer votre femme ? Avait-il des différends avec vous ? La connaissait-il ?

– Non ! Il veut juste s'en prendre à moi. En la tuant, il assoit sa toute-puissance vis-à-vis de moi. Ça le faisait jouir de voir que ses paroles m'effrayaient à l'époque !

Le major se penche pour attirer le regard du lieutenant et effectue un mouvement de manivelle avec l'index près de sa tempe. Les deux collègues sourient, sourcils en l'air.

– Écoutez, docteur… soupire le lieutenant sans savoir comment éviter de blesser cet homme endeuillé.

– Vous ne me croyez pas, c'est ça ?

– L'affaire a été classée en suicide parce que tous les rapports d'expert s'accordent à le prouver, tout comme votre déclaration initiale. Hier, vous accusez un homme d'assassinat et aujourd'hui, c'est un autre coupable que vous voulez nous livrer. Vous avouerez que…

– Laissez tomber ! Vous avez raison, les preuves scientifiques ont toujours eu plus de poids que la psychiatrie dans les affaires criminelles, de toute façon. J'espère simplement que cet homme ne décidera pas de faire de Huelgoat son terrain de jeu. Je vous aurai prévenus.

***

– Tu aurais voulu qu'il te dise quoi ? s'étonne Lou en essuyant ses longs cheveux bruns sur le côté, dans sa salle de bains totalement embuée.

– Je l'ai vu, Lou ! Je te dis que je l'ai vu, il était là !

– Comme tu l'as vu à Lyon une nuit de brouillard.

– Qu'es-tu en train d'insinuer ?

– Tu es fatigué, papa. Physiquement et moralement.

– Tu penses que j'hallucine ?

– C'est toi le psy, tu dois savoir que c'est possible en cas de stress émotionnel trop intense, non ?

– Je ne rêve pas et je ne suis pas fou. Comme Gregory d'ailleurs.

– Quoi ?

– Je suis allé le voir. Il n'a jamais été fou, je me suis fait avoir. Tu avais raison, tu te souviens ? Tu m'avais dit que tu trouvais louche que son état s'améliore aussi rapidement. C'est parce qu'il a toujours été très sain d'esprit.

– Non, ce n'est pas possible ! Il n'aurait pas pu simuler aussi longtemps face à autant de personnes ?

– Il faut croire que si. Il devait connaître tous les symptômes et comportements de la schizophrénie ainsi que les signes d'évolution.

– Mais pourquoi ?

– Pourquoi ? s'énerve Adam. Pour être libre dans quelques mois au lieu de passer vingt ans derrière les barreaux. C'est une bonne raison, non ?

– Si tu es sûr de ce que tu avances, tu dois faire quelque chose. Le dénoncer. Expliquer ce que tu sais.

– Je ne peux pas.

– Pourquoi ?

– J'étais au courant avant que le juge d'instruction ne prenne sa décision.

– Quoi ? crie Lou en claquant le tiroir du lavabo. Tu plaisantes ?

– À la fin de notre dernier entretien, le juge venait de quitter la pièce et Gregory m'a avoué qu'il était conscient de ses actes et qu'il y aurait d'autres morts.

– Pourquoi n'as-tu rien dit ?

– Je ne savais plus ce qui était réel ou délirant chez lui. Et au même moment, on est venu me chercher en urgence pour Ilda.

– C'est pas vrai !

– Maintenant, c'est trop tard. Les médecins de l'UMD sont fiers d'avoir un patient qui se remet aussi rapidement, alors qui croira un vieux psy qui dit qu'il s'est trompé il y a plus de six mois ? Même les gendarmes me croient fou. Même ma fille.

– Arrête de dire n'importe quoi.

– Gregory m'a dit exactement la même chose que celui qui m'a appelé après mon accident de voiture.

– C’est-à-dire ?

– Que la peur ne protège personne, mais que la folie, si.

– C’était lui alors ?

– Non, il était en unité psychiatrique à ce moment-là, sans contact possible avec l’extérieur.

– Alors quelqu’un qu’il connaît ?

– J’en ai peur.

CHAPITRE 51

UMD de Plouguernével

– Ils me croient tous fou ! Ils paieront un jour, je te le dis, moi ! L'autre vieille conne qui veut me foutre en isolement si je ne me tais pas ! Je te jure que celle-là, quand j'aurai l'occasion de me la faire, elle rigolera moins.

Gregory écoute Bruno se parler à lui-même alors qu'il sculpte frénétiquement un petit personnage en bois, à côté de lui. Il se demande si cette colère ne pourrait pas être la clé qui lui manquait pour son projet à caractère urgent.

– Tous mauvais, tous ! Ils nous rendent fous pour nous garder. Même les deux qui sont là, sans leur blouse blanche, pour nous faire fabriquer ces merdes. Même eux, ils sont dans le coup. Ils devront tous payer un jour, tous !

Gregory regarde Émilie et son collègue. Ils ont l'air si attentifs au nouveau membre du groupe qu'ils ne prêtent pas attention aux chuchotements haineux de Bruno. L'effet de surprise est donc possible. Ça pourrait mettre un peu d'ambiance et animer le reste de la journée. Gregory se penche légèrement vers Bruno et lui glisse un mot à l'oreille. Le petit homme hyperactif le regarde avec étonnement avant de fixer le ciseau à bois qu'il tient dans la main. Gregory voit alors les doigts de Bruno se refermer autour du manche avec plus de force. L'attaque est éclair et la première cible est Émilie. Un coup au flanc droit et les deux autres au-dessus du sein. Le collègue d'Émilie se jette sur Bruno pour le maîtriser, mais le couteau à bois s'interpose entre les deux corps et l'ergothérapeute ouvre des yeux terrifiés avant de tomber à genoux. La main sur le ventre, il regarde le sang s'échapper et son corps bascule sur le côté. Émilie gémit et tente d'appeler au secours. Les patients commencent à s'agiter. Certains sont tentés d'aller aider les soignants, mais la plupart se ruent vers les armoires pour s'armer comme si une guerre était sur le point d'éclater. Gregory voit Bruno debout devant Émilie qui le supplie du regard en reculant telle une tortue sur le dos. Il repousse son tabouret et se précipite dans leur direction. Au moment où Bruno arme son bras, Gregory lui saisit le poignet et le coude pour imposer un angle impossible et faire tomber le couteau. Bruno crie et essaye de se débattre, mais la clé imposée par Gregory l'en empêche. Il grogne colère et menaces. Gregory fait appel à un autre patient qu'il juge à peu près équilibré pour l'aider à maîtriser Bruno.

– Il faut apaiser les autres, lui dit-il. Fais-toi assister de Ryan et de Laurent pour éviter que ça finisse en carnage, je vais chercher du secours.

Deux minutes plus tard, l'armée blanche débarque dans l'atelier et découvre les patients en train de s'écharper. Ceux qui veulent se défouler contre ceux qui veulent défendre Émilie et son collègue. Les armes sont tranchantes, piquantes, contondantes. Les blessures commencent à être nombreuses. Émilie a réussi à reculer dans un coin de l'atelier et à se cacher derrière des caisses en bois. Gregory l'aperçoit et la rejoint immédiatement alors que l'armée blanche commence déjà à prendre le dessus sur le bataillon désorganisé.

– Ça va ? s'inquiète-t-il.

– Qu'est-ce qui s'est passé ? On n'a rien vu venir.

– Bruno était en colère depuis hier à cause de la cheffe de service. Peu importe, le plus important, c'est de vous prendre en charge. Ici ! crie Gregory.

Les deux ergothérapeutes sont rapidement extraits de l'atelier. Les ambulances ne tardent pas à arriver pour les transférer vers l'hôpital le plus proche. Les patients, quant à eux, sont parqués dans un coin de l'atelier avec interdiction de sortir tant que tous les outils n'auront pas été inventoriés. Bruno a été fouillé et directement emmené en chambre d'isolement. Les quelques patients qui ont du mal à se calmer se voient menacés de contention physique et d'enfermement à durée indéterminée, idées qui font taire les plus récalcitrants. Alors que tous les outils ont été remis à leur place dans les armoires, deux soignants froncent toujours les sourcils.

– Peut-être cassée quand ils se sont battus ? propose l'un d'eux.

– Il faut la retrouver ! Hors de question de les laisser sortir tant qu'on ne l'a pas !

– Tu as vu le bordel ? On va passer des plombes à la chercher.

– S'il faut y rester la nuit, on le fera.

– On peut aussi tous les fouiller ? Ils ne sont quand même pas assez barges pour se coller une lame de cutter dans le cul !

– OK, fouille minutieuse de tous les patients ! J'ai dit tous, sans exception.

Deux heures plus tard, les patients sont raccompagnés dans l'enceinte principale. Certains sont pris en charge par des infirmières qui pansent leurs blessures, les autres sont enfermés dans leur chambre avec interdiction d'en sortir jusqu'à nouvel ordre. Gregory est pensif sur son lit quand il entend la porte s'ouvrir et qu'il voit le psychiatre apparaître.

– C'est donc vous qui avez donné l'alerte ? demande ce dernier.

– Je n'allais pas rester sans rien faire.

– Il est important que l'on revienne sur l'événement en lui-même et sur ce que ça a provoqué en vous.

– De la surprise et un sentiment d'injustice. Émilie a été là pour m'aider depuis le début, il n'avait pas le droit de s'en prendre à elle.

– Qu'est-ce qui vous a poussé à réagir ?

– La peur qu'il la tue.

– Avez-vous ressenti une angoisse ?

– Non.

– Avez-vous entendu une voix ?

– Non. Juste ma raison qui m'a dit d'intervenir.

– Parfait, conclut le psychiatre en prenant des notes. Votre comportement lors de cette situation de stress intense montre à quel point vous allez mieux, Gregory. Vous pouvez être fier de vous. Sans vous, Émilie serait peut-être morte à l'instant où l'on se parle. L'hôpital vient d'appeler, aucun organe vital n'a été atteint, elle est hors de danger.

– Et son collègue ?

– Les médecins ne se sont pas encore prononcés.

CHAPITRE 52

Adam vient de se renseigner au sujet de Pierre Morin. Il n'est plus soumis à obligation de soins, il peut donc mener la vie qu'il veut, où il veut. Impossible de trouver la moindre information concernant son domicile ou le fait qu'il ait ou non trouvé un emploi. Adam reste convaincu que c'était lui pour l'accident de voiture, et donc lui qui lui a téléphoné : « La peur ne nous protège pas, docteur, la folie, si. » Ça ne peut pas être un hasard si Gregory a prononcé exactement la même phrase. Les deux hommes se connaissent-ils ? Pierre est resté enfermé vingt ans. Gregory n'avait jamais séjourné en UMD avant aujourd'hui, mais il a effectué plusieurs séjours à l'hôpital psychiatrique de Lyon. Adam se lève du canapé, replie les couvertures, les range avec son oreiller dans une vieille malle en cuir et remet en place le tapis. Il doit se ressaisir s'il veut rester lucide sur la situation et trouver des réponses. Et commencer par remettre de l'ordre dans son moulin, reprendre les séances avec ses patients et s'organiser dans la pièce attenante un coin où il pourra étaler ses dossiers et entreprendre de rassembler les éléments qui lui paraissent importants sur un panneau en bois. Si tout le monde le croit fou, à lui de prouver le contraire. Si les gendarmes ne le prennent pas au sérieux, à lui d'enquêter pour démontrer que Pierre était bien là, dans la forêt de Huelgoat.

Alors qu'il repositionne le canapé face au fauteuil, il entend le moteur d'une voiture. Il est pourtant sûr de ne pas avoir calé de séances aujourd'hui. Peut-être que Lou a décidé de venir plus tôt. Il ouvre la porte donnant sur le pont et découvre les deux gendarmes de l'autre côté.

– Que voulez-vous ? les accueille-t-il froidement.

– Vous parler.

– Je croyais que je n'avais rien d'intéressant à vous dire.

– Un corps vient d'être retrouvé.

Adam aimerait ne pas croire cette annonce, mais les mots qui sortent de sa bouche sont plus rapides que sa pensée.

– Tiens donc ! Étonnant, non ?

– Pardon ? rétorque le major, sourcils froncés. Je me trompe ou ça vous fait plaisir ?

– Non, c'est juste que j'ai essayé de vous prévenir, mais je ne me réjouirai jamais de la mort de quiconque. Avancez.

Les deux gendarmes traversent le pont en faisant attention de ne pas glisser.

– Entrez, dit Adam. Il fait meilleur à l'intérieur.

– Vous êtes en grand ménage ? s'étonne le lieutenant.

– J'essaye de reprendre un semblant de vie.

– C'est votre cabinet, ici, c'est bien cela ?

– Oui, et ces derniers temps, ma maison. Je ne peux pas me résoudre à retourner là où Lucille… Enfin… Alors, que s'est-il passé ?

– Le corps d'une femme a été retrouvé au Ménage de la Vierge.

Adam affiche clairement sa surprise.

– Au cœur de la forêt ?

– En effet.

– Je le savais.

– Vous saviez quoi ?

– Qu'il était là et qu'il recommencerait.

– Vous parlez du patient que vous avez dit avoir vu hier ?

– Je suis sûr de l'avoir vu. Pierre Morin.

– Après votre appel, je me suis rendu dans la forêt, avoue le lieutenant. Je n'ai pas croisé beaucoup de monde, mais un groupe de jeunes filles m'a dit avoir passé l'après-midi là-bas. Je leur ai demandé si elles avaient croisé un homme au comportement étrange. Elles m'ont dit que oui.

– Ah ! se réjouit Adam.

– Elles m'ont fait une description physique.

– Attendez, l'interrompt Adam en fouillant dans ses dossiers. J'ai des photos de lui, vous pourrez voir si ça correspond.

– Inutile.

Adam arrête de chercher, intrigué.

– Leur description correspondait à quelqu'un d'autre.

– Qui ?

– Vous, répond le major avec satisfaction.

Adam cherche du regard entre les lames de parquet.

– Oui, bien sûr ! Ce doit être le groupe de jeunes que j'ai vu en haut de la Grotte du Diable. Je leur ai demandé si un homme venait de passer. Elles m'ont dit que non.

– Elles vous ont dit que non parce qu'aucun homme n'était passé par là avant vous.

– Il a dû se faire discret.

– Non, elles sont formelles et vu l'étroitesse du chemin, il n'aurait pas pu rester inaperçu.

– Qu'êtes-vous en train d'imaginer ? Pourquoi êtes-vous là ?

– La victime s'appelle Karine Litru, ça vous parle ?

Adam n'arrive pas à déglutir. Il hoche légèrement la tête.

– Bien sûr que ça vous parle, reprend le major, puisque nous venons d'apprendre de la bouche de son mari que Karine Litru était une patiente à vous.

– En effet.

L'annonce vient de refermer brutalement la porte au sursaut de vie qu'Adam voulait s'imposer ce matin.

– Quand l'avez-vous vue pour la dernière fois ?

Adam, yeux rivés sur le dossier de Pierre posé sur son bureau, n'a aucune réaction.

– Monsieur Jacuri, insiste le lieutenant. Quand avez-vous vu Karine Litru pour la dernière fois ?

– Il y a plus de trois semaines. Je n'ai reçu aucun patient depuis que ma femme…

– Pouvons-nous voir votre agenda ?

– Vous êtes en train de faire quoi ? Vous m'interrogez ? Vous êtes sérieusement en train de me suspecter ?

– Nous faisons juste quelques vérifications.

– Et Pierre Morin, vous avez vérifié qu'il…

– Pierre Morin est à Lyon, le coupe le major. Nous venons d'avoir confirmation de son employeur. Il n'a pas manqué une seule journée de travail depuis deux mois.

Adam se laisse tomber dans son fauteuil.

– Un autre ancien patient criminel à sortir de votre chapeau ? demande le major qui reçoit un regard mauvais de la part de son lieutenant.

***

– Arrête de le chercher, tu veux bien ! lance Dupuis en remontant dans la voiture.

– Il nous mène en bateau, tu ne le vois pas ?

– Tu n'en sais rien. Il est déboussolé, il a passé sa vie à traiter des fous dangereux et là, il a perdu sa femme, ça peut se comprendre, non ?

– Ce qui peut se comprendre aussi, c'est qu'il a carrément disjoncté, le vieux, et qu'il va enchaîner les cadavres pour nous prouver qu'il a raison.

– Tu délires, il n'a pas du tout le profil d'un criminel.

– Ah, parce que c'est marqué sur leur tête, maintenant ?

La sonnerie du téléphone envahit l'habitacle. Le lieutenant active le haut-parleur.

– Lieutenant Dupuis, j'écoute.

– Docteur Natri, de l'UMD de Plouguernével. Je reviens vers vous concernant votre récent appel.

– Merci docteur, nous avons fait les vérifications. Gregory Prezeau s'est bien rendu à l'enterrement de son père et n'est rentré que le lendemain comme prévu.

– Ce n'est pas pour ça que je vous appelle, j'ai confiance en mon patient, je savais qu'il ne me mentait pas. En revanche, il a reçu une visite le jour où vous m'avez appelé et je viens de faire un lien parce qu'au détour d'une discussion, j'ai appris l'identité de la femme qui a été retrouvée morte il y a trois semaines.

– Venez-en au fait, je ne comprends pas.

– Jacuri, c'est bien ça ?

Les deux gendarmes échangent un regard.

– L'homme qui est venu voir Gregory était le docteur Jacuri, ancien expert psychiatre. J'ai pensé que je devais peut-être vous en informer.

– Vous avez bien fait, merci docteur.

– Putain ! lâche le major. Tu penses toujours qu'il est clair, ton psy chéri ?

***

Adam saisit son téléphone aussitôt après le départ des gendarmes.

– Papa, je suis en rendez-vous, je peux te rappeler ?

– Non, c'est urgent.

Lou se lève et s'excuse auprès de son client avant de s'isoler au fond de son bureau.

– Dis-moi.

– Les gendarmes me soupçonnent. Une patiente à moi a été retrouvée morte dans la forêt.

– Merde ! Mais pourquoi ils te soupçonnent ? C'est n'importe quoi !

– Parce que Pierre Morin n'a jamais quitté Lyon alors que je leur ai assuré qu'il était dans la forêt, hier.

– Ils n'ont rien contre toi ?

– Je ne sais pas. J'ai besoin que tu me rendes un service.

– Je t'écoute.

– Je veux que tu te renseignes sur Pierre.

– Papa !

– Attends, laisse-moi finir. Il a dû faire des séjours en unité psychiatrique durant son hospitalisation à l'UMD. Je veux savoir quand et dans les services de quels médecins. Je veux voir s'il a pu rencontrer Gregory à un moment donné.

– Pourquoi tu t'acharnes, papa ? Arrête, s'il te plaît.

– Fais-le pour moi. J'ai besoin de savoir.

CHAPITRE 53

Huelgoat, deux jours plus tard,
le 16 novembre 2023

Adam regarde Lou de loin. Elle vient d'arriver et il lui a donné les clés pour qu'elle dépose ses affaires dans la maison. Penchée par l'ouverture de la baie, elle lui fait un signe de la main et il ouvre sa fenêtre pour savoir ce qu'elle veut.

– Allez, viens ! lui lance-t-elle. Juste un café.

Adam refuse et referme sa fenêtre. Cinq minutes plus tard, Lou arrive avec un plateau et deux tasses chaudes.

– Tu ne vas quand même pas passer le reste de ta vie dans ton cabinet ! s'exclame-t-elle en poussant la porte avec les fesses.

– Je n'y arrive pas.

– La première fois sera difficile, mais il faut que tu te forces un peu. J'y suis bien arrivée.

– Mais toi, tu ne l'as pas vue !

Lou s'assoit sans répondre.

– Pardon, dit-il

– Pas grave. J'ai ce que tu m'as demandé.

Lou ouvre sa serviette en cuir et sort une feuille où toutes les informations concernant les hospitalisations et transferts de Pierre sont listées.

– Du travail de pro, la félicite-t-il.

– Et ça va te servir à quoi, concrètement ?

– Viens avec moi, lui dit-il en la précédant pour passer dans la pièce d'à côté.

Lou reste interdite à la porte alors que ses yeux inspectent le mur lui faisant face.

– Qu'est-ce que tu es en train de faire ? expire-t-elle.

– Il y a forcément un lien entre Gregory et Pierre, plus j'y pense et plus ça me paraît évident.

Lou voit les photos des scènes de crime affichées tels des posters d'idoles. Dessous, les lieux et les dates. Des traits commencent à créer un maillage incompréhensible entre les antécédents psychiatriques de Pierre et ceux de Gregory.

– Je dois mener l'enquête puisque les gendarmes ne font rien.

– Quelle enquête ? Tu m'inquiètes, papa.

– Si Gregory n'est pas fou, mais qu'il a réussi à échapper à la justice en jouant la schizophrénie, peut-être que Pierre a fait la même chose et alors peut-être qu'ils sont plein dans ce cas. Avec les informations que tu m'as fournies, je vais y voir plus clair, déjà.

Lou s'approche du panneau et regarde la précision avec laquelle son père a organisé les données et fait des liens.

– Tu crois en un réseau de faux fous, c'est ça ?

– Et s'ils se donnaient le mot quand ils sont en unité psychiatrique ? S'ils se formaient à tuer en se faisant passer pour des malades mentaux et ainsi ne pas être jugés ? Tu imagines ?

– Mais, tu as la preuve que ni Gregory ni Pierre ne pouvaient être à Huelgoat. Ni pour maman, ni pour la victime de la forêt.

– Justement ! Ils ont peut-être envoyé un de leurs adeptes.

– OK, donc on parle carrément d'une secte maintenant. Tu m'expliques pourquoi ces malades voudraient s'en prendre à toi ?

– Pour me faire taire.

Lou plisse les yeux, pas certaine de comprendre.

– S'ils savent que j'ai compris qu'ils sont sains d'esprit, ils vont devoir me faire taire pour continuer à mener à bien leur projet. Gregory a conscience que je l'ai démasqué.

– Tu ne l'as pas démasqué, c'est lui qui t'a dit qu'il n'était pas fou.

– Tu joues sur les mots.

– Tu ne voudrais pas rentrer un peu à Lyon avec moi ? Prendre du recul, laisser les choses se décanter, apaiser ton esprit ?

– Et laisser un tueur dans la nature ?

– Ce n'est pas toi qui vas l'arrêter. Les gendarmes vont enquêter, laisse-les faire leur boulot.

– Les gendarmes pensent que c'est moi.

– Ne dis pas n'importe quoi.

– Pourtant…

CHAPITRE 54

Le major Grivois plaque bruyamment une feuille sur le bureau du lieutenant en affichant un air de victoire.

– Regarde un peu ça ! jubile-t-il. Jacuri a récemment été mis en garde à vue à Lyon. Ça t'en bouche un coin, non ? Une de ses patientes aurait tué sa mère avant de s'ouvrir la gorge, justement au moment où Jacuri était chez elles. Quelle coïncidence !

– Les poursuites ont été abandonnées ?

– Ses déclarations correspondaient soi-disant aux relevés des TIC et aux rapports du légiste. Un expert psychiatre défendu par sa fille avocate, il aurait été étonnant que…

– Garde tes préjugés.

– Je ne sais pas ce qu'il te faut pour ouvrir les yeux ! Tu as pu t'entretenir avec Gregory Prezeau ?

– Oui, Adam Jacuri est bien venu le voir à l'UMD. Il voulait prendre de ses nouvelles et voir où en était la maladie du patient.

– C'est Prezeau qui t'a dit ça ?

– Oui. Il a été très touché de cette visite. Il apprécie beaucoup le docteur Jacuri et lui est reconnaissant d'avoir su faire le bon choix lors de l'expertise. Il est conscient que sans lui, il serait sûrement déjà mort en prison.

– Ce n'est pas logique.

Le lieutenant soupire.

– Bah, c'est vrai ! Jacuri est convaincu que Prezeau a buté sa femme et il va le voir juste pour prendre des petites nouvelles ? Tu ne me feras pas gober ça.

– Quel intérêt aurait eu Gregory Prezeau à me mentir ?

– La peur qu'on se remette à le soupçonner.

– J'ai interrogé les soignants qui étaient présents dans la salle des visites ce jour-là.

– Et ?

– Ils ont tous eu le même sentiment. Une tension palpable s'est rapidement installée entre les deux hommes.

– Ah ! J'en étais sûr !

– Sauf que des deux, ce n'est pas Prezeau qui semblait avoir peur.

Alors que le major cherche à rebondir sur cette annonce, le téléphone du lieutenant retentit. Après quelques secondes d'échanges, il raccroche et saisit son blouson sur le dossier de sa chaise.

– Qu'est-ce qui se passe ? demande le major.

– Je crois que ça commence à ne pas sentir bon.

– Mais encore ?

– Disparition inquiétante. Une jeune femme de trente ans qui n'a pas donné signe de vie depuis trois jours.

***

– Madame Granger, est-il déjà arrivé à votre fille de s'absenter quelques jours sans vous prévenir ?

Les deux gendarmes sont installés dans le salon des parents de la jeune disparue. La mère, dévastée par l'inquiétude, tient la main de son mari, assis tout près d'elle.

– Non, jamais, répond-elle. Vous devez penser qu'à trente ans, elle est bien libre de mener sa vie comme elle l'entend, mais on a toujours été très proches et même si elle a sa petite maison, elle reste en lien avec nous. Elle passe le soir en débauchant pour prendre un café et si elle ne le peut pas, elle envoie un SMS. Trois jours, ce n'est pas normal.

– Même au travail, ils n'ont pas de nouvelles, ajoute le père. Vous allez faire quelque chose ?

– Bien sûr. Parlez-nous de la dernière fois que vous l'avez vue.

– C'était mardi soir. Elle rentrait chez elle et en passant, elle s'est arrêtée nous faire un coucou. Elle allait bien.

– Oui, c'est vrai qu'elle semblait bien, appuie le père. Ça faisait plaisir de la voir mieux.

– Mieux ? s'étonne le major.

– Son compagnon l'a quittée il y a trois mois et elle l'a très mal vécu. Mais depuis quelque temps, elle remontait la pente.

– Quels étaient ses rapports avec son ex-compagnon dernièrement ?

– Il l'a quittée pour une autre, donc elle ne voulait plus entendre parler de lui. Même si ça a été difficile, elle a coupé tous les ponts avec lui.

– Est-ce qu'elle vous a dit qu'il essayait de la recontacter ?

– Non, il devait être soulagé de cette rupture totale.

– Nous aurions besoin de son nom et de ses coordonnées.

– Oui, bien sûr, coopère M. Granger en saisissant un bloc-notes sur la console près du canapé.

– Heureusement qu'elle s'est fait aider, marmonne la mère en triturant la manche de son gilet. Sinon, j'aurais imaginé le pire. Elle allait tellement mal.

– Que voulez-vous dire par là ?

– Elle était tombée si bas, elle avait des idées noires, sanglote-t-elle.

– Qui l'a aidée à remonter la pente ?

– Un psychiatre.

– Oui, enfin, annuler les rendez-vous trois semaines de suite, râle le père, ça ne lui a peut-être pas été bénéfique, à notre fille !

Les deux gendarmes échangent un regard et le major hausse les sourcils.

– Après ce qu'il a vécu, le pauvre, reprend la mère, au bord des larmes. Tu pourrais être un peu…

– Un peu quoi ? On ne laisse pas des gens en souffrance sans aide !

– Pouvez-vous nous dire de quel psychiatre il s'agit ? demande le lieutenant alors que le major est déjà prêt à partir.

– Le docteur Jacuri, près de la forêt de Huelgoat, confie le père.

– On a entendu pour le corps aux infos, laisse échapper la mère dans une plainte terrifiée. Faites que notre petite ne connaisse pas le même sort.

CHAPITRE 55

UMD de Plouguernével

La lame de cutter était bien cachée à l'endroit indiqué, enfouie dans le sable du cendrier de la cour extérieure. Victor a réussi à s'en emparer en écrasant sa cigarette et à la dissimuler sur lui le temps de regagner sa chambre. Les soignants viennent de faire leur dernière inspection avant extinction des feux. Désormais seul avec cet objet lui promettant la fin de ses tourments, Victor sait qu'il a le temps suffisant devant lui. Il s'assoit sur le lit et regarde le petit parallélogramme tranchant qu'il tient entre le pouce et l'index. Deux entailles profondes suffiront à faire s'écouler lentement la vie hors de lui, emportant les souffrances, la dépression, les regrets, la culpabilité.

Alors qu'il sait que le temps est venu, il est assailli d'images. Le film des pires moments de son existence se joue derrière ses paupières closes, comme pour lui donner l'élan nécessaire au passage à l'acte. Une enfance ballottée de foyer en famille d'accueil, une adolescence borderline entre drogue et délits pour survivre, une accumulation de ruptures amoureuses, des mauvaises fréquentations, le tout saupoudré d'une névrose d'abandon dévastatrice. Victor sent le gouffre s'ouvrir sous ses pieds. L'évidence qu'il n'a jamais été un être méritant l'amour. Ses propres parents n'ont pas voulu de lui, comment quelqu'un d'autre le pourrait ? Quand on naît si détestable que personne ne souhaite vous garder, à quoi bon essayer de grandir en suivant un chemin honorable ? Il aurait pu tenter pour elle. Cette infirmière brune si jolie et attentionnée. Maeva. Pour elle, il aurait été prêt à tous les sacrifices et il était convaincu qu'elle l'aurait sauvé de son mal-être. Le rejet qu'elle lui a imposé ce jour-là dans le couloir alors qu'il essayait juste de l'embrasser a été l'étincelle embrasant son hétéroagressivité. Gregory avait raison, retourner sa colère contre l'autre plutôt que contre soi soulage tellement les tensions internes.

Non ! se dit-il soudain en secouant la tête. *Cet homme n'avait pas raison.* Il n'aurait jamais dû l'écouter. Tuer l'a apaisé un temps, mais le pire a suivi. Victor n'avait jamais ressenti un tel cataclysme psychologique quelques heures après avoir abandonné le corps sans vie sur le parking de l'hôpital.

Laissant la lame de cutter tomber au sol, il plaque les paumes de chaque côté de sa tête et son visage se déforme dans une grimace silencieuse de douleur.

Les images de Maeva lui sautent à l'esprit. Ses yeux de terreur quand il lui a asséné le premier coup au visage, ses mains qui ont commencé à saigner lorsqu'il a utilisé le couteau. Les bruits viennent alors s'ajouter aux images, si forts que Victor a l'impression qu'ils sont projetés dans sa chambre. Les cris étouffés par la main qu'il avait posée sur sa bouche, les craquements des os, les écœurantes succions à chaque entrée et sortie de lame. Victor sent une nausée arriver. Les flashes se brouillent subitement pour finir en un écran rouge foncé accompagné d'un sifflement strident à l'arrière des tympans.

Les mains de Victor viennent alors le frapper sur les tempes, de plus en plus fort, de plus en plus vite. Il est incapable de voir la suite du film, mais il a entendu parler de soixante-dix-sept plaies. Quel monstre se cache en lui pour avoir commis de telles atrocités ? Les larmes coulent sur ses joues alors qu'il se débat contre lui-même, les paupières toujours verrouillées, et la morve rejoint la bave qui s'échappe au coin de ses lèvres à chaque spasme d'horreur qu'il exprime.

Le pire de tout, c'est qu'il a été capable de recommencer. L'infirmier aussi l'a supplié quand la lame a entamé ses va-et-vient bruyants dans les flancs avant d'attaquer les premiers organes vitaux. Pourquoi n'a-t-il pas pris conscience de ce qu'il faisait à ce moment-là ? Pourquoi sa part sombre a-t-elle réussi à prendre le dessus ? Si elle y est parvenue deux fois, elle pourra très bien le refaire.

Victor refuse cette idée de toutes ses forces et grogne entre ses dents serrées, les doigts agrippés à ses cheveux. Il ouvre alors les yeux et fixe la lame devant ses pieds.

***

L'agitation générale réveille Gregory au beau milieu de la nuit. Il entend l'alarme et les voix fortes et directives des soignants de garde. Il aperçoit des lueurs vacillantes bleues par la lucarne haute de sa chambre. Un sentiment d'urgence s'est emparé de l'UMD. Gregory reste allongé sur le dos, serein. Un sourire illumine son visage.

CHAPITRE 56

Adam ne peut pas se résoudre à se coucher. Il est en train de retranscrire toutes les informations fournies par Lou sur son tableau et d'établir des liens. Déjà deux dates où Pierre aurait été transféré de l'UMD vers l'unité psychiatrique dans laquelle séjournait Gregory. Il ne s'était donc pas trompé, ces deux hommes ont eu la possibilité de se côtoyer, mais ont-ils réellement échafaudé un plan diabolique ensemble ou Adam est-il en train de devenir fou comme semblent le penser sa fille et les gendarmes ? Si Pierre et Gregory ne pouvaient physiquement pas être à Huelgoat, cela signifie qu'ils ont envoyé quelqu'un d'autre. Adam doit donc élargir ses recherches. Des individus que Pierre ou Gregory auraient croisés à l'hôpital ou en détention et qui seraient désormais libres. C'est un travail de fourmi et Adam commence à douter de lui-même. Il s'assoit sur une chaise inconfortable face au tableau et tente de faire le vide dans son esprit pour se poser les bonnes questions.

Qu'est-il réellement en train de faire ? Chercher une explication extérieure à la mort de sa femme qui lui est tout bonnement insupportable ? Tout mettre en œuvre pour valider sa croyance que sa vie professionnelle est un échec et qu'il a créé le mal plutôt que de le contrer ? Rejeter les fautes sur les fous pour se laver de toute culpabilité ? Les autres ont peut-être raison, finalement. Il est en train de perdre pied et de monter un scénario bancal pour éviter de sombrer dans l'angoisse et le désespoir.

***

Lou a tenu à passer ces trois jours dans la maison et à dormir dans la chambre que sa mère avait aménagée pour elle sous les combles. Facile d'être forte et confiante quand la vie et la lumière animent la journée. Bien plus difficile de ne pas ressentir de l'appréhension à l'approche de la nuit et de la peur quand toute vie semble endormie. Assise en tailleur sur son lit, elle ignore soudain les dossiers qu'elle a éparpillés devant elle et se concentre sur le silence. Habituée à la vie citadine, elle est naturellement angoissée par le calme, mais là, c'est une ambiance lourde qu'elle sent peser autour d'elle. Son père a raison, elle n'a pas vu le corps de sa mère sur le canapé et c'est peut-être encore pire. Sans réalité, l'imagination n'a de cesse de fonctionner. Comment était-elle mise ? Avait-elle les yeux ouverts ? Y avait-il beaucoup de sang ?

La douleur se lisait-elle sur son visage ? Lou se lève d'un bond et sort des écouteurs de son sac pour les enfoncer dans ses oreilles et briser le cercle vicieux du silence. Elle choisit sur son téléphone la playlist de Maneskin, groupe de rock italien qu'elle a récemment découvert, et se rassoit. La lecture aléatoire commence par le titre *The Loneliest*. Lou se dit d'abord qu'elle va la passer, mais se ravise. Les images du clip défilent dans sa tête et ce sont alors celles de l'enterrement de sa mère qui débarquent. La musique fait naître une émotion intense et les paroles finissent le travail : *« I see your face when I close my eyes, it's torturous, tonight is gonna be the loneliest*[5]*. »* Lou saisit le foulard de sa mère près de son oreiller et le plaque contre son nez. Elle laisse alors son corps basculer sur le matelas et remonte les jambes contre sa poitrine. Pour la première fois depuis un mois, elle laisse sa tristesse exploser.

***

Adam a fini par s'allonger sur le matelas que Lou lui a rapporté de la maison. Accompagné des flammes dansant dans le poêle et des crépitements métalliques de ce dernier, il essaye de calmer la tempête qui agite son esprit sans relâche depuis des jours. Il imagine sa fille seule dans la maison et

---

5. « Je vois ton visage quand je ferme les yeux, c'est de la torture… Ce soir sera le plus solitaire. »

cette idée l'angoisse. Ce lieu qu'il n'arrive pas à réintégrer parce qu'il est synonyme de choc et de mort. L'endroit où il a la sensation que sa vie s'est arrêtée en même temps que celle de sa femme. Lou n'aurait pas dû vouloir dormir là-bas. Il n'aurait pas dû la laisser faire. Il regarde par la fenêtre de sa pièce et aperçoit la lumière à travers le Velux de la chambre. Il prend alors son portable près de lui et envoie un message :

Tu ne dors pas ? Tout va bien ?

Adam s'attendait à une réponse immédiate, mais ce n'est pas le cas. Sa raison trouve alors des explications rationnelles et rassurantes. Lou prend sa douche, elle travaille et n'a pas entendu le message, elle n'a plus de batterie, elle dort la lumière allumée… Mais l'inquiétude n'est jamais loin depuis le drame. S'il lui était arrivé quelque chose ? S'il ne s'était pas trompé sur sa théorie de complot criminel et qu'un fou était en train de s'en prendre à elle à quelques mètres de lui ? S'il la retrouvait morte demain matin comme… La décharge électrique qui traverse le corps d'Adam à cette pensée le paralyse quand il entend un cri déchirer la nuit.

***

Lou a refusé de laisser la tristesse l'épuiser jusqu'à la faire sombrer dans un sommeil perturbé. Elle a préféré se ressaisir après s'être laissée aller durant de longues minutes et reprendre les dossiers qu'elle avait mis de côté. Et si son père avait raison et qu'il était en danger ? Il est hors de question qu'elle ferme les yeux au risque de perdre la deuxième personne la plus chère à sa vie. Même si tout cela ne mène à rien, elle doit fouiller. Elle n'a pas tout dit à son père. Elle a obtenu plus d'informations de la part de l'unité psychiatrique qu'elle n'en a transmis à Adam. L'avantage d'avoir un contact intime au sein de l'équipe des cadres de santé. Tout comme son père, elle ne met pas longtemps à remarquer les hospitalisations communes de Gregory et de Pierre, la dernière ayant eu lieu deux semaines seulement avant le passage à l'acte de Gregory. Une notification l'alerte d'une information sur son téléphone. Sans vraiment le faire consciemment, elle laisse son regard glisser vers l'écran. Des initiales retiennent alors son attention : UMD. Elle prend l'appareil et affiche la page.

En direct : drame à l'UMD de Plouguernével. Un patient de l'unité pour malades difficiles vient d'être retrouvé mort dans sa chambre. Il s'agit de Victor Veillon, l'individu soupçonné d'avoir tué les deux soignants de l'hôpital psychiatrique de Lyon. Le patient se serait suicidé.

Lou relit plusieurs fois l'article et son cœur commence à faire la danse de la trouvaille. Elle reprend la liste des patients de Lyon et se concentre sur les périodes d'hospitalisation de Gregory. Elle remarque rapidement ce qu'elle craignait. Victor Veillon a été interné en même temps que Gregory, peu avant le meurtre de Maeva Chabli.

– Merde, lâche-t-elle.

Soudain, un bruit la tire de ses réflexions. Un claquement semblant provenir de l'extérieur. Elle se met debout sur son lit pour essayer de regarder par le Velux, mais elle ne voit pas plus bas que la cime des arbres. Pas rassurée, elle sait qu'elle va devoir descendre vérifier si tout est bien clos sinon elle ne pourra pas fermer l'œil. En arrivant dans le salon, elle remarque que la lumière du moulin est allumée. Elle doit aller vérifier que son père va bien. Elle enfile alors sa veste polaire accrochée dans l'entrée et ôte ses grosses chaussettes en laine pour mettre ses baskets. Avant de s'engager sur le pont menant au moulin, Lou est attirée par une lueur au fond du terrain. Une autre dépendance en pierre est éclairée. Lou sait qu'il s'agit de l'atelier où sa mère avait installé son matériel de peinture et ses toiles pour s'adonner à sa passion jusqu'au bout. Elle se dit que son père doit être parti se recueillir et qu'il a peut-être besoin de soutien. Alors qu'elle traverse le terrain tortueux, elle sent son portable vibrer dans sa main.

Tu ne dors pas ? Tout va bien ?

Elle sourit. Son père et elle ont toujours eu cette sorte de connexion qui les faisait penser l'un à l'autre en même temps. Elle glisse le téléphone dans sa poche, elle va lui répondre en personne, la dépendance n'est plus qu'à une dizaine de mètres.

***

Adam sort précipitamment du moulin et court vers la maison. Quand il découvre la porte d'entrée ouverte, c'est comme si une goutte d'acide venait de tomber sur son cœur.

– Lou ! s'écrie-t-il. Où es-tu ?

Il parcourt tout le rez-de-chaussée en appelant sa fille, essoufflé par la panique, et c'est au moment de s'engager dans l'escalier qu'il remarque par la baie vitrée que l'atelier de Lucille est allumé au fond du jardin. Il redescend les deux marches qu'il a déjà montées et fonce à travers le terrain.

– Lou ! relance-t-il, sans puissance, à bout de souffle.

En arrivant devant la porte ouverte, il se fige quelques secondes avant de tomber à genoux, les mains devant la bouche. Le corps nu est attaché par les mains à la poutre centrale et recouvert de peinture blanche. Enfoncé dans le cœur, un pinceau laisse filer des arabesques de sang jusqu'à la pointe des pieds.

CHAPITRE 57

Le silence est revenu et la vie s'est rendormie, ignorant le drame qui se joue dans cette propriété censée être un havre de paix. Les yeux de Lou sont figés en direction d'Adam dont l'esprit vient d'activer le disjoncteur. Il n'a plus aucune réaction et son regard semble s'être dissous dans le vide.

– C'est horrible, expire Lou, elle aussi tombée à genoux. Qu'est-ce que… ? Comment ? Qui a pu… ? Ce n'est pas réel. Papa, dis-moi que ce n'est pas réel !

– Qu'est-ce que… Tu… Qu'est-ce que tu fais là ? bafouille Adam qui semble subitement réaliser la présence de sa fille.

– J'ai entendu un bruit dehors et j'ai vu la lumière, j'ai cru que tu étais ici, et… Elle était déjà comme ça quand je suis arrivée, c'est… Mon Dieu ! expulse-t-elle dans un sanglot horrifié. Elle se balançait encore, comme si elle venait juste de…

Dans sa prise de conscience, Lou ouvre de grands yeux et se relève.

– Si ça vient d'arriver, on a peut-être encore une chance de la sauver. Aide-moi à la détacher !

– Non ! s'oppose fermement Adam. Ne la touche pas !

– Quoi ?

– Recule ! Ne marche ni dans la peinture, ni dans le sang.

– Qu'est-ce qui te prend ?

– Rien ne doit nous relier à cette mort.

– On ne sait pas si elle est morte !

– Elle l'est.

Lou est assommée. Tout est en train de s'affoler dans son esprit, comme si les informations refusaient de se ranger dans les bons tiroirs.

– Tu étais où, toi ? demande-t-elle soudain à son père.

– Dans le moulin. Quand j'ai entendu crier, j'ai cru qu'on te faisait du mal. Je suis allé voir dans la maison et j'ai compris que tu étais là. J'ai eu tellement peur, j'ai vraiment cru qu'on s'en était pris à toi.

– Est-ce que tu la connais ?

Lou regarde le cadavre suspendu et se rend compte que son père a raison. Les yeux ouverts, le cœur empalé, elle est forcément morte. Un frisson la traverse. Pourtant habituée aux affaires criminelles et aux scènes de meurtre, elle ne parvient pas à garder l'esprit lucide.

– Je n'en sais rien… Je… On ne peut pas… La peinture sur son visage, c'est…

– Papa ! Reprends-toi et regarde-la bien !

Adam se force à lever les yeux pour affronter son cauchemar éveillé. Il fait rapidement le rapprochement.

– Oui, finit-il par dire, effaré. C'est une de mes patientes. Une jeune femme qui… Encore une patiente, panique-t-il. Si on la trouve là, on va penser que…

– On va penser qu'on essaye de te piéger. On n'expose pas un cadavre chez soi, c'est ridicule. J'appelle la gendarmerie, il faut qu'on explique ce qui s'est passé.

– Non ! la stoppe Adam en lui saisissant la main qui tient le portable. Personne ne doit savoir. Il faut qu'on…

– Arrête, papa !

– Je vais aller chercher une bâche pour mettre dessous et on détachera le corps. Après, on…

– Stop ! Tu t'entends ? Tu es devenu complètement fou ? J'appelle, décide-t-elle en retirant le bras de l'étreinte imposée par son père.

– Non ! Je t'interdis de faire ça ! On va m'envoyer directement en prison et les fous auront gagné.

Lou ne sait plus. Elle se souvient soudain de ce qu'elle a découvert avant de quitter sa chambre. Son père a peut-être raison, mais une femme est pendue là, devant ses yeux, et sa morale lui interdit de…

– Lou, écoute-moi, dit Adam en lui serrant les deux bras. Il faut qu'on réfléchisse. C'est trop grave, ce qui se passe.

Un doute terrible traverse l'esprit de Lou quand ses yeux se posent sur son père.

– Tu faisais quoi avant de venir ? J'ai vu de la lumière dans le moulin.

– Et moi de la lumière dans ta chambre alors je t'ai envoyé un message pour savoir si tu allais bien. Tu ne m'as pas répondu et j'ai entendu crier.

Lou se souvient du SMS. Qu'est-ce qui lui prend de douter de son père ?

– J'ai découvert quelque chose, avoue-t-elle en pensant aux fous. Le tueur des soignants de Lyon a séjourné à l'hôpital en même temps que Prezeau avant de commettre ses meurtres. Il a récemment été interné à l'UMD de Plouguernével et a été retrouvé mort cette nuit dans sa chambre.

Adam est stupéfait.

– S'il a commencé à tuer après sa rencontre avec Prezeau, ça veut dire que j'ai raison, réfléchit-il à haute voix.

– Peu importe qui a raison ! s'énerve Lou. Ce n'est pas le moment de parler de tout ça. Merde, papa ! On est devant un cadavre encore chaud, lâche-t-elle, comme pour forcer son propre esprit à intégrer cette information. Si on appelle les gendarmes, ils pourront peut-être avoir une chance de coincer celui qui a fait ça, il ne doit pas être loin. On perd trop de temps, là !

– Ce qui n'est pas loin, c'est la forêt, et on disparaît comme on veut dans cette forêt.

Lou ressent soudain une peur glaciale qui la pousse à reculer de quelques pas en s'enveloppant de ses bras.

– Il est peut-être encore là, souffle-t-elle.

Du regard, elle sonde l'extérieur par la porte et les fenêtres alors que son cœur est prêt à tout propulser dans ses muscles en cas de besoin.

– Non, il a fait ce qu'il voulait. S'il avait voulu s'en prendre à nous, il aurait déjà terminé.

– Tu crois vraiment que pour maman, c'était…

– Je ne sais pas, mais ce que je sais, c'est que si les gendarmes viennent ici, ils ne chercheront pas le tueur, ils l'auront sur un plateau, et ce sera moi.

– Je leur dirai que tu étais avec moi.

– Ça ne suffirait pas, et tu mettrais ta carrière en danger.

– Parce que dissimuler un corps me fera gravir les échelons, tu crois ?

– Non, justement… Tu vas me laisser gérer ça. Je refuse de te mêler à toute cette saloperie. Va faire tes valises et rentre à Lyon. J'ai perdu la première femme de ma vie, il est hors de question que je perde la seconde.

– Non, je ne te laisse pas, tu peux oublier l'idée. Mais réfléchis juste une seconde, s'il te plaît. Tu sais forcément au fond de toi que la seule chose à faire est de prévenir la gendarmerie. On ne travaille pas tous les deux dans le pénal pour agir comme les individus dont on s'occupe.

Adam secoue lentement la tête, le regard balayant le sol devant ses pieds.

– Pense à elle, ajoute-t-elle en regardant le corps de la jeune femme, à sa famille, à l'importance de savoir et d'enquêter.

Adam regarde sa fille, les yeux pleins de larmes.

– Tu as raison, lui concède-t-il. Mais tu m'as dit, il n'y a pas si longtemps, que je devais arrêter d'essayer à tout prix de sauver les autres pour penser à moi. Si je sauve la famille de cette femme, je passe le reste de mes jours en prison et le vrai coupable continuera.

– Et si on fait ce que tu veux, il se passera quoi, à ton avis ?

– Je veux juste avoir le temps d'enquêter pour prouver que ma théorie est la bonne et qu'il faut orienter les investigations vers les malades mentaux qui ont croisé le chemin de Pierre et de Gregory. Quand j'aurai assez d'éléments pour convaincre les forces de l'ordre et la justice, j'avouerai tout pour elle, je te le promets.

– Tu iras en prison pour avoir fait ça.

– Si c'est le prix à payer pour établir la vérité et sauver des vies innocentes, je suis prêt.

CHAPITRE 58

Huelgoat, le lendemain matin,
le 17 novembre 2023

Lou est à genoux dans l'atelier de sa mère. Près d'elle, un seau à l'eau blanchâtre, une serpillière et un bidon de nettoyant pour sol. L'odeur de pin et d'eucalyptus n'arrive pas à atténuer l'écœurement qu'elle ressent jusqu'à la nausée. Elle sait que la nuit dernière représente désormais le point de bascule de sa vie. Rien ne sera jamais plus pareil. Ce qu'elle a fait l'a transportée loin d'elle-même et elle ne pourra pas redevenir celle qu'elle était avant. Elle pense à cette phrase d'Arthur Rimbaud que son père lui répétait souvent en parlant de ses malades : « Je est un autre. » Des larmes coulent sur ses joues alors qu'elle ressent un énorme vide. Elle ne sait plus qui est le je et qui est l'autre. Tellement douloureux de se poser cette question dans la pièce où sa mère laissait son âme s'exprimer et où une femme a perdu la vie la nuit passée. Qui est-elle, maintenant qu'elle a laissé l'autre en elle commettre cet acte abominable ? Restera-t-elle à jamais coincée entre deux identités opposées ?

– Madame Jacuri ?

Lou se raidit quand elle entend la voix grave l'appeler ainsi. Pour elle, Mme Jacuri a toujours été sa mère. Elle se retourne et découvre deux hommes à la porte.

– Lieutenant Dupuis, se présente celui qui vient de l'interpeller. Et le major Grivois. Nous aurions quelques questions à vous poser.

– Bien sûr, répond-elle en se relevant et en essuyant ses larmes d'un revers de manche.

– Un problème ? s'enquiert le major.

– Je repensais à ma mère.

– Grand nettoyage ? continue-t-il en penchant la tête pour regarder derrière Lou.

– J'ai voulu faire du rangement et un pot de peinture est tombé. C'était l'atelier de ma mère, justement. Là où elle peignait ses toiles. Renverser ce pot m'a bouleversée, voilà tout.

– Désolé, répond le lieutenant.

– Que vouliez-vous me demander ?

– Nous venons de nous entretenir avec votre père et nous vous avons aperçue en repartant.

– C'est à quel sujet ?

– Nous enquêtons sur une disparition inquiétante. Une jeune femme n'a pas donné signe de vie depuis trois jours et il s'agit d'une patiente de votre père.

– Ah… Je suis désolée de l'apprendre. Mon père doit être très affecté par cette nouvelle.

– Pour quelle raison ? semble s'étonner le major.

– Parce que ses patients comptent beaucoup pour lui, répond Lou comme une évidence. On ne fait pas un métier d'aide si on reste insensible à l'autre, c'est évident, non ?

– Depuis quand êtes-vous ici ?

– Je suis arrivée hier matin.

– Vous avez passé la journée avec votre père ?

– Oui, bien évidemment. Si je suis là, c'est pour être avec lui. Depuis le décès de maman, il est très…

Lou n'arrive pas à trouver le bon mot.

– Affecté ? propose le major.

Lou le fixe pour s'assurer qu'elle a un juste pressentiment depuis leur arrivée. Elle pense aux films dans lesquels il y a toujours le bon et le méchant flic. Elle sait que la réalité est différente, mais elle range cet homme directement dans la case « petit con ».

– Je ne sais pas, dit-elle. Si vous trouviez votre compagne gisant dans son sang, vous diriez que ça vous affecte ? Ce serait assez fort pour vous ?

Le major ne la quitte pas des yeux et se contente de hausser les épaules. Le lieutenant se retient d'intervenir.

– Mon père est dévasté ! Vous comprenez ça ? Il a perdu sa raison de vivre, ma mère et lui étaient très fusionnels. Il m'a expliqué que vous le soupçonniez pour le corps retrouvé dans la forêt de Huelgoat.

Vous êtes là parce que vous voulez aussi lui mettre la disparition inquiétante sur le dos ? Vous vous rendez compte de ce que vous faites ? Vous acharner sur un homme en deuil parce que c'est tellement confortable de ne pas avoir à enquêter jour et nuit comme des vrais gendarmes devraient le faire !

– Eh oh ! Mollo ! lance le major. Ce n'est pas parce que vous êtes avocate que…

– Vous vous êtes même renseignés sur moi ?

– L'avocate de son papa quand il a été mis en garde à vue suite au décès d'une première patiente à Lyon. Vous avouerez que trois patientes, ça commence à faire pas mal pour des coïncidences.

Lou secoue la tête et se contente de souffler sa colère par le nez.

– Laissez-la tranquille ! intervient Adam qui s'est aperçu que la voiture des gendarmes était encore là.

– On y va, décide le lieutenant.

– On n'a pas fini, ajoute le major sans quitter Lou des yeux.

– On a fini et on y va, répète fermement le lieutenant.

Le major Grivois est le premier à quitter le duel du regard quand il fait demi-tour pour repartir, mâchoires contractées.

– Il va falloir que tu te calmes et que tu revoies ta façon de faire, lui envoie le lieutenant quand ils arrivent à la voiture.

– C'est elle qui m'a cherché, là.

– Je m'en fous ! Tu as des êtres humains en face de toi, OK ? Avec des sentiments, des émotions et une vie. Alors si tu n'es pas capable de comprendre ça, change de boulot !

– Je ne t'ai jamais vu te faire berner à ce point. D'abord par le père, maintenant par la fille. Elle te plaît, c'est ça ?

– Je me demande vraiment pourquoi je continue à faire équipe avec toi.

– Parce que je suis lucide et que je sens les trucs, répond-il en pointant son nez avec l'index. Le vieux, il n'est pas clair, et elle non plus.

– Tu me fatigues. Trouve des preuves au lieu de te convaincre de tes intuitions. Pour le moment, on n'a rien, à part que les deux femmes étaient des patientes à lui. Huelgoat, ce n'est pas grand, et il n'y a que lui qui exerce en libéral dans la psychiatrie. Donc, le lien entre la patiente retrouvée morte, celle qui a disparu, et lui ne constitue pas une preuve de culpabilité.

– Alors, convaincs le juge d'instruction de l'intérêt de perquisitionner son domicile. La propriété est vaste, il y a des tas d'endroits qui pourraient lui servir à dissimuler des trucs.

– Perquisitionner sous quel motif ? Rien ne le relie au meurtre ni à la disparition.

– Des témoins l'ont vu dans la forêt la veille de la découverte du corps et il persiste à dire qu'il poursuivait un homme invisible. Homme qui ne pouvait pas être là puisqu'il était à Lyon. Ce n'est pas rien, ça, quand même.

– Il n'a pas été vu en compagnie de la victime et aucun mobile ne peut être établi à ce niveau de l'enquête.

– C'est parce qu'il était expert psychiatre au pénal que tu le défends ?

– Je ne le défends pas, j'enquête à charge et à décharge, contrairement à ce que tu es en train de faire. Pour l'instant, à charge, on n'a que dalle.

– Et s'il n'y avait pas de mobile ? C'est vrai, si le vieux a pété un câble et qu'il agit sous l'emprise d'une force psychique, comme les malades qu'il a suivis, on ne trouvera pas de mobile.

– Pas de mobile, mais des traces. S'il agissait comme tu le dis, il ne serait pas en mesure de réfléchir ou de préméditer ses actes, donc pas en mesure de brouiller les pistes pour que les scientifiques ne remontent pas jusqu'à lui. Donc, si c'est lui, les relevés parleront. On attend les rapports et on progresse en conséquence. Pour l'instant, on retourne à l'UMD de Plouguernével, un patient s'est suicidé cette nuit, j'aimerais comprendre comment c'est possible.

– Ce n'est pas notre secteur, s'étonne le major.

– Non, mais si tu veux mon avis, cette unité fait un peu trop parler d'elle en ce moment.

– Ah ouais… En fait, tu crois carrément les histoires du vieux…

***

Adam tourne en rond depuis le départ des gendarmes et Lou vient de vider le seau pour le remplir d'eau propre.

– Tu avais raison, dit-elle, le petit roquet est un fouille-merde et pour lui, tu es déjà coupable. On va devoir se méfier de lui.

– Je ne veux pas que tu sois mêlée à ça.

– Trop tard, non ? répond-elle en lui montrant ses mains trempées. Je veux que le corps de cette nuit soit rendu à la famille le plus tôt possible. Je vais t'aider à trouver les preuves que quelqu'un essaye de te faire tomber et on ira tout confier au lieutenant. Il me paraît réglo, lui. En attendant, laisse-moi nettoyer tout ça.

– On est en train de faire disparaître des traces.

– Je sais. En prenant la décision de faire disparaître le corps, tu voulais faire quoi d'autre ?

– Je vais voir si je trouve quelque chose sur le terrain. Il a bien fallu qu'il emmène la fille jusqu'ici, qu'il la traîne, qu'il l'attache. Il a forcément laissé dcs traces dehors.

Lou regarde son père par la fenêtre. Elle le voit marcher très lentement, tête basse, attentif au moindre élément suspect. « Qu'il l'emmène, qu'il la traîne, qu'il l'attache. » Ces mots tournent dans sa tête. Et si la fille avait déjà été là ? Enfermée dans l'atelier. « Depuis quand êtes-vous ici ? Une jeune femme a disparu depuis trois jours. » Cette fois, c'est la voix du lieutenant qui s'invite dans ses souvenirs. Il y a trois jours, Adam téléphonait à Lou en panique pour lui dire que les gendarmes le soupçonnaient et que Pierre ne pouvait pas être dans la forêt alors qu'il était convaincu de l'avoir vu et suivi. Lou est traversée par des pensées qu'elle tente de rejeter. Elle regarde son père au loin. Il lui paraît avoir tellement changé depuis la mort de Lucille. Il a perdu du poids, ses épaules se sont voûtées sous une chape de tristesse et son visage s'est fermé, lui qui avait les yeux si rieurs.

« Je est un autre. »

Il y a trois jours, il était seul ici. Il aurait pu… Lou chasse ce début d'idée d'un mouvement rapide de la tête sur le côté et reprend le balai-serpillière en main. Elle repense alors à l'instant précis où ils ont découvert le cadavre :

« On ne sait pas si elle est morte.

– Elle l'est ! »

Son père était si affirmatif, si convaincu.

CHAPITRE 59

UMD de Plouguernével, le même jour

Le psychiatre en chef de l'unité dans laquelle Gregory est pris en charge a réuni tous les soignants et s'adresse en particulier à ceux qui sont intervenus lors de l'incident avec les ergothérapeutes.

– Expliquez-moi comment cette putain de lame de cutter a pu se retrouver entre les mains d'un patient qui, en plus, ne participait pas à l'atelier ?

Les soignants baissent le nez et chacun prie pour que la foudre s'abatte ailleurs.

– Qui a effectué les fouilles ?

Les deux soignants concernés relèvent la tête, le cœur pincé.

– Ils n'avaient rien sur eux, c'est sûr, ose l'un d'eux.

– Preuve que si ! crache le psychiatre.

– On les a fouillés dans les règles, ça n'aurait pas pu nous échapper, le soutient l'autre.

Le médecin inspire profondément pour éviter de laisser sa colère pulvériser toutes les personnes autour de lui.

– Il est hors de question que cette histoire fuite, lâche-t-il à l'expiration. L'établissement perdrait toute crédibilité en matière de sécurité et aurait une procédure lourde sur le dos. Des têtes tomberont si c'est le cas, et croyez-moi, ce ne sera pas la mienne.

– Il n'y a qu'une personne qui est sortie de l'atelier pendant l'incident, dévoile un soignant. Ça aurait très bien pu se passer à ce moment-là.

– De qui voulez-vous parler ?

– Gregory Prezeau.

Le psychiatre pouffe par le nez.

– Vous êtes en train d'accuser le seul patient assez stabilisé pour aller chercher de l'aide et protéger les ergothérapeutes ?

– Il avait peut-être prévu son coup.

– De mieux en mieux ! s'effare le psychiatre. D'un schizophrène, on serait passé à un tueur organisé. Et pourquoi aurait-il confié cette lame à Victor ? De toute façon, je me suis entretenu avec Émilie, l'ergothérapeute, et elle est formelle : sans Gregory, son collègue et elle seraient morts à l'heure qu'il est. Alors, si vous voulez trouver un responsable pour vous éviter de graves ennuis, cherchez-en un autre.

– Vous dites que vous ne voulez pas que l'affaire s'ébruite, intervient timidement l'un des soignants.

Comment expliquer que le patient ait eu une lame si les forces de l'ordre nous interrogent ?

– Vous étiez présent lors de l'incident, je crois ?

– Oui.

– Et vous avez effectué la dernière ronde en chambre avant que Victor se suicide la nuit dernière ?

– Oui, répond le soignant, sentant le mauvais vent tourner.

– Parfait.

Tous les yeux s'arrondissent et les autres infirmiers se sentent subitement soulagés, avec une note minime de culpabilité.

***

Le psychiatre reçoit les deux gendarmes dans son bureau. Assez sûr de lui pour que la menace faite au soignant évite toute dénonciation, il se prête ouvertement au jeu des questions.

– Pour quelle raison ce patient avait-il été admis dans votre service ? demande le lieutenant.

– Un jeune homme dépressif avec un lourd passé psychiatrique et de multiples tentatives de suicide. Il y a quelques mois, une bouffée délirante l'aurait poussé à massacrer une infirmière qui s'était occupée de lui à Lyon, et quelques semaines plus tard, il aurait récidivé sur un infirmier du même service. Son état ayant été jugé incompatible avec la détention provisoire, il nous a été adressé en attendant son jugement.

– De Lyon ? Il n'y avait pas plus près ?

– Les UMD sont toutes surchargées et une place s'était récemment libérée chez nous.

– Quand vous dites « libérée », intervient le major, vous voulez dire qu'un patient est sorti de vos murs ou qu'il a subi le même sort que celui de la nuit dernière ?

– Je trouve votre remarque moyennement acceptable.

– Moi, c'est le fait qu'un patient suicidaire admis chez vous pour être protégé de lui-même soit retrouvé mort dans sa chambre que je trouve moyennement acceptable.

– Il s'agit d'un fâcheux accident.

– Un fâcheux accident ? s'étrangle le major.

Cette fois, le lieutenant semble sur la même longueur d'onde que son collègue et se contente de fixer le psychiatre pour voir ses réactions.

– Un de nos infirmiers avait récupéré une lame de cutter pour éviter que les patients en atelier d'ergothérapie ne se blessent et il l'avait négligemment plongée dans la poche de sa blouse avant de l'oublier là. Alors qu'il a effectué sa ronde hier soir, le patient dont nous parlons a eu un étourdissement. Nous pensons maintenant qu'il a simulé son malaise et qu'il s'est emparé de la lame au moment où il s'est effondré dans les bras du soignant.

– Comment aurait-il pu savoir qu'une lame se cachait dans la poche de la blouse ?

– Nous l'ignorons. Peut-être cherchait-il des clés ou des médicaments et qu'il a trouvé la lame par hasard.

– Nous allons devoir entendre l'infirmier en question.

– Bien sûr, répond le psychiatre en prenant son téléphone.

– Attendez, l'arrête le lieutenant. Vous avez bien dit que le patient venait de Lyon ?

– En effet.

– Il n'est pas le seul. Gregory Prezeau aussi vient de Lyon puisqu'il était là-bas pour l'enterrement de son père l'autre jour.

– C'est exact. Deux patients qui viennent de si loin en si peu de temps, c'est rare, mais ça peut arriver.

– Sortez leur dossier.

– Pardon ?

– Vous m'avez très bien compris. Sortez les deux dossiers et vérifiez où et quand ils ont été internés à Lyon. Et ne me faites pas le coup du secret professionnel parce que je n'en aurai pas pour longtemps à faire fermer votre structure.

Le major le regarde, agréablement surpris d'une telle réaction.

– Je ne comprends pas ce que vous voulez vérifier, répond fébrilement le psychiatre en activant son interphone pour appeler la secrétaire du service.

– Vous allez vite le comprendre.

***

Alors que la secrétaire arrive avec les dossiers, elle est accompagnée d'un homme et d'une femme.

– Je suis désolée, dit-elle au psychiatre, je n'ai pas pu…

– Gendarmerie nationale, s'annonce la femme en entrant, suivie de son collègue. En apercevant Dupuis et Grivois assis face au médecin, elle ne cache pas sa surprise.

– Je dois m'attendre à voir toutes les brigades du coin débarquer ? demande le psychiatre.

– Contentez-vous de chercher ce qu'on vous a demandé, lui rétorque le major.

Le lieutenant, quant à lui, adresse un signe de tête à l'adjudante pour qu'elle le suive dans le couloir.

– Qu'est-ce que vous faites là tous les deux ? s'enquiert-elle.

– Le suicide de cette nuit.

– Ce n'est pas ton secteur, et c'est nous qui avons été appelés.

– Je sais, mais on est venus il y a quelques jours au sujet d'un patient de Lyon et on vient de découvrir que celui qui s'est suicidé est aussi originaire de Lyon.

– OK. Le psy vous a dit quoi par rapport au suicide ? Le mec se serait ouvert les veines, c'est ça ?

– Oui.

– Avec ?

– Une lame de cutter de l'atelier d'ergothérapie.

– Putain, c'est sûrement en lien avec ce qui s'est passé l'autre jour !

– De quoi tu parles ?

– On a été appelés parce que les deux ergothérapeutes se sont retrouvés à l'hosto.

– Quoi ?

– Le psy ne vous a rien dit ?

– Non.

– Un des patients a attaqué les deux encadrants à coups de ciseau à bois.

– C'est à ce moment-là que l'un des infirmiers aurait mis la lame de cutter dans sa poche alors…

– Ah bon ? Quand on est venus, on nous a affirmé que tous les outils avaient été inventoriés et remis sous clé.

Le lieutenant se rembrunit et entre dans le bureau sans frapper.

– Vous comptez vous foutre de nous combien de temps ?

Le major sourit en voyant Dupuis au bord de la rupture quand il contourne le bureau pour rejoindre le psychiatre.

– Qu'est-ce qui vous prend ? s'étonne ce dernier en faisant reculer son siège à roulettes.

– Un patient qui manque de tuer vos deux ergothérapeutes, ça aussi, ce n'est qu'un fâcheux accident ?

– Nous travaillons avec des individus dangereux, le personnel connaît les risques.

– Et cet événement est assez anodin pour que vous omettiez de nous en parler ?

– La gendarmerie est intervenue, je pensais que vos services communiquaient un peu mieux que ça.

– Faites le malin, vous avez raison, ça arrange votre cas. L'infirmier dont vous nous avez parlé n'a pas pu garder la lame dans sa poche comme vous nous l'avez dit puisque l'outillage a été répertorié après l'agression. À moins que vous vouliez revenir sur vos déclarations faites aux gendarmes ici présents ?

Le psychiatre perd soudain son assurance.

– Regarde, intervient le major qui a tourné les dossiers vers lui sur le bureau.

Le lieutenant inspecte les feuilles et remonte les yeux sur le médecin après quelques secondes.

– Faites venir Gregory Prezeau. Maintenant !

Au moment où le psychiatre se lève de son fauteuil, la porte de son bureau s'ouvre violemment.

– Docteur ! lance une infirmière paniquée. C'est Gregory ! Bouffée délirante aiguë, on a besoin de vous !

CHAPITRE 60

Gregory a été sorti de la salle commune par trois infirmiers et quand le psychiatre arrive en courant, il le découvre, maintenu de force, se débattant avec des cris de terreur, les yeux exorbités. Les gendarmes assistent à la scène depuis l'autre bout du couloir.

– Que s'est-il passé ? demande le médecin à une infirmière.

– Il a appris pour Victor. Ça l'a d'abord plongé dans un état de sidération puis il a décompensé. Ça été brutal, on n'a rien vu venir.

– Gregory ! lance le psychiatre. Écoutez-moi, c'est le docteur Natri.

Les infirmiers ont de plus en plus de mal à le contenir. La crise est impressionnante et sa force, décuplée. Une soignante arrive avec une seringue.

– Non ! s'oppose le psychiatre. En dernier recours.

– Ils sont là ! hurle Gregory, la bouche grande ouverte et les yeux à la limite de l'explosion. Là !

– Non, Gregory. Ce n'est pas la réalité, vous le savez. Revenez avec moi.

– Ils l'ont tué ! Ils sont parmi nous !

– Gregory, écoutez ma voix. Vous êtes en sécurité, vous le savez.

– Non ! expulse-t-il en faisant traîner le mot plusieurs secondes. Ils me retrouveront toujours. Victor, ils l'ont eu !

– Non, Victor est parti tout seul.

– Non ! relâche-t-il avec autant de longueurs. C'est ce qu'ils veulent vous faire croire. Ce sont eux.

– De qui il parle ? demande le major à l'infirmière qui est restée près des gendarmes.

– Des démons.

Ses sourcils se soulèvent.

– Ah ouais ! On a du lourd là, dit-il au lieutenant.

– Trop beau pour être vrai, c'est ça l'expression ?

– Je ne vois pas le rapport.

– Je me disais juste que trop fou pour être vrai, ça sonnait pas mal aussi.

Le psychiatre ne parvenant pas à faire redescendre Gregory de son délire perché, il fait un signe à l'infirmière pour qu'elle lui injecte le calmant. Il revient alors vers les gendarmes.

– Vous ne pourrez pas l'interroger dans l'immédiat. L'annonce du décès de Victor l'a fait replonger. Il va mettre du temps à se stabiliser.

– Comme c'est pratique, souffle le lieutenant.

– Pardon ? s'indigne le psychiatre.
– À très bientôt, docteur.

Une fois dans la voiture, le major ne met pas longtemps à exprimer ce qu'il pense alors que le lieutenant aurait préféré rester seul avec ses réflexions.

– Je suis d'accord avec toi, ça n'a pas l'air très clair, ce qui se passe là-bas, mais j'ai la désagréable impression que tu essayes d'établir un lien avec le vieux et les événements d'Huelgoat en ce moment, je me trompe ?

– Arrête de dire « le vieux ». Il s'appelle Adam Jacuri.

– Je me trompe ?

Devant l'absence de réponse de son lieutenant, le major s'agace.

– On a les preuves que Gregory Prezeau, cette espèce de gros taré, ne pouvait pas être là le jour de la mort de la vieille ni de l'autre qui a été retrouvée dans la forêt. Idem pour le fou que le vieux dit avoir vu dans la forêt. Qu'est-ce que tu cherches, à la fin ?

– Je veux juste que tu la boucles ! Je te jure, arrête de parler des gens comme ça, tu m'exaspères !

Le silence revenu dans l'habitacle avec un major faussement vexé qui regarde par la fenêtre, le lieutenant peut enfin se refaire le film de tout ce qui s'est dit dans le bureau du psychiatre. Au bout de quelques minutes, c'est lui qui reprend la parole.

– Trouve-moi l'identité du patient qui a quitté l'UMD récemment.

– Quoi ?

– Celui qui a laissé une place vacante permettant d'accueillir Victor. Je veux savoir qui c'est, où il vit et pourquoi il était enfermé comme individu dangereux. Je veux aussi connaître sa date de sortie et ses relations avec Gregory Prezeau.

– Si tu veux mon avis, on perd du temps avec ça. On ferait mieux de se concentrer sur la fille disparue.

Le lieutenant quitte la route du regard pour le poser, noir, sur le major.

– OK, abdique celui-ci. C'est bon, c'est toi qui vois.

CHAPITRE 61

Huelgoat

Lou est remontée dans sa chambre. Après avoir remis l'atelier en état, elle n'a pas eu envie de rejoindre son père, toujours à la recherche de traces dans sa propriété et en bordure de forêt. Le doute qui a fait une brève apparition en elle la perturbe et vient ajouter une touche négative à ce qu'elle ressent déjà pour son père depuis la nuit passée. Elle sait qu'elle avait le choix, qu'elle a agi en connaissance de cause, qu'elle était libre de ses actes, mais c'est plus fort qu'elle, elle commence à lui en vouloir. C'est lui qui l'a entraînée dans cette excursion macabre pour enterrer un corps. Lui qui lui a tendu la pelle pour qu'elle prenne le relais quand il était à bout de forces. Lui qui a échafaudé toutes les étapes du plan pour être sûr que le corps ne soit pas retrouvé et que rien ne le relie à lui. Jusqu'à demander à Lou de prendre sa voiture pour qu'aucune trace ne soit relevée dans la sienne. Elle a accepté pour le protéger, mais elle se demande maintenant si elle serait prête à le couvrir si elle découvrait que…

Non ! Elle doit arrêter d'imaginer n'importe quoi. Son père est incapable de faire du mal à quiconque, il était même du genre à vouloir aider les criminels pour leur éviter trop de souffrances.

Elle doit se concentrer sur les recherches pour découvrir la vérité au plus vite et mettre un terme au cauchemar qui a commencé la nuit précédente. Elle reprend le listing des patients internés à Lyon pour tenter de faire des rapprochements avec Gregory ou Pierre. Elle sait que ça ne suffira pas si la théorie de son père est avérée. Il va lui falloir des informations sur les malades difficiles qui ont côtoyé Pierre durant ses vingt années à l'UMD de Cadillac. Comment obtenir ces données ? Comment chercher dans cette multitude d'interactions possibles en vingt ans ? Comment savoir si un patient ayant rencontré Pierre aurait pu passer à l'acte après sa sortie ? Assise en tailleur sur son lit, Lou ferme les yeux et referme sèchement son ordinateur portable avant de s'allonger. Elle a besoin d'avoir l'esprit clair pour savoir par quel bout prendre le problème, or c'est tout l'inverse qui se joue dans sa tête. Les émotions sont trop désagréables et fortes pour qu'elle puisse apaiser ses pensées. En fermant les paupières, elle replonge immédiatement dans ses souvenirs et la fatigue brouille le tout dans une mixture innommable.

Elle ressent intérieurement la difficulté de transporter un corps mou, lourd, mort… de le déposer dans le coffre de sa voiture, de le ressortir pour le traîner jusqu'au cœur d'une partie sauvage de la forêt. Elle se revoit conduire et se laisse submerger par l'horreur de savoir qu'un cadavre occupe le coffre. La première pelletée de terre qui tombe sur le corps bâché recrée le bruit gravé dans son esprit, celui des mottes rencontrant le plastique. Cette sensation insoutenable que l'on est en train de commettre l'irréparable, l'acte qui fera basculer sa vie entière du mauvais côté. Son père lui a dit qu'il fallait retirer le pinceau, au cas où… Pour ne pas lui imposer cela, il l'a fait lui-même. Lou s'est alors bouché les oreilles en fermant les yeux pour éviter d'avoir cette scène ancrée en elle. Inutile puisque son imagination a fait le travail et que ses souvenirs lui présentent la main de son père tirant sur l'arme du crime comme si elle l'avait vécu. Adam a ensuite fait brûler ce pinceau en revenant chez lui. Comme l'aurait fait le vrai tueur, susurre une petite voix dans l'esprit de Lou qui tombe lentement dans le sommeil.

CHAPITRE 62

UMD de Plouguernével

En fin d'après-midi, le psychiatre déverrouille la porte de la chambre d'isolement où Gregory a été placé le matin. Il découvre son patient prostré dans un coin de la pièce, yeux rouges, regard perdu.

– Comment allez-vous, Gregory ?

– Pardon, lâche ce dernier d'une voix plaintive.

– Vous n'avez pas à vous excuser.

– C'est parce que je l'aimais bien, Victor.

– Vous le connaissiez ?

– Oui. Je l'avais même dit au psychiatre de Lyon, que je l'aimais bien. On s'entendait bien. À Lyon, ils avaient tous peur de moi. Pas lui. Pourquoi il a fait ça ? Il n'avait pas le droit.

– Qui a fait quoi ?

– Victor. Je lui avais dit qu'il devait arrêter de se faire du mal. Il s'est tué, c'est horrible !

– Vous êtes donc conscient de ce qu'a fait Victor ?

– Oui. Quand on me l'a dit, ça a été si brutal, tout a explosé dans ma tête.

– Je sais.

– Je ne voulais pas que ça m'arrive encore.

– La maladie ne peut pas disparaître comme ça, mais vous rebondissez vite, c'est très encourageant. Que s'est-il réellement passé dans votre esprit ? Vous pourriez le décrire ?

– Une explosion. Violente. Une grosse douleur qui a tout éteint. Le noir total là-haut et plein de voix. Un brouhaha affolé qui disait qu'ils étaient revenus. J'ai eu si peur.

– Je sais. Je comprends. Ces voix sont encore là ?

– Non.

– Vous êtes conscient qu'elles appartenaient à une bouffée délirante ?

– Oui.

– Bien, conclut le psychiatre en prenant des notes. J'aimerais maintenant que l'on parle d'autre chose si vous êtes d'accord.

– Je suis fatigué, mais je veux bien essayer.

– Le jour où Bruno a agressé les ergothérapeutes, vous êtes sorti pour chercher de l'aide.

– Oui.

– Avez-vous vu quelqu'un d'autre sortir ?

– Non, je ne crois pas.

– Vous êtes sûr ?

– Ryan a voulu me suivre, mais je lui ai dit qu'il devait rester avec Laurent et les autres pour empêcher qu'on fasse du mal à Émilie.

– Il aurait pu sortir le temps que vous préveniez les soignants, et regagner l'atelier avant votre retour sans que vous vous en rendiez compte.

Cette phrase n'est pas interrogative, pourtant Gregory apporte une réponse.

– Oui, c'est possible.

– N'importe qui aurait pu le faire, d'ailleurs. Aviez-vous remarqué des tensions entre certains patients et Victor ?

– Non, Victor ne sortait pas beaucoup de sa chambre. Juste pour venir fumer dehors. Si, il a dit à José d'arrêter de danser dans le vide l'autre jour parce qu'il le rendait fou.

– Comment a-t-il réagi ?

– Mal. Il a grogné des mots qu'on n'a pas compris.

– José ne participe pas aux ateliers d'ergothérapie en même temps que vous ?

– Non.

– Mais Ryan et lui sont proches… Merci, Gregory.

Quand la porte se referme derrière le psychiatre, Gregory sourit.

CHAPITRE 63

Forêt de Huelgoat

Le soleil a déjà entamé son déclin quand trois jeunes d'une quinzaine d'années décident de se rendre au cœur de la forêt. L'air froid du début de soirée mêlé à l'humidité de la terre et des roches fait frissonner l'un d'eux.

– On est vraiment obligés de faire ça maintenant ? râle-t-il en remontant la fermeture de sa parka jusqu'à ses oreilles.

– C'est bon, Jo la frousse ! On ne risque rien.

– Je n'ai pas la frousse, j'ai froid !

– À d'autres ! Tu as déjà insisté pour qu'on vienne avant la nuit, alors arrête de te plaindre.

– Putain ! lâche subitement le troisième devant le panneau du Ménage de la Vierge. C'est là que le corps a été retrouvé l'autre jour, c'est ça ?

– Ouais, répond le plus téméraire.

– Ton père l'a vu ? Je veux dire, il est venu là quand le cadavre a été découvert ?

– Bah ouais, qu'est-ce que tu crois ? Et moi, j'ai vu les photos.

– T'es sérieux ? Ton père te laisse voir ses dossiers ?

– Bah non, t'es trop con, toi ! Il ne sait pas que je les regarde.

– Alors, c'était comment ? Dégueu ?

– Grave ! Elle avait des entailles, t'imagines même pas ! Et sa tête, vous auriez dû voir ça ! Le mec, il l'a pris pour un punching-ball, le truc. En plus, quand ils l'ont retrouvée, elle avait végété dans l'eau, sa peau était à moitié verte et flasque, on aurait dit qu'elle allait se décoller des os, le truc de malade. Regarde, j'ai pris des photos, ajoute-t-il en zoomant sur son portable.

Un bruit reconnaissable entre mille interrompt les deux jeunes dans leur échange. Le troisième est penché derrière eux.

– Putain sérieux, Vomito, là ! T'aurais mieux fait de rester chez toi, lance le fils du lieutenant Dupuis à son copain. T'es dégueulasse, ça me fout la gerbe !

– C'est immonde aussi ! Tu n'étais pas obligé de montrer ça, merde !

– Eh ! Mais c'est une petite nature qu'on a là, plaisante l'autre en prenant Vomito par l'épaule pour le coller contre lui et lui frotter les cheveux.

– Arrêtez, foutez-moi la paix.

– Bon, on continue avant qu'il fasse vraiment nuit, annonce le fils Dupuis en reprenant la direction du chemin qui contourne le Ménage de la Vierge.

– Vous imaginez si on tombe vraiment sur ce malade ?

– Jo la frousse, c'est bien ce que je disais.

– Allez, viens ma petite nature, ricane l'autre en lui prenant le bras pour l'entraîner.

Les trois jeunes s'enfoncent dans la forêt et le fils Dupuis regarde le GPS de son téléphone.

– Putain, ça capte que dalle, ici ! Je crois que c'est par là.

Il regarde alors vers le sommet d'un talus.

– On y accède comment ?

– On grimpe.

– On va se casser la gueule.

– Bouh ! Eh, les chochottes ! Vous commencez à me courir, sérieux !

Le fils Dupuis se cramponne à une racine au-dessus de sa tête et commence à escalader la pente. Les feuilles qui ont recouvert l'herbe grasse n'aident pas à se stabiliser. Son pied chasse plusieurs fois avant de trouver un appui fiable.

– Tu veux vraiment le suivre dans son délire ?

– On ne va pas le laisser comme un con. On est trois, qu'est-ce que tu veux qu'il nous arrive ? De toute façon, pour moi, le mec qui a fait ça, il est loin depuis longtemps. Faudrait quand même être con pour rester à côté de l'endroit où il a déposé le corps.

– Ouais, tu as sûrement raison. Mais il va bientôt faire nuit, là.

– On va juste voir ce qu'il veut nous montrer et on rentre, OK ?

– OK.

– Allez grimpe, Jo la frousse. Je te suis.

Après avoir vaincu le talus glissant, les trois jeunes s'enfoncent dans une partie vierge de la forêt à travers branchages, troncs renversés et ronces. Chacun râle à sa façon et à son tour. Pied emprisonné, manche agrippée, branches souples qui fouettent le visage, souches qui font trébucher…

– C'est encore loin ?

– Normalement, non, répond le fils Dupuis en relevant la tête pour scruter la pénombre.

– On ne voit rien ! On va se paumer, putain !

– Ouais, et comme personne ne sait qu'on est là, on ne nous retrouvera jamais vivants !

– Vous faites chier.

– Si on doit se bouffer pour survivre, moi je vous préviens, je n'hésiterai pas une seconde.

– Commence par Vomito, il est tendre, je suis sûr.

– Eh ! Venez, on filme ! On est peut-être en train de vivre le prochain *Blair Witch*. On va se faire un max de thunes !

– Le quoi ?

– *Blair Witch* ! Le film. Me dis pas que tu ne connais pas ?

– Putain, les gars, on y est ! annonce le fils Dupuis. Là-bas, vous voyez ?

Les deux autres plissent les yeux pour percer l'obscurité et tenter de projeter leur regard à travers la végétation dense. Les torches des téléphones portables n'éclairent que les branches devant leur nez.

– Éteignez ça, vous verrez mieux.

Après quelques secondes d'acclimatation, les yeux devinent la forme de la construction. Le fils Dupuis n'attend pas que ses copains voient, il continue à avancer, les bras protégeant son visage. Arrivé à quelques mètres de sa destination, il se retourne pour s'assurer quand même qu'il n'est pas seul. Fanfaronner n'est pas difficile, mais ce qui se passe à l'intérieur peut parfois prendre le dessus.

– Allez, venez ! lâche-t-il en maîtrisant le volume de sa voix.

– Attends, il y a un grillage tout autour, laisse tomber.

Les trois jeunes sont face à une grande cabane d'un bleu délavé et sale. Autour, des fûts rouillés, des outils enchevêtrés dans des lianes et des hautes herbes, une remorque crevée, un vieux frigo grignoté par le temps et bien d'autres amoncellements d'objets et de déchets.

– Il y a forcément une entrée.

– C'est mort, je ne pénètre pas là-dedans !

– Ah ouais ? Tu préfères rester là tout seul ?

– Vas-y, mec, filme, on y va.

CHAPITRE 64

Le lieutenant Dupuis arrive devant chez lui et reste plusieurs minutes dans sa voiture. C'est la première fois qu'il se retrouve confronté à une telle situation depuis qu'il est en poste ici. Un corps, une disparition, un psychiatre qui a des hallucinations et un fou qui paraît sain d'esprit. Pour une région calme et sans histoires, ça commence à faire beaucoup. Il tente de faire le vide avant de rejoindre sa femme et son fils, mais il sent que l'exercice est périlleux. Son portable lui confirme alors que ça ne va pas être possible.

– Lieutenant Dupuis, répond-il.

– Bonsoir lieutenant, docteur Hamon. Je vous appelle au sujet du corps retrouvé dans la forêt. L'autopsie confirme ce que je pensais, il va être très difficile de retrouver des traces ou de l'ADN. *Idem* pour la détermination du moment de la mort.

– Comment ça ?

– Le cadavre a stagné dans l'eau avant d'être retrouvé, c'est une évidence.

– Il était sur les rochers du Ménage de la Vierge quand on l'a découvert.

– Je sais. Pour moi, il a été sorti de l'eau et déposé là après. Le problème, c'est qu'un corps se dégrade très lentement dans l'eau froide. Par contre, quand il est sorti de l'eau, le processus de putréfaction à l'air libre rattrape son retard et il s'abîme alors très rapidement, ce qui explique la macération de la peau et la transformation de la graisse en…

– Passez-moi les détails, docteur.

– OK. La victime n'est pas morte noyée, elle n'avait pas d'eau dans les poumons. Les blessures ont été faites à l'aide d'une arme blanche. L'une d'elles a atteint le cœur.

– Attendez, vous me dites qu'elle n'est pas morte noyée, mais que son corps a été immergé après le décès, avant d'être sorti de l'eau et exposé. C'est ça ?

– Ça m'en a tout l'air. Des analyses sont en cours pour déterminer les diatomées présentes. Ça pourra peut-être nous donner une indication du lieu où elle a séjourné.

– L'état du visage ?

– *Idem* que le reste du corps. C'est impressionnant à voir parce que la putréfaction commence au niveau de la tête et du cou et que dans un cas de sortie d'eau, l'effet est démultiplié. Ça peut parfois masquer des hématomes ou signes cutanéo-muqueux, mais ici, il est certain que la victime a subi des coups violents au visage.

– Qui auraient pu provoquer la mort ?

– Non, je ne le pense pas. L'examen du cerveau n'a pas montré…

– OK, le coupe le lieutenant qui n'aime pas les détails des légistes et qui voit sa femme sortir de la maison pour lui parler. Rappelez-moi dès que vous avez les résultats des analyses.

Le lieutenant Dupuis descend de sa voiture alors que son épouse arrive en tenant fermement son châle autour de ses épaules.

– Salut, lui dit-elle froidement.

Il la voit se pencher pour regarder dans la voiture en fronçant les sourcils.

– Martin n'est pas avec toi ? s'étonne-t-elle.

– Pourquoi il serait avec moi ? J'ai loupé un truc ?

– Il n'est pas rentré après le lycée. Je lui ai envoyé des messages, mais il ne répond pas. J'ai appelé, répondeur.

– Il n'avait pas sport, ce soir ?

– Non, c'est demain.

– Il est peut-être sorti avec ses copains.

– Il ne m'a rien dit.

– Ça lui est arrivé d'autres fois.

– Il fait nuit, Marc, lui fait-elle remarquer sur un ton réprobateur. Ton fils ne rentre jamais si tard sans prévenir, tu devrais le savoir.

– OK. Je vais lui téléphoner.

– Je viens de te dire que je l'avais fait, tu m'écoutes ou pas ?

– OK, bah, on va appeler ses copains, dit-il en essayant d'avancer. On peut rentrer ou on reste à se geler dehors ?

Alors qu'ils franchissent le seuil de la porte, une sonnerie retentit.

– Ah, c'est la mère de Noam ! annonce la femme de Marc, soulagée. Oui, Hélène, dit-elle en décrochant.

– Coralie, ça va ? Dis-moi, Noam ne serait pas chez vous, par hasard ?

– Non, je pensais que…

Marc lit la déception inquiète de sa femme quand elle pose le regard sur lui.

– Il n'est pas non plus chez Léo, continue son interlocutrice, et sa mère n'a aucune nouvelle.

– C'est pas vrai ! Où est-ce qu'ils peuvent être à cette heure-là ? Noam t'a dit quelque chose ? Ils avaient prévu de sortir ?

– Non, rien, et ce n'est pas le genre à traîner sans me prévenir, il est trop anxieux pour ça.

– Tu as essayé de le joindre ?

– Oui, mais son portable est éteint.

– Celui de Martin aussi.

CHAPITRE 65

Forêt de Huelgoat

La vibration dans le creux de sa poche réveille lentement Adam. Son corps exprime alors une succession de douleurs et de sensations désagréables. Picotements, tétanie, froid… Ses yeux s'ouvrent, mais ne voient rien. Son visage est engourdi d'un côté et ses narines lui renvoient une odeur de terre mouillée. Où est-il ? Son téléphone s'active une deuxième fois. Sa main le cherche maladroitement et ses yeux sont aussitôt éblouis par la lumière de son écran. C'est Lou qui essaye de l'appeler.

– Papa ! s'affole-t-elle quand il décroche. Tu es où ?

– Je ne sais pas trop.

– Quoi ? Tu es parti depuis des heures, je m'inquiétais !

– Je…

Adam tourne son portable pour éclairer autour de lui et se redresse lentement.

– Je crois que je suis dans la forêt.

– Tu crois ? Je ne comprends pas. Tu dois bien savoir où tu es, quand même.

– J'ai dû faire un malaise, c'est ton appel qui m'a fait revenir à moi.

– Un malaise ? s'inquiète Lou en se levant du fauteuil devant la cheminée. Tu vas bien ? Tu es blessé ? Dis-moi où tu es, je vais venir te chercher.

– Ça va, je crois que je ne suis pas blessé. Je ne dois pas être loin de la maison, je vais rentrer.

– Qu'est-ce qui s'est passé ? Tu te souviens ?

– Non. Je cherchais des traces et puis je me suis éloigné de la propriété. J'ai marché dans la forêt un bon moment, et…

Adam ferme les yeux pour laisser les souvenirs se manifester.

– Papa ? Tu es toujours là ?

Adam sent sa tête tourner à mesure que les images défilent.

– Papa !

– Je crois qu'il était là.

– Quoi ? De qui tu parles ?

– Pierre.

Lou ferme les yeux et pose une main sur sa nuque en soupirant.

– Tu ne vas pas recommencer avec ça.

– J'ai vu ce qu'il faisait. Il y avait du sang, beaucoup. Il me semble qu'il a recommencé avec son rituel parce que je me souviens d'une tête de bouc et…

– Papa ! Tu confonds le passé et le présent. Reprends-toi.

– Non ! Non, non. C'était ici, tout à l'heure, répond-il en tournant vivement la tête de tous les côtés pour vérifier ce qui l'entoure. Il est là, il est revenu. C'est lui tout ça, c'est sûr !

– Il s'en serait pris à toi ? C'est pour ça que tu étais inconscient ?

– Non. Je crois qu'il ne m'a pas vu. C'était lui pour ta mère, j'en suis certain. Je ne sais pas comment il a fait pour avoir un alibi à Lyon, mais c'était lui.

Lou secoue la tête, attristée et inquiète.

– Dis-moi où tu es, papa.

– J'en suis incapable. Il fait nuit et je suis au cœur de la forêt. Attends, je vais essayer de trouver quelque chose pour me repérer, dit-il en se mettant debout.

Après avoir marché quelques mètres à travers un enchevêtrement de branches, il éclaire devant lui avec la torche de son portable.

– Qu'est-ce que c'est que cet endroit ? murmure-t-il.

– Quoi ? Qu'est-ce que tu vois ?

– Une espèce de vieille cabane bleue. J'ignore où je suis.

CHAPITRE 66

Après avoir fait le tour des bars et des endroits fréquentés par les jeunes du coin, avoir vérifié que les autres parents n'avaient toujours pas de nouvelles, avoir appelé quelques copains de classe qui ont tous confirmé que Noam, Léo et Martin étaient partis ensemble du lycée, le lieutenant Dupuis lance un appel.

– Centre d'opérations et de renseignement de la gendarmerie, adjudant-chef Taudry, bonsoir.

– Lieutenant Dupuis, je t'appelle pour une localisation.

– OK, dans quel cadre ?

– Mon fils n'a pas donné de nouvelles depuis la sortie du lycée. Il est avec deux copains, eux aussi aux abonnés absents. J'ai besoin de savoir où ils sont.

– Vas-y, envoie les numéros.

Après quelques minutes d'attente, Marc entend le chef reprendre la ligne.

– Désolé, aucun des trois téléphones n'est actif.

– Putain ! lâche Marc, habituellement maître de ses émotions.

– Tu es sûr que ce n'est pas juste un délire de jeunes ? Ils sont peut-être partis faire les cons quelque part et ils vont rentrer la queue entre les jambes à l'aube.

– Non, je ne le sens pas.

– Ils sont trois, c'est quand même étonnant pour une disparition inquiétante. Ils sont motorisés ?

– Non, vélos.

– Attends demain matin et s'il n'est pas rentré, appelle le proc pour une réquisition sur les téléphones. Si tu as la dernière antenne activée, ça te donnera une idée d'où ils ont pu aller. Mais, franchement, à ta place, je ne serais pas trop inquiet, il faut bien que jeunesse se passe.

Marc raccroche sans avoir envie d'entendre plus de banalités irritantes. Son téléphone sonne aussitôt. L'espoir de voir le prénom de son fils s'afficher s'évanouit rapidement. Il s'agit de sa femme restée à la maison, au cas où.

– Il est rentré ? s'enquiert-il.

– Donc tu n'as pas de nouvelles, se désole-t-elle.

– Je vais continuer à chercher. Toute la nuit s'il le faut, mais je le ramènerai, je te le promets.

Le rapprochement avec le meurtre et la disparition inquiétante force le passage dans l'esprit de Marc malgré ses efforts pour ne pas tomber dans le piège. Il tente alors de se rassurer en se disant qu'à trois, ils auraient su se défendre contre un homme seul. Son collègue du centre opérationnel doit avoir raison, ils sont partis décompresser et ont oublié de prévenir. Pourtant, Marc se dirige en voiture vers le parking de la forêt où le psychiatre dit avoir vu un patient la veille de la découverte du corps. De toute façon, il va devoir inspecter tous les recoins de Huelgoat et alentour. L'endroit est sombre et désert. Il quitte la rue pour faire une pause sur le parking, ouvre sa portière et se lève, un pied à terre, l'autre dans le véhicule. À l'aide de sa lampe torche, il arrose de lumière les abords de la forêt. Tout est calme. Se penchant de nouveau dans l'habitacle, il ouvre la boîte à gants, saisit son arme qu'il glisse dans son holster et se décide à pénétrer dans la forêt. Il emprunte le chemin menant à la Grotte du Diable, laissant sur sa gauche les trois vélos trop bien dissimulés dans les bosquets.

***

Rapidement rattrapé par les souvenirs, les cauchemars et le regard jouissif de Pierre, Adam a laissé son instinct de survie prendre le dessus. Ignorant les supplications de Lou au téléphone, il a fui la cabane sans chercher à savoir ce qui s'y passait, laissant les ronces lui écorcher le visage et trébuchant à plusieurs reprises. Ne sachant où aller, il n'a désormais qu'un seul objectif, prendre de la distance avec le danger. Son pied droit rencontre soudain une grosse racine et le bout de sa chaussure glisse dessous pour le stopper net dans sa course. La chute est inévitable et lourde. Le téléphone dans une main, Adam n'a pas le temps de se rattraper. Sa tête heurte le tronc qui barre le chemin un mètre en avant. Sonné, il gémit alors que Lou cherche toujours à savoir ce qui se passe en s'époumonant dans le portable. Adam est sur le point de s'abandonner à l'inconscience. Lâcher prise, se libérer, arrêter de se battre. La tentation est grande. Peut-être aurait-il une chance de retrouver Lucille si tout s'arrêtait maintenant.

La voix de Lou le maintient pourtant à la surface et un déferlement d'images envahit son esprit. Les souvenirs à trois, les rires, l'inscription au barreau de Lou, les moments passés avec elle autour des affaires criminelles… Adam a soudain un sursaut furtif de lucidité qui lui rappelle que les meilleurs souvenirs défilent avant de s'éteindre. Alors ça y est, la fin est là… Seul dans une forêt à cause d'un ridicule accident. Pathétique après cette vie à essayer d'être une personne importante pour la société. L'éminent docteur Jacuri va crever là, en Adam anonyme qui ne laissera rien derrière lui. Un Adam qui n'a même pas eu le courage d'aller au bout de ses mémoires. Un homme qui a laissé mourir sa patiente et sa femme.

– Papa ! hurle Lou.

Un homme qui s'est laissé berner par des criminels. Son cauchemar récurrent refait alors surface.

Le corps nu allongé sur le ventre, la fumée dense, la tête de bouc, le pieu, le sang…

– Réponds-moi ! Papa !

Adam entrouvre les yeux dans une mimique de douleur. Le sang coule de sa tempe et de son arcade, mais il sent qu'il revient doucement à lui.

– Ça va, articule-t-il avec peine.

Au même instant, il croit percevoir un halo de lumière en contrebas. Il éteint instinctivement son téléphone et reste immobile.

– Martin ! entend-il crier.

Un homme est donc là, à quelques mètres de lui, à chercher quelqu'un. Tout va très vite dans sa tête malgré la douleur. Si quelqu'un a disparu dans cette forêt et qu'on le retrouve là, c'en est fini pour lui. Il doit se cacher. Attentif à la direction que prend la lumière et au volume de la voix de l'inconnu qui appelle, il attend, tapi derrière le tronc horizontal. Il a pensé à mettre son téléphone en silencieux et ignore les appels de Lou. Après dix minutes, il n'entend plus rien. Il va pouvoir repartir. Arrivé au sommet d'un talus, il se laisse glisser sur les fesses sans réfléchir. Il croit alors reconnaître l'endroit, il ne doit pas être loin du Ménage de la Vierge. Énième appel de Lou. Cette fois, il décroche et subit les foudres de sa fille inquiète.

– Viens me chercher devant la miellerie, se contente-t-il de dire.

Après dix minutes de marche, il arrive au niveau du parking et s'arrête derrière un arbre quand il voit une voiture éclairée de l'intérieur. Quelqu'un est au volant. Peut-être l'homme de tout à l'heure. Trop loin pour distinguer autre chose qu'une silhouette, Adam active la caméra de son portable et effectue un zoom. Inutile, beaucoup trop flou et sombre. Le moteur se met alors en route et la voiture repart. Adam se tasse et observe. Quand elle passe devant lui, il croit reconnaître le visage du conducteur. Si c'est vraiment lui, il va falloir réfléchir à l'histoire qu'il va raconter à Lou.

CHAPITRE 67

Huelgoat, le lendemain, le 18 novembre 2023

Lou entre dans la gendarmerie et demande à parler au lieutenant Dupuis. Après plusieurs refus du planton, le lieutenant sort de son bureau et accepte de la recevoir.

– Je n'ai pas le temps, que voulez-vous ? lui demande-t-il sans l'inviter à s'asseoir.

Lou remarque les traits tirés du gendarme et l'inquiétude dans ses yeux.

– Je viens vous parler de mon père, dit-elle.

– Écoutez, vous viendrez plaider sa défense un autre jour, là, j'ai bien plus grave à traiter.

– Que se passe-t-il ?

– Ça ne vous regarde pas.

– C'est au sujet de la jeune femme disparue ?

– Madame Jacuri, souffle le lieutenant. Je vais vous demander de partir.

– Non, attendez. Vous devez m'écouter. Mon père ne veut pas venir parce qu'il pense que vous en avez après lui, mais il s'est fait agresser hier, dans la forêt, et je refuse de ne rien faire. Il est en danger, et si vous ne le prenez pas au sérieux, je vous tiendrai pour responsable s'il lui arrive quelque chose.

Marc Dupuis fronce les sourcils, le regard dirigé vers le bas.

– Marc ! lance le major en entrant dans le bureau sans faire attention à Lou. Les cantonniers ont retrouvé le vélo de ton fils et ceux de ses copains à l'entrée de la forêt, côté miellerie.

Lou se sent vaciller. Marc se laisse tomber sur sa chaise.

– Qu'est-ce que vous faites là, vous ? s'étonne le major en regardant Lou.

– Son père s'est fait agresser hier, répond Marc.

Lou secoue la tête, le cœur au bord des larmes.

– Excusez-moi, dit-elle. Je ne savais pas que… Pardon.

Le major s'écarte pour la laisser sortir.

– Aussi barge que son père, celle-là !

– Je suis allé là-bas, hier soir, avoue Marc, dépité. Je n'ai pas été foutu de voir les vélos ! Putain, je suis peut-être passé à côté de ma seule chance de les retrouver. Ils étaient peut-être juste à côté de moi.

– Eh ! On ne va pas refaire l'histoire, mais on va la faire avancer. Go, mon lieutenant ! On y va.

***

Lou gare sa voiture à la hâte devant le portail de la propriété, descend en claquant la portière et marche énergiquement vers le moulin, glissant légèrement sur le pont encore verglacé. Elle entre sans frapper et découvre Adam face à une patiente interloquée.

– Lou ? s'étonne son père. Je suis en séance, que se passe-t-il ?

– Madame, je suis désolée, vous devrez revenir, j'ai quelque chose d'urgent à régler avec mon père.

– Mais…

La patiente regarde Adam pour avoir confirmation de sa part.

– Je suis navré, s'excuse-t-il. Nous reprendrons la prochaine fois sur ce que vous étiez en train de me confier.

Elle se lève, offusquée, et quitte le moulin sans même un au revoir.

– Lou, tu ne peux pas faire ça, lui reproche Adam une fois la porte fermée. Ça fait plus d'un mois que je reporte mes séances et là, tu viens de mettre un terme prématuré à l'une d'elles. Ces patients ont besoin de moi.

– Ah, ça y est ! Tu recommences avec ça ?

– Avec quoi ?

– Les autres ont besoin de moi ! Je dois aider. Ils comptent sur moi.

– Mais enfin, que t'arrive-t-il ?

– Toi, qu'est-ce qui t'arrive ? Ce matin, tu te sens subitement capable de faire comme si de rien n'était ? Tiens, je vais rappeler mes patients et reprendre ma petite vie tranquille ? Dois-je te rappeler ce qu'il t'est arrivé hier soir ?

– Justement… J'ai besoin de me ressaisir. Toutes ces histoires me hantent, il faut que je pense à autre chose.

Lou lâche un rire sarcastique.

– Ça te hante ? Qu'est-ce que je devrais dire ? À quoi tu joues, exactement ?

– À rien, je ne comprends pas ton agressivité subite.

– Je reviens de la gendarmerie.

– Ils t'ont entendue ?

– Ils m'ont crue, tu veux dire ? Tu te demandes si j'ai été à la hauteur de tes manigances ?

– Quoi ?

– Tu as disparu pendant des heures hier et tu as fini par me dire que tu avais fait un malaise. Ensuite, je t'ai retrouvé, le visage en sang, les vêtements sales, et tu m'as raconté que le lieutenant semblait chercher quelqu'un dans la forêt.

– Oui, c'est la vérité, tout ça.

– Alors, tu as pensé : « Accordons nos violons, Lou et moi, pour élaborer un alibi valable. »

– Je ne comprends pas.

– Le sang sur tes mains ?

– C'est une question ?

– Oui.

– J'ai touché mon visage à l'endroit de la blessure.

– Avec les deux mains ?

– Sûrement ! Je ne sais plus. Qu'est-ce que tu insinues ?

– Ton agresseur ?

– Je ne l'ai pas vu. Il faisait nuit et j'étais perdu dans la forêt. J'ai reçu un coup et me suis effondré.

– Pourquoi ne pas avoir cherché de l'aide auprès du lieutenant quand tu l'as reconnu ?

– Il m'aurait suspecté encore une fois.

– Suspecté de quoi ?

– Je ne sais pas. Il criait un prénom, Martin, je crois. Il devait chercher une personne, j'ai eu peur qu'il me mette aussi cette disparition sur le dos.

– Tu sais qui c'est, Martin ?

– Non, bien sûr que non.

– Son fils.

Adam se fige.

– Son vélo a été retrouvé ce matin.

– Où ?

– À l'entrée de la forêt, près de la miellerie.

Adam ouvre des yeux ronds et ses lèvres s'écartent légèrement quand il comprend le regard que sa fille pose sur lui.

– Tu ne crois quand même pas que…

CHAPITRE 68

Tout se met très vite en place aux abords de la forêt. Des équipes cynophiles se préparent en faisant renifler les effets personnels des trois jeunes aux chiens. Les recherches commenceront à l'endroit où ont été retrouvés les vélos. Les équipes de la gendarmerie s'organisent pour quadriller le territoire sur un plan déplié sur le capot d'une voiture. Chacun reçoit des ordres précis et rien n'est laissé au hasard. Marc ressent une inquiétude inexplicable et dévastatrice. Les chiens flairent rapidement une piste et entraînent leurs maîtres au bout des cordes. Tous les trois suivent le même chemin, passent près de la Grotte du Diable, longent le théâtre de verdure et continuent jusqu'au Ménage de la Vierge. Ils tournent plusieurs fois sur eux-mêmes à cet endroit et un gendarme interpelle les autres quand il repère le vomi sur un rocher. Les techniciens en investigation criminelle sont appelés sur place. Les chiens continuent leur travail et foncent, museau au ras du sol, vers le talus. Les trois maîtres-chiens sont tirés par leur animal pour grimper avec énergie. Commence alors une marche rapide à travers les branchages, progression technique pour les hommes qui doivent suivre les bêtes coûte que coûte. Marc n'est pas loin derrière eux.

– Attends, lui dit le major en arrivant au sommet du talus. Je ne suis pas sûr que ce soit une bonne idée que…

– Laisse-moi ! C'est mon fils !

– Marc !

Le lieutenant continue, sourd aux recommandations.

Les chiens se séparent en arrivant devant le grillage de la cabane bleue pour la longer de chaque côté et se retrouver devant le portillon ouvert. Face à la porte de la bâtisse, les deux malinois et le Saint-Hubert s'assoient en aboyant avec excitation. Marc arrive au grillage et son cœur s'emballe quand il voit la scène. Il se précipite pour faire le tour et s'immobilise au portillon lorsque l'un des trois maîtres-chiens sort de la cabane l'estomac en avant. Les yeux exorbités et la poitrine déchirée par un arc électrique, Marc avance. Le major arrive en trombe derrière lui et se jette sur lui pour le retenir.

– Lâche-moi ! hurle le lieutenant dans un spasme de terreur.

– Non !

Marc se débat de toutes ses forces, laissant échapper une plainte qui fend le cœur de son collègue.

– Laisse-moi y aller, implore-t-il.

Les deux autres maîtres-chiens sortent, livides. Marc se laisse tomber à genoux, toujours tenu par le major.

– Ils sont deux, annonce l'un d'eux, choqué.

Les yeux de Marc et du major s'écarquillent.

– J'y vais, annonce le major. Reste là, s'il te plaît.

Marc implore tous les dieux du ciel que son fils ne fasse pas partie de l'horreur de cette cabane, sans réussir à se relever. La major passe la porte et tout s'écroule en lui comme une implosion qui n'épargne aucune de ses cellules. Les deux jeunes hommes sont nus, la tête en bas, les bras à l'horizontale et un pieu leur sert de tuteur interne. Le major plaque le dos contre les tôles, à l'abri des regards, et inspire profondément. Il sait que cette image ne le quittera plus, pourtant ses yeux ne peuvent pas se décrocher de l'horreur qui lui fait face. Il doit maintenant s'assurer de l'identité des victimes. Difficile, vu les circonstances. Le sang couvre les visages à l'envers et s'il avance, il risque de détruire des traces. Marc n'a pas pu attendre plus longtemps et les autres gendarmes n'ont pas été en mesure de le retenir. Le major le voit entrer.

– Non ! crie-t-il alors qu'il s'aperçoit que les yeux de son collègue viennent de capter l'indicible.

Marc se fige et les larmes affluent. Ses jambes menacent une nouvelle fois de se dérober sous lui, mais un sursaut le propulse en avant et le major n'a pas le temps de le retenir. Il se rue vers les cadavres, se jette à genoux face à eux et essuie le premier visage d'une main agitée de tremblements extrêmes. Tout son être est en train de hurler en silence. Il reconnaît Noam et un soulagement interdit lui donne une bouffée d'oxygène. Ses mains cherchent alors le deuxième visage sans vie alors qu'il reste sourd aux supplications du major. La tête de Marc effectue des mouvements frénétiques de droite à gauche pour refuser ce qui se passe. Ses mains ne lui obéissent plus. Il prend soudain une inspiration brutale comme après une trop longue apnée et s'écroule, le visage entre ses mains ensanglantées. Des pleurs déchirants atteignent le major qui se sent vaciller.

– Marc, souffle-t-il avec terreur sans oser approcher.

– Ce n'est pas lui, expire ce dernier.

– Quoi ?

– Ce n'est pas Martin, sanglote-t-il. Qu'est-ce qu'ils ont fait de lui ? Martin ! hurle-t-il, saisissant tous les gendarmes restés à l'extérieur.

CHAPITRE 69

UMD de Plouguernével, le même jour

Gregory vient de quitter la chambre où il était isolé depuis sa décompensation psychotique. Le psychiatre chargé de son suivi a estimé que son état était suffisamment stabilisé pour lui permettre de reprendre la vie de groupe et les activités proposées. Encore un peu assommé par le traitement médicamenteux, il rejoint la salle commune où il est vite abordé par Laurent, l'un de ceux qui ont protégé les ergothérapeutes pendant l'agression.

– Ça va, mec ? Tu sors enfin ! C'est quoi ce délire ? Ils t'ont enfermé par rapport à ce qui s'est passé à l'atelier ?

– Non, j'ai replongé quand j'ai appris pour Victor.

– Ah oui, merde ! C'est con, mais bon, il est peut-être mieux là où il est.

– Qu'est-ce que tu en sais, toi ? Tu étais dans sa tête ?

– Non, excuse-moi. Bon, il s’est passé des trucs quand tu étais enfermé. Des bruits circulent comme quoi ce serait Ryan qui aurait voulu la mort de Victor pour venger José. Genre, il aurait réussi à faire sortir la lame de cutter pour la filer à Victor qui ne demandait que ça, se foutre en l’air.

– Il a été fouillé comme tout le monde, c’est impossible.

– Ils ont moins insisté pour nous parce qu’on a aidé les ergos, tu l’as bien remarqué quand même. Ceux qu’ils ont le plus fouillés étaient dans le camp de Bruno.

– Peut-être.

– Gregory ! appelle un infirmier. Tu viens avec moi ? Le médecin t’attend.

Gregory s’exécute et suit docilement le soignant jusqu’au bureau du psychiatre.

– Asseyez-vous, lui dit ce dernier.

– Merci, docteur. Pour la sortie d’isolement, je veux dire.

– Votre état ne justifiait pas de prolonger cette phase.

– Comment vont les ergothérapeutes ?

– Ils sont hors de danger, tous les deux.

– Et Bruno ?

– L’enquête est en cours, ne vous souciez pas de tout ça.

– Laurent m’a dit que vous soupçonniez Ryan pour la lame ?

– Je vous le répète, Gregory, il est important que vous n'encombriez pas votre esprit avec ces histoires. Nous gérons la situation et la gendarmerie est sur le coup. Je veux que vous vous concentriez sur vous et votre progression. À ce sujet, je dois vous parler de certaines choses.

– Ma crise remet en cause ce dont nous avions parlé, c'est ça ?

– Elle aurait pu, mais votre psychisme s'est très vite stabilisé et vous nous avez montré que vous preniez conscience de tout ce qui vous entourait et de tout ce qui se jouait dans votre esprit, c'est très positif. Je ne suis pas seul décisionnaire de la suite, vous le savez, mais je pense que l'hospitalisation entre nos murs va désormais devenir un frein à votre guérison. J'envisage de demander une main levée pour une hospitalisation en soins libres.

– Libres ? Je pourrai sortir, vraiment ?

– Attention, la décision dépend de plusieurs personnes et vu vos antécédents, elle risque de prendre du temps. J'aimerais commencer par des autorisations de sortie de quelques jours pour apporter des éléments à votre dossier et pouvoir ensuite appuyer ma demande auprès du préfet.

– Vous savez que j'habite trop loin. Ça a déjà posé problème pour l'enterrement de mon père.

– Justement, je me suis entretenu avec votre mère.

– Ma mère a peur de moi.

– Votre mère a acheté un logement ici pour vous permettre de vous en sortir, Gregory.

Le psychiatre remarque l'émotion dans les yeux de son patient.

– Elle accepterait de rester avec moi le temps de mes sorties ?

– Oui.

Un silence s'installe et une larme roule sur la joue de Gregory.

– Pouvez-vous me décrire ce qui se passe en vous en ce moment ? demande alors le médecin.

– D'abord votre confiance, et maintenant celle de ma mère alors que j'ai commis l'irréparable. Je pensais que je ne mériterais plus jamais ça, que le rejet serait éternel.

– Votre mère a compris, comme la justice, que la seule responsable du drame qui a touché votre famille est la maladie. La maladie, Gregory, pas vous. Et vos efforts à nos côtés en acceptant l'alliance thérapeutique et en adhérant aux soins ont permis de faire taire cette maladie. Si vous êtes d'accord pour poursuivre vos soins à l'extérieur, puisqu'il y aura une obligation à respecter, je ne vois pas pourquoi vous devriez rester enfermé.

– Je pensais que je resterais enfermé jusqu'à la fin. Perpète, quoi.

– Vous n'êtes pas en prison. Vous n'avez pas été condamné par la justice.

– Mais j'ai tué une personne. Ma propre sœur.

– Et vous le verbalisez. Il est très difficile de conscientiser l'acte pour un individu souffrant de schizophrénie. C'est une nouvelle fois la preuve que vous êtes en très bonne voie. Êtes-vous d'accord pour un essai de sortie ?

– Oui.

CHAPITRE 70

Lou a posé son ordinateur portable sur le plan de travail de la cuisine et travaille en parallèle sur le dossier d'un client et sur les recherches pour son père. Une notification apparaît en bas de son écran et elle clique sur le lien. Tétanisée par le gros titre qui s'affiche, elle sursaute quand son père entre en trombe par la baie.

– Lou ! J'ai découvert quelque chose !

– Moi aussi, répond-elle en tournant l'ordinateur vers lui.

Adam avance en évitant de poser son regard sur le canapé, ressentant déjà les émotions remonter à la surface. Ses yeux bloquent sur les mots en gras et sur la photo.

– Qu'est-ce que ça veut dire ?

– Justement. Je compte sur toi pour m'éclairer.

– C'est un coup monté, c'est évident. Quelqu'un veut me faire porter le chapeau.

– Tu as fait un malaise, papa, et tu t'es réveillé face à cette cabane !

– Oui ! Tu vois bien que c'est une mise en scène quand même !

– Un malaise ne se commande pas à distance, alors explique-moi.

– Ilda était là, elle aussi, tu sais. C'est ça que je venais te dire ! répond-il en souriant.

– Pardon ? s'effare Lou qui regarde son père comme s'il venait d'incarner le Jocker.

– Regarde, dit-il en tendant une feuille sur le plan de travail. Elle a été hospitalisée dans le même service que Gregory il y a quatre ans. Ils se connaissaient tous les deux.

– Et alors ? Tu me fais peur, papa !

– Ils ont créé une communauté criminelle, j'en suis convaincue. Tous ensemble !

– Papa ! s'énerve Lou, aux bords des larmes. Ilda est morte, Gregory est enfermé et Pierre est à Lyon. Arrête ! C'est toi qui étais devant la cabane où les corps de ces jeunes ont été retrouvés empalés, pas Ilda, ni Gregory, ni Pierre !

– C'est Pierre qui empale ses victimes. Si j'étais là-bas, ça veut dire que c'est moi qui les ai tués, c'est ça ?

– Non, je n'ai pas dit ça.

– Oh, mais tu le penses si fort ! Comme tu penses que j'ai tué la jeune femme de l'autre soir dans l'atelier de ta mère. Ah, mais, tu as oublié ! Ta mère aussi, c'est moi, j'étais seul avec elle, qui d'autre aurait pu le faire ?

– Arrête ! lâche Lou dans un sanglot étranglé. Arrête, je t'en supplie.

Le bruit d'une voiture interrompt l'échange électrique. Adam se dirige vers une fenêtre pour regarder.

– Merde ! Les gendarmes !

Lou flotte dans un marécage d'incertitude. Son père est méconnaissable, ses valeurs semblent avoir été pulvérisées, son sens de la réflexion, anéanti, sa paranoïa, exacerbée. Comment démêler le vrai du faux entre la réalité et les paroles de cet homme devenu un étranger ? Qu'a-t-elle fait en l'aidant l'autre soir ? Les gendarmes vont poser des questions, sentir, deviner. Doit-elle avouer avant qu'il ne soit vraiment trop tard ? Doit-elle retrouver en elle la confiance en son père qu'elle croyait inébranlable ? A-t-il vraiment été agressé ? Comment le croire alors qu'il dit avoir vu Pierre et qu'il repense à Ilda ?

– Bonjour, lance le major depuis la baie. Puis-je entrer ?

– Allez-y, valide Adam.

– Madame Jacuri, tout va bien ? s'inquiète-t-il en la voyant sécher ses larmes.

– Oui, excusez-moi, je viens de découvrir l'horrible nouvelle et… Le fils de votre lieutenant ?

Le major secoue la tête de droite à gauche alors que Marc arrive derrière lui.

– Mon fils n'a pas été retrouvé, annonce-t-il, dévasté.

– Je suis désolée, enfin, je… Ça laisse un espoir de le retrouver en vie, même si c'est atroce pour les familles des deux autres garçons.

– Monsieur Jacuri, dévie le major, votre fille nous a parlé d'une agression à votre encontre, hier.

– En effet, vous pouvez le constater par vous-même, répond-il en montrant ses blessures en haut du visage et ses griffures sur les avant-bras.

– Vous pouvez nous en dire plus ?

– J'étais parti me recueillir à un endroit que Lucille et moi affectionnions particulièrement et je n'ai pas vu le temps passer. Quand j'ai réalisé qu'il se faisait tard, j'ai repris ma marche pour rentrer. La nuit m'a surpris et c'est là que c'est arrivé. Je n'ai rien vu venir, le coup a été si brutal que j'ai perdu connaissance. J'imagine qu'on m'a traîné ensuite puisque je me suis réveillé avec toutes ces griffures et mon corps était coincé dans les ronces. Mon agresseur a peut-être cru que j'étais mort et m'a jeté là pour qu'on ne me retrouve pas.

– On vous a volé quelque chose ?

– Non.

– L'agresseur vous a-t-il dit quelque chose avant de s'en prendre à vous ?

– Non.

– Où étiez-vous quand c'est arrivé ?

– Je revenais de la Mare aux Sangliers dans la forêt.

Lou se retient de fusiller son père du regard. Le lieutenant qui n'a pas pris la parole depuis le début de l'entretien l'observe.

– Je crois que je devais arriver au niveau de la Grotte d'Artus quand ça s'est passé. L'agresseur se cachait peut-être là en attendant.

– À quelle heure ça a eu lieu ?

– Je ne sais plus exactement.

– Je peux vous le dire, répond Lou en saisissant son portable. J'étais au téléphone avec mon père quand c'est arrivé.

Les sourcils du major se soulèvent.

– Voilà, il était vingt-et-une heures douze.

– Vous étiez au téléphone avec lui ? Qu'avez-vous entendu ?

– Rien. Un bruit sourd et le silence. J'ai crié le nom de mon père jusqu'à ce qu'il me réponde.

– Ça a pris combien de temps ?

– Je ne sais pas. Avec l'angoisse c'est difficile à estimer. Je dirais deux ou trois minutes peut-être.

– Qu'a dit votre père ensuite ?

– Il m'a dit : « Ça va » d'une drôle de voix et la ligne a été coupée.

– Pourquoi ne pas nous avoir prévenus immédiatement ?

– Je ne savais pas encore ce qu'il s'était passé à ce moment-là.

– Quand l'avez-vous su ?

– Quand je suis allé le chercher et que je l'ai vu en sang.

– Où êtes-vous allée le chercher ?

Lou déglutit avec peine, ce qui n'échappe pas au lieutenant.

– Je l'ai rappelée pour lui dire que j'étais sous le porche du parking de l'Arquellen, répond Adam.

– Et vous non plus, vous n'avez pas pensé à nous appeler ?

– Pour vous entendre dire que tout cela n'est qu'une illusion de mon esprit ? Comme depuis le jour où j'ai osé venir vous parler de ma femme ?

– Votre témoignage concernant cet agresseur est très important. Il se peut que cette même personne soit impliquée dans le meurtre des deux jeunes garçons retrouvés dans la cabane et dans la disparition de Martin Dupuis.

Adam effectue de légers hochements de tête en regardant le sol. Lou, quant à elle, se mord la lèvre inférieure, assise sur son tabouret de bar.

– Oh ! rugit le major. Vous comprenez ce que je vous dis, là ?

– Je ne sais pas quoi vous répondre. Je n'ai pas vu mon agresseur, se défend Adam.

– Vous allez venir avec nous et nous montrer exactement où ça s'est passé. Les scientifiques seront envoyés sur place pour chercher des traces et indices.

– La Grotte d'Artus n'est qu'à quatre cents mètres de la cabane à vol d'oiseau, déclare le lieutenant en scrutant l'écran de son portable. À l'heure de votre agression, j'étais en train de chercher mon fils du côté de la Grotte du Diable. Alors, comme le dit mon collègue, votre agression est sûrement liée à l'enlèvement et aux meurtres de ces garçons. Vous devez nous aider.

– Que portiez-vous hier soir ? demande subitement le major.

– Pardon ?

– Vos vêtements et vos chaussures, où sont-ils ?

– Dans le moulin, mais…

– Vous les avez lavés ?

– Non.

– Très bien, nous allons les mettre sous scellés, l'agresseur a peut-être laissé des traces dessus en vous traînant.

Lou se sent observée par le lieutenant. Elle le regarde et voit un homme creusé par l'angoisse, dévasté par la découverte des deux jeunes et terrassé par l'inconnu concernant son fils. Comment peut-elle cautionner ce qu'est en train de faire son père alors que la situation est urgente et humainement cataclysmique ? Mais comment réagir autrement ? Cela signifierait trahir son père et le condamner à la prison à vie. Mais lui, pourquoi ment-il avec autant d'assurance et de détachement ? Comment ose-t-il l'impliquer dans sa transformation de la réalité ? Si les enquêteurs fouillent du côté de la Grotte d'Artus, ils perdront leur temps et s'éloigneront de la piste du jeune Martin. Adam le sait, alors pourquoi s'entête-t-il dans ses mensonges ?

– Emmène M. Jacuri sur place et appelle les TIC, ordonne le lieutenant au major. Je vous rejoins.

Lou comprend ce qui l'attend et se dit qu'elle a intérêt à se mettre dans la peau de l'avocate plutôt que dans celle de la petite fille apeurée et honteuse qui est en train de prendre toute la place dans son esprit.

Après que le major et Adam sont sortis, Marc Dupuis saisit un tabouret qu'il place en face de Lou, de l'autre côté de l'îlot central sur lequel il pose ses avant-bras en joignant les mains.

– Maintenant, vous allez me dire ce qui se passe, madame Jacuri.

CHAPITRE 71

Lyon

Jessie Maure n'arrive plus à progresser dans l'écriture des mémoires d'Adam Jacuri. Si la personne concernée ne veut pas de ce livre, à quoi bon ? Jessie sait que cette excuse n'est qu'un faux alibi, mais ça l'aide de rejeter la faute sur l'autre. Le réel souci qui lui empoisonne l'esprit est le procès de son agresseur qui a lieu dans deux jours. Plus la date approche, plus les souvenirs bouillonnent et plus les émotions l'enveloppent d'une aura perturbante. L'homme qui a bousillé sa vie sera là, à quelques mètres d'elle. La verra-t-il ? Lui adressera-t-il le regard qui hante ses nuits, celui qui lui promet qu'il la retrouvera un jour pour finir le travail ? Les jurés sauront-ils voir en lui le monstre qu'il est ?

Pour tenter de penser à autre chose, elle attrape la télécommande sur sa table basse et allume la télé. Les informations lui apprennent alors la nouvelle. Elle augmente le volume et avance les fesses sur le canapé comme pour être encore plus près de cette réalité diffusée.

Nouvelle découverte macabre dans la forêt de Huelgoat. Cette fois, il s'agit de deux adolescents retrouvés morts dans une terrifiante mise en scène. Des sources proches de l'enquête nous ont confié que les corps avaient été empalés avant d'être retournés pour former des croix inversées.

Jessie sent son cœur se pincer.

Cette région pourtant si tranquille semble être devenue le théâtre d'une bien macabre tragédie. Après le corps d'une femme retrouvé sans vie la semaine dernière, la disparition d'une autre jeune femme, et les meurtres sanglants de ces deux jeunes garçons, les enquêteurs sont toujours à la recherche du troisième adolescent.

Huelgoat, le havre de paix d'Adam Jacuri. Jessie fait aussitôt le rapprochement et le mode opératoire pour les deux garçons la renvoie immédiatement au récit que le psychiatre lui a fait sur Pierre Morin. Que se passe-t-il ? Se pourrait-il que Pierre sévisse désormais dans cette région ? Sa raison la convainc du contraire, un homme qui a commis de tels actes doit forcément faire l'objet d'une surveillance rapprochée quand il retrouve la liberté. Elle se souvient de la peur dans les yeux d'Adam quand il lui contait ses entrevues avec ce tueur, des cauchemars que ça provoquait chez lui, des traces indélébiles que les mots de ce monstre avaient gravées en lui.

Adam lui avait aussi confié quelque chose en lui précisant qu'il refusait qu'elle fasse apparaître ce détail dans ses mémoires. Le cauchemar dans lequel il se voyait allongé sur la table froide en attendant que le pieu entre en lui n'était pas le seul à hanter ses nuits. Le second, il n'en avait jamais parlé à personne avant elle parce qu'il le trouvait bien plus perturbant. Dans celui-ci, Adam n'était pas allongé sur la table. Le décor était identique, l'odeur, aussi lourde et écœurante. Pourtant, il était libre de ses mouvements et un sentiment étrange gonflait ses veines. Une sensation enivrante de toute-puissance. Sa main serrait un objet froid et les cris ne lui faisaient plus peur, ils lui donnaient de la force. Pierre n'avait plus de jouissance dans les yeux, mais de la terreur. C'est lui qui était désormais attaché, face contre table, jambes écartées, attendant la sentence. Adam regardait alors sa main et y découvrait le pieu, prêt à anéantir son cauchemar. Ses lèvres s'étiraient lentement dans un sourire malsain.

CHAPITRE 72

Huelgoat

La nuit est déjà de retour et le temps a décidé de se déchaîner aussi fort que le tourment qui agite le cerveau de Lou. Blottie sous sa couette, elle se repasse les moments importants de la journée et se dégoûte jusqu'à ressentir un état nauséeux. Face au lieutenant, elle n'a pas su. Elle n'a pas pu. Elle est restée sur ses déclarations et sur le mensonge de son père quant au lieu du rendez-vous où elle est venue le chercher. L'angoisse du lieutenant lui a pourtant brisé le cœur et l'horreur de se dire que son fils est sûrement entre les mains d'un criminel la terrifie. Mais ça aurait changé quoi de diriger les soupçons vers son père ? Il n'a pas enlevé Martin, c'est impossible, et il est encore moins capable de faire du mal à des êtres humains.

Pourtant... se dit-elle. Réapparaissent alors les images, les sons, les odeurs de la nuit où elle a aidé son père à enterrer le corps de cette femme.

Son esprit tente chaque jour de la convaincre que ce n'était pas réel, que ce n'était qu'un cauchemar parmi d'autres. Puis, elle se répète qu'elle n'a pas tué cette femme et que la dissimulation ne durera que le temps de…

Lou fait voler sa couette dans un geste d'urgence et arrive *in extremis* dans la salle de bains pour évacuer son fardeau macabre.

***

Adam est debout face au tableau qu'il alimente chaque jour avec de nouvelles informations, qu'il charge de liens, de photos. Il le fixe sans le voir. Il s'imagine en train de diriger le major vers la Grotte d'Artus, de lui dire qu'il venait de là-bas, qu'il a été pris par surprise là et qu'il s'est réveillé à dix mètres de cet endroit. Il repense alors à l'équipe de techniciens scientifiques qui est arrivée sur place pour geler les lieux et commencer le relevé d'indices. Pourquoi a-t-il fait ça ? Pourquoi avoir pensé au premier mensonge qui a entraîné cette cascade de fausses informations ? Se protéger alors qu'un jeune garçon est peut-être en sursis. Quel homme est-il en train de devenir ? Lou avait raison de lui parler comme elle l'a fait quand il est revenu de la gendarmerie. Sa propre fille l'a traité de monstre sans cœur et lui a dit qu'il était en train de détruire des familles. Elle l'a menacé de ne plus le suivre dans son délire et de tout avouer au lieutenant pour lui donner une chance de retrouver son fils. Le fera-t-elle ? Qu'est-il en train d'imposer à sa fille ?

Adam s'assoit sur son lit et laisse sa tête tomber en avant. Que doit-il faire ?

***

Lou revient dans sa chambre et se laisse tomber sur son lit, allongée en travers du matelas. Le vent siffle dans les gouttières, fait grincer les volets en bois et la pluie s'abat sur le Velux dans un bruit assourdissant. Elle attrape son portable en tendant le bras sans se redresser, le place devant ses yeux et affiche le numéro du lieutenant. Elle a juste à frôler l'écran pour l'appeler.

La dispute qu'elle a eue avec son père lui chahute l'esprit. Elle lui en veut autant qu'elle l'aime. Elle hait ce qu'il fait autant qu'elle le comprend. S'il y a une chance, même infime, que son père ait raison, le trahir serait la pire chose. Lou pose le téléphone, reprend les recherches qu'elle a effectuées en se redressant et repense à tout ce qu'a pu lui dire son père, aussi étrange que cela puisse lui paraître. Au bout d'une dizaine de minutes, elle saisit son portable et lance l'appel.

– Lieutenant Dupuis, j'écoute.

– Lou Jacuri. Désolée de vous appeler à cette heure. Vous avez du nouveau ?

– Non. Les recherches se poursuivent. Que voulez-vous ?

Lou perçoit l'impatience et les notes tristes dans la voix du lieutenant. Elle hésite et n'est pas sûre d'avoir pris la bonne décision.

– Je ne vous ai pas tout dit ce matin, avoue-t-elle après quelques secondes de silence. Mon père a de bonnes raisons d'être à ce point obsédé par ses anciens patients.

– Écoutez, les problèmes de votre père sont le dernier de mes soucis en ce moment.

– Je sais, mais s'il a raison, ça pourrait vous aider.

– Alors, arrêtez de tourner autour du pot !

– Avant de quitter Lyon, il a reçu un appel anonyme d'un homme lui disant que la peur ne nous protégeait pas, mais que la folie, si. Il pense que cet appel provenait de Pierre Morin.

– Encore lui, soupire le lieutenant.

– Laissez-moi finir. Quand il est allé voir Gregory Prezeau à l'UMD la semaine dernière, il lui a dit exactement la même phrase.

Ne recevant qu'un silence en guise de réponse, Lou comprend que cette annonce est en train de faire réfléchir le lieutenant.

– Ce n'est pas tout. Quand mon père a statué sur l'état psychologique de Gregory, l'estimant irresponsable de ses actes, ce dernier a pris un malin plaisir à lui confier qu'il était parfaitement sain d'esprit et que sa sœur n'était que la première d'une longue liste.

Nouveau silence.

– À l'UMD, il lui a affirmé la même chose en lui promettant qu'il y aurait d'autres victimes, qu'il ne pourrait rien entreprendre contre ça et qu'il n'avait pas le pouvoir de le faire interner à vie.

Marc repense à la remarque des soignants qui étaient présents quand Adam et Gregory se sont rencontrés à l'UMD. Selon eux, ce n'était pas Gregory qui avait peur, mais Adam. Pourquoi ?

– Gregory Prezeau était en chambre d'isolement quand mon fils et ses amis ont disparu, réalise le lieutenant à voix haute. Il n'a rien à voir dans cette histoire.

– Peut-être pas directement, non.

– Qu'insinuez-vous ?

– Mon père pense que plusieurs de ses anciens patients auraient pu…

Lou s'arrête, trouvant ses futurs propos ridicules.

– Dites-le ! Ce n'est pas le moment de réfléchir.

– Se rencontrer en unité psychiatrique ou en UMD et former une espèce de secte criminelle.

– Des fous qui se liguent ? Vous plaisantez ?

– Encore faudrait-il qu'ils soient réellement fous.

– Écoutez, madame Jacuri, je comprends que vous donniez du crédit à votre père, mais ne me faites pas perdre mon temps, pas maintenant.

– Attendez ! Savez-vous si un patient a récemment quitté l'UMD de Plouguernével ? Quelqu'un qui aurait eu le temps de rencontrer Gregory avant d'être libéré ?

– Contrairement à ce que vous semblez penser, madame Jacuri, nous faisons notre travail, ici. Donc, oui, nous avons enquêté sur le dernier patient libéré de l'UMD et nous n'avons rien à lui reprocher.

– Vous avez les résultats d'analyse de la première victime ? Un ADN, des traces papillaires ?

– Cela ne vous regarde pas.

– Vous savez que le patient qui s'est suicidé à l'UMD connaissait Gregory ?

Le lieutenant se garde de répondre, agacé d'entendre cette femme mettre le doigt sur tous les points qu'il trouve suspects.

– Et que Gregory et Pierre Morin ont été hospitalisés ensemble il y a des années ?

Marc fronce les sourcils.

– La folie nous protège, lieutenant ! Vous comprenez le message ? Soyons fous et nous ne serons pas jugés pour nos actes.

– La folie ne peut être feinte que jusqu'à une certaine limite. On ne dupe pas les psychiatres.

– Vous en êtes sûr ? Mon père commence pourtant à en douter.

Marc revoit alors la crise de Gregory dans le couloir. « Trop fou pour être vrai », avait-il dit au major.

***

Adam s'est allongé, fourbu et épuisé. Il repense aux événements de ces derniers jours. Comment une vie peut-elle exploser en plein vol en si peu de temps ? Il se revoit en train de perdre connaissance sur le sol humide de la forêt. Si seulement la faucheuse était venue le cueillir à cet instant. Si elle ne l'a pas fait, c'est peut-être parce qu'il lui reste encore quelque chose à accomplir. Mettre un terme à la folie meurtrière qui rôde autour de lui. Mais combien de temps lui reste-t-il pour mener à bien sa mission ? Les enquêteurs ne vont pas tarder à relever les traces de semelles près de la cabane et à les comparer aux chaussures qu'ils ont saisies. Si les techniciens scientifiques font bien leur boulot, ils vont aussi retrouver son sang sur le tronc d'arbre couché et le rapprocher de son ADN, prélevé sur ses vêtements. Il n'est pas dupe, il sait que le major a pris ses effets personnels pour l'incriminer autant que pour chercher une autre piste. Les gendarmes viendront alors l'arrêter et useront de toutes les ruses pour lui faire cracher le morceau pour Martin. Ils voudront savoir où il l'a caché.

Si pour le moment, il ne peut pas dire la vérité, tout ce qui s'est passé doit être su, lu, partagé. Il n'a pas le droit de renoncer à fournir des réponses aux familles, à aider la justice et à informer les foules. Se tournant sur le côté, il prend son téléphone et compose un numéro sans se soucier de l'heure tardive. Quand Jessie Maure décroche, elle semble bien réveillée.

– Je vous dérange ? s'inquiète faussement Adam.

– Que voulez-vous après tout ce temps ?

– Les gens doivent savoir, vous aviez raison.

– Vous pensez pouvoir faire de moi ce que vous voulez quand bon vous semble ?

– Excusez-moi, Jessie, je comprends que mon appel puisse vous surprendre.

– Me surprendre ? Vous êtes très loin du compte.

– Écoutez, Jessie, il se passe des choses terribles ici, et…

– Je sais, j'ai vu les informations. Je ne vois pas ce que ça change par rapport à ce que vous m'avez dit la dernière fois.

– Je veux qu'on reprenne tout, que vous poursuiviez votre travail et que vous écoutiez ce que j'ai à vous dire concernant la vérité des derniers jours. S'il m'arrive quelque chose, tout le monde doit savoir.

– Vous m'appelez après des mois de silence et d'ignorance pour me donner une responsabilité de cette importance. Vous me prenez pour qui ? Ou plutôt, vous vous prenez pour qui ?

– Vous êtes la seule à connaître les détails de mon histoire. J'ignore ce qui va se passer dans les heures à venir, mais vous êtes ma seule chance pour que la vérité éclate. Sinon, elle sera étouffée et le pire risque de se manifester.

– J'étais loin de penser que vous étiez comme toutes ces personnes qui ne voient que leur intérêt sans se soucier une seconde de l'autre.

– Vous vous trompez. Je ne suis pas cet homme-là. Si je vous montre ce soir cette facette infâme, c'est qu'il y a urgence.

– Quand j'ai vu votre nom s'afficher, j'ai eu un petit espoir, celui que vous m'appeliez pour me dire que vous penseriez bien à moi après-demain, ou peut-être même que vous feriez le déplacement pour assister au procès et ne pas me laisser seule dans un moment si éprouvant.

Adam ferme les yeux pour se flageller mentalement.

– Je suis sincèrement désolé, Jessie. Pardon. Je ne sais pas où je serai après-demain. Peut-être en garde à vue, peut-être six pieds sous terre.

– Vous êtes devenu fou ! Je vous interdis de dire des choses pareilles !

– C'est très grave, ce qui se passe ici, et j'ai moi-même fait des choses très graves. Vous êtes la seule à qui je peux les confier. Vous êtes la seule qui pourra les publier si jamais…

CHAPITRE 73

Après avoir passé deux heures au téléphone avec Jessie, Adam s'est endormi, totalement vidé. Allégé du poids de sa vérité et de sa culpabilité, il voyage désormais librement dans les méandres de son esprit. Après avoir poussé les portes de différents rêves incompréhensibles, il se retrouve dans la pièce à l'épais brouillard d'encens. Une silhouette est allongée sur la table métallique. Variante par rapport à d'habitude, elle est sur le dos. Il ne parvient pas à voir son visage, il sait juste qu'elle est nue. Alors qu'il est plongé dans son sommeil paradoxal, Adam sait que ce rêve sera différent, que les lignes ont bougé et qu'il doit être attentif à ce qui va se jouer pour interpréter les messages de son inconscient. Comme une âme libre, il virevolte parmi les volutes de fumée et peut désormais inspecter la pièce depuis tous les coins. Derrière la table, il voit le calice de sang et la tête de bouc. En arrière-plan, un tableau macabre attire son regard. Les deux garçons ont la tête en bas et le regardent fixement. Adam gémit dans son sommeil. Impossible, il ne peut pas les voir en rêve, il n'était pas là. Une voix lui agresse alors le tympan droit dans un souffle moite. Il tourne la tête et aperçoit le visage de Pierre en gros plan.

– Bonsoir, docteur. Tu vois ce qu'ils sont devenus à cause de toi ?

Le regard de Pierre est le même que celui qu'il avait lors des entretiens d'expertise. Une lueur de jouissance malsaine.

– Le troisième est là.

Adam voit alors le jeune allongé sur la table, yeux exorbités par l'épouvante.

– Pourquoi ne dis-tu pas où il est ? Tu sais qu'il va bientôt mourir si tu ne fais rien.

Adam sent ses doigts au contact du métal froid. Le pieu ! Il va enfin pouvoir se venger et mettre un terme à tout ça. Quand il regarde sa main, elle est vide et le rire terne de Pierre envahit l'espace. Quand il relève la tête, il le voit, muni du pieu.

– Tu ne peux rien contre moi, ça a toujours été et ça ne changera pas. Tu es coincé dans mon piège, il n'y a pas d'issue. Le petit Martin est encore en vie, regarde. Tu sais où il se trouve, que vas-tu faire ? Si tu parles, tu pourriras en prison. Si tu te tais, il mourra. Si tu vas le libérer, je déterrerai le corps de la femme et ta fille sera poursuivie pour dissimulation de cadavre. Alors, docteur, qui est le plus fou, toi ou moi ?

Adam se redresse subitement dans son lit, à bout de souffle et en sueur. Il entend alors une porte claquer et sent un courant d'air froid s'agiter autour de lui. Sans attendre, il pose les pieds à terre et se lève pour inspecter le moulin. Il croit voir un mouvement à l'extérieur, mais la météo est tellement déchaînée qu'il n'est plus sûr de rien. Le flash que lui a proposé son cauchemar quand Pierre a parlé de l'endroit où se trouve Martin lui revient à la mémoire. Impossible. Son inconscient se joue de lui et ce rêve n'a servi à rien.

***

Lou s'est, elle aussi, endormie. Après avoir confié une partie de la vérité au lieutenant, elle a pris la décision de repartir à Lyon le lendemain et d'imposer à son père de l'accompagner. Le gendarme lui a dit qu'ils allaient bien sûr enquêter sur Pierre Morin, vu le mode opératoire pour les deux jeunes garçons, mais elle sait que dès que les traces auront parlé et que le mensonge de son père leur pétera au visage, ils se concentreront sur lui, occultant tout autre suspect.

Recroquevillée sur elle-même sous les draps, elle survole son repos. Ses sens ne parviennent pas à abaisser l'interrupteur. Le bruit du vent et de la pluie qui a habituellement tendance à la bercer ne fait qu'aiguiser son sentiment d'alerte ce soir. Ça grince, ça siffle, ça fouette, ça claque. La peur a absorbé tout l'oxygène de cette maison pour en faire un air irrespirable. Lou se retourne, s'emmêle dans la couette, étouffe, s'énerve. Elle allume pour tenter d'apaiser ses circuits internes. Elle doit fuir cet endroit et tout ce qu'elle a fait depuis qu'elle est ici, même si elle sait que ça restera collé à elle comme une épaisse toile d'araignée. Un bruit plus sec que les autres la saisit subitement et pousse son corps à s'asseoir dans son lit. Plusieurs autres craquements attirent son attention et semblent provenir de l'étage inférieur. Manquant d'air, elle se lève et avance doucement vers la porte de sa chambre restée entrouverte.

***

Le mur derrière son dos est la seule chose qui revête encore un caractère réel et palpable. Tous ses repères se sont délités, le laissant flotter entre deux mondes. L'odeur ne fait que se renforcer, lui provoquant des spasmes douloureux. Ses épaules le font souffrir. Ses mains sont attachées trop fermement et depuis trop longtemps à l'arrière de son corps. Le froid fait désormais partie intégrante de son être, comme si ses os s'en étaient eux aussi imprégnés. Il aimerait voir. Juste voir. Un bandeau sur ses yeux l'en empêche. Est-il seul ? Combien de temps va-t-il rester comme ça ? Mourra-t-il de faim ou de soif ? Il aimerait hurler la terreur qui l'habite, mais un bâillon étouffe ses tentatives. Fuir est sa seule option, mais comment ? Il doit voir, trouver une sortie, prendre les commandes de son destin comme son père le lui a toujours appris. Il tourne alors la tête pour coller son profil droit contre le mur en parpaing et entreprend des mouvements de haut en bas pour faire glisser le bandeau bien serré autour de ses yeux. Une aspérité de béton finira bien par agripper ce qui le rend aveugle, mais pour le moment, il gémit de sentir sa peau céder avant la libération.

***

Le lieutenant Dupuis sait que tous les moyens ont été déployés pour rechercher son fils. Les enquêteurs de la brigade de recherches ont immédiatement reçu l'appui de la section de recherches après la découverte des deux corps dans la cabane. Mais il sait aussi que le temps joue contre lui. La nuit est tombée et personne n'a encore trouvé la moindre piste. Aux côtés du directeur des opérations, il a du mal à calmer ses émotions. Son espoir ressemble à un flocon de neige s'écrasant dans une paume et disparaissant aussitôt avant d'être remplacé par un autre… Les troupes mobilisées sont nombreuses et le directeur refuse de laisser la nuit les ralentir.

Quand son portable sonne, Marc se hâte de l'extraire de sa poche.

– C'est moi, annonce le major. Toujours rien ?

– Non.

– J'ai un truc. Le vieux aurait eu un mobile pour les deux patientes, celle retrouvée morte et l'autre encore portée disparue.

– Tu t'obstines là-dessus au lieu de…

– Attends, écoute-moi. J'ai interrogé les familles et il s'avère que les deux victimes avaient une séance avec le vieux, l'après-midi de la mort de sa femme. S'il n'avait pas été occupé avec ces deux patientes, il aurait été aux côtés de son épouse et donc…

– Elle n'aurait pas pu mettre fin à ses jours.

– Voilà !

– C'est léger et je ne vois pas le rapport avec Martin.

– Moins léger : le légiste vient de m'appeler. Les diatomées prélevées sur le corps de la femme retrouvée dans la forêt indiquent l'endroit où elle a séjourné avant de se retrouver sur les rochers. Elle a trempé dans la rivière d'argent, mais en amont de la centrale hydroélectrique. Et qui a la chance d'avoir la rivière qui traverse son jardin ? Et qui habite à l'ouest de la centrale ?

– Jacuri.

– Bingo ! Et franchement, ne me dis pas que tu crois une seconde à son agression dans la forêt. Tu es le premier à rejeter les coïncidences dans les enquêtes, celle-là, elle est grosse comme ma…

– J'en sais rien, soupire nerveusement Marc. Pourquoi les jeunes ? Pourquoi Martin ?

– Pour te mettre sur une fausse piste, peut-être ?

– Comment tu veux qu'il ait su que Martin était mon fils et qu'il allait aller se balader là-bas avec ses potes ? Ça n'a aucun sens. Et le mode opératoire ! Il aurait volontairement copié celui du fou qu'il dit voir partout, il n'y a aucune logique dans tout ça.

– Sauf s'il a réellement pété un câble. Ça se peut, non ? Imagine, il hallucine ou il se dissocie, c'est comme ça qu'on dit ? Non, il se dédouble ? Bref ! Norman Bates, il ne savait pas qu'il butait des femmes par exemple.

– Écoute, je ne suis pas d'humeur avec tes délires.

– Je ne suis pas dans ce trip-là non plus, je te rassure. Dernière info, les traces relevées par la scientifique prouvent que le vieux a marché aux alentours de la cabane. Tu en fais ce que tu veux. Va savoir, c'est peut-être encore une coïncidence.

***

Lou se faufile discrètement sur le palier de l'étage et prend appui sur la rambarde pour regarder en bas. Seules les braises de la cheminée créent une lueur rougeâtre dans le salon et l'heure du four, un halo vert dans la cuisine. Par la grande baie, elle aperçoit la lumière dans le moulin et se demande pourquoi son père est encore éveillé. À la limite opposée de son champ de vision, elle croit discerner un mouvement avant même d'entendre le bruit qui la paralyse.

– Qui est là ? aboie-t-elle sans réfléchir.

Déterminée à obtenir une réponse et à ne plus rien laisser au hasard, elle se précipite vers l'escalier, le dévale à toutes jambes et appuie sur l'interrupteur pour éclairer le salon. Tétanisée sur la dernière marche, elle se tient au mur et lève l'autre main en signe d'apaisement. Aucun mot ne se forme dans son esprit, le choc vient de l'anesthésier, tout comme la peur a pétrifié l'intrus face à elle.

– OK, finit-elle par expirer. Ça va aller, OK ?

Tout va alors très vite. L'individu se précipite vers la baie et essaye de l'ouvrir en couinant, mais avec les mains attachées, c'est mission impossible. Lou le regarde faire avec les idées qui reprennent vie dans sa tête et les larmes qui les accompagnent. Le jeune homme qui réagit en ce moment comme un animal blessé pris au piège est entièrement nu, ligoté, bâillonné, avec un bandeau qui lui cache encore un œil. Il pleure d'effroi.

– Calme-toi, dit Lou d'une voix faible et douce.

Ses mots et le fait d'avancer vers lui rendent le jeune homme fou de terreur. Il longe les murs, à la recherche d'une issue, en se débattant contre ses contentions.

– Je ne sais pas ce que tu fais là, mais je vais t'aider, je te le promets. Calme-toi, s'il te plaît.

Le jeune garçon persiste et fait le tour de la maison en longeant les murs au plus loin de Lou et en gémissant une supplication.

– Je suis avocate, tu es en sécurité. Je vais prévenir la gendarmerie et on va venir te chercher, OK ? essaye-t-elle de temporiser en montrant son portable.

Cette annonce capte l'attention du jeune qui s'immobilise et la regarde de son œil découvert.

– Est-ce que c'est toi, Martin ? lui demande-t-elle provoquant des larmes de soulagement chez le jeune qui se laisse tomber à genoux en hochant la tête.

– Je vais m'approcher de toi pour te couvrir, d'accord ? dit-elle en prenant le plaid reposant sur le dossier du canapé. J'ai le numéro de ton père, je l'appelle, regarde.

Martin voit l'écran du téléphone avec le nom de son père affiché et accepte que Lou avance vers lui. Au moment où elle passe la couverture autour des épaules du jeune garçon, la voix de Marc retentit dans l'appareil.

– Lieutenant Dupuis, dit Lou, je…

À cet instant, Lou ne comprend pas ce qui se passe. Sa main est violemment propulsée vers l'arrière et le portable est éjecté sur le carrelage. L'adolescent reprend ses couinements en se relevant quand une main vient saisir le bandeau pour le remettre devant ses yeux.

– Papa, qu'est-ce qui te prend ? balbutie Lou, heurtée par l'incompréhension.

Elle regarde son père avec épouvante et se place entre lui et Martin.

– Tu fais quoi, là ? Tu es devenue folle ou quoi ? crache Adam en se penchant pour s'emparer du portable et mettre un terme à la communication. Tu ne vois pas que tout ça est fait pour nous envoyer en prison ? lance-t-il alors à sa fille. Il m'a prévenu que si ce gosse était retrouvé là, c'en était fini de moi et que si je le libérais, il déterrerait le corps de la femme. On est coincés, Lou.

– Quoi ? Mais qu'est-ce que tu racontes ? Qui t'a dit ça ?

– Lui ! Pierre !

– C'est n'importe quoi. On nage en plein délire, là !

– Peu importe ! On doit s'occuper de lui, grogne-t-il en voulant contourner Lou pour saisir le bras de Martin.

– Tu ne toucheras pas à cet enfant ! se défend-elle en l'empêchant de l'atteindre. Tu es devenu complètement fou !

– On n'a pas le choix ! Il ne doit pas être retrouvé ici et il ne faut pas qu'il parle.

Adam tente une nouvelle fois d'atteindre Martin qui ne voit plus rien de ce qui se passe. Lou le repousse sans ménagement. Ce n'est plus son père qu'elle a en face d'elle, même si l'admettre lui fait saigner le cœur.

– Sors ! souffle-t-elle gravement entre ses dents. Va-t'en !

– Lou ! Ouvre les yeux ! Ils auront gagné si tu fais ça. Tout m'accusera, je prendrai perpète et ils continueront. Laisse-moi m'occuper de lui et tu n'auras rien à voir dans tout ça.

– Sors ! hurle-t-elle, faisant trembler l'air de la maison aussi violemment que la tempête qui sévit à l'extérieur.

Adam se fige face à elle comme si elle venait de le gifler. Ses yeux rougissent et il recule de deux pas incertains.

– Qu'est-ce que tu as fait ? dit-elle, en larmes. Qu'est-ce que tu es devenu ?

Adam secoue la tête en serrant les poings si fort que ses ongles menacent de franchir la peau de ses paumes. Renonçant à s'expliquer, il tourne finalement le dos à Lou et quitte la maison. Lou reste immobile quelques instants, en état de choc, son esprit turbinant au maximum pour tenter d'installer un déni rassurant. La sonnerie de son portable la tire brutalement de ce flou désagréable et elle se précipite pour le ramasser.

– Vous avez essayé de m'appeler ? On a été coupés, dit le lieutenant.

– Marc, articule-t-elle d'un ton proche de la rupture. Votre fils est là, avec moi. Venez vite, je vous en supplie.

CHAPITRE 74

Adam appuie sur l'accélérateur sans se soucier de la météo, des embardées de sa voiture dues aux bourrasques et de l'aquaplaning qui a déjà menacé de l'envoyer dans le décor à trois reprises. Sa propre fille le croit coupable, c'est le plus douloureux à vivre dans toute cette tragédie. Mais que faisait ce garçon chez lui ? Son cauchemar n'en était-il pas un ? Pierre était-il réellement à côté de son lit, à lui parler ? Est-ce lui qui a déposé Martin chez lui ? La voix résonne encore dans sa tête : « Tu ne peux rien contre moi, ça a toujours été et ça ne changera pas. Tu es coincé dans mon piège, il n'y a pas d'issue. Le petit Martin est encore en vie, regarde. Tu sais où il se trouve, que vas-tu faire ? Si tu parles, tu pourriras en prison. Si tu te tais, il mourra. Si tu vas le libérer, je déterrerai le corps de la femme et ta fille sera poursuivie pour dissimulation de cadavre. Alors, docteur, qui est le plus fou, toi ou moi ? »

C'est trop tard pour lui, mais il peut encore sauver Lou. Elle a sûrement prévenu le lieutenant à l'heure qu'il est, elle ne sera pas suspectée. La seule chose qui peut lui porter préjudice, c'est le corps qu'il lui a demandé d'enterrer. Pourquoi a-t-il fait ça ? se demande-t-il en frappant du poing sur son volant, provoquant un dérapage non contrôlé. Il n'aurait jamais dû l'impliquer dans cette histoire. Quel imbécile ! Il ne lui reste qu'une chose à faire pendant que toutes les troupes vont être mobilisées autour de chez lui. Retrouver l'endroit où le cadavre est enterré et faire en sorte qu'aucun lien ne puisse être établi avec Lou.

***

Les voitures de gendarmerie arrivent en trombe devant la propriété d'Adam et le lieutenant Dupuis est le premier à descendre pour foncer vers la maison. En entrant, il découvre Martin assis devant la cheminée, habillé avec des vêtements trop grands, une tasse de chocolat chaud entre les mains. Des larmes envahissent les yeux des deux hommes et Martin se lève pour courir se réfugier dans les bras de son père. Ce dernier l'enlace et le serre contre lui à l'en étouffer.

– Pardon, murmure-t-il. Je suis tellement désolé.

Trois enquêteurs dont le major se précipitent vers Lou alors qu'une équipe est en train de retourner le moulin.

– Vous nous expliquez ? lance sèchement le major.

– Je ne sais pas, bafouille Lou. Je ne dormais pas, j'ai entendu du bruit et quand je suis descendue, je l'ai trouvé errant dans le salon, un bâillon sur la bouche, un bandeau sur les yeux et les mains attachées dans le dos. Il était… enfin, il ne portait pas de vêtements.

– Il est arrivé là par hasard ? Comme par magie ? ironise sèchement le major.

– Elle n'y est pour rien, la défend Martin en se décollant légèrement de son père. Elle m'a aidé.

– Comment es-tu arrivé ici ? lui demande son père. Tu sais ce qui s'est passé avant ?

– Quand je me suis réveillé, j'étais déjà ici.

– Comment ça ?

– La dernière chose dont je me souviens, c'est la cabane. J'étais avec Noam et Léo, il faisait nuit, et plus rien.

– Tu dis que tu t'es réveillé là. Où, exactement ?

– Pourquoi vous avez mis tant de temps à me trouver ? Noam et Léo ne vous ont rien dit ?

Marc baisse les yeux face à son fils.

– Quoi ? Ils sont où ? Ils ont disparu eux aussi ?

– Martin, l'interpelle le major derrière lui. Il est très important que l'on comprenne comment tu es arrivé ici. Tu es entré par où ?

– Je ne suis pas entré, j'étais déjà là, dans la maison.

Lou manque de s'étrangler avec sa salive.

– C'est impossible, je vis là depuis la semaine dernière, je m'en serais forcément rendu compte.

– J'étais sous terre, je crois, explique Martin. Une pièce sous la cave.

Lou secoue la tête.

– Non, la cave… il n'y a rien sous la cave, s'étonne-t-elle en fronçant les sourcils.

Le major fait signe aux différentes équipes qui se séparent pour encercler la maison. Deux groupes contournent la demeure par l'extérieur alors que quatre gendarmes progressent à l'intérieur, guidés par Martin.

– Je suis remonté par là, je crois, il faisait noir.

Les gendarmes sont en haut d'un escalier. Lou leur confirme que c'est l'accès à la cave, mais qu'elle n'y descend jamais et qu'il n'y a rien à part des vieux cartons. Martin refuse d'aller plus loin. Les gendarmes ne mettent pas longtemps à découvrir la trappe laissée ouverte par Martin, derrière des vieilles barriques en bois.

– Putain ! lâche l'un d'eux en remontant le tour de cou polaire sur son nez.

Il se met à genoux au-dessus de l'échelle de meunier et inonde la pièce de la lumière de sa lampe torche, arme au poing. En liaison radio avec les groupes extérieurs, il comprend qu'une porte enterrée et dissimulée derrière des feuillages vient d'être découverte.

– On rentre ! entend-il, se préparant à descendre.

Le fracas résonne jusque dans la cave et les gendarmes se rejoignent dans la pièce souterraine après avoir vérifié qu'aucun danger ne les y attendait. Les visages se ferment, les cols remontent, les expressions deviennent graves.

– Celui-là, ça fait un moment qu'il est là, finit par lâcher l'un des enquêteurs. Putain ! C'est quoi, ce bordel ?

***

Adam vient de parcourir quatre cents mètres dans la forêt sous des trombes d'eau, une pelle à la main. Sa lampe éclaire à peine plus loin que le bout de ses chaussures, mais il progresse, déterminé à se racheter auprès de sa fille. Il se souvient exactement de l'endroit. Un des arbres est déraciné juste à côté et son entrelacs de racines, vu de dessous, forme une silhouette féminine, les bras levés et les jambes écartées. Une femme de Vitruve s'était-il dit la première fois qu'il l'avait vue. Quand il y sera, il creusera jusqu'à trouver le sac dans lequel est enfermé le corps. Il le traînera jusqu'à sa voiture et l'emmènera. C'est ce qu'il aurait dû faire dès le départ. Le visage détrempé, il aperçoit la souche renversée et ralentit, le souffle court. En se rapprochant, il dirige sa lampe vers l'endroit recherché et s'écroule, genoux et mains sur le sol boueux. Le trou a déjà été rouvert. Le sac a déjà été volé.

– Tu ne peux rien contre moi et tu n'as pas d'issue.

Adam tourne la tête et son corps suit pour faire une rotation complète. Il ramasse sa lampe et éclaire tout autour de lui.

– Tu ne peux pas me voir, tu le sais bien.

– Montre-toi si tu es aussi sûr de toi !

– Je pensais que tu avais compris. Un psy est censé cerner les bizarreries de l'esprit, non ? Même les siennes.

– Tu n'es pas moi si c'est ce que tu veux me faire croire ! Tu ne m'auras pas aussi facilement.

– Non, je ne suis pas toi. Comme Magda n'était pas Ilda.

Adam porte les mains à sa tête pour la serrer avec force.

– Tais-toi ! rugit-il alors que la pluie continue de s'abattre sur lui. Tu ne me rendras pas fou !

– Pourtant… Les gendarmes sont maintenant à ta recherche. Ils ont plus de preuves qu'il ne leur en faut pour te laisser croupir en prison. Ta fille ne pourra pas te défendre, pas après ce que tu lui as demandé de faire. Et ce pauvre Martin, tu étais prêt à le tuer pour sauver tes fesses ?

– Non ! hurle Adam. Bien sûr que non !

Adam redresse subitement la tête, forçant ses yeux à lutter contre le fouet glacial.

– C'est ce que tu aurais voulu ! réalise-t-il. Faire de moi un criminel.

– Tu as fait ça sans moi, comme un grand.

– Non ! Je n'ai tué personne !

– C'est rassurant de s'en convaincre, je comprends. Si tu veux, j'ai plein d'exemples pour t'ouvrir les yeux sur le sang qui dégouline sur tes mains.

Adam se cache une nouvelle fois entre ses mains et son visage se crispe dans un masque de douleur intérieure.

– Tiens, par exemple, écoute ça ! Gregory, le tueur de démons. Si tu avais dit au juge qu'il était responsable de ses actes, combien de vies aurais-tu épargnées ? Tu le sais ? Oui, bien sûr que tu le sais, mais faire l'inventaire te détruit un peu le ciboulot. Alors, je te le dis. Au moins trois, déjà. L'infirmière de Lyon qui avait pourtant pris soin de lui, l'infirmier, un peu con je te l'accorde, mais quand même… et le petit dernier, Victor, qui n'avait pas un fond méchant, le pauvre.

– Arrête ! crie Adam. Tais-toi !

– Les premières prises de conscience sont les plus perturbantes, tu vas voir, ça va aller mieux dans quelques minutes. Passons directement à l'étape la plus désagréable pour que tu en sois débarrassé. Ta femme.

Adam laisse sortir un râle déchirant et plaque les mains contre ses oreilles en laissant son corps partir vers l'avant, le visage au ras de la terre détrempée.

– Elle voulait juste que tu l'aides à partir en douceur, en te tenant la main, une mort dans l'amour, tu vois ? Et toi, tu as fait quoi ? Tu lui as refusé sa dernière volonté. Résultat, un carnage sanglant pour son dernier voyage.

Adam se relève, ankylosé et en pleurs, et s'éloigne en trottinant maladroitement. Fuir l'homme qui est en train de pulvériser son équilibre psychologique, il n'a plus que ça en tête. Il savait que Pierre était derrière tout ça, depuis le début. Si seulement on l'avait cru.

– Ilda aussi, tu l'as tuée.

Adam se retourne avec fulgurance, persuadé qu'on vient de lui parler dans l'oreille. Il joue de sa lampe dans tous les sens, mais ne voit rien d'autre que les branches en folie et la pluie battante. Reprenant sa fuite, il lutte contre lui-même pour s'interdire de tomber dans le piège psychologique qu'on est en train de lui tendre.

– Tu n'as plus qu'une solution, entend-il d'une voix, lointaine cette fois. Tu le sais. Ils te cherchent et seule la folie nous protège.

CHAPITRE 75

Lou assiste, désemparée, à la perquisition active et minutieuse de la maison de son père. À travers la baie, elle aperçoit également des gendarmes à l'œuvre dans le moulin et les autres dépendances. Le mauvais temps ne les arrêtera pas et la scientifique est en train d'installer toutes les tentes et protections nécessaires.

– Où est-il ? lui demande le major, assis à côté d'elle sur le canapé.

– Je ne sais pas.

– Ne me mentez pas, madame Jacuri.

Lou secoue la tête et fixe le sol.

– Que s'est-il passé avant notre arrivée ?

– Je vous l'ai déjà dit. J'ai découvert Martin errant dans le salon, je l'ai aidé, mon père est arrivé et a pris peur. Il est parti.

– On ne s'enfuit que quand on a quelque chose à se reprocher.

– Il est convaincu qu'on lui a tendu un piège.

– Vous le croyez aussi ?

– Tout ce que je sais, c'est que mon père est incapable de faire du mal à quelqu'un.

– Cette phrase est typique des témoignages des proches de tous les criminels, vous vous en rendez compte ? Et vu votre profession, vous devez l'avoir entendue des centaines de fois.

Un technicien de la police scientifique s'approche du canapé et présente une carte d'identité au major.

– On a retrouvé ça sur le cadavre en bas.

– Guy Perez, lit le major en plissant les yeux. Domicilié à Lyon. Ça vous parle ? demande-t-il à Lou dont le sang n'alimente soudain plus la peau de son visage.

– Le légiste commence juste ses constatations, enchaîne le technicien, mais il pense que la mort remonte à plusieurs semaines.

– Qui est Guy Perez ? réitère le major en fixant Lou sans ciller.

– Un psychiatre.

– Collègue de votre père ?

– Oui.

– En effet. Je le sais puisque j'ai épluché le dossier pour lequel votre père a été mis en garde à vue il y a six mois.

Lou pose sur lui un regard étonné et réprobateur.

– Vous commencez à réaliser ou pas ? dit-il d'un ton agressif. Cet homme était, aux yeux de votre père, responsable de la mort de sa patiente, Ilda puisqu'il avait autorisé sa sortie avant qu'elle ne s'ouvre le cou. Aujourd'hui, on le retrouve en train de pourrir sous sa maison.

– Arrêtez, s'il vous plaît.

– Karine Litru, retrouvée morte sur les rochers de la forêt de Huelgoat. Cette femme était en séance avec votre père au moment où votre mère s'est…

– Major ! l'interrompt le lieutenant. J'aimerais que vous alliez superviser la perquisition du moulin. Il y a beaucoup de documents intéressants, on ne doit passer à côté de rien.

Le major se lève, contrarié, et laisse la place à Marc.

– Je suis désolé, dit-il à Lou. Tout cela est très… Merci pour mon fils.

– Où est-il ? s'étonne Lou.

– L'équipe médicale et psychologique vient de le prendre en charge et sa mère est arrivée.

– Je suis tellement désolée, je ne comprends vraiment pas ce qui a pu se passer.

– Avez-vous remarqué un changement brutal dans le comportement de votre père depuis votre arrivée ici ?

– Non. Si. Enfin, il n'est plus comme avant, c'est sûr. Il est… je ne sais pas comment dire… éteint. La mort de maman l'a dévasté et je crois que l'arrêt brutal de sa profession n'a rien arrangé, mais…

– Tout l'incrimine.

– Je sais.

– Les traces, les mobiles, les opportunités…

– Je sais ! Mais je suis sûre que…

– J'ai toujours été mal à l'aise avec l'abondance de preuves.

Lou lui adresse un regard débordant de soulagement et d'espoir.

– Alors, vous le croyez ?

– Je n'ai pas dit ça.

– Réfléchissez ! s'enthousiasme Lou qui perçoit une faille où s'engouffrer. Si mon père avait tué ce psychiatre comme semble le penser votre collègue, pourquoi aurait-il pris le risque de le transporter de Lyon jusqu'ici pour le laisser se décomposer dans sa cave ? Ça n'a aucun sens ! Et votre fils ? Pourquoi l'aurait-il laissé en vie et lui aurait-il donné l'opportunité de déambuler dans la maison ?

– Martin m'a confié que votre père était prêt à lui faire du mal pour l'empêcher de parler et que vous l'en avez dissuadé. Exact ?

– Il ne lui aurait pas fait de mal. Il voulait juste que je réfléchisse avant de vous appeler. Il m'a dit que si votre fils était retrouvé ici, c'en était fini de lui et que ceux qui sont derrière tout ça s'en tireraient.

– Qui sont-ils selon lui ?

– Il pense toujours qu'une organisation criminelle s'est créée entre patients psychiatriques et criminels irresponsables. Et il soutient que Pierre Morin est ici, depuis le début.

– J'ai vérifié. Son portable borne à Lyon et il l'utilise chaque jour. *Idem* pour sa carte de crédit.

J'ai même appelé une nouvelle fois son employeur qui me confirme qu'il est à son poste tous les matins.

– Pourtant les copains de votre fils ont subi exactement la même chose que les victimes de cet homme.

– En effet. Mais votre père connaissait ce mode opératoire par cœur, il a même les photos exposées dans son bureau.

– Mais pour la première victime, ce n'est pas du tout le même mode opératoire, comment vous l'expliquez ?

– Je ne l'explique pas pour le moment.

– Il s'agit peut-être d'un autre tueur, s'ils sont plusieurs, comme le pense mon père.

– Le corps de cette victime a séjourné dans l'eau plusieurs jours avant d'être sorti à la vue de tous et les analyses prouvent qu'il a été immergé dans la rivière qui passe sous votre moulin.

– Mais vous voyez bien que ce sont des mises en scène, tout ça ! Comme la nuit où…

Lou se mord la joue.

– De quoi parlez-vous ?

Lou doit réfléchir vite. La deuxième victime n'a pas été retrouvée. Pour l'heure, elle est portée disparue, pas déclarée morte.

– Madame Jacuri ?

– Mon père a été agressé, l'autre nuit ! se rattrape-t-elle. Il ne s'est quand même pas blessé seul !

– À ce propos, maintenez-vous votre déclaration selon laquelle vous êtes allée le chercher au parking de l'Arquellen, ce soir-là ?

Lou sait que les traces ont dû commencer à parler. Continuer à mentir ne ferait qu'enfoncer son père.

– Quand mon père a été agressé, avoue-t-elle, il a repris connaissance devant la cabane bleue. Il vous a alors entendu appeler votre fils, ignorant que c'était vous. Il s'est dit que si une nouvelle personne avait disparu, il serait immédiatement suspecté. Sentant le piège se refermer sur lui, il a transposé son agression dans une autre partie de la forêt. Il n'est pour rien dans tout ça, croyez-moi, je vous en supplie, et continuez à chercher.

– Avez-vous la certitude que votre père a été agressé ce jour-là, madame Jacuri ?

CHAPITRE 76

Adam arrive près de sa voiture, exténué, son cerveau laissant les idées fuser dans tous les sens. Au lieu de se mettre à l'abri du déluge dans l'habitacle, il laisse son corps glisser le long de la portière en se servant de la pelle pour ne pas chuter. Une fois assis dans l'eau, il remonte les genoux contre son torse, lâche l'outil et plaque violemment l'arrière de son crâne contre la voiture. Le premier choc ne suffit pas, il recommence… encore… Plus fort. Plus vite. L'enchaînement des coups lui donne l'impression que les cellules malsaines de son esprit se font pulvériser. S'il doit s'infliger des tortures physiques pour sauver son équilibre psychologique, il est prêt.

– Ça ne sert à rien, entend-il. La folie n'est pas concrète. Tu ne la détruiras pas à coups de portière.

Adam envoie alors sa tête vers l'arrière aussi puissamment qu'il le peut. Sonné, son corps s'affaisse et bascule sur le côté. Après quelques minutes de flottement, il revient à lui, plonge la main sous son blouson et fouille dans la poche de sa chemise. Portable en main, il compose le 112.

– Je veux que ça s'arrête, sanglote-t-il toujours allongé au sol.

Malgré les demandes de précision et les questions judicieuses de l'opératrice, Adam s'obstine à répéter la même chose.

– Nous venons de vous localiser, monsieur, une équipe est en route. Restez en ligne avec moi.

– Non ! crie Adam. Je ne suis pas toi !

– Pardon ?

– Tu n'es pas moi et je ne serai jamais toi.

– Monsieur, à qui parlez-vous ?

– Je veux que ça s'arrête ! Aidez-moi, je vous en supplie !

– Vous serez bientôt pris en charge, monsieur, nous allons venir vous aider. Continuez à me parler.

– Il croyait que j'étais un démon au début, mais il mentait. Tout ça était faux. Il n'a jamais cru aux démons et n'a jamais pensé que Kesabel avait pris possession de sa sœur. Il l'a tuée en sachant ce qu'il faisait.

– L'homme dont vous me parlez est-il avec vous en ce moment ?

– Il y a quelqu'un, caché dans la forêt. Il me parle et me dit des choses abominables.

– Avez-vous vu cette personne ? S'en est-elle prise à vous physiquement ?

– Non. Ils sont plusieurs, je crois. Ils sont là, tout autour de moi. Ils ont créé une organisation. Ils se relaient pour tuer et passer à travers les mailles de la justice.

L'opératrice sait qu'elle doit continuer à parler, mais c'est la première fois qu'elle se retrouve confrontée à un tel délire.

– Êtes-vous en sécurité au moment où vous me parlez ?

– Dans la forêt, près de ma voiture.

– Montez dans votre voiture et verrouillez les portières. Les secours ne sont plus très loin.

– Rien ne les arrêtera, vous savez. Ils me parlent où que je sois. Je voulais juste les aider. Pourquoi ? Ma femme n'avait rien à voir dans tout ça, ils n'auraient jamais dû.

– Monsieur, les secours arrivent. Restez calme.

Adam entend le moteur d'une voiture à travers les bruits assourdissants de la tempête. Il se penche afin de ramasser la pelle et se précipite vers l'arrière de sa voiture pour s'y accroupir et se cacher.

– Monsieur, vous êtes toujours avec moi ?

Adam met un terme à l'appel et replace le portable dans sa poche. La pelle devant lui, serrée entre les mains, il attend. La voiture s'arrête devant la sienne, et les phares et gyrophares donnent une autre ambiance à l'endroit. Plus lumineuse, mais pas moins inquiétante.

– Monsieur ! entend-il. Ce sont les secours, vous n'avez plus rien à craindre. Où êtes-vous ?

Adam reste immobile et silencieux.

– Vous êtes désormais en sécurité, vous pouvez vous montrer.

– Allez-vous-en ! hurle soudain Adam avec l'énergie d'un illuminé.

Les deux infirmiers urgentistes regardent le médecin qui longe prudemment le véhicule. Ce dernier reçoit un appel qui l'arrête un moment :

– C'est une urgence psychiatrique selon la régulatrice qui lui a parlé, lui annonce-t-on. Grande méfiance, l'homme semble en plein délire paranoïaque et en proie à une extrême confusion.

– Monsieur, lance le docteur après avoir entendu l'avertissement. Nous allons venir jusqu'à vous pour évaluer votre état de santé. Nous voulons juste vous aider.

– Personne ne peut m'aider. Ils sont là, partout. Ils vous auront, vous aussi !

– Il n'y a que vous et nous, ici.

– Non ! Écoutez, vous les entendez, je suis sûr. Ils nous menacent. Ils vont vous tuer et après, ils s'en prendront à moi !

– Monsieur, j'arrive à votre niveau, n'ayez pas peur, vous êtes en sécurité.

– Non ! crache Adam en ôtant une main de la pelle pour déverrouiller le coffre. Il faut qu'on se mette à l'abri, ils arrivent !

Le médecin fait un signe de tête aux deux infirmiers qui ont contourné la voiture de chaque côté. L'action est rapide. Les trois hommes encerclent Adam pour le ceinturer au moment où le coffre s'ouvre. Alors qu'Adam tente de se défendre avec la pelle, il se pétrifie subitement, en proie à une hallucination. Il sent les mains des secouristes relâcher la pression et les réactions lui font comprendre que ce n'est pas une illusion de l'esprit. Tout s'éteint en lui et il s'écroule lourdement, retenu par les six mains réflexes. La bâche noire reposant au fond du coffre est maculée de boue et entrouverte. Une main en décomposition apparaît.

CHAPITRE 77

Le lendemain, le 19 novembre 2023

Le lieutenant Dupuis et le major Grivois arrivent au secteur de psychiatrie numéro sept du centre hospitalier de Morlaix et sont reçus par le psychiatre en chef qui a admis Adam dans la nuit.

– Son état est totalement incompatible avec une mise en garde à vue, déclare fermement ce dernier aux deux gendarmes face à lui.

– On parle d'homicides, rétorque le major. Cinq morts, c'est assez pour vous ?

– Je ne conteste pas les actes pour lesquels vous êtes ici, mais il est hors de question que je donne mon accord médical pour que cet homme soit placé en garde à vue pour le moment. Son état psychologique est réellement inquiétant.

– C'est une blague ! crache le major. On s'inquiète du moral d'un type qui a buté cinq personnes ? Vous êtes sérieux ? Cette société est sérieuse ?

– Major ! l'arrête le lieutenant.

– Putain ! Mais ne me dis pas qu'il ne va pas être inquiété ? J'arrête tout de suite mon boulot si c'est ça ! Depuis le début, je te dis que…

– On parlera de ça plus tard, l'interrompt le lieutenant. Docteur, pouvez-vous au moins nous renseigner sur son état de santé ?

– Oui, et tout sera noté dans mon rapport. Cet homme présentait une grande confusion mentale quand nous l'avons retrouvé au milieu de la forêt cette nuit. Il semblait être sous le déluge depuis des heures, transi de froid et trempé jusqu'aux os. Ses propos traduisaient une bouffée délirante paranoïaque très importante. Il a tenté d'agresser les secouristes avec une pelle avant de perdre connaissance.

– Il a pu simuler ? s'empresse le major.

– Pardon ? s'offusque le psychiatre. Simuler la fracture psychologique qui a commencé à s'opérer dans son esprit ou bien sa perte de connaissance ? Je ne comprends pas bien votre question ?

– Pourquoi a-t-il perdu connaissance à votre avis ?

– La découverte du corps dans son coffre semble avoir été l'élément déclencheur. Un choc tel que son esprit a préféré couper toutes les connexions pour éviter l'effondrement psychique.

– Attendez, souffle cyniquement le major. Le type tue une femme, l'enterre dans la forêt, va la chercher quelques jours après pour la mettre dans son coffre et là, vous nous dites que c'est la voir qui l'a fait disjoncter ! Complètement illogique, votre théorie.

– Vous pensez que la maladie mentale est logique ?

– Je n'en sais rien, mais je pense que c'est facile de se cacher derrière la folie pour éviter d'avoir à répondre de ses actes.

Le lieutenant lui lance un regard noir.

– Quoi ? C'est vrai, non ? En plus, c'est un ancien psy spécialisé dans le pénal, il les connaît, les ficelles ! Crime parfait ! Je bute cinq personnes, je finis en HP quelques mois pour me requinquer et je reprends ma vie, pépère.

– Merci, docteur, conclut le lieutenant. Tenez-nous au courant de l'évolution de son état. En attendant, nous sommes dans l'obligation de laisser des agents surveiller la porte de M. Jacuri.

– Je comprends. Je vous préviendrai dès que son état sera stabilisé.

***

Le juge d'instruction est en ligne avec le lieutenant alors que le major conduit, mâchoires contractées par la frustration.

– Il y a quand même quelque chose qui me chiffonne, avoue le juge. Cinq morts, quatre modes opératoires.

– Je me pose la même question.

Le major joue des sourcils pour montrer son agacement.

– Admettons que Jacuri soit l'auteur des crimes et prenons en compte l'avis du psychiatre, poursuit le juge. Alors, il aurait tué sans conscience, répondant à des pulsions destructrices liées à des délires psychotiques. Ça veut dire désorganisation, violence extrême, scènes de crime sanglantes, déchaînement de violence. Mais on n'a pas tout ça.

– Bah non ! intervient le major. C'est vrai que deux ados empalés par le cul, c'est soft !

– Je me passerai de vos interventions déplacées, major, grogne le juge dans le téléphone.

– Je ne fais qu'exposer la réalité, désolé si ça vous choque. Moi, c'est la justice qui commence à me choquer !

– J'ai l'intention de creuser la piste évoquée par Adam Jacuri, annonce le lieutenant pour mettre un terme à l'offensive du major.

– De quoi parlez-vous ?

– Des relations qui ont pu se créer entre les patients qu'il a suivis durant sa carrière et qui ont échappé à la justice sous couvert d'irresponsabilité.

– Je ne saisis pas le but.

– Tu m'étonnes, ronchonne le major.

– Selon Jacuri, explique le lieutenant, un certain Pierre Morin serait à la tête d'un groupe qu'il aurait formé durant ses vingt ans d'hospitalisation sous contrainte. Alternant entre SMPR, UMD et unités psychiatriques classiques, il aurait eu le temps de rallier des individus à sa cause.

– Quelle cause ?

– Tuer sans être jugé.

– Houlà, attendez, laissez-moi tout remettre en ordre, parce que là…

– N'importe quoi ! murmure le major, tout en klaxonnant pour faire avancer la voiture devant lui.

– Tenons cette idée pour vraie, relance le juge. Jacuri a aidé ces hommes à ne pas aller en prison, alors pourquoi tout ce bordel autour de lui pour le faire accuser ?

– Justement, c'est le point que je cherche à éclaircir. Jacuri et sa fille ont déjà commencé à faire des recherches, on peut peut-être trouver un détail qui nous guiderait vers un mobile.

– Vingt ans ! s'exclame le juge. Vous voulez faire des recherches sur vingt ans. Vous imaginez le boulot, le temps passé, et les frais ?

– Surtout quand on tient le coupable ! lâche le major. Même ton fils a dit que le vieux l'aurait buté si sa fille ne l'en avait pas empêché ! Il te faut quoi de plus, putain de merde ?

– Il n'a pas tort, appuie le juge. Toutes les preuves convergent vers lui et il a un mobile pour chaque victime.

– Pas pour les copains de Martin.

– Meurtres d'opportunité pour enlever votre fils.

Le lieutenant secoue la tête sans faire de commentaire.

– Écoutez, quand Jacuri sera stabilisé, je demanderai des expertises psychiatriques pour déterminer son niveau de discernement au moment des passages à l'acte.

– Ouais, donc en gros, il ne lui arrivera rien, bougonne le major.

– Vu tout ce qu'on a contre lui, il ne sera de toute façon pas libre. S'il est jugé responsable de ses actes, il ira en détention provisoire, sinon, il sera hospitalisé sous contrainte.

– Et si les psys pensent qu'il ne pourra pas supporter la prison le temps de sa détention provisoire ?

– On l'enverra en unité psychiatrique adaptée, et vu la gravité des faits, je penche pour l'UMD.

CHAPITRE 78

UMD de Plouguernével, trois semaines plus tard, le 11 décembre 2023

– Bonjour Adam, dit le psychiatre en entrant dans la chambre d'isolement. Comment allez-vous, ce matin ?

– Je suis ici depuis combien de temps ?

– Vous êtes arrivé il y a cinq jours. Vous savez pourquoi vous êtes ici ?

– C'est une erreur.

– Vous souvenez-vous de ce qui s'est passé dans l'unité psychiatrique où vous étiez interné ?

Adam fixe ses pieds nus sur le carrelage blanc et secoue lentement la tête de droite à gauche.

– Vous m'avez donné quoi comme médicaments ? Je ne me sens pas très bien.

– C'est normal, mais votre corps va s'adapter.

– Je ne sais pas ce qu'on vous a dit, mais c'est une erreur. Vous savez que je suis psychiatre, on s'est déjà rencontrés.

– Oui, je le sais. Vous êtes venu rendre visite à un de mes patients.

– Vous êtes donc conscient que ma présence ici est une erreur ?

– Vous souvenez-vous de ce qui s'est passé, Adam ?

– La forêt…

– Tout a commencé là, en effet.

– Les secours sont arrivés et… je suis resté longtemps à l'hôpital. Ils m'ont abruti avec les traitements, c'est un peu flou.

– Le juge d'instruction a ensuite pris la décision de vous mettre en examen et de vous placer en détention provisoire.

Adam fronce les sourcils, à la recherche de ses souvenirs perdus.

– Les experts psychiatres se sont accordés sur le fait que la prison était dangereuse pour votre santé mentale, vous avez donc été envoyé en unité hospitalière spécialement aménagée.

– Alors pourquoi suis-je ici ?

– Vous ne vous rappelez donc pas ?

Adam infirme d'un signe de tête.

– Vous avez pris un surveillant pénitentiaire pour Pierre Morin et vous l'avez menacé verbalement. Après cela, c'est un soignant que vous avez confondu avec ce même Pierre. Cette fois, vous l'avez agressé physiquement.

– Non.

– Vous avez tenté de l'étrangler.

– Impossible. C'est lui qui est derrière tout ça.

– Qui ?

– Pierre !

– Ce n'est pas Pierre qui a tenté de tuer ce soignant, Adam, mais bien vous.

La tête d'Adam oscille de plus en plus et ses yeux demeurent immobiles.

– Gregory Prezeau ! lâche-t-il subitement. Il faut que je lui parle. Il sait, lui !

– Que sait-il ?

– Que je suis innocent. Il est au courant du complot, j'en suis sûr. Il me l'a dit le jour où je suis venu le voir !

– Gregory va beaucoup mieux, Adam. Grâce à vous, sa maladie a pu être traitée à temps et la guérison est quasi totale.

– Non ! Il n'a jamais été malade, justement.

– Très bien. Je repasserai vous voir dans l'après-midi, Adam. En attendant, reposez-vous.

– Non ! Vous devez me croire ! s'énerve Adam en se levant pour foncer sur le psychiatre.

– Attention, Adam. Nous ne sommes pas favorables à la contention physique ici, mais si vous ne nous laissez pas le choix…

– Parlez à Gregory, s'il vous plaît, dit Adam en levant les mains en signe d'apaisement. Demandez-lui juste s'il connaît Pierre et vous verrez sa réaction.

– Comme je vous l'ai dit, Gregory va beaucoup mieux. Il n'est plus entre nos murs actuellement.

Adam ouvre la bouche aussi grand que ses yeux.

– Où est-il ?

– En permission de sortie.

– Où ?

– Non loin d'ici, avec sa mère.

Adam recule et se penche pour poser une main sur le lit avant de s'asseoir, abasourdi.

CHAPITRE 79

Lyon, le 12 décembre 2023

Schizophrénie paranoïde.

Lou a si souvent entendu son père parler de cette maladie. Elle ne peut pas croire que ce diagnostic lui soit attribué. Les psychiatres, les experts, tout le monde va dans ce sens. Délire de persécution, hallucinations auditives et visuelles, anxiété, colère, repli sur soi et agressivité parfois subite. Pour le moment, les psychiatres qui l'ont expertisé ont des avis divergents quant à son discernement lors des passages à l'acte dont son père est soupçonné. Aboli pour certains, altéré pour d'autres. La nuance est mince, mais la conséquence, importante : aboli signifie l'irresponsabilité donc aucune poursuite judiciaire ; altéré signifie procès d'assises, jugement et peine.

Lou se demande comment ces experts peuvent statuer sur ce point précis alors que son père nie en bloc avoir commis tous ces crimes. Ce refus d'aveux est sûrement perçu comme un déni dû à la maladie ou une esquive habile pour gagner du temps. Elle se demande si elle n'est pas elle-même dans le déni en se convainquant que son père n'aurait jamais pu commettre ces atrocités. Qu'aurait-il fait à Martin ce soir-là si elle l'avait laissé agir ? L'agression du soignant de l'unité psychiatrique pénitentiaire était bien réelle, elle, et son père l'a perpétrée en pensant s'attaquer à Pierre. Est-il possible qu'il ait réellement basculé vers la psychose et que la maladie l'ait poussé au pire ? Lou pense alors à sa mère et une contraction douloureuse lui broie le sein gauche. L'espace d'une seconde, elle vient d'imaginer son père en train de tuer sa mère.

– Lou ? entend-elle depuis la porte de son bureau. J'ai frappé deux fois, mais tu ne réponds pas.

– Excuse-moi, dit-elle à son associé. Entre.

– C'est juste pour te dire que ton rendez-vous de dix heures est arrivé. Ça va aller ou tu veux que je gère ? J'ai un créneau.

– Non, je vais m'en charger, merci Karl, tu en as déjà assez fait pour moi.

– Tu sais que tu peux compter sur moi. Ce que tu traverses est…

– Excuse-moi, le coupe-t-elle en levant une main désolée quand son portable sonne et qu'elle voit le nom s'afficher.

– Prends ton temps, lui glisse son confrère. Je reçois ton rendez-vous.

Lou lui adresse un regard reconnaissant.

– Lieutenant, répond-elle. Que se passe-t-il ? Un problème avec mon père ?

– M'avez-vous dit toute la vérité, madame Jacuri ?

– De quoi parlez-vous ?

– J'ai en ma possession deux rapports : celui du légiste et celui de la police scientifique. Le corps retrouvé dans le coffre de votre père a visiblement été lavé soigneusement avant d'être enfermé dans la bâche.

Lou revoit la scène. Ses mains gantées, le seau, l'eau blanchâtre, le sang. Son estomac ressent subitement l'émotion initiale. Elle avale sa salive à plusieurs reprises pour tout refouler.

– Bien lavé, continue Marc Dupuis, mais des traces ont quand même été retrouvées et analysées. Les experts sont formels, il s'agit de résidus de peinture. Une comparaison est en cours avec la composition des pots présents dans l'atelier de votre mère. Si elle est concluante, une preuve de plus sera apportée au dossier déjà accablant de votre père. Mais ce qui me chagrine est ailleurs.

– Allez-y, répond Lou qui sait très bien ce qui va suivre.

– Ce n'est pas votre père que nous avons trouvé en train de faire le grand nettoyage de l'atelier le matin où le major et moi sommes venus. C'était vous. Vous aviez soi-disant renversé des pots de peinture en faisant le ménage, c'est bien cela ?

Lou garde le silence.

– Je veux juste comprendre, Lou.

Son prénom dans la bouche du lieutenant la surprend et induit étrangement un sentiment de confiance.

– Comprendre quoi ? Vous avez pris la décision de fermer le dossier au sujet de mon père puisque vous avez tout ce qu'il vous faut pour l'envoyer au trou. Enquêter à décharge ne fait visiblement pas partie de votre façon de travailler, donc en quoi comprendre vous aiderait-il ?

– Lou, je ne suis pas contre vous, et ce n'est pas moi qui ai pris la décision de ne pas ratisser plus large. Je me bats pour que d'autres pistes soient explorées.

– Pourquoi ?

– Parce que mon intuition me trompe rarement et que depuis le début de cette affaire, elle me dit qu'il y a un problème.

– Se fier à son intuition n'est pas la meilleure des compétences à mettre sur un CV pour un membre des forces de l'ordre, si ?

– Je me fous des compétences, des jugements, des procédures. Je m'intéresse à l'humain, n'en déplaise aux automates du Code pénal. Je veux découvrir la vérité, pas fêter la réussite d'une enquête en m'auto-proclamant meilleur gendarme de l'année.

Lou hésite. Cet homme lui paraît sincère et peut-être est-il la seule personne en mesure de l'aider à prouver l'innocence de son père. Mais s'il était simplement en train de la manipuler ? Il joue tellement bien le rôle du gentil gendarme aux côtés de son exécrable major. Si tout cela n'était qu'une triste farce prévue pour la faire parler et la faire tomber au passage ? Complice de son père. Après les couples criminels qui défraient la chronique, un père psychiatre et sa fille avocate. Du pain bénit pour les médias !

– C'est moi qui ai découvert le corps de cette femme, lâche-t-elle soudain sans réfléchir davantage. Il faisait nuit, j'ai entendu du bruit à l'extérieur et j'ai vu la lumière dans l'atelier de ma mère. Quand je suis arrivée, elle…

– Je suis désolé, dit Marc, entendant l'émotion dans la voix de Lou.

– Elle était là, suspendue devant moi, couverte de peinture et un pinceau planté dans le cœur.

– Votre père était-il présent ?

– Non. Il est arrivé après parce qu'il m'a entendue hurler.

– Quelle a été sa réaction ?

– Il s'est effondré. Il est tombé à genoux, en état de choc.

– Qui a pris la décision de dissimuler la dépouille ?

– Il savait que si ce corps était retrouvé chez lui, il serait immédiatement arrêté.

– C'est donc lui ?

– Ça change quoi ?

– Vous avez accepté.

Un long silence s'ensuit. Tant de réflexions traversent l'esprit de Lou à ce moment-là, bien gardées par un sentiment acide de culpabilité.

– Quand vous êtes-vous dit que c'était la bonne solution ? reprend Marc.

– Vous voulez vraiment le savoir ? s'énerve Lou, la voix tremblotante. C'est quand j'ai posé mes yeux de fille sur mon père dévasté et terrifié. Lui qui a toujours été si fort, si sûr de lui, si protecteur. Le guide de toute ma vie. Cette nuit-là, j'ai vu un homme détruit, au sol, abasourdi et effrayé. J'étais convaincue de son innocence, mais il avait raison, vous auriez été certain de sa culpabilité. Pour la première fois de ma vie, c'est mon père qui avait besoin de moi cette nuit-là, non l'inverse.

Marc ne sait pas quoi répondre à cette tirade émouvante.

– L'amour et la loyauté qui nous lient à certaines personnes nous poussent parfois à faire des choses que l'on n'aurait jamais pu imaginer. Cette décision m'a détruite, je ne serai plus jamais la même, mais je n'aurais pas pu agir autrement. Maintenant, faites ce que vous avez à faire, je suis prête à répondre de mes actes et la famille de la victime mérite bien cela.

– Cette vérité restera entre vous et moi, Lou.

La jeune femme reste hébétée. Un lieutenant de la gendarmerie ne peut pas taire une telle information. Pourquoi le ferait-il ?

– Je veux maintenant que vous fassiez appel à votre mémoire.

– Je ne comprends pas, se sent obligée de préciser Lou. Votre réaction est…

– Vous venez de me prouver votre sincérité et la réaction de votre père telle que vous me l'avez décrite renforce mon intuition. Je vais creuser, peu importe la décision du juge. Vous m'aviez dit, lors d'un appel, que votre père avait reçu un coup de fil avant de quitter Lyon et qu'il était convaincu qu'il s'agissait de Pierre Morin, qui lui disait que la peur ne le protégeait pas, contrairement à la folie. Exact ?

Lou est stupéfaite. Elle ne pensait pas que le lieutenant avait donné de l'importance à ses confidences, ce soir-là, alors que son propre fils était porté disparu.

– Oui, c'est ça.

– J'ai besoin de savoir sur quelle ligne il a reçu cet appel, ainsi que le jour et l'heure.

– Très bien. Je ne vais pas pouvoir vous répondre dans l'immédiat, mais je devrais trouver ces informations. Comment ferez-vous pour obtenir une réquisition pour les opérateurs téléphoniques si le juge…

– Ça, c'est mon problème, ne vous en souciez pas.

CHAPITRE 80

UMD de Plouguernével

Adam a demandé à s'entretenir avec le psychiatre et, sur autorisation de ce dernier, deux soignants l'escortent de la chambre d'isolement vers le bureau du médecin.

– Asseyez-vous, Adam, lui dit le médecin en lui montrant la chaise de l'autre côté du bureau. Vous avez demandé à me voir ?

– Oui, susurre le patient en se penchant vers l'avant tout en tournant la tête en arrière pour regarder les deux infirmiers. Seul à seul, s'il vous plaît.

– Vos réactions de ces derniers jours montrent tout le contraire d'une stabilisation de votre état, Adam, vous en êtes conscient. De ce fait, les infirmiers ici présents resteront le temps de notre entretien.

– Alors, je ne parlerai pas.

– Pour quelle raison ?

– Rien ne me prouve que je peux leur faire confiance. Peut-être sont-ils dans le coup. Je voulais vous prévenir d'un danger, mais s'ils entendent…

– Je vous arrête, Adam. Vous êtes en sécurité dans cet établissement et aucun danger ne flotte entre ces murs.

– Je ne parle pas d'un danger *intra muros*.

– Alors, expliquez-moi.

– Pas devant eux.

Le psychiatre soupire et hésite. L'infirmier en chef lui fait un léger signe de négation.

– Laissez-nous, messieurs, décide le médecin.

– Docteur, je…

– Merci, je vous appelle si besoin.

Les deux soignants quittent le bureau, inquiets, et se postent juste derrière la porte.

– Voilà, je vous écoute.

– Vous n'auriez jamais dû libérer Gregory Prezeau, commence Adam.

– Nous ne l'avons pas libéré, nous l'avons autorisé à sortir pour une durée déterminée.

– Il est extrêmement dangereux.

Le psychiatre pince les lèvres.

– Sa maladie faisait de lui un individu dangereux, mais comme je vous l'ai dit, il est sur la voie de la guérison.

– Non, non, non ! scande Adam, les yeux exorbités. Il n'a jamais été malade, c'est ça que vous n'arrivez pas à comprendre.

– Excusez-moi, Adam, mais le docteur Jacuri, c'est bien vous ? L'expert psychiatre qui a rendu un rapport clair et définitif au juge d'instruction, mentionnant la psychose de Gregory Prezeau et l'abolition du discernement au moment du meurtre ?

– J'ai commis une erreur. Une abominable erreur ! Cet homme m'a manipulé, nous a tous manipulés ! Et il n'est pas le seul.

Le psychiatre ferme les yeux, las, même s'il sait qu'il ne devrait pas exposer son ressenti devant son patient.

– Ce n'est pas un fou que vous avez lâché dans la nature, mais un psychopathe organisé qui ne demande qu'à récidiver.

– Comme celui qui a commis les meurtres de Huelgoat ?

– Oui, voilà, vous commencez à comprendre !

Le psychiatre inspire profondément.

– Vous savez quel est le but du travail que nous allons réaliser ensemble, Adam ? Vous le savez puisque vous avez œuvré dans ce sens avec vos patients tout au long de votre carrière. La première étape importante, je dirais même primordiale, est de vous amener à prendre conscience de vos actes. De vous faire réaliser que la maladie a agi à votre place. Sans cela, aucun traitement ne sera efficace pour une guérison totale.

– Mais je n'ai pas de prise de conscience à entreprendre puisque je n'ai rien fait ! Ni moi ni je ne sais quelle psychose hallucinatoire ! Je ne suis pas atteint de schizophrénie, votre diagnostic est complètement faux. Je suis lucide, sain d'esprit, et je vous dis qu'une organisation meurtrière est à l'œuvre à l'extérieur de ces murs et que d'autres drames vont se produire. Et ce, avec votre consentement.

– Messieurs ! hèle le médecin qui déclenche immédiatement l'ouverture de la porte. Vous pouvez raccompagner Adam dans sa chambre.

– Non ! se défend Adam en se levant subitement de sa chaise pour esquiver les mains des infirmiers. Que dois-je faire pour que vous me croyiez ? crie-t-il à l'attention du docteur.

Ce dernier fait un signe de tête à l'infirmier en chef qui saisit Adam par le bras. Ce geste provoque une réaction vive du patient qui commence à se débattre comme un poisson à la lèvre transpercée par un hameçon. Les deux soignants agissent alors de façon musclée pour le contenir, ignorant les cris et les propos de persécution postillonnés par Adam. Celui-ci se laisse traîner dans les couloirs jusqu'à sa chambre et quand la porte se referme derrière lui, il se relève pour frapper le mur de toutes ses forces avant de se laisser tomber au sol, la peur resserrant son nœud coulissant autour de son estomac.

CHAPITRE 81

Lyon, trois jours plus tard,
le 15 décembre 2023

Lou s'apprête à sortir du tribunal quand son portable sonne. Toujours dans le hall, vêtue de sa robe noire dégrafée, épitoge de travers, elle décroche.

– Madame Jacuri, docteur Natri de l'UMD de Plouguernével. Je suis le psychiatre chargé du suivi de votre père.

– Que se passe-t-il ? s'inquiète-t-elle immédiatement.

– J'estime qu'il est important que vous soyez au courant. L'état de votre père n'est toujours pas stabilisé et malgré les traitements adaptés à la schizophrénie paranoïde, ses délires de persécution s'intensifient. Il répète en boucle des propos insensés et devient agressif quand on tente de lui présenter la réalité sous d'autres angles.

– Vous êtes-vous déjà interrogé sur la crédibilité de votre diagnostic ?

– Je ne suis pas le seul à avoir dressé ce tableau clinique et les symptômes collent parfaitement aux études…

– Ah oui, j'avais oublié ! expire Lou cyniquement. L'approche globale et intégrative des patients, l'approche axiale des individus porteurs de pathologies psychiatriques… tout cela est si bien décrit dans le *DSM*[6] ! D'ailleurs, vous avez lequel sur votre bureau, la version IV ou la V ? Je vais vous dire une chose, monsieur : mon père, lui, se fiait à l'humain, pas aux statistiques regroupées dans un bouquin qui ne cesse d'être modifié.

– Madame Jacuri, je ne vous ai pas contactée pour juger de ma pratique. Je veux juste vous faire part de mon inquiétude quant à l'état de votre père et je dois vous informer d'une chose. Si aucun des traitements chimiques adaptés à sa pathologie n'est efficace, nous devrons envisager une autre approche.

– Je ne comprends pas.

– Pour le moment, son état semble plutôt se dégrader et la sortie d'isolement est inconcevable.

– Vous êtes en train de me dire qu'il est seul depuis son admission chez vous ? comprend Lou en trouvant un pilier pour soutenir son corps fébrile.

– En effet. Ses réactions sont beaucoup trop incertaines et dangereuses pour lui-même et pour

6. *DSM* : *Diagnostic and Statistical Manual*, outil de classification des troubles mentaux.

les autres pour envisager qu'il rejoigne le groupe de patients ou qu'il participe aux activités.

– Mais c'est à vous de trouver le moyen de l'apaiser pour qu'il puisse sortir de sa cellule.

– Ce n'est pas une cellule.

– Non, c'est pire ! s'exclame Lou. Et vous prétendez porter la casquette d'aidant ? Vous devriez avoir honte ! Mon père ne mérite pas un tel traitement, c'est inhumain ! Je ne vous laisserai pas le mettre en cage comme ça.

– Madame Jacuri ! s'agace le médecin. Laissez-moi vous dire la raison pour laquelle je vous appelle avant de crier au loup. Notre objectif est d'aider votre père à dépasser son déni qui agit comme un blocage archi-verrouillé et qui empêche les traitements chimiques de produire leurs effets bénéfiques. Nous venons de modifier son traitement et c'est notre dernier espoir.

– Que voulez-vous dire ?

– Nous allons évaluer les effets de cette nouvelle molécule neuroleptique sur ses symptômes durant plusieurs jours, sachant qu'ils sont normalement immédiats.

– Vous avez parlé de dernier espoir. Ça signifie quoi ?

– Si cette molécule n'agit pas sur ses délires paranoïaques, nous devrons faire sauter les verrous d'une autre manière.

– Laquelle ? s'angoisse Lou.

– Si ce n'est pas chimique, ce sera…

– Non ! s'étrangle Lou dont l'éclair sous la poitrine lui prouve qu'elle a saisi. Je vous interdis de…

– Ce ne sera qu'en dernier recours et vous serez informée.

– Mon père n'est pas fou ! hurle-t-elle, attirant les regards des magistrats errants. Vos traitements n'ont aucune action parce qu'il n'est pas malade ! Il croit en ce qu'il dit et il a raison.

– Je suis désolé, madame Jacuri, je suis le premier à repousser au maximum l'utilisation de ce procédé, mais il arrive que la maladie ne nous laisse pas le choix.

– Monsieur Natri, mon père n'est pas malade ! Alors, écoutez-moi bien ! Je vous interdis d'utiliser cette méthode sur lui. Si j'apprends qu'il a subi des séances d'électrochocs…

– On parle de sismothérapie ou neurostimulation.

– Je m'en fous ! vocifère-t-elle. Vous pouvez appeler cette merde comme vous voulez, si vous ordonnez cet acte, je porterai plainte contre vous. Vous êtes en train de laisser un homme respectable et sain d'esprit devenir fou entre quatre murs pour expérimenter vos saloperies de traitements. Je vous détruirai, aussi psy que vous soyez ! Et ça, je vous en fais la promesse.

Lou raccroche sans attendre de réponse et sent les cellules de son organisme s'effondrer les unes après les autres. Son corps glisse lentement le long du pilier, ses yeux fixant le vide. Un homme qui vient de franchir le portique de sécurité la voit et se précipite vers elle avant de s'accroupir devant elle.

– Ça va ? s'inquiète-t-il.

Elle le regarde, ne comprend pas ce qu'il fait là, mais se jette dans ses bras et fond en larmes. Sur la retenue un instant, il finit par l'enlacer et la laisser craquer contre son torse. Après quelques minutes, l'émotion de Lou finit par se tarir et elle décolle doucement son visage de l'homme qui est resté immobile et silencieux.

– Désolée, dit-elle en regardant tout autour d'elle, honteuse de s'être donnée en spectacle au sein du tribunal. Sortons, vous voulez bien ?

– Je crois que c'est une bonne idée, en effet.

– Que faites-vous ici ? demande-t-elle une fois arrivée sur les marches extérieures.

– Votre père avait raison, répond le lieutenant Dupuis. C'est bien Pierre Morin qui l'a appelé ce jour-là.

Lou le fixe avec les yeux brillants d'espoir, de peur, d'incertitude.

– Ça veut dire quoi ? Pourquoi êtes-vous ici ? Le juge vous a autorisé à enquêter sur lui ?

– Je sais être persuasif quand je veux, mais j'ai très peu de temps.

– Mon père aussi.

– Que voulez-vous dire ?

– Ils veulent lui faire des électrochocs. Nous n'avons que quelques jours pour prouver qu'il est innocent et sain d'esprit.

CHAPITRE 82

Lou attend le lieutenant Dupuis dans sa voiture. Ce dernier est entré dans l'épicerie qui a embauché Pierre Morin. Elle a insisté pour l'accompagner, mais il a refusé de peur que l'homme puisse faire le rapprochement entre elle et Adam. Marc laisse ses yeux vadrouiller dans tout l'espace dès la porte franchie, à la recherche de sa cible.

– Monsieur, je peux vous aider ? demande le propriétaire des lieux, très avenant.

– Bonjour, je cherche Pierre, il travaille, aujourd'hui ?

– Non.

Marc remarque le changement d'expression son interlocuteur qui baisse alors les yeux et efface son sourire accueillant.

– Il ne travaille plus ici, de toute façon.

– Pardon ?

– Il a démissionné.

– Pour quelles raisons ?

– Incompatibilité d'humeur, répond l'épicier en s'éloignant vers un autre rayon.

– Depuis quand ?

L'homme se retourne en soufflant, exaspéré.

– Vous êtes de la police ou quoi ?

– En effet.

L'épicier blêmit.

– Lieutenant Dupuis de la gendarmerie nationale. C'est moi qui vous ai appelé il y a quelques semaines pour savoir si Pierre Morin était bien à son poste le 23 octobre ainsi que la semaine du 13 au 20 novembre, vous vous souvenez ?

– Oui.

– Alors, maintenant, répondez-moi, quand a-t-il démissionné ?

– Il y a deux semaines, environ.

– Maintenez-vous vos déclarations concernant sa présence entre vos murs aux dates que je vous ai indiquées ?

– Bien sûr, pourquoi aurais-je menti ?

– À vous de me le dire. Vous ne me paraissez pas très serein depuis que vous savez qui je suis.

– Je n'ai pas envie d'avoir des soucis, c'est tout. Je savais que c'était une mauvaise idée d'embaucher un homme comme lui. Ma bonté m'a soufflé de le faire parce que tout le monde a le droit à une deuxième chance, mais je n'ai jamais eu autant affaire aux flics que depuis qu'il a travaillé pour moi.

– Si nous apprenons que vous avez menti ou omis certains détails, vous tomberez pour entrave à l'enquête dans le meilleur des cas ou pour complicité.

Marc voit l'épicier se décomposer à mesure qu'il lui parle. Ce dernier déglutit avec peine et bien trop souvent pour être au-dessus de tout soupçon.

Quand Lou voit Marc revenir vers la voiture, elle sent la charge électrique qui l'accompagne. Le claquement de portière le lui confirme.

– Ça va ?

– Pierre ne travaille plus là. Le mec sait quelque chose, ça se sent comme une merde de chat à dix mètres à la ronde. Mais il n'a rien lâché !

– Il sait ce qu'il risque s'il ment et que Pierre…

– Je le lui ai expliqué, mais cette menace doit être moins flippante que le reste pour lui.

– Comment ça ?

– Vous feriez quoi, vous, si un type qui empale des gens vous menaçait ?

Lou serre les dents et les poings.

– Alors, on est coincés ? s'énerve-t-elle. C'est ça que vous êtes en train de me dire ?

– On va le retrouver.

Sur ces mots, le téléphone retentit dans l'habitacle.

– Le juge, indique Marc à Lou avant de décrocher et d'activer le haut-parleur.

– Lieutenant, mettez-vous en lien avec le DSC[7]. Cette histoire de modes opératoires différents et bien spécifiques m'a poussé à solliciter son aide. J'espère que vous avez raison d'insister sur cette enquête, sinon on va vraiment passer pour des cons !

– Pierre Morin ne travaille plus à l'épicerie où il était censé être lorsque les meurtres ont eu lieu et son employeur n'est pas du tout serein ni crédible.

– OK. Retrouvez Morin et interrogez-le. L'équipe Salvac[8] du DSC a déjà lancé les recherches concernant les modes opératoires. Je vous envoie le numéro de la cheffe adjointe du département.

– Dernière chose, monsieur le juge, lance *in extremis* Marc sous le regard insistant de Lou. Adam Jacuri. Je ne suis pas certain que l'UMD soit la meilleure option pour sa détention provisoire.

– Vous êtes psy, maintenant ? De toute façon, je n'ai pas la main sur cette décision, vous le savez bien.

– Il risque les électrochocs.

– Ça existe encore ?

– Oui, c'est appelé différemment pour moins déplaire à l'opinion, mais le traitement existe toujours.

– Pourquoi lui ferait-on ça ?

---

7. DSC : Département des sciences du comportement de la Gendarmerie nationale.

8. Salvac : Système d'analyse des liens de la violence associée aux crimes.

– Parce que les psys estiment que son état s'aggrave au lieu de s'arranger avec les médicaments. Mais si c'est lui qui avait raison depuis le début et qu'il ne faisait que clamer en boucle une réalité effrayante perçue comme un délire de persécution par le monde médical ?

– Il a tenté d'étrangler un soignant de l'unité psychiatrique pénitentiaire, dois-je vous le rappeler ?

– Je sais, mais…

– Concentrez-vous sur votre mission et faites éclater la vérité, c'est la seule solution pour sortir Adam Jacuri de là où il est.

Lou frappe le tableau de bord quand l'appel prend fin.

– Alors, tout le monde s'en fout ! Mon père pourrait crever là-bas, même s'il est innocent, tant qu'on n'a pas apporté les preuves contraires !

CHAPITRE 83

UMD de Plouguernével

Gregory tourne la tête vers sa mère qui vient de couper le moteur de sa voiture devant l'enceinte de l'UMD.

– Ne pleure pas, maman, s'il te plaît.

– Mon pauvre garçon. Qu'est-ce qu'on a fait de toi ?

– Je ne suis pas maltraité ici, et si j'en crois le psychiatre, ce sera bientôt terminé, tout ça. Je retrouverai ma liberté.

– J'en ai tellement voulu à ton père. Il nous violentait tous à la maison… Mais je suis aussi responsable que lui, je n'ai rien fait pour l'en empêcher. Je sais que c'est nous qui t'avons rendu fou… Pardon, se reprend-elle aussitôt avec un regard apeuré, je ne voulais pas dire ça.

– Tu as le droit de dire « fou », si je suis là, c'est bien pour ça. Mais ça va beaucoup mieux, les médecins sont contents.

– Tu es la seule personne qu'il me reste sur cette terre, mon grand, dit-elle en lui caressant la joue.

– Je m'en veux tellement pour ce que j'ai fait. Pour le mal que je t'ai fait, maman. Je pensais ne jamais te revoir, dit-il en prenant la main de sa mère.

– Je suis ta mère.

– Mais la mère d'un monstre a le droit de rejeter son enfant, non ?

– Tu étais malade. J'ai réussi à le comprendre, même s'il m'a fallu du temps. Mais tu vas mieux, jure-moi que tu vas mieux.

– Oui. Je me sens bien, maman, et je te promets que nous serons bientôt réunis.

***

Adam a compris que son acharnement ne faisait qu'empirer sa situation. Personne ne pourra le croire, il est désormais coincé dans un piège avec une bombe à retardement dont le décompte accélère à mesure qu'il s'obstine. Les premières injections du nouveau neuroleptique l'ont plongé dans un état second. Somnolent, confus, docile. Les soignants font leurs premières observations au psychiatre.

– Plus de pensées délirantes ? demande ce dernier.

– Non. Un discours calme, assez haché du fait des effets secondaires, mais cohérent.

– Niveau agressivité ?

– Plus aucun signe. Les doses injectées l'ont apaisé sur tous les plans.

– Manifeste-t-il encore des signes visibles de persécution ?

– Non, sa vigilance n'est plus exacerbée. En revanche, il faudrait peut-être revoir le dosage. Nous avons noté l'apparition de tremblements au niveau des mains et des premiers signes de dyskinésie[9] avec hypersalivation.

– Restez très vigilant à l'évolution de ces effets secondaires et on adaptera si nécessaire. Pour le moment, on continue comme ça, c'est le premier traitement qui semble apaiser les symptômes liés à sa maladie. Nous savons que sa schizophrénie est récente, on peut le soulager, il suffit de trouver le traitement qui lui convient. Cet homme mérite toute notre attention, il a eu une carrière exemplaire, bénéficie d'un respect incontesté de la part de ses pairs et de la justice. Les événements qu'il a subis ces derniers mois l'ont fait déraper et ont créé un effondrement partiel de son psychisme, mais on va l'aider. On peut le guérir, j'en suis convaincu.

– Vous avez pris une décision pour l'isolement ?

– Je vais aller m'entretenir avec lui, mais vu vos observations, je pense que le sortir de sa chambre

9. Ensemble de mouvements involontaires anormaux d'amplitude variable, irréguliers, parfois rythmiques, étendus ou localisés.

un moment pourrait lui être bénéfique. Sous surveillance rapprochée, je m'entends.

– Bien évidemment.

***

Adam est allongé sur ses draps quand le psychiatre entre dans sa chambre. Surpris, il ouvre les yeux et porte la main à sa bouche pour essuyer la salive qui s'échappe de la commissure de ses lèvres. En voulant s'asseoir, il ressent un étourdissement.

– Doucement, lui dit le médecin en venant l'accompagner dans son mouvement. Voilà, ça va ?

– Oui, un léger malaise, articule Adam avec une bouillie imaginaire dans la bouche.

– Il est normal que vous ressentiez cet état désagréable de somnolence, mais le traitement semble efficace. Le ressentez-vous ?

Adam hoche maladroitement la tête.

– Les idées se sont tues, dit-il. Ça fait du bien.

– C'est une très bonne chose. Je suis optimiste, Adam. Si ce traitement parvient à vous stabiliser, nous allons rapidement pouvoir entamer le travail avec vous et faire régresser la maladie.

– Merci.

– Je sais que c'est encore tôt et que vous êtes dans un état flottant, mais sauriez-vous me dire, à cet instant, quel regard vous portez sur ce qui vous a amené ici ?

– Je suis responsable de ce qui m'arrive, répond Adam. Non, se reprend-il en déglutissant à trois reprises pour lutter contre son hypersalivation. C'est la maladie qui m'a fait faire des choses. Mais je ne me souviens pas de tout.

– C'est normal, Adam. Votre esprit refuse de se souvenir pour le moment et ce sera un des objectifs de notre travail ensemble. Ce sera progressif. Mais vous êtes sur la voie de la prise de conscience, c'est déjà énorme. Bravo.

– Mes mains, réplique Adam. Elles tremblent. Beaucoup.

– C'est le traitement. Un effet transitoire, ne vous en faites pas. Aimeriez-vous aller prendre l'air ? Il fait beau aujourd'hui. Frais, mais beau.

Le regard d'Adam s'illumine malgré des paupières lourdes.

– Les infirmiers vont vous accompagner. Pensez-vous être en mesure de marcher ou préférez-vous un fauteuil ?

– Je vais essayer de me mettre debout.

Adam bascule ses jambes sur le côté du lit et le médecin le soutient par le bras pour l'aider à poser les pieds par terre. Il attend quelques instants que son patient stabilise sa position avant de relâcher son étreinte.

– Je ne suis pas sûr de pouvoir, dit Adam en regardant loin devant lui.

– Ce n'est pas grave, on va prendre un fauteuil.

Adam se rassied sur le lit et acquiesce en silence. Quelques minutes plus tard, deux infirmiers viennent le chercher, l'aident avec précaution à s'installer et l'escortent jusque dans la cour. Une couverture sur les épaules et une autre sur les genoux, Adam inspire profondément l'air frais. Après une dizaine de minutes, il ressent déjà les bienfaits sur sa sensation d'esprit flou et ses yeux parviennent à s'ouvrir sans lourdeur handicapante.

– Si vous avez froid, nous pouvons rentrer, propose un infirmier.

– Ça va pour l'instant. Merci.

– C'est le nouveau ! s'agite un des patients en s'approchant de deux autres qui discutent dans un coin de la cour. Ils l'ont bien shooté, il doit en tenir une couche.

Le patient se met alors à rire et à tourner sur lui-même. Un des surveillants tente d'aller le calmer et l'accompagne vers un banc pour s'asseoir avec lui. Un nouveau visage apparaît alors à la porte et les patients en promenade se réjouissent tout d'un coup en se précipitant pour l'accueillir.

– Alors ? lance l'un d'eux. C'était bien ?

– Tu as fait quoi ?

– Il se passe quoi dehors ?

– Tu es allé boire des coups pour nous ?

Le surveillant se lève du banc pour aller apaiser l'exaltation autour de Gregory. Adam regarde dans cette direction et découvre Gregory au moment même où ce dernier pose les yeux sur lui. Son cœur accélère la cadence. Il ne doit rien laisser paraître, sinon, les infirmiers le ramèneront dans sa chambre. Il sent ses mains trembler encore plus fort et les cache sous la couverture.

– Vous avez froid, Adam ? s'inquiète un infirmier.

– On peut rentrer sans retourner tout de suite dans la chambre ? demande Adam.

– Oui, nous allons vous emmener dans la salle commune, il commence vraiment à faire froid.

– Merci.

Gregory ignore les questions des autres patients et se dirige vers le surveillant.

– Ça va, Gregory ? lui demande ce dernier. Tout s'est bien passé ?

– À merveille.

– Parfait. Tu es allé voir le médecin ?

– Oui, oui. Tout est fait. Dis-moi, un nouveau est arrivé pendant mon absence ?

– Oui.

– Tu vas croire que je suis fou… Enfin, un peu plus que la normale, plaisante-t-il, mais j'ai cru reconnaître le psychiatre qui m'a expertisé quand j'étais à Lyon. Ce n'est pas possible ?

– Personne n'est à l'abri, tu vois ?

– Non ! Sérieusement ? C'est lui ? Le docteur Jacuri ?

Le surveillant opine du chef.

– Putain ! Qu'est-ce qui lui est arrivé ? Je l'avais bien trouvé bizarre quand il est venu me rendre visite il y a quelques semaines, mais de là à… Merde, il a fait quoi ?

– Tu sais très bien que je ne peux rien te dire.

– Oui, je sais. J'aimerais bien lui parler.

– Pas pour l'instant, il est encore trop fragile.

– Juste pour le remercier encore une fois de ce qu'il a fait pour moi. Ça pourrait peut-être lui faire du bien, non ? Je lui suis tellement reconnaissant. C'est la seule personne qui a su croire en moi quand j'en avais le plus besoin. Sans lui, je ne sais pas si je serais encore en vie aujourd'hui.

– Écoute, ce n'est pas à moi de prendre cette décision. Le médecin a dit d'éviter les interactions avec lui pour le moment.

– OK, j'irai lui dire tout ça quand je pourrai alors, répond Gregory, sourire aux lèvres.

CHAPITRE 84

Lyon

Lou et le lieutenant sont à la recherche de Pierre depuis leur départ de l'épicerie. Ils se sont rendus à son adresse, mais un des voisins a assuré ne pas l'avoir vu depuis des semaines. Marc a alors appelé le juge qui vient, malgré ses doutes, d'autoriser la géolocalisation du téléphone de Pierre. L'appareil borne à Villeurbanne. Marc entame le trajet en attendant une géolocalisation plus précise. En route, il lance un appel vers la cheffe adjointe du DSC.

– Lieutenant Dupuis, se présente-t-il.

– J'allais vous téléphoner, répond-elle. Un premier rapprochement vient d'être fait.

Lou regarde Marc avec espoir alors que celui-ci est attentif à la circulation dense de Lyon.

– La mise en scène avec la peinture et le pinceau est ressortie dans le Salvac. Un meurtre qui a eu lieu il y a dix-huit ans. Mon équipe est en train d'approfondir les recherches, mais on sait déjà que son auteur avait été déclaré irresponsable avant d'être interné à l'UMD de Cadillac.

– Putain ! lâche le lieutenant. L'UMD où Pierre Morin a passé vingt ans.

– Qui ?

– L'homme que nous sommes en train de rechercher parce que nous le suspectons d'être derrière tout ça. Celui qui empale ses victimes. Qu'est devenu l'auteur du meurtre au pinceau ?

– Libéré après quinze ans d'hospitalisation. Vous n'avez vraiment aucune trace, aucun ADN sur le cadavre ?

– Peinture recouvrant tout le corps, lavage méticuleux et début de putréfaction au cœur d'une bâche en plastique… répond-il en déviant légèrement le regard vers Lou qui pince les lèvres en évitant de croiser le regard de Marc.

– OK. On cherche où se trouve l'auteur de l'époque et on va checker la localisation de son téléphone au moment du meurtre.

– Pour l'assassinat de la forêt, quelque chose ?

– Plusieurs points de rapprochement avec différentes affaires. L'équipe vérifie en ce moment même. Aucune trace non plus ?

– Le corps a séjourné dans l'eau. Trop longtemps…

Marc entend la cheffe adjointe soupirer.

– Réduisez le champ de vos recherches en vous concentrant sur une déclaration d'irresponsabilité de l'auteur, dit Marc.

– OK, je préviens mes équipes et je vous tiens informé dès qu'on a du nouveau.

– On a une piste solide, là ! s'empresse Lou. Même mode opératoire et plusieurs années passées dans la même UMD que Pierre.

– Ça ne suffit pas.

– Mais merde à la fin !

– Je comprends votre impatience, mais sans preuve irréfutable, vous savez comme moi que…

– Mon impatience ! Vous vous foutez de moi ? Ça se voit que ce ne sont pas les neurones de votre père qu'on menace de faire griller !

– Mon père est décédé quand j'avais dix ans.

Lou se mord la lèvre inférieure.

– Pardon. Désolée. Je… l'angoisse me rend dingue.

– Je comprends. On va retrouver Pierre et s'il a été en lien ces dernières semaines avec le meurtrier identifié par le DSC, on aura du solide.

***

Quarante minutes plus tard, Marc se gare devant un atelier de mécanique automobile de Villeurbanne.

– Qu'est-ce qu'il foutrait là ? s'étonne Lou.

– Je ne sais pas, on va vite le savoir. Si son portable est là, il ne doit pas être loin.

Marc descend de la voiture et refoule Lou quand elle veut l'imiter.

– Hors de question !

– Vous n'êtes pas censés être toujours au moins deux pour une intervention ? demande-t-elle.

– Vous n'êtes pas flic.

– Alors, attendez les renforts.

– Pour le laisser filer ?

Marc et Lou remarquent un jeune homme sortir du garage et marcher sur le trottoir, une voiture arriver et entrer, le garagiste sortir pour accueillir le conducteur. Le téléphone de Marc sonne et il répond, oreillette en place. Il s'agit du centre d'opérations et de renseignement.

– Il bouge. Il vient de quitter le garage et semble se déplacer à pied. Il est actuellement dans la rue Greuze.

– Merde ! lâche Marc en remontant dans le véhicule. Tu as vu quelqu'un sortir du garage ? demande-t-il à Lou, surprise du tutoiement.

– Non, juste le jeune. Pourquoi ?

– OK, dit-il à l'opérateur. Tu l'as toujours ?

– Il va rejoindre la rue Lançon dans quelques mètres.

– C'est bien le jeune de tout à l'heure ! réalise Marc en le voyant marcher sur le trottoir de gauche.

Il arrête la voiture en amont et descend sans attendre. Lou le regarde faire.

– Dis-moi quand j'y suis, murmure-t-il dans son micro avant d'interpeller le jeune. Monsieur ! Excusez-moi, vous avez perdu ça, dit-il en se penchant pour ramasser la carte qu'il vient de laisser tomber.

– C'est pas à moi ! répond l'homme.

– Vous êtes sûr ? Je viens de la voir tomber quand vous marchiez.

– Vas-y ! J'te dis que c'est pas à moi, lâche-moi, là !

– Ouais, tu y es, entend Marc dans son écouteur.

Pourtant, cette personne n'a rien à voir avec les photos que Marc a vues de Pierre Morin.

– OK, désolé, dit-il. Je pensais vraiment que c'était à vous, inutile de s'énerver.

L'inconnu tourne les talons et repart en bougonnant.

– Attendez ! relance Marc. Si, regardez ! Il y a le nom de Pierre Morin sur la carte.

Le jeune repart alors en trombe en crachant des injures pour invoquer la chance. Marc était prêt. Bien plus rapide, il le rattrape sans difficulté en sortant les menottes. L'homme est incapable de résister à la clé de bras malgré sa hargne pour échapper à Marc. Les menottes passées, le gendarme le traîne sur le trottoir et Lou avance la voiture jusqu'à eux. L'interpellé n'entend pas ses droits tellement il crie des insanités. Certains passants regardent sans voir, fuyant les problèmes éventuels. D'autres se hâtent de filmer ; si ça peut enfoncer du flic au passage… Marc lance un appel à la brigade la plus proche.

– Lieutenant Dupuis, j'arrive pour une garde à vue.

CHAPITRE 85

Brigade de gendarmerie de Villeurbanne

Le jeune homme arrêté par Marc est désormais assis face à lui, bras croisés et regard sur le côté.

– Ton avocat ne t'a pas expliqué qu'il valait mieux que tu parles ? dit Marc après l'absence de réponses à toutes ses questions. S'il t'a dit de la boucler, ajoute-t-il en jetant un regard à l'avocat en question, je te conseille d'en changer, parce que là, tu vas droit à la case prison sans toucher le plateau de jeu.

– J'ai rien à dire.

– On a retrouvé sur toi un téléphone portable et une carte bancaire qui ne t'appartiennent pas, comment expliques-tu cela ?

– J'ai rien à dire.

– OK… On reprend. Connais-tu Pierre Morin ?

– …

– As-tu été en contact avec lui, récemment ?

– …

– Mes collègues sont en train de fouiller tes antécédents et ta vie personnelle en ce moment même, donc les réponses, on les obtiendra quoi qu'il arrive. La seule différence, c'est que si elles viennent de toi, le juge sera plus clément.

Le jeune homme tourne la tête vers son avocat pour deviner son avis. Ce dernier reste impassible.

– Je risque quoi, là ? s'agite-t-il subitement en remuant sur sa chaise. Putain, j'ai rien fait de mal, moi !

Un gendarme entre dans la salle d'audition et tend une feuille à Marc. Celui-ci prend connaissance de l'information et regarde le prévenu, un sourcil relevé.

– Tu as fait un séjour en hôpital psychiatrique quand tu avais dix-neuf ans ?

– C'est bon ! C'est du passé ça ! Qu'est-ce que ça vient foutre là ?

– Oh ! D'abord, tu changes de ton et maintenant, on arrête de jouer ! balance Marc avec fermeté en frappant sur le bureau pour réveiller les esprits. Tu as été interné il y a trois ans pour une durée de deux mois et tu as été pris en charge dans la même unité que Pierre Morin. Nous avons donc maintenant une première réponse : tu connais Pierre Morin.

– Bah, ouais, je le connais, sinon comment j'aurais ses affaires ? Je suis pas un voleur, moi !

– Il te les a donc confiées ?

– Waouh ! Ah ouais ! Vous êtes vifs d'esprit et perspicaces, dans la police !

– Plus que toi, c'est certain.

– Vas-y ! Je t'em…

– Arrête-toi là, ça vaut mieux. Si tu étais vif d'esprit, tu aurais déjà compris qu'en te taisant, tu te rends complice de Pierre Morin et que s'il plonge pour meurtre, ta peine sera égale à la sienne.

– Quoi ? C'est quoi, ce délire ? Pourquoi vous parlez de meurtre, là ?

– Pierre Morin est recherché pour au moins deux assassinats au mode opératoire identique à celui qu'il utilisait avant d'être interné.

– Vous vous foutez de moi, c'est ça ? Dites quelque chose, vous ! crache-t-il à son avocat. Vous servez à quoi, en fait ? De toute façon, vous vous plantez complet. Pierre est incapable de faire du mal à quelqu'un.

– Ah oui ? Tu n'es pas au courant de son passé criminel, alors ?

– Je m'en tape royal ! Moi, ce que je sais, c'est que sans lui, je ne serais pas là, aujourd'hui. Il a été comme un père pour moi pendant mon séjour à l'hosto. En tout cas, il a bien mieux géré que l'abruti de mec qui me sert de père. Pierre, c'est… je sais même pas si j'ai déjà vu quelqu'un d'aussi généreux et de bon conseil. Il m'a soutenu et me soutient encore.

– Développe.

– C'est le seul patient qui se soit intéressé à moi chez les fous. Il m'a aidé à remonter la pente. Et, même après ma sortie, il a continué à prendre de mes nouvelles.

– Quand l'as-tu vu pour la dernière fois ?

– Quand il m'a donné son tél et sa carte.

– Pourquoi te les a-t-il donnés ?

Le jeune homme soupire et se tortille sur sa chaise. Il n'a de cesse de passer d'une fesse sur l'autre, de poser les avant-bras sur ses cuisses, de se redresser, de regarder son avocat. Marc le laisse faire, sentant la faille proche. Après quelques secondes, il apporte une précision.

– Au fait, les meurtres pour lesquels Pierre Morin est soupçonné, c'est simple, c'est perpète. Donc pour toi, ce sera sûrement une période de sûreté entre vingt et trente ans si tu es jugé complice.

– Ça veut dire quoi, ça ? panique l'autre, les yeux hors des orbites.

– C'est la durée incompressible de ta peine de prison. Après, seulement, tu pourras demander une remise en liberté.

– C'est une blague ? Vous êtes en train de vous foutre de ma gueule ?

– Je n'ai pas franchement envie de rire, non.

– Non, mais vous êtes complètement à l'ouest, sérieux ! Pierre, il a juste voulu m'aider parce que je suis en méga-galère de thunes. J'ai perdu mon job et en attendant d'en trouver un autre, je suis à la rue, j'ai personne, moi. Mes parents, ils veulent plus entendre parler de moi, ces bâtards. Alors, Pierre, il m'aide, ouais…

– En te donnant son téléphone et sa carte bleue ? C'est qui, ton mécène ? Tu te rends compte que c'est n'importe quoi ?

– C'est juste le temps que je trouve un boulot. Justement, j'ai déposé un CV dans le garage avant que vous m'arrêtiez. Vous pouvez vérifier si vous voulez.

– On le fera. Maintenant, dis-nous quand il t'a donné ses affaires.

Le jeune homme réfléchit en cherchant une réponse dans le carrelage sur sa gauche.

– Ça ne doit pas dater d'hier si tu as besoin de faire appel à ce point à ta mémoire.

– J'en sais rien, moi ! Vous me demandez ça, là, comme ça ! Deux mois peut-être ? À peu près.

CHAPITRE 86

Lou a pris un taxi pour retourner dans son appartement lyonnais et prendre une douche. Elle a du mal à éteindre l'eau. La chaleur du jet la réconforte et la buée dans la cabine l'isole dans une bulle dont elle aimerait ne pas sortir. Pourtant, son père a plus que jamais besoin d'elle. Après un séchage rapide, elle appelle Gilles, le meilleur ami d'Adam.

– Lou, répond-il. Comment vas-tu ?

– J'ai connu mieux.

– J'imagine. Et ton père ?

– À ton avis ? s'agace-t-elle. Tu irais comment, toi, si tu étais soupçonné de meurtres et coincé chez les fous ?

Un silence s'installe.

– Excuse-moi, s'empresse-t-elle d'ajouter. Je suis sur les nerfs, j'en veux à la terre entière, là. Écoute, je t'appelle pour avoir ton avis de médecin.

– Dis-moi.

– Le psy de papa m'a parlé d'électrochocs et ça me terrifie. Est-ce que je peux m'opposer à cette décision ?

– Tu sais qu'on ne parle plus d'électrochocs…

– On s'en tape, de la sémantique, putain ! Tu entends ce que je te dis ?

– Ton père a besoin d'aide, Lou, je le pense sincèrement.

– Quoi ?

– Ces derniers mois, il a plongé, tu t'en es bien rendu compte, quand même ?

– Et donc ?

– Et donc, les psychiatres sont les mieux placés pour prendre les bonnes décisions. Leur but est d'aider ton père, pas de le faire sombrer davantage.

– Sérieusement ? répond Lou, estomaquée. Toi, Gilles, le meilleur ami de papa, tu es en train de me dire que tu es d'accord avec ceux qui jugent papa comme un malade mental ?

– Je n'ai pas dit ça. Je dis juste qu'il a besoin d'une aide psychologique. Depuis le décès de ta mère, il est au plus mal.

– Comme c'est étonnant !

– Il s'est renfermé sur lui-même, il manifeste une froideur affective que je n'ai jamais connue chez lui en quarante ans d'amitié, il refuse tout contact, toute aide, et avait même fini par refuser mes appels.

– Donc, il est fou et mérite qu'on lui balance de l'électricité dans le ciboulot pour rallumer la lumière, c'est ça ?

– Tes réactions vives et cyniques ne servent à rien, Lou. La sismothérapie est très efficace, notamment pour les dépressions sévères.

– Ils disent qu'il est schizo, pas dépressif.

– Je sais, mais je crois que les deux sont liés chez Adam. La perte de Lucille a provoqué un effondrement psychologique tel qu'il a fini par transformer la réalité pour la rendre plus supportable. Qui dit transformation de la réalité, dit psychose.

– Tu vas finir par me dire qu'il a tué ces gens, ou quoi ?

Nouveau silence. Lou souffle sa sidération.

– Pas toi, Gilles ? s'effare-t-elle. Dis-moi que…

– Écoute-moi, Lou. Avant la mort de Lucille, ton père avait déjà très mal vécu le suicide de sa patiente. Il m'avait appelé pour me dire que sa carrière n'avait finalement été qu'un échec et qu'en plus de faire couler ses patients, il avait permis à des criminels de se balader librement dans la nature. Quand on va mal, notre esprit fait en sorte de confirmer nos croyances pour nous rassurer, même si elles sont néfastes pour nous.

– Je ne comprends rien à ce que tu dis !

– Si ton père avait voulu se convaincre qu'il avait raison de penser que les pires criminels qu'il ait expertisés continuaient à tuer…

– Il aurait tué pour se donner raison ? C'est ça ? Tu as conscience que tu es en plein délire, là, ou pas ?

– Tout cela est inconscient, Lou. Ton père aurait pu…

– OK. Je crois que j'aurais dû éviter de t'appeler. Tu sais quoi, quand j'aurai sorti papa de là, je lui dirai à quel point tu m'as été d'un grand soutien.

– Lou !

Elle raccroche, abasourdie, et plaque lourdement son dos contre les coussins du canapé pour laisser la colère exploser.

CHAPITRE 87

L'audition n'a rien appris de plus au lieutenant Dupuis, mais la possibilité que le jeune homme prévienne Pierre Morin l'a poussé à le laisser en garde à vue jusqu'à la fin de la durée légale. Dans sa voiture, il lance une recherche sur son portable et finit par trouver l'information qu'il cherchait quand il voit le numéro du DSC s'afficher.

– Lieutenant Dupuis, j'écoute.

– Mon équipe a poussé les recherches concernant le tueur au pinceau qui a sévi il y a dix-huit ans. Le juge d'instruction de l'époque avait demandé plusieurs avis psychiatriques pour statuer sur son cas. Il se trouve que dans le collège d'experts, un nom est ressorti : le docteur Jacuri.

Marc accueille l'information en silence, son esprit essayant de relier certains détails les uns aux autres.

– L'homme vit désormais en région bordelaise et les premières recherches ne montrent aucun déplacement ces dernières semaines. Son téléphone n'a pas borné ailleurs que dans sa zone de vie habituelle.

On n'a rien qui prouve sa présence sur les lieux au moment du crime. On continue à affiner nos informations.

– Et pour la noyée ?

– Ce n'est pas un mode opératoire assez singulier pour obtenir une correspondance aussi rapidement. Lieutenant, si j'ai bien compris, vous cherchez à faire un lien entre ces meurtres et Pierre Morin, mais si le lien était à établir entre ces meurtres et le docteur Jacuri ? Avez-vous un moyen de savoir s'il a expertisé un homme soupçonné de noyade criminelle ou de maquillage de meurtre en noyade ?

– Où voulez-vous en venir ?

– Si rien ne prouve que les criminels d'origine ont agi à Huelgoat, qui avait assez d'informations sur les crimes pour les reproduire à l'identique ? Le docteur Jacuri a écouté ces hommes lui conter leur passage à l'acte dans les moindres détails et il a les dossiers avec les photos des scènes de crime.

– Alors vous aussi, vous pensez que ce psychiatre est coupable ?

– Je n'écarte aucune piste.

***

Marc a raccroché depuis dix minutes et est toujours inerte dans sa voiture à l'arrêt. Il ne sait plus du tout quoi penser, dans quel sens envisager tout ça, ni si son intuition est restée aussi fiable. Il compose le numéro trouvé plus tôt et discute de longues minutes avant d'appeler le major resté à Huelgoat.

– Alors, le jeune a parlé ? demande ce dernier.

– Selon lui, Pierre Morin lui aurait gentiment donné son téléphone et sa carte pour l'aider financièrement un moment.

– Putain, grand seigneur, le mec !

– Ouais, ce qui me fait chier, c'est que je viens d'interroger le psy qui s'est occupé de Pierre Morin durant ces dernières années d'hospitalisation sous contrainte.

– Et ?

– Même constat. Selon lui, Pierre serait devenu un homme d'une grande générosité, tourné vers l'autre, réfléchi et stable psychologiquement. Un patient particulièrement agréable, toujours souriant et très intégré au groupe.

– Ah…

– Il m'a aussi raconté que Jacuri l'avait appelé il y a quelques mois pour lui demander des informations concernant Pierre et qu'il aurait fini par devenir très désagréable. Il n'aurait pas supporté l'idée que son ex-patient soit libre et aurait dit au psy qu'il avait fait l'erreur de sa vie en le laissant partir.

– Ça fait donc des mois que le vieux est obsédé par Pierre Morin… Bien avant qu'il vienne nous en parler.

– Ouais, soupire Marc. Je vais aller faire un tour dans son ancien service à l'hôpital pour prendre la température. Tu en es où des recherches dans ses dossiers ?

– C'est long. Il y a beaucoup d'infos.

– As-tu trouvé celui qui rapporte le même mode opératoire que pour le corps retrouvé dans l'atelier de peinture ?

– Pourquoi ?

– La cheffe du DSC vient de m'appeler, Jacuri a aussi expertisé ce tueur-là il y a dix-huit ans.

– Ah merde ! Son nom ?

– Bernet.

– Je vais regarder, Bernet en 2005, murmure le major pour lui-même en griffonnant sur un bout de papier.

– Cherche aussi un dossier avec les photos d'un corps noyé et putréfié. Le DSC pense que Jacuri pourrait finalement être le lien entre tous ces modes opératoires différents.

– Il les aurait reproduits ? C'est ce qu'ils pensent, c'est ça ? Putain, je te le dis depuis le début !

– Rien ne le prouve.

– Rien ne prouve le contraire.

Marc raccroche, un nouveau sursaut d'intuition dans la poitrine.

CHAPITRE 88

Il est tard, mais Lou a accepté l'invitation du lieutenant. Après le premier verre, elle commence déjà à regretter d'être venue. La seule personne qui croyait encore en la possible innocence de son père semble elle aussi avoir commencé à glisser sur la même pente que tous les autres.

– Tu savais que ton père était retourné voir le docteur Perez après sa garde à vue ? lui demande-t-il, ayant visiblement opté définitivement pour le tutoiement.

– Il voulait comprendre. La mort d'Ilda l'a beaucoup secoué.

– Il ne voulait pas seulement comprendre, Lou.

– Ça veut dire quoi, ça ?

– Leur entretien s'est mal passé. Il a perdu les pédales et s'est énervé après Perez. Il aurait commencé par lui reprocher la sortie d'Ilda de l'hôpital avant de le rendre responsable de sa mort et, enfin, des soignants l'auraient entendu menacer Perez en quittant le bureau.

– Il était choqué, ce n'étaient que des mots.

– Sauf que Perez a été retrouvé mort chez lui.

– OK. Donc, ça y est, toi aussi tu baisses les bras ?

– Tout nous ramène à ton père. Il a même été odieux avec le psy qui s'est occupé de Pierre Morin après sa libération.

– Envoie une équipe creuser son terrain, va savoir, il est peut-être enterré là-bas, lui aussi !

– Arrête.

– Je ne sais pas, tu ne t'es jamais engueulé avec personne, toi, en étant convaincu que tu avais raison de le faire ? Tiens, ton major, la tête à claques, là ! Pourtant, tu ne l'as pas encore buté, si ? Tu es en train de faire comme les autres, tu récoltes toutes les infos qui pourraient venir confirmer la culpabilité de mon père au lieu de faire ce pour quoi tu es venu, c'est-à-dire, trouver les preuves de son innocence. Tu sais quoi, rentre chez toi, vous avez largement ce qu'il faut pour le faire tomber. Et de toute façon, d'ici là, il aura le cerveau en bouillie.

Marc est touché par l'émotion qu'il voit naître dans les yeux de Lou. Alors qu'elle se lève pour quitter le bar, il la retient par le poignet.

– Je ne vais rien lâcher, lui dit-il. Ce n'est pas normal que Pierre Morin soit introuvable.

– Tu veux faire quoi de plus ? Même la mise en garde à vue du jeune gars n'a servi à rien. Il a réussi à vous faire gober ses bobards.

– Il me reste une carte à jouer.
– Laquelle ?
– Le bluff.

***

Une fois rentré à son hôtel, Marc est incapable de se résoudre à se reposer. Il doit continuer à travailler, à faire des liens, à comprendre. Assis sur son lit, il parcourt toutes les feuilles étalées devant lui, lance des recherches sur son ordinateur, écrit, s'emballe… se frustre, raye… s'énerve. Tête entre les mains pour forcer son cerveau à mettre les informations dans les bonnes cases, il se laisse surprendre par la sonnerie de son téléphone. Le major.

– Tu dormais ?

– À ton avis ?

– Non. Bon, j'ai trouvé. Bernet, 2005. Le vieux a bien un dossier avec photos, détails et notes complètes sur la psychologie du tueur. Et scoop, il y a une annotation récente à la fin de ses feuilles d'expertise.

– Balance.

– Récidive le 16 novembre 2023.

– Tu déconnes ?

– Attends, ce n'est pas le bouquet final. J'ai aussi trouvé plusieurs dossiers de noyade, dont un qui correspond : immersion longue avant exposition. Note de bas de page : « Récidive le 14 novembre 2023. » Il a disjoncté, le vieux, tu vois. Il a fait ça tout seul comme un grand. Ça a donné quoi, ta visite à l'hosto ?

– Il aurait crié sur le docteur Perez avant de le menacer en partant.

– OK, on a tout, laisse tomber. Le dossier est béton.

– Je ne sais pas…

– Tu plaisantes ? C'est quoi qui t'anime, là ? Toujours ton intuition à la con ou la petite Jacuri dans ton lit ?

Marc met un terme à l'appel pour éviter de dire des choses qu'il regretterait.

CHAPITRE 89

UMD de Plouguernével

Adam ne sait plus où il se trouve. Quand il ouvre les yeux, il fait noir, seule une ampoule rouge en haut d'un mur semble servir de repère. Il ne peut pas garder ses paupières ouvertes, elles retombent aussi lourdement qu'une lame de guillotine libérée. Il sent son cœur battre trop vite et trop fort. Une douleur intense irradie dans tout le haut de son corps alors que ses jambes sont contracturées aussi fermement que des morceaux de bois. Son esprit vacille et se rapproche dangereusement du précipice. Adam tente de résister à la chute fatale, mais les forces lui manquent. Il a chaud, son corps tremble, ses jambes vont se briser si elles continuent de se durcir. La première image qui lui blesse le cerveau est celle de Lucille sur le canapé, yeux fixes, veines ouvertes. Suivent alors celle de la noyée à la peau qui se décolle, celle de la pendue au pinceau, celles des deux adolescents empalés. La tête d'Adam est immobile sur l'oreiller, pourtant il a l'impression de la secouer dans tous les sens pour faire disparaître ces cauchemars. Il sent une main se poser sur son avant-bras. Il aimerait ouvrir les yeux, retirer son bras, comprendre.

Reviens à toi ! se dispute-t-il mentalement. La main lui serre le bras. Fort… trop fort… C'est douloureux. Son cœur accélère encore la cadence. S'il continue, il va dérailler et briser la chaîne de vie. Le visage de Gregory souriant apparaît à l'arrière de ses paupières closes.

Non, essaye-t-il de dire, en vain. Aucun son n'est capable de franchir ses lèvres. Ce sont alors les traits de Pierre qui se dessinent. Près de lui, un pieu, du sang, de la fumée. Adam réunit toute son énergie, il sait pourtant comment faire pour s'extraire d'un cauchemar, mais la démarche semble désormais impossible. Son esprit est comme attiré par la sensation de vide qui se rapproche de lui.

Tout sera fini comme ça. Laisse-toi tomber. Une douleur fulgurante lui saisit alors les deux mollets et les deux bras. Sa respiration est rapide, comme s'il venait de courir un marathon.

Pierre est là.

Non, c'est Gregory. Il est revenu à l'UMD, il le sait, il l'a vu quelques heures plus tôt. Comment a-t-il pu rentrer dans sa chambre ? Qu'est-il en train de lui faire ? Un objet s'abat maintenant sur son visage. C'est froid, mouillé, ça lui coupe la respiration comme un brumisateur trop froid sur un coup de soleil. On lui enfonce quelque chose dans le bras, mais il est trop dur, ça ne veut pas rentrer. La douleur se diffuse partout.

Que mon esprit bascule, vite ! Pourquoi les soignants ne viennent-ils pas ? Pourquoi n'ont-ils pas vu Gregory entrer ? Sont-ils de mèche avec lui ? Sont-ils plusieurs autour de moi pour invoquer ma mort ?

Prisonnier de son corps, Adam pleure de l'intérieur. La peur, la douleur, la mort imminente. Lou, sa dernière pensée est pour elle. La plus belle réussite de sa vie.

– Qu'est-ce qui se passe ? s'affole le psychiatre en entrant précipitamment dans la chambre.

– Tous les signes cliniques d'un syndrome malin des neuroleptiques, docteur.

– Putain ! Poussez-vous !

Le médecin pose une main sur le front d'Adam.

– Trente-neuf degrés cinq, précise un infirmier. Il ne répond plus et ne réagit plus. Fréquences cardiaque et respiratoire trop élevées. La rigidité musculaire a commencé par les jambes et vient d'atteindre les bras. Les tremblements s'intensifient.

Le médecin soulève les paupières d'Adam l'une après l'autre et agite sa lampe devant ses yeux.

– Refroidissement physique en urgence et benzodiazépines en intraveineuse, ordonne-t-il. Comment il était au coucher ?

– Agité et confus, mais…

– Mais quoi ? s'énerve le médecin.

– Ce sont des effets secondaires classiques en début de traitement. Il en est à sa quatrième molécule, on ne pensait pas que…

– On vous avait parlé des tremblements ce matin, ajoute le deuxième infirmier. Ça n'a pas eu l'air de vous inquiéter.

Le psychiatre lui jette un regard mauvais. Adam entend des voix lointaines. Son esprit vient de se rattraper de justesse au bord de la falaise.

CHAPITRE 90

Lyon, le lendemain, le 16 décembre 2023

Marc est dans sa voiture. Il est tôt, il fait encore sombre et il a froid. Un café serait le bienvenu, mais pour le moment, il attend devant l'épicerie que le rideau métallique se lève. Après trente minutes, il descend enfin et traverse la rue en trottinant pour frapper contre la porte vitrée alors que l'épicier a toujours le doigt sur le bouton du volet. Ce dernier affiche un air contrarié, mais prend les clés sur le comptoir et déverrouille la porte.

– Vous êtes matinal.

C'est la seule chose qu'il trouve à dire au gendarme, sentant les ennuis.

– J'aurais pu venir vous cueillir chez vous, mais j'ai eu une pensée pour votre femme et vos enfants.

– Que se passe-t-il ? demande-t-il avec un malaise palpable.

– Vous imaginiez bien que nous allions mener l'enquête jusqu'au bout, non ?

– Je ne comprends pas.

– Pierre Morin.

– Je vous ai dit tout ce que je sais sur cet homme. J'ignore où il est depuis qu'il a démissionné, je ne sais pas ce que vous voulez de plus ?

– J'aurais aimé la vérité, tout simplement.

Marc voit l'homme pâlir. *J'ai une dernière carte à jouer*, s'entend-il dire à Lou.

– Je vous ai dit la vérité.

– Faux ! tranche sèchement Marc. Nous savons désormais que Pierre Morin n'a pas travaillé ici aux dates que nous vous avons données.

L'épicier secoue la tête, soudain effrayé. Sa main se pose sur le trousseau resté sur la serrure, qu'il tourne instinctivement pour fermer. Il jette alors un regard dans la rue et s'éloigne de la porte vitrée.

– Je vous en supplie, dit-il en reculant dans la boutique. Il ne doit pas penser que cette information vient de moi.

Marc sent une décharge électrique agréable. Il n'y croyait qu'à moitié.

– S'il croit que j'ai parlé… Non… Pitié, protégez ma famille.

– Pierre Morin vous a menacé ?

– Il s'en prendra d'abord à mes filles. Il me l'a juré. Je vous en supplie.

– Quelles étaient ses consignes ?

– Signer un contrat de travail avec lui et attester de sa présence si les forces de l'ordre venaient à la vérifier. Il ne m'a pas laissé le choix. Il est entré un jour dans la boutique, a fermé derrière lui et m'a donné ses ordres, sans quoi ma famille subirait ça.

En prononçant cette phrase, l'épicier fait le tour de la caisse pour ouvrir le tiroir et en sortir des photos Polaroïd. Marc voit alors les photos des scènes de crime d'il y a vingt ans.

– L'enfoiré ! souffle-t-il. Quand est-il venu vous contraindre à faire cela ?

– Attendez, la date est sur le contrat, répond le propriétaire des lieux en fouillant dans ses chemises. Voilà, c'était le 9 octobre.

– Je vais devoir prendre ce document et les photos. Avez-vous des enregistrements de votre vidéosurveillance ? demande Marc en regardant l'objectif au coin de l'entrée.

– Ça aussi, il m'a obligé à le faire. J'ai dû supprimer ceux du jour de sa visite.

– Vous savez s'il y a des caméras dans la rue ?

– Oui, je crois, mais qu'est-ce que vous allez faire ? S'il sait que vous le cherchez et que vous êtes venu là…

– Nous allons mettre une protection en place autour de vous et de votre famille le temps de le retrouver.

– Et si vous ne le retrouviez jamais ?

CHAPITRE 91

Au vu des nouvelles, le procureur a donné son accord pour prolonger la garde à vue du jeune homme en possession du téléphone de Pierre Morin et le juge d'instruction a transmis une commission rogatoire pour perquisitionner le domicile de Pierre. Accompagné d'une équipe de la section de recherches de Lyon, Marc entre dans l'appartement de celui qu'Adam soupçonne depuis des mois. Après avoir fait le tour des pièces pour s'assurer qu'il n'y a personne, l'équipe commence la fouille. Marc reçoit un appel du major.

– J'ai continué les recherches, annonce-t-il, et le mec qui a noyé sa victime à l'époque n'a pas seulement été expertisé par le vieux. Il a aussi séjourné un moment dans la même unité psychiatrique que Pierre Morin.

– Ils se connaissaient tous, c'est bien ce que disait Jacuri !

– Par contre, comme le tueur au pinceau, celui-ci ne semble pas avoir bougé de chez lui ces dernières semaines, enfin, si on en croit les bornages.

– Sauf s'ils ont tous fait comme Pierre et qu'ils ont refilé leur téléphone à quelqu'un.

– Ouais… mais il manque le pourquoi dans cette histoire. Pourquoi des mecs qui ont pu être libérés plutôt que de prendre perpète s'en prendraient au psy qui leur a évité la taule ?

– Parce qu'il en savait trop sur eux ?

– Léger, non ? Surtout pour une telle mise en scène et une telle prise de risques. Tu te rends compte de l'organisation qu'il aurait fallu si ce que tu penses est vrai ? Aucun malade mental ne pourrait préméditer tout ça avec autant de minutie.

– Jacuri nous dit depuis le départ qu'ils ne sont pas malades.

– L'armée des faux fous, c'est ça ? Désolé, mais moi, je n'arrive toujours pas à y croire.

– Tu as regardé si le 9 octobre correspondait à un événement particulier ? lance Marc. Pourquoi Pierre Morin a voulu signer son contrat de travail ce jour-là ?

– Rien de précis, mais c'est deux semaines avant le suicide de la femme du vieux.

– Ça correspond aussi au moment où il a donné son téléphone au jeune homme. Il avait donc prévu ce qui allait se passer et ça veut dire qu'il était peut-être déjà à Huelgoat quand Lucille Jacuri est morte.

– Tu penses qu'il aurait tué la femme du vieux ?

– Je n'en sais rien. Je suis chez lui, je te tiens au courant.

***

Lou est en route pour Huelgoat. Elle ne supporte plus d'être loin de son père, ça renforce son sentiment d'impuissance. Même si elle sait qu'elle ne pourra pas lui rendre visite, elle se sentira faussement apaisée d'être près de lui si besoin.

Dans une semaine, c'est Noël.

Elle aimerait faire taire son esprit qui vagabonde librement alors que sa voiture fonce sur l'autoroute. À trente-cinq ans, elle n'a jamais passé un Noël sans ses parents. Cette année, ce sera sans les deux. Que s'est-il passé ? Pourquoi sa vie s'est-elle effondrée sans prévenir ? Et si Gilles avait raison ? Si son père avait réellement besoin d'aide et qu'elle était finalement aveuglée par le déni… Un enfant est incapable d'imaginer que ses parents puissent être malades, vulnérables, mortels… cette simple pensée est tellement douloureuse.

Elle revoit son père entrer dans l'atelier alors qu'elle venait de découvrir le corps de la femme pendue à la poutre. Il aurait pu agir avant qu'elle n'arrive, repartir se laver dans le moulin et revenir. Et les jeunes dans la cabane. Il était sur place quand ça s'est passé. S'il n'avait pas été agressé comme il le lui a fait croire, mais qu'il avait tué ces deux ados avant de venir enfermer Martin dans sa cave pour détourner l'attention du lieutenant ? Et le docteur Perez ? Tout a peut-être commencé par lui. Il lui en aurait tellement voulu pour la mort d'Ilda qu'il aurait commis l'irréparable et qu'il aurait alors basculé dans la psychose.

La sonnerie du téléphone la tire de ses réflexions perturbantes. Elle prend immédiatement l'appel quand elle voit qu'il s'agit du docteur Natri.

– Oui, docteur ?

– Bonjour, madame Jacuri. Je dois vous tenir au courant de ce qui se passe pour votre père.

Lou sent son cœur paniquer.

– Hier soir, il a présenté les premiers signes cliniques du syndrome malin.

– En français, s'il vous plaît.

– Une réaction très rare aux neuroleptiques, mais dangereuse.

– Comment va-t-il ? s'empresse-t-elle de demander.

– Fort heureusement, nos équipes ont réagi très rapidement et tout rentre dans l'ordre.

– Il risquait quoi ?

– Ce syndrome provoque une très forte température, une rigidité musculaire ainsi qu'une grande confusion mentale, et finit généralement en coma si rien n'est fait. Pour être franc avec vous, il est mortel, madame Jacuri. Mais votre père est sorti d'affaire.

– Quelle merde vous lui avez donnée pour qu'il développe ça ?

– Le souci n'est pas la molécule, mais le métabolisme de votre père qui réagit mal aux formules chimiques.

– Donc ça y est, vous allez me ressortir votre couplet sur les bienfaits des électrochocs ?

– Je ne veux que le bien de votre père, croyez-moi. Je ne suis pas psychiatre dans une unité si spéciale pour ne pas me soucier de mes patients.

– Après tout, si ce sont des criminels, vous pourriez bien expérimenter vos traitements sans cas de conscience. Si ça foire, ce ne seraient pas des grosses pertes pour la société.

– Je ne sais pas quelle image vous avez des individus que vous défendez, maître Jacuri, mais j'espère que ce n'est pas celle que vous venez de me décrire avec tant d'inhumanité. Pour moi, les personnes que je traite ici sont des êtres humains souffrant de troubles psychologiques importants et invalidants. Mon unique objectif est de les soigner pour leur permettre de retrouver leur libre arbitre, dit autrement, leur liberté psychique.

Après quelques secondes de silence, Lou reprend :

– Vous pensez vraiment que les électrochocs pourraient soulager mon père ?

– J'en suis sûr. Et il faut oublier les représentations inscrites dans l'inconscient collectif. Ce n'est pas un traitement violent, douloureux ou barbare. Votre père sera endormi et les premières séances sont des stimulations de faible intensité.

Lou écoute le psychiatre lui détailler le déroulement d'un tel traitement avec ses avantages thérapeutiques et les effets secondaires possibles. Elle repense à Gilles, lui-même médecin, lui disant que les psychiatres étaient les mieux placés pour savoir comment prendre en charge son père.

– Vous devez savoir, madame Jacuri, que les effets secondaires que je viens de vous décrire sont transitoires et que s'ils se manifestent, ce qui n'est pas une certitude, ils disparaissent au bout de quelques semaines.

– Vous m'avez parlé d'amnésie rétrograde.

– En effet, c'est possible, mais…

– Totale ?

– Elle peut être partielle, lacunaire ou totale. Quant à l'amnésie antérograde, c'est-à-dire l'oubli de ce qui vient juste de se passer, elle disparaît rapidement.

– Un traitement comme celui-ci sur un esprit sain, ça donne quoi ?

– Votre père souffre, madame Jacuri. Sa fracture psychologique est une réalité.

Lou se noie entre son besoin de prouver que son père va bien et qu'il n'a rien fait et ses idées sombres d'il y a dix minutes. Même le lieutenant a fini par douter qu'une autre personne ait pu commettre ces crimes à la place de son père.

– Vous connaissez votre métier, docteur, finit-elle par dire, un déchirement venant lui briser le cœur.

Lou quitte l'autoroute à la première aire de repos qu'elle voit, gare sa voiture et serre le volant de toutes ses forces. Un râle se fait entendre au fond de sa gorge et se transforme rapidement en un cri étouffé par ses dents scellées. Elle laisse alors son front rencontrer le volant et pleure comme une petite fille terrifiée.

CHAPITRE 92

Lyon, appartement de Pierre Morin

– Lieutenant, vous devriez venir voir ça.

Marc rejoint l'enquêteur qui a ouvert les portes de l'armoire en bois dans la chambre à coucher. S'attendant à trouver des vêtements, il découvre en fait une série de livres bien disposés et classés. Plusieurs ouvrages sur les différentes psychoses : schizophrénie, trouble dissociatif de l'identité, paranoïa, psychose hallucinatoire chronique, paraphrénie... De chaque volume dépassent des multitudes de repères fluorescents. Marc en choisit un au hasard et regarde à quoi renvoient ces repères. Il constate rapidement que Pierre voulait retrouver facilement les symptômes, les traitements, l'évolution de la maladie en fonction des traitements, la notion de discernement, de transformation de la réalité... Le gendarme découvre également des ouvrages rédigés par des experts psychiatres. Pierre y a surligné des passages expliquant le comportement de certains criminels durant les entretiens, le non-verbal, l'agitation, la jouissance dans le regard, le mutisme, les hallucinations auditives ou visuelles…

Marc fait défiler les pages de repère en repère et la réalité qu'il découvre le sidère. Cet homme aurait-il pu apprendre les détails de chaque maladie mentale pour échapper à la justice et aider d'autres criminels à faire la même chose ? Si c'était le cas, ces livres auraient été saisis il y a vingt ans, quand il a été mis en examen. L'enquêteur cherche dans les premières pages du livre qu'il a en main et constate qu'il a été édité en 2000. Il détaille les autres, tous publiés voici plus de vingt ans. Il repose tout et prend son téléphone pour appeler la cheffe du DSC.

– Pierre Morin, dit-il, vous avez trouvé quoi sur lui ? Son interpellation il y a vingt ans, les perquisitions qui ont eu lieu, où c'était, qu'est-ce qui a été saisi ?

– Je vous passe le chef d'équipe chargé des recherches sur son compte.

Marc attend quelques secondes seulement.

– Bonjour lieutenant. Vous voulez des infos sur Pierre Morin, c'est ça ?

– Oui. Quand il a été arrêté, il y a vingt ans, il vivait où ?

– Chez ses grands-parents, dans une maison individuelle à Francheville.

– Vous avez accès au PV de la perquisition ?
– Oui.
– Y a-t-il mention de nombreux ouvrages psychiatriques ?
– Non, je n'ai pas souvenir de ça.
– Toutes les pièces de la maison avaient été fouillées ?
– Oui, mais les enquêteurs avaient rapidement trouvé les preuves qui incriminaient le suspect. Je n'ai pas trouvé de PV de perquisition concernant les nombreuses dépendances de la propriété.
– Les enquêteurs de l'époque se seraient contentés de la maison, c'est ça ?
– Ça m'en a tout l'air.
– Ses grands-parents vivent toujours là-bas ?
– Sa grand-mère.
– Envoyez-moi l'adresse.

Après avoir passé la fin de matinée et le début d'après-midi à fouiller l'appartement de Pierre Morin, Marc a cherché une vue satellite de la propriété de Francheville. Il découvre un terrain imposant avec la maison devant et quatre dépendances à l'arrière, dont une petite encerclée par une haie. Il contacte le juge et des renforts sont rapidement réquisitionnés pour aller sur les lieux avec lui et l'équipe de la section de recherches.

– Si Pierre Morin se cache là-bas, il est hors de question qu'on le laisse filer ! clame-t-il face aux troupes qui se préparent.

Après un briefing clair et détaillé, chacun sait ce qu'il aura à faire en arrivant devant la propriété. Marc a décidé d'attendre la tombée de la nuit pour un assaut plus discret. À dix-huit heures, les équipes sont prêtes.

CHAPITRE 93

– Madame Morin, gendarmerie nationale ! s'annonce Marc à la porte de la maison alors que les autres gendarmes se dispersent furtivement sur le terrain en direction de chaque dépendance, et qu'une équipe encercle la propriété.

– Qu'est-ce que c'est ? demande la vieille dame.

– Gendarmerie, madame, répète Marc. Veuillez nous ouvrir s'il vous plaît.

Marc voit la porte s'entrouvrir, maintenue par une chaînette de sécurité.

– Faites voir si vous êtes bien ce que vous dites, bougonne la mamie. Vous avez une carte ou quelque chose ?

Marc présente sa carte.

– Qu'est-ce que vous voulez ?

– Votre petit-fils, Pierre, est-il là, madame ?

– Non, il a son appartement maintenant, il vit plus ici.

– Quand l'avez-vous vu pour la dernière fois ?

– Il est venu après sa sortie de l'hôpital, mais depuis deux mois, plus rien. Il est trop occupé, il m'a dit qu'il avait trouvé un travail.

– Vous pourriez nous laisser entrer, s'il vous plaît ?

– C'est obligé, ça ? Vous êtes pas des arnaqueurs, hein ?

– Nous avons une autorisation du juge, madame.

– Comment ça ? Qu'est-ce que c'est que cette histoire, encore ?

– Votre petit-fils est recherché.

– Il a pas encore fait quelque chose ? Dites-moi que c'est pas vrai ?

La porte se referme d'un coup, avant de s'ouvrir en grand.

– Entrez, dit la mamie, effrayée. J'ai rien à cacher, vous pouvez me croire. Si je vous dis qu'il est pas là, c'est la vérité. Vous pouvez tout fouiller.

– Merci, madame Morin.

La grand-mère plaque une main contre sa bouche en regardant les gendarmes pénétrer dans sa maison.

– Mon pauvre mari est mort. Heureusement ! s'exclame-t-elle en regardant vers le plafond pour remercier Dieu. S'il savait que Pierre a encore fait des siennes…

– Je suis vraiment désolé, répond Marc en voyant l'émotion dans les yeux de la vieille dame.

Après un moment de silence pendant lequel elle sort un mouchoir en tissu de sa manche pour y déposer son émotion, Marc reprend :

– Comment était Pierre quand il est venu vous voir la dernière fois ?

– Bien. Enfin, je crois. Il avait l'air d'aller bien et il a toujours été gentil et prévenant avec moi, vous savez.

– Vous n'avez rien remarqué de particulier ? insiste Marc.

– Non… Ah, attendez… non, c'est sûrement pas important.

– Tout est important.

– Il m'a demandé s'il pouvait emprunter la voiture de son grand-père. Elle dormait dans une dépendance depuis la mort de mon mari, alors je lui ai dit qu'elle marchait sûrement plus. Elle a pas démarré, je m'en doutais. Alors, il est revenu le lendemain avec un jeune homme qui a trifouillé l'auto et il est parti avec. C'est depuis que je l'ai plus vu.

– Dans quel bâtiment se trouvait le véhicule ?

La mamie sort sur le perron pour indiquer l'endroit à Marc et elle voit alors tous les gendarmes quadriller sa propriété. Ses yeux deviennent ronds comme un lapin ébloui par les phares.

– Alors, c'est très grave ? s'étrangle-t-elle en regardant Marc. Il a pas encore… ? Non ! finit-elle par crachoter dans un sanglot, une main en bouclier devant ses lèvres.

– Pour le moment, nous le recherchons, madame Morin. Nous n'avons pas encore de preuves.

– Mais si vous le soupçonnez, c’est bien que…
– Lieutenant ! interpelle un gendarme au loin.

Marc arrive à la porte de la dépendance isolée par une haie. Les torches des gendarmes éclairent l’intérieur comme en plein jour.

– Il y avait des grands cartons recouverts d’huile au sol, indique l’agent qui a appelé Marc.

– Oui, madame Morin vient de m’expliquer que la voiture de son mari était à l’abri ici depuis qu’il est mort.

– La surprise était sous les cartons, précise le gendarme en indiquant l’endroit à Marc.

– Ce dernier avance dans la pièce et voit alors une trappe en bois ouverte. Dessous, un escalier plongeant.

– On a prévenu la scientifique. L’équipe arrive, déclare le même gendarme au moment où Marc s’apprête à descendre.

CHAPITRE 94

Huelgoat

Lou vient d'arriver devant la propriété de ses parents. Il fait déjà nuit et très froid. Quand elle descend pour récupérer sa valise dans le coffre, elle est saisie par des frissons. Elle se retrouve perdue au milieu de nulle part, une nuit d'hiver, dans un lieu chargé de souvenirs funestes. Son premier réflexe est de s'enlacer dans un geste de protection et de regarder tout autour d'elle. Le silence est si profond qu'il la terrorise. Elle se précipite alors vers le coffre, prend ses affaires et se hâte de rejoindre l'entrée de la maison. Au moment de mettre la clé dans la serrure, elle entend un moteur de voiture. Pas un bruit qui vient de loin et qui se rapproche. Un bruit qui a pris naissance juste là, à quelques mètres d'elle, elle en est certaine. Partagée entre l'envie de se mettre à l'abri et celle de savoir, elle laisse tomber sa valise au sol et refait le tour de la maison en direction de la rue. Elle voit alors l'arrière d'un véhicule disparaître à une vitesse élevée et s'évanouir dans la nuit.

En revenant vers la terrasse, elle n'ose pas laisser ses yeux se poser sur le terrain de la propriété. La peur de voir quelque chose se mouvoir ou surgir la terrorise. À peine a-t-elle déverrouillé la porte d'entrée qu'elle la claque derrière elle et la ferme à double tour, avant même d'allumer. Mais pourquoi est-elle revenue ici ? Dans cet endroit qui transpire la mort par tous les pores de ses murs ? Marc ne lui a pas donné de nouvelles depuis leur rencontre au bar la veille, elle ignore s'il est toujours à la recherche de preuves pouvant innocenter son père ou s'il est rentré ici. S'il est encore à Lyon et qu'elle a besoin d'aide, qui appellera-t-elle ? Certainement pas ce petit con de major !

Elle fait le tour de chaque pièce de la maison pour se rassurer, mais n'a pas le courage de descendre à la cave. Elle vérifie juste que la porte est bien fermée, mais malgré cela, elle ressent une peur viscérale et le froid ambiant la fait trembler une nouvelle fois. De retour dans le salon, elle allume un feu et reste assise sur le rebord de la cheminée, les mains offertes aux flammes naissantes. Les bienfaits de la chaleur n'ont pas le temps d'atteindre son cœur que des coups sur la porte l'effraient. Qui peut frapper à cette heure ? Personne ne sait qu'elle est là.

– Ouvrez-moi, je vous en supplie !

La voix est féminine et semble résonner avec terreur. Lou se dirige vers l'entrée, mais hésite.

– Qui êtes-vous ? demande-t-elle à travers le battant.

– Ouvrez-moi ! S'il vous plaît.

Lou ressent un danger dans cette voix, ou un désespoir, elle n'arrive pas à faire la différence. Peu importe, dans les deux cas, elle ne peut pas rester sourde à cet appel à l'aide. Elle ouvre et découvre une femme, yeux rougis par l'émotion, mais regard plus agressif qu'apeuré.

– Que se passe-t-il ? demande Lou.

– Je passe devant cette maison tous les jours depuis que je sais que… Comment pouvez-vous ?

– Je vous demande pardon ? Je ne comprends pas. Qui êtes-vous ?

– Vous êtes sa fille ? demande la femme en faisant un pas vers Lou. La fille de ce fou !

– Je vais vous demander de partir, réagit Lou en tentant de refermer la porte.

La main de l'inconnue se pose fermement dessus pour l'en empêcher.

– Votre père a tué ma fille, avoue-t-elle.

– Mon père est présumé innocent jusqu'à…

– Comment pouvez-vous ? Vous devriez avoir honte !

– Laissez-moi ! se défend Lou en poussant sur la porte.

– Si mon mari était là, je crois qu'il serait capable du pire. Votre père a détruit notre vie. Il a laissé notre petite fille pourrir sous terre, vous vous rendez compte !

– Et moi je vous répète que jusqu'à preuve du contraire…

– Votre père est coupable ! crie la femme, au bord de la rupture. Et si j'étais vous, je ne resterais pas ici.

– C'est une menace ? se rebelle soudain Lou, toujours en appui contre la porte pour éviter que la furie n'entre.

– En tant qu'avocate, vous devez connaître la définition de la légitime défense, non ? Réponse proportionnée à l'attaque. Il a tué notre fille…

– Sortez ! hurle Lou en mettant toutes ses forces pour claquer définitivement la porte et la verrouiller.

– Vous ne vous en tirerez pas comme ça ! vocifère la femme de l'autre côté. Vous m'entendez ! Il a tué ma petite fille.

Lou se laisse glisser contre la porte quand elle entend la voix dérailler puis se briser.

– C'était ma petite fille, ma raison de vivre. Elle n'avait que trente ans.

Lou imagine son interlocutrice, elle aussi au sol de l'autre côté de la porte, en larmes. Son désespoir lui fend le cœur et elle retient alors le bruit des sanglots qui prennent possession d'elle. Ce n'est pas seulement son père qui a laissé la fille de cette femme pourrir sous terre, elle aussi est responsable de cette effrayante réalité.

CHAPITRE 95

Francheville

Marc vient de pénétrer au cœur de l'indicible. Les quelques marches le séparant de la surface de la terre sont pour lui le franchissement de plusieurs cercles de l'enfer de Dante. Le cachot des souvenirs, la tombe des supplices, l'antre d'un démon. Toutes les dénominations lui passent par la tête à mesure qu'il découvre l'endroit. L'odeur émanant de ce lieu est lourde, moite, écœurante. L'ampoule qui grésille au centre du plafond diffuse une lumière orangée et crée des ombres à l'aspect menaçant. Au centre de la pièce, sur la terre battue, trône une table métallique légèrement inclinée avec un trou sous lequel est suspendu un seau. Marc constate que ce dernier est rempli d'un liquide sombre et quand il voit l'état dans lequel a été laissée la table, il comprend rapidement de quoi il s'agit. Le cœur au bord des lèvres, il repense alors aux premières constatations du légiste concernant le corps du docteur Perez, retrouvé dans la cave d'Adam Jacuri. *Exsanguination quasiment totale.*

Reposant sur la table, un pinceau plat non nettoyé et, sur les murs, des toiles blanches accrochées avec des croix inversées peintes dans des teintes allant du rouge sombre au noir. Intercalées, des croix de saint Pierre en bois, en métal, en os… Sur le mur du fond, Marc aperçoit un large meuble lui faisant penser à un autel. Dessus, des calices, un crucifix à l'envers, des bougies, un crâne animal et des photos. Impossible pour Marc d'attendre la scientifique. Son envie de savoir l'amène face à l'autel. Il comprend alors que les Polaroïd ont figé chaque étape et chaque masque de douleur de ses victimes. Marc a l'impression d'entendre les défunts hurler, pleurer, implorer, agoniser. Il inspire un grand coup pour se ressaisir et se sent subitement obligé de détourner le regard de ces souvenirs de l'enfer qu'ont vécu ces personnes. Ses yeux rencontrent des carnets aux couvertures en cuir et aux reliures faites de cordes. Muni de gants, il en prend un et le feuillette. Il s'agit de tableaux remplis d'une écriture fine, noire et inclinée. Beaucoup d'informations y sont notées. Marc remonte à la première page pour comprendre à quoi correspond chaque colonne. Il découvre alors les entêtes : *Nom, Âge, Date et Objet d'hospitalisation, Durée initiale, Personnalité, Comportements, Agressivité, Élaboration de la pensée, Aptitude et échéance, Discernement*. Adam Jacuri parlait d'une organisation criminelle, Marc commence de plus en plus à y croire. Il tiendrait dans ses mains les informations nécessaires au recrutement de ses membres. Il regarde un nom au hasard :

F. Ploum – 24 ans – 12/08/2004 – hallucinations auditives persistantes – 1 mois – schizoïde, schizothymique – idées décalées, froideur affective, activités solitaires, attiré par le paranormal – hétéroagressivité possible – pensée dirigée par hallucinations, mais cohérence possible – passage à l'acte envisageable si formation – irresponsabilité envisageable cause schizo.

Ça paraît désormais clair à Marc. Jacuri avait vu juste. Mais ça ne lui apporte pas la preuve que Pierre est derrière tout ce qui s'est passé à Huelgoat, ni même qu'il était présent sur les lieux.

CHAPITRE 96

Huelgoat

Lou est allongée sur le canapé devant la cheminée, couverture jusqu'aux oreilles et lumières allumées. Les émotions soulevées par l'échange vif ne parviennent pas à redescendre. Quel monstre est-elle pour avoir osé infliger une telle douleur à une famille ? A-t-elle protégé le véritable coupable en agissant ainsi ? Une notification la prévient d'un texto. Étonnée par l'heure, elle regarde immédiatement, sortant un bras de sous la couverture.

Ce n'est pas raisonnable d'être seule
dans un tel endroit.

Lou se redresse vivement et a le réflexe de regarder tout autour d'elle. Numéro anonyme. Pas difficile d'obtenir ses coordonnées, elles sont indiquées sur son site professionnel.

Vous m'avez déjà menacée tout
à l'heure, répond-elle. Inutile d'insister.

Vous êtes sûre ?

Cette réponse rapide lui fait peur. Ces gens seraient-ils capables de venir s'en prendre à elle par désespoir ? Son père lui a toujours expliqué que n'importe qui était susceptible de passer à l'acte dans un contexte particulier et son métier le lui a confirmé à de nombreuses reprises. La peur de perdre son père l'a bien poussée à enterrer un corps. La perte d'un enfant doit donner l'envie de tout détruire, elle en est convaincue. Faire souffrir pour moins souffrir. Un leurre qui doit résonner comme une évidence quand on a tout perdu. Se sentant piégée dans la maison, elle ne réfléchit pas avant de composer le numéro de Marc :

– Lieutenant Dupuis, laissez un message.

Elle raccroche sans attendre le bip, en pestant autant contre lui de ne pas lui répondre que contre elle d'avoir pensé à l'appeler.

Nouveau texto :

La forêt est proche, votre corps
ne sera jamais retrouvé.

Le cœur de Lou bat fort pour la secouer et lui faire comprendre qu'il est temps de réagir. Tant pis, il est con, mais il se devra d'intervenir.

– Major Grivois, j'écoute.

– Lou Jacuri. J'ai besoin de vous.

– C'est-à-dire ?

– Je suis chez mon père et…

Lou ne sait pas comment amener la chose.

– Et vous ne vous sentez pas en sécurité ? suppose le major.

– En effet.

– Qu'êtes-vous venue faire ici ?

– Vous aussi, vous allez me dire que je n'ai rien à faire là et que je ferais mieux de repartir ?

– Comment ça, moi aussi ? s'étonne le major en se redressant sur sa chaise.

– La mère d'une des victimes est venue me menacer à la porte de la maison tout à l'heure. Et maintenant, je reçois des messages. Le dernier me menace de mort.

– Restez enfermée, j'arrive.

Lou est surprise, mais rassurée.

***

En route vers la maison, le major appelle Marc. Répondeur. Il tente trois fois sa chance avant d'obtenir une réponse.

– Quoi ?

– Désolé, je te dérange, apparemment.

– On est dans le bien dégueu, ouais. Qu'est-ce que tu veux ?

– Ta petite protégée, tu l'as perdue de vue ?

– Qu'est-ce que tu veux dire ?

– Elle est là.

– Comment ça, là ? Qu'est-ce que tu racontes ?

– Elle est venue chez son vieux.

Marc a du mal à avaler sa salive et sa main vient attraper sa nuque.

– Je l'ai vue hier soir, elle ne m'a pas dit qu'elle voulait partir.

– On oublie des détails sur l'oreiller, parfois.

– Arrête de me faire chier ! Comment tu sais qu'elle est là, d'ailleurs ?

– Elle vient de m'appeler. Elle est terrifiée.

– Pourquoi ? s'inquiète Marc en voyant qu'elle a aussi essayé de l'appeler.

– Elle reçoit des menaces de mort et la mère d'une victime est venue chez elle pour lui dire de partir.

Marc est interrompu par un chef d'équipe.

– Tout a été fouillé, lieutenant. Il n'est pas là.

– Putain ! Écoute, dit-il au major, Pierre Morin est introuvable. Je t'envoie la marque et l'immatriculation de la voiture dans laquelle il roule, on ne sait jamais. Je crois que Jacuri avait raison, il recrutait des tueurs dans les unités psychiatriques.

Le major reste sans voix.

– Ne dis rien à Lou, pour le moment, parce qu'on n'a pas encore la preuve qu'il est derrière ce qui s'est passé à Huelgoat, mais protège-la.

– Compte sur moi.

Le major décide de faire un détour pour passer devant la maison des parents de la victime retrouvée enterrée dans la forêt. Il aperçoit de la lumière à travers la vitre de la porte d'entrée, mais ne voit qu'une voiture garée dans l'allée. Il arrête son véhicule derrière et va sonner. La mère ouvre sans attendre et ne cache pas sa surprise.

– Désolée, je croyais que c'était mon mari. Que faites-vous là ?

– J'ai été prévenu de votre visite à la fille de M. Jacuri.

L'autre secoue la tête et se laisse rattraper par l'émotion.

– Je ne sais pas ce qui m'a pris, je n'aurais jamais dû. Cette jeune femme n'est pour rien dans tout ça. Mais quand j'ai vu sa voiture... quand j'ai vu de la vie dans la maison où ma petite fille a perdu la sienne, je ne sais pas... je suis devenue folle, je crois.

– Où est votre mari ?

La femme laisse échapper un souffle de culpabilité par le nez, accompagné d'une plainte aiguë.

– Je ne sais pas, avoue-t-elle. Je n'aurais jamais dû lui dire que je lui avais parlé.

– À Lou Jacuri ?

– Oui. Quand je l'ai raconté à mon mari, il est devenu fou et je n'ai pas réussi à le retenir.

– Avez-vous envoyé des messages de menace à Lou Jacuri ?

– Quoi ? Non ! Bien sûr que non !

– Votre mari est parti il y a combien de temps ?

– Ça va faire une heure, je suis très inquiète.

– Merde ! lâche le major en regagnant précipitamment sa voiture.

– Attendez ! crie la femme en le rattrapant. Si cette personne a reçu des messages, ce n'est pas non plus de mon mari, il est parti sans son téléphone.

Le major se fige un instant derrière son volant, main sur la poignée de la portière, puis tire dessus avant d'enclencher la marche arrière pour reprendre la route vers la maison de Jacuri. Son téléphone s'allume et il active le haut-parleur.

– C'est moi, dit Marc. Les TIC viennent de retrouver des documents. Pierre connaît l'adresse de Jacuri à Huelgoat et il a pris connaissance des lieux *via* des vues satellites.

– Putain de merde ! grogne le major en appuyant brusquement sur l'accélérateur.

CHAPITRE 97

Huelgoat

Lou est montée au premier étage de la maison et a ouvert les volets d'une fenêtre donnant sur le chemin d'accès à la propriété. Debout contre le mur, elle observe l'extérieur, impatiente de voir le major arriver. Le noir est absolu dehors, pas de lampadaires, un ciel bas promettant de déverser son trop-plein d'ici peu, pluie ou neige, vu le froid. Du coin de l'œil, Lou pense avoir aperçu quelque chose bouger et sursaute intérieurement. En posant les yeux à l'endroit en question, elle ne remarque rien. Étrange sensation que de ne voir qu'en limite du champ de vision des choses invisibles si on regarde en face. Sûrement son imagination. Son téléphone la surprend.

Monter n'est pas le meilleur
moyen de fuir.

Le cœur de Lou explose et son regard cherche instinctivement l'endroit qu'il a inspecté quelques secondes plus tôt. Cette fois, c'est réel. Légèrement éclairée par le halo lumineux de l'écran d'un téléphone, une silhouette immobile la fixe. Lou s'écarte de la fenêtre et se colle dos au mur, mains contre sa poitrine, souffle court. Elle pense alors à son père et à l'homme qu'il disait avoir vu dans le brouillard, un soir, à Lyon. Nouvelle notification qui la désintègre un peu plus. Elle pourrait ne pas regarder, mais elle préfère savoir ce qui l'attend. Au même moment, elle entend un moteur et un crissement de pneus.

La suite plus tard… À bientôt.

Lou entend frapper à la porte alors qu'elle est en train de dévaler l'escalier.

– Lou, c'est le major Grivois.

Elle ouvre, regard apeuré.

– Tout va bien ? s'enquiert-il.

– Il y a quelqu'un, déclare-t-elle d'une voix tremblante. Dehors. Il est parti quand vous êtes arrivé.

– Où ?

– Il était là où vous avez mis votre voiture.

– Merde ! râle le gendarme en déverrouillant son holster pour prendre son arme en main.

– Ne me laissez pas toute seule ! implore Lou en le voyant tourner les talons.

– Refermez derrière vous.

– Non ! Il m'a dit qu'il reviendrait. S'il vous arrive quelque chose, je…

– Refermez ! J'appelle des renforts.

Lou obéit, tétanisée, et recule, sonnée comme si un fantôme venait de sortir par la porte. Le major remonte le chemin jusqu'à sa voiture, arme et lampe en avant. Il éclaire les alentours en restant attentif au moindre bruit susceptible de le guider et regarde en direction de la maison pour comprendre depuis quel endroit Lou a pu voir sa voiture arriver et remarquer l'individu en question. Il constate que les volets de l'étage sont ouverts et trace mentalement une ligne entre ces derniers et son véhicule avant de partir à l'opposé de la bâtisse en suivant cette ligne directrice. Il enjambe un fossé et des fourrés avant de se retrouver en bordure d'un champ arboré. C'est mission impossible, il le sait. Seul, dans l'obscurité totale, sans indication. Soit il court dans le vide si l'individu a pris la fuite, soit il s'expose à se faire agresser si ce dernier l'attend dans ce but précis. Dans les deux cas, il échoue et Lou se retrouve vulnérable. *Protège-la !* Les mots du lieutenant résonnent dans sa tête. À contrecœur, il rebrousse chemin et se défoule sur son téléphone en demandant où en sont les renforts. Une équipe ne tarde pas à arriver, il briefe alors ses collègues et retourne sonner à la maison.

– Vous avez une idée de qui il s'agissait ? demande-t-il après que Lou lui a ouvert.

– J'ai l'impression que je ne suis pas la bienvenue ici, c'est tout. Si les familles des victimes se sont passé le mot, ça fait pas mal de possibilités.

– Vous n'avez rien remarqué de particulier ?

– À part la femme venue m'agresser et les menaces de mort, vous voulez dire ? répond-elle cyniquement.

Le major se contente de hausser les sourcils sans la quitter du regard.

– Une voiture était là quand je suis arrivée dans la soirée.

– Quelle voiture ?

– Je ne sais pas, j'ai juste vu l'arrière quand elle a démarré en trombe.

– Mais vous dites qu'elle était là, c'est que vous l'avez vue avant qu'elle ne parte ?

– Non. Je l'ai entendu démarrer, mais c'était trop tard quand je suis revenue sur le chemin.

– Donc pas de plaque ?

– Non. Par contre, ses phares éclairaient jaune.

– Vous me dites n'avoir aperçu que l'arrière.

– Oui, mais quand il fait nuit, on voit bien les lumières, même de loin. Je me suis dit que ça devait être une vieille voiture.

CHAPITRE 98

Brigade de Villeurbanne,
le lendemain, le 16 décembre 2023

Après avoir passé la nuit à déterrer les secrets morbides de Pierre Morin, le lieutenant Marc Dupuis est de retour face au jeune homme arrêté en possession du téléphone portable de Pierre. Ce dernier n'a pas beaucoup dormi, à en juger par ses cernes noirs et ses yeux mi-clos.

– Nous avons effectué une perquisition la nuit passée, et elle nous a appris beaucoup de choses, entame l'enquêteur. Nous avons désormais la confirmation que ton ami Pierre Morin n'est vraiment pas ce qu'on peut appeler un enfant de chœur. Plutôt un enfant de Satan, si tu vois ce que je veux dire.

– Non, j'vois pas ! Et j'ai rien à voir avec lui, moi. Je suis au courant de que dalle.

– Il vaudrait mieux pour toi que tu arrives à nous le prouver, sinon tu es franchement mal barré.

– Mais putain ! Sérieux ! Qu'est-ce que j'y peux, moi, si ce mec, il fait des conneries ? J'suis pas sa mère, quoi !

– Tu m'as bien dit que tu cherchais un travail quand je t'ai interpellé ?

– Ouais.

– Chez un garagiste ?

– Ouais ! Et alors ?

– Tu as donc une formation de mécano ?

– Bien vu !

– En échange de quoi Pierre Morin t'a-t-il donné son téléphone et sa carte bleue ? Ne me refais pas le coup du mécène, je n'ai jamais cru en ces gens-là.

– Bah, ça, c'est votre problème.

– Tu ne dois pas être très bien réveillé, alors je vais te donner une seconde chance parce que je suis un peu mécène à mes heures perdues, moi aussi, tu vois. De deux choses l'une, soit tu déballes tout ce que tu sais et on avance grâce à toi, ce qui nous prouve que tu n'es pas de son côté, soit tu persistes à me prendre pour un con et je te défère devant le juge dans l'heure et ce soir tu es en taule. Nous savons que Pierre Morin a eu besoin de quelqu'un de calé en mécanique auto il y a quelque temps… je dirais, il y a deux mois, tu sais, la date approximative que tu nous as fournie pour le portable.

– OK ! C'est bon ! Oui, il m'a demandé de réparer la vieille bagnole de son grand-père. Il en avait besoin et elle ne démarrait plus. C'est pas un crime, de dépanner un pote, si ?

– Quand le pote est un criminel, ça peut le devenir, si. Où était la voiture ?

– Dans un vieux bâtiment chez sa grand-mère.

– Parle-nous de ce qu'il y avait dessous.

Marc fixe le jeune et il repère une incompréhension sincère sur son visage.

– Comment ça ? Vous voulez un cours de mécanique ? Le problème venait de la batterie et d'une bougie d'allumage, rien sous la bagnole.

– Je ne parle pas du dessous du véhicule, mais de sous les cartons.

Le jeune ouvre des grands yeux.

– Alors là, je comprends rien de ce que vous dites.

– Voilà ce qu'il y avait sous les cartons, lui dévoile Marc en tendant plusieurs photos de la pièce de l'horreur.

Le jeune homme recule brutalement, faisant basculer sa chaise.

– Putain, c'est quoi ce délire ? s'exclame-t-il. Sérieux, je vous jure, je sais rien de tout ça !

– J'ai envie de te croire, mais ça ne va pas suffire.

– Comment je peux vous le prouver, putain ?

– Dis-nous tout ce que tu sais, tout ce que Pierre a pu te dire. Chaque détail est important.

– Je sais pas, répond automatiquement l'autre en regardant vers le bas et en forçant son cerveau à tout remettre en ordre.

– T'a-t-il parlé des personnes qui étaient avec lui en unité psychiatrique durant toutes ces années ?

– Non, il avait pas envie de revenir là-dessus, il voulait aller de l'avant. Il m'a expliqué qu'il avait perdu vingt ans de sa vie, qu'il devait rattraper le retard.

– Rattraper le retard ?

– Oui, vivre à fond, je pense que c'est ce qu'il voulait dire. Ah si ! Il a évoqué quelqu'un parce que ça lui a fait beaucoup de peine. Il voulait retrouver une femme en sortant de l'hôpital parce qu'il avait des projets avec elle, il était vraiment raide dingue de cette nana. Mais peu de temps après sa libération, elle s'est foutue en l'air. Il avait trop de mal à s'en remettre.

L'intuition de Marc revient à l'assaut.

– Il t'a dit comment s'appelait cette femme ?

– Magda. Elle avait fait un séjour en HP avec lui, ils étaient devenus très proches et s'étaient promis de s'attendre pour vivre ensemble.

– Magda ou Ilda ?

Le jeune homme est surpris.

– Vous la connaissiez ? Pierre préférait Magda, plus sûre d'elle et dominatrice, ça lui plaisait. Il aurait aimé qu'Ilda s'efface définitivement pour laisser la place à Magda.

– Ce qu'elle a fait.

– Quoi ?

– Magda pensait pouvoir éliminer Ilda définitivement quand elle s'est tranché la gorge. Elle a donc agi comme le voulait Pierre.

– Quoi ? Mais non ! Pierre ne lui aurait jamais fait de mal !

– Il lui a demandé de prendre le dessus sur Ilda.

– Ça n'a rien à voir ! Pierre dit que ce sont les psys, les responsables de sa mort.

L'attention de Marc est à son comble.

– Qu'est-ce qu'il t'a raconté à propos des psys ?

– Il y en a un que Magda ne pouvait pas voir, il réussissait à renforcer Ilda à chaque fois qu'elle allait à l'hôpital. Je sais plus son nom, mais c'est celui qui s'occupait d'elle quand elle était à Lyon. Et puis, il est parti en vacances, et un autre docteur a libéré Ilda. Pierre lui en voulait parce qu'il était convaincu que si elle était restée encore un peu à l'hôpital, elle ne serait pas morte et qu'il aurait pu prendre soin d'elle. Au lieu de ça, elle a buté sa mère ce soir-là, avant de s'égorger. Putain, quelle horreur. Ça a anéanti Pierre.

Marc sort du bureau et lance un appel au major. Celui-ci s'éclipse en silence de la maison de Jacuri et se retrouve au frais, sur la terrasse.

– Ouais.

– On a le mobile ! annonce-t-il. Morin était raide dingue de la version trash d'Ilda, la fameuse patiente du docteur Jacuri qui s'est suicidée il y a neuf mois. Il tenait Perez et Jacuri pour responsables de sa mort.

Le major ne sait pas quoi répondre.

– Lou ! s'inquiète Marc. Elle est où ?

– Elle est là, sur son canapé. Elle a fini par s'endormir.

– Tu as passé la nuit avec elle ?

– Ouais, tu veux les détails ?

– Ferme-la.

– Bon… OK, on a le mobile, mais pas de preuves.

– Le sang retrouvé dans le seau sous la table de sacrifice est en cours d'analyse. On sera vite fixés. En attendant, on continue à ne rien dire à Lou, je ne veux pas lui donner un espoir vain.

– Fais gaffe, Marc. Tu dépasses le coup de cœur, là. Tendresse, bienveillance, empathie, protection, on se rapproche de l'amour.

CHAPITRE 99

UMD de Plouguernével

Adam vient d'être emmené dans la salle commune sur un fauteuil roulant. Deux infirmiers l'encadrent et l'installent devant une table où un plateau-repas semble l'attendre. Un yaourt, une compote et un verre d'eau. Adam a plus l'impression que son estomac veut faire sortir qu'entrer de la nourriture. Il reste immobile, ses yeux vitreux rivés sur la petite cuillère qui renvoie la lumière.

– Il est important que vous mangiez un peu, Adam, lui dit un infirmier en s'accroupissant à côté du fauteuil pour se mettre à sa hauteur.

Adam tourne doucement la tête vers lui avant de retourner à son observation silencieuse de la cuillère. L'infirmier lance alors un regard inquiet vers son collègue.

– J'ai très mal à la tête, articule soudain Adam avec une voix faible.

– Ça va passer. Buvez au moins un peu d'eau si vous n'avez pas faim.

Adam tend la main vers le verre, mais manque de le renverser.

– Attendez, je vais vous aider, propose l'infirmier en guidant doucement sa main et en la soutenant jusqu'à ce que le verre arrive près des lèvres.

En entrant dans la salle, Gregory voit la scène et esquisse un sourire.

– Ils ne l'ont pas loupé, le vieux, on dirait, lui dit un patient en ricanant.

– Comme quoi les psys sont bien les plus fous de tous, répond Gregory.

– Parce que c'est un psy ? s'étonne l'autre.

– Oui. Celui qui m'a envoyé là.

– Oh merde !

Le rire excité interpelle les soignants.

– Du calme. Tu vas avoir des ennuis. Et je ne t'ai rien dit, alors boucle-la, sinon tu auras vraiment des problèmes.

– Ça doit te faire plaisir de le voir là, non ? chuchote le patient.

– Assez. J'aime me dire que les fous n'en sont pas et que les experts en sont. Renversement des valeurs.

– Je ne comprends pas tout ce que tu racontes, mais ça semble être intéressant.

– Il pensait que je passerais mes vingt prochaines années ici. Résultat, je commence déjà à sortir, par contre lui, on dirait qu'il en a pour un petit moment avant de revoir la lumière du jour. Je vais aller le saluer, conclut-il, sourire en coin.

Adam tousse après sa deuxième gorgée d'eau et l'infirmier prend le verre pour le reposer.

– Ça n'a pas l'air d'être la grande forme.

Les deux infirmiers froncent les sourcils pour signifier leur mécontentement et Adam lève les yeux vers celui qui vient de prononcer cette phrase.

– Ce n'est pas le moment, dit l'un des soignants en signifiant à Gregory de s'éloigner d'un geste de la tête.

– Je voulais juste saluer M. Jacuri. Comment allez-vous, docteur ?

Adam plisse les yeux sans quitter du regard l'homme qui lui fait face.

– Au début, c'est dur, mais on s'habitue, vous verrez.

– Bon, ça suffit, Gregory ! Tu vas voir ailleurs, là.

– Je voulais juste être poli. Le docteur Jacuri a fait beaucoup pour moi, je désirais me montrer cordial.

– Une autre fois.

– Qu'est-ce que j'ai fait pour vous ? demande Adam, le souffle court, après avoir toussé à nouveau.

– Quoi ?

– Vous êtes qui ?

– C'est une blague ? lâche Gregory en se retenant de pouffer de rire.

– Stop, intervient le psychiatre dans son dos. Je crois que les infirmiers vous ont demandé d'aller plus loin.

– Très bien, je ne pensais pas que dire bonjour était interdit. Je m'excuse.

– Comment vous sentez-vous, Adam ? demande le médecin, une fois seul avec lui.

– Je… Qu'est-ce que je fais ici ? Que m'est-il arrivé ?

– Quel est votre dernier souvenir ?

Adam ferme les yeux et les premières images sont lumineuses.

– Des gyrophares, dit-il. J'ai eu un accident, c'est ça ?

– Non.

– Il y avait une ambulance, je me souviens. Des médecins autour de moi. Oui. Ils sont venus me chercher, j'étais sous la pluie.

– Vous souvenez-vous de ce que vous faisiez sous la pluie ?

Adam tente de forcer sa mémoire, mais le noir semble avoir pris possession de son esprit.

– L'homme qui est venu m'a appelé docteur, dit-il alors. Je suis médecin, moi aussi ?

Le psychiatre garde le silence un moment, visiblement inquiet.

– Quel jour sommes-nous ? demande Adam.

– Le 16, se contente de répondre le médecin.

– De quel mois ?

Nouveau silence de surprise.

– Décembre, finit par répondre le psychiatre. Vous souvenez-vous où vous étiez avant d'entrer dans cette salle ?

– Je crois que je suis revenu à moi devant ce plateau.

– Je suis venu vous parler en salle de réveil il y a deux heures, vous rappelez-vous ce que je vous ai dit ?

– Je ne crois pas vous avoir vu.

– Très bien, conclut le médecin avant d'appeler les infirmiers. Vous continuez à surveiller M. Jacuri, il faut qu'il mange un peu.

En s'approchant du visage d'un des deux infirmiers, il murmure :

– Ne le laissez pas seul. Les effets secondaires sont inquiétants.

CHAPITRE 100

Huelgoat, fin d'après-midi

Le major a prévenu Lou qu'il allait passer la voir, elle n'est donc pas surprise quand on sonne à la porte et elle se précipite pour ouvrir, plaid sur les épaules. Ce n'est pourtant pas le major qui se tient face à elle. Marc la regarde en esquissant un sourire timide, coincé entre politesse et gêne.

– Bonsoir Lou.

Elle ne sait pas quel accueil lui offrir et l'idée de lui tourner le dos en le laissant là lui effleure l'esprit. Pataugeant dans ses propres émotions, elle reste silencieuse et immobile.

– Nous avons du nouveau, lui annonce Marc.

– Du nouveau pour enfermer mon père ? l'attaque-t-elle sans réellement saisir la cause de son ressentiment envers cet homme. De toute façon, tu pourras lui faire gober tout ce que tu veux désormais, il a le cerveau cramé.

– Qu'est-ce que tu veux dire ?

Marc perçoit les efforts que Lou doit déployer pour ne pas se laisser submerger par les larmes. Il aimerait la soutenir mais ne sait pas, concrètement, comment réagir.

– Le psychiatre de l'UMD vient de m'appeler, explique-t-elle, amère. La première séance d'électrochocs a eu lieu ce matin. Il a visiblement mal réagi et les effets secondaires sont plus nombreux que prévu.

– Je suis désolé, sincèrement.

– Ça ne sert à rien. Garde ta pitié, ça ne me rendra pas mon père, répond-elle en tournant le dos à Marc pour aller s'asseoir dans le canapé.

– Écoute, je comprends que tu m'en veuilles. Je n'ai pas été très délicat l'autre soir au bar. Mais, depuis, il s'est passé pas mal de choses.

– Alors, pourquoi je ne suis au courant de rien ? Tu as trouvé ce qu'il faut pour mettre mon père derrière les barreaux jusqu'à la fin de ses jours et tu ne sais pas comment me le dire, c'est ça ?

– Je voulais attendre d'être sûr de mes pistes avant de t'en parler. Ton père sera bientôt libre, Lou.

Elle lève vivement la tête pour le regarder.

– Nous avons désormais la preuve que Pierre Morin est derrière tout ce qui s'est passé ces dernières semaines.

– Comment ? Je croyais que...

– Il n'a jamais travaillé chez l'épicier. Il a forcé ce dernier à lui faire un contrat pour se couvrir. On a perquisitionné son appartement et la maison de ses grands-parents chez qui il vivait avant. Dans une pièce dissimulée sous un garage, nous avons trouvé une grande quantité de sang. Les résultats viennent de tomber et il s'agit de celui du docteur Perez.

– Pourquoi aurait-il tué Perez ? Vous avez un mobile ? demande Lou, stupéfaite.

– Il a agi par vengeance. Durant ses longues années d'hospitalisation, il a rencontré Ilda, la patiente de ton père, et il est tombé très amoureux d'elle, visiblement. Il n'attendait qu'une chose, la liberté pour vivre avec elle. Mais, Ilda s'est suicidée et, pour lui, les deux responsables de ce drame étaient Perez et ton père.

Les yeux de Lou s'arrondissent à mesure que Marc lui explique ce qu'il s'est passé.

– Et les deux patientes de mon père qui ont été tuées ici ? Pourquoi ?

– Pierre tenait un carnet avec toutes les caractéristiques psychologiques des personnes qu'il croisait à l'hôpital. Il se peut, comme le pensait ton père, qu'il ait créé une organisation criminelle avec des pions à utiliser quand il en aurait besoin. Les modes opératoires pour le meurtre des patientes de ton père nous ont guidés vers deux individus faisant partie de la liste de Pierre. Des équipes sont en ce moment même en train de les interpeller.

– Je ne comprends pas. S'il pouvait faire intervenir d'autres criminels, pourquoi avoir agi lui-même sur Perez et sur les copains de ton fils ? Ces crimes étaient signés, il se tirait une balle dans le pied.

– Ses pulsions ont dû prendre le dessus et son besoin de tuer est devenu trop fort. Enfin, j'imagine. Ton père répondrait mieux que moi à cette question.

– S'il le peut encore un jour.

Lou soupire et baisse les yeux, brutalement ramenée à l'effrayante réalité concernant son père.

– Le psychiatre t'a dit quoi sur l'évolution des effets secondaires ?

– Il m'assure que c'est transitoire.

Un silence s'installe.

– Ton major a dû te dire qu'un homme m'avait menacée hier soir. Il était là, tout près. Tu crois que c'était Pierre ?

– On sait qu'il utilise la voiture de son grand-père et mon collègue m'a dit que tu avais vu des phares jaunes, ça pourrait correspondre. On est en train d'analyser les relevés provenant du portable qui t'a envoyé les messages. C'est un téléphone prépayé, donc rien ne nous dit que c'est le sien, mais on creuse le sujet.

– Et ma mère ? finit-elle par oser demander. C'est lui qui aurait… Tu crois vraiment qu'elle ne s'est pas suicidée ?

Marc se contente d'inspirer profondément. Après un nouveau silence de réflexion, Lou reprend la parole avec une inquiétude dans la voix.

– Il m'a dit qu'il reviendrait.

***

Marc n'avait pas envie de laisser Lou seule chez elle. Tentant de se convaincre qu'il aurait dû rester pour la surveiller et la protéger, il sent pourtant que ça se joue à un autre niveau. D'autant que le fait de se rapprocher de sa propre maison ne déclenche rien d'excitant. Quand il gare sa voiture devant chez lui, il s'étonne de ne voir aucune lumière. Même les guirlandes clignotantes extérieures sont éteintes. Le manque d'envie se transforme alors rapidement en appréhension malsaine. Il entre, main sur son holster, et observe attentivement autour de lui tout en appelant sa femme.

– Coralie ! Tu es là ?

Il n'obtient qu'un silence en retour. Rien ne semble animer la demeure et les pensées de Marc s'engouffrent rapidement dans le chemin menant au pire.

– Martin ! crie-t-il en se dirigeant vers les chambres et en allumant chaque pièce.

Il pousse brutalement toutes les portes et continue de scander leurs prénoms avec la peur qui a emprisonné son cœur entre ses serres. Celle de découvrir une scène qui l'anéantirait à jamais. Les images des copains de Martin lui reviennent avec violence.

– Martin ! panique-t-il.

De retour dans le salon, il prend son téléphone pour appeler sa femme. Alors qu'il entend les premières tonalités, il repère la lettre sur la table basse du salon :

On est partis chez mes parents.

Marc entend que sa femme vient de décrocher mais le silence prend place.

– Coralie ? s'assure-t-il.

Aucune réponse.

– Coralie, c'est toi ? Réponds-moi !

– Qu'est-ce que tu veux ?

Marc expire son soulagement.

– Tu m'as fait peur ! Je viens de rentrer. Je me suis fait tous les films possibles avant de trouver ton mot. Tu ne m'avais pas dit que tu partais avec Martin.

– Parce que tu m'as prévenue quand tu es parti à Lyon, toi ?

– Tu sais très bien que c'était pour…

– Le boulot ? Oui, ça, je sais, je commence à avoir l'habitude.

Marc ferme les yeux, las de subir un énième reproche, et tente d'en faire abstraction.

– On sait qui c'est, ça y est ! lance-t-il. Adam Jacuri n'avait rien à voir avec tout ça.

– Ah ! Tu as arrêté le coupable ?

– Non, pas encore, mais…

– Génial ! ironise-t-elle. Sinon, tu t'es demandé une seule seconde ce qu'on était en train de vivre, Martin et moi ? Tu t'es inquiété pour ton fils ?

– Attends, tu sais très bien que…

– Ses amis ont été exécutés, Marc, putain ! Devant lui ! Il était inconscient, mais il était là quand ça s'est passé ! Et quand il s'est réveillé, il était enfermé, nu, dans une pièce avec un cadavre en putréfaction. Mais, merde ! crache-t-elle dans un sanglot. À quel moment un père se dit que sa place est ailleurs qu'auprès de sa famille dans de telles circonstances ?

– Je…

– Non, tais-toi ! Martin va mal. Il ne veut plus dormir, il est terrifié et quand la fatigue est plus forte que lui, il fait des cauchemars atroces et se réveille en hurlant. C'est ça, ce qu'on vit depuis ton départ.

– Je suis désolé. Je devais retrouver le salaud qui lui a fait vivre ça, tu peux le comprendre, quand même ? Tu aurais vraiment préféré que je n'entreprenne rien ?

– Tu ne l'as même pas arrêté ! Qui nous dit qu'il n'est pas à la recherche de Martin pour le faire taire ? Tu réalises l'angoisse ? À la maison, j'imaginais ce monstre rôder autour de chez nous avec un mari à des centaines de kilomètres.

– David était là, je lui avais demandé de rester joignable à n'importe quelle heure du jour et de la nuit.

– Ce n'est pas ton collègue dont j'avais besoin ! Tu ne comprends rien, en fait.

– Si. Je comprends que quoi que je fasse, j'ai tort à tes yeux. Si j'étais resté, tu aurais su me reprocher de laisser ce type dans la nature sans chercher à le retrouver.

– N'importe quoi !

– Sois franche ! Au moins avec toi-même si tu n'arrives pas à l'être avec moi ! Ça fait des mois que tu me reproches tout et son contraire.

– Je n'en reviens pas ! soupire-t-elle, estomaquée. Tu réussis à me faire une crise alors que…

– Alors que quoi ? s'énerve Marc, habituellement très patient et compréhensif avec sa femme. Alors que je viens de t'annoncer qu'on avait identifié l'homme qui a fait vivre un enfer à notre fils, qu'il est désormais recherché par toutes les polices de France, et que tu cherches à me faire culpabiliser ! Remets-toi aussi un peu en question, parce que là, franchement…

– Tu m'écœures. Oser t'énerver sur moi dans un moment pareil…

Marc entend sa belle-mère intervenir en arrière-fond.

– Tes parents vont te réconforter, ne t'inquiète pas.

– Quoi ? expire Coralie, outrée.

– Le vilain gendre qui n'est jamais là pour sa femme et son fils, tu crois que je ne la connais pas, la chanson ? Au moins, vous aurez un sujet de conversation sur lequel vous serez d'accord ce soir.

– Tu vas trop loin, Marc.

– Je ne l'ai sûrement pas fait assez tôt, termine-t-il avant de raccrocher.

Se laissant tomber dans le canapé, il se demande ce qu'il vient de faire. Pourquoi s'être énervé de la sorte ? Coralie a ses torts mais lui aussi. Il prend conscience de la terreur qu'elle et son fils ont dû ressentir depuis son départ. Le visage de Lou lui saute alors à l'esprit et il sait que cette rencontre est en train de modifier des choses en lui. Le major a peut-être vu juste. Il reprend son portable et compose le numéro de son fils.

– Papa, l'entend-il prononcer d'une voix soulagée. Ça va ?

– C'est à toi qu'il faut demander ça.

– Pas évident, mais je gère. J'ai entendu maman crier au téléphone, c'était sur toi ?

– Ne t'inquiète pas.

– Elle abuse.

– Elle est inquiète, il faut la comprendre. Écoute mon grand, je sais que tu as peur…

– Ouais, mais ça va le faire, c'est bon.

Marc sait que son fils se cache derrière sa fierté d'adolescent et que montrer une faille à son père est très compliqué. Il n'insiste donc pas.

– On sait qui t'a fait ça, lui annonce-t-il. On va le retrouver, je te le promets.

– Alors, ce n'était pas le psy ?

– Non. Le psy avait raison, c'était un ancien patient à lui.

– OK. Et il est où, ce type ? Pourquoi il a fait ça ? Noam et Léo n'avaient rien fait pour mériter ça, putain !

– Je sais. Je suis vraiment désolé.

– C'est moi qui les ai emmenés là-bas, papa.

Marc entend la voix de son fils dérailler.

– Si je n'avais pas voulu faire mon… Je suis trop con, putain ! C'est ma faute.

– Non ! Il n'y a qu'un responsable dans cette histoire. Le monstre qui vous a fait ça.

– Mais, si j'avais fermé ma gueule et que… Noam avait peur, je me suis foutu de lui !

– Ne laisse pas ton esprit revivre le passé en boucle, Martin. Je sais que c'est très difficile, mais rien ne ramènera tes amis et tu n'es pour rien dans ce drame.

– Tu es où, là ? dévie Martin qui sent qu'il va craquer s'il continue sur ce terrain.

– À la maison.

– Je veux rentrer avec toi. Viens me chercher, s'il te plaît.

– Pas tout de suite, je ne peux pas. Il faut que je le retrouve d'abord. Pour le moment, tu es en sécurité là-bas.

– Ouais… Bah, passer Noël sans toi, ça me gave, alors choppe-le vite, ce malade, qu'on soit ensemble, OK ?

– OK, sourit Marc.

CHAPITRE 101

Huelgoat, le lendemain,
le 17 décembre 2023

En début d'après-midi, Lou voit la voiture de Marc arriver sur le chemin. Mourant d'impatience de savoir ce qui attend son père, elle enfile un blouson et sort de la maison pour aller à la rencontre du lieutenant. La décharge agréable qui zigzague dans le cœur de Marc quand il la voit arriver lui confirme ce qu'il ressent depuis la veille.

– Des nouvelles ? demande-t-elle alors qu'il avance vers elle.

– Tu vas pouvoir voir ton père aujourd'hui, lui annonce-t-il.

Emportée par l'émotion, Lou enlace Marc et leurs joues se frôlent. L'électricité se propage du cœur de Marc vers la poitrine de Lou. C'est alors qu'elle voit le major descendre de la voiture pour les rejoindre. Reculant d'un pas, elle ressent un pincement de déception.

– Madame Jacuri, la salue-t-il.

Elle se contente d'un signe de tête. Marc reprend pour dissiper la gêne :

– Le numéro du téléphone prépayé qui a été utilisé l'autre soir pour t'envoyer les messages de menace a été retrouvé sur les relevés des deux individus suspectés d'avoir tué les patientes de ton père. L'un d'eux a craqué. Il a avoué que c'est Pierre Morin qui lui a demandé de venir faire le sale boulot.

Soulagée, Lou ferme les yeux et penche légèrement la tête en arrière.

– Le second est auditionné en ce moment même, mais le juge en a assez pour relaxer ton père.

– Il reste les charges concernant l'agression. Quand mon père était en unité spécialement aménagée, il s'en est pris à un soignant.

– Soignant qui a retiré sa plainte, annonce Marc avec un large sourire.

Les larmes affluent au bord des paupières de Lou.

– Alors, ça y est ? C'est vraiment fini ?

Marc hoche la tête.

– La seule chose, c'est qu'il doit rester en surveillance quelques jours à l'UMD pour qu'on évalue les suites de sa séance d'électrochocs.

– Dire qu'il a subi ça alors qu'il n'a jamais eu de problèmes psychologiques, grogne-t-elle. Si j'avais cru en lui, je m'y serais opposée. Quelle conne !

– Tu ne pouvais pas savoir.

– Je me suis laissée influencer par les opinions extérieures. Quelle fille et quelle avocate je fais !

– Tu ne peux pas te reprocher de…

– Tu réalises les conséquences ? dit-elle tristement à Marc alors que le major s'est volontairement mis en retrait. Mon père a perdu la mémoire. Le psychiatre est inquiet parce qu'il s'agit d'une amnésie rétrograde quasi totale et d'une amnésie antérograde. C'est extrêmement rare après une seule séance.

– Il t'a aussi dit que c'était transitoire.

Lou pince les lèvres.

– Vous avez une idée d'où peut se cacher Pierre ? dévie-t-elle.

– Il n'a pas réactivé le téléphone depuis qu'il t'a adressé le dernier message. Un avis de recherche a été lancé.

– Il peut revenir n'importe quand. Il est peut-être même en train de nous observer en ce moment, dit-elle en regardant la forêt autour de la propriété.

– On ne te laissera pas sans protection tant qu'il sera dans la nature.

– Et si vous ne mettiez jamais la main sur lui ?

CHAPITRE 102

UMD de Plouguernével, le même jour

Lou est reçue dans le bureau du docteur Natri dès son arrivée. Mal à l'aise et impatiente de voir son père, elle reste debout, les mains en appui sur le dossier de la chaise.

– Votre père récupère vite, annonce le médecin.

– Je devrais vous remercier ?

– Écoutez, je comprends que…

Le psychiatre s'arrête de lui-même, par peur de tomber dans le piège de la responsabilité des événements.

– Il ne présente plus aucun signe de désorientation spatio-temporelle ni d'amnésie antérograde, se reprend-il. Et les céphalées ont disparu.

– La mémoire de son passé ?

– Pour le moment, l'amnésie est toujours totale ou presque. Il a quelques flashes, mais pas de souvenirs précis. Cependant, je suis confiant. L'évolution des effets secondaires est rapide, la mémoire devrait revenir progressivement et dans quelques semaines, tout cela ne sera qu'un mauvais souvenir.

– Un mauvais souvenir ? C'est un jeu de mots cynique ?

– Désolé.

– Vous croyez que les souvenirs de mon père seront faciles à accepter quand ils vont refaire surface ? Je vais vous dire, moi ! Son amnésie est peut-être la meilleure chose qui lui soit arrivée.

– Vous n'êtes pas sérieuse, madame Jacuri ?

Lou sent son cœur tambouriner de plus en plus fort et elle ignore si elle va pouvoir rester calme et polie ou si l'envie d'exploser va prendre le dessus sans prévenir.

– Vous ignorez tout ce que mon père a dû endurer ces derniers mois, grince-t-elle. Je ne sais même pas comment il faisait pour tenir encore debout, seul contre tous.

– Votre père présentait réellement des symptômes de…

– Ah, non, merci ! Passez-moi le couplet de vos certitudes fondées sur sa psychose.

Le psychiatre se rencogne dans son fauteuil et fronce les sourcils.

– J'ai juste besoin de savoir comment me comporter avec lui, lâche Lou après quelques secondes.

– Cela risque d'être perturbant et difficile à vivre pour vous.

Lou a l'impression que le psychiatre vient de prendre plaisir à prononcer cette phrase, collé au dossier de son siège, tête haute. Ce dernier expire et se ressaisit en se penchant, avant-bras en appui sur son bureau.

– En fait, Adam peut ne pas vous reconnaître quand il vous verra.

C'est cette idée qui effraye le plus Lou depuis qu'elle a appris l'amnésie de son père.

– Je peux lui dire qui je suis ? demande-t-elle.

– Bien sûr. Quant au reste, faites-lui confiance, ça reviendra. Vous pouvez lui parler de certains souvenirs heureux, lointains, des moments partagés. N'insistez pas si vous voyez que vos mots ne provoquent rien.

– Il me reconnaîtra un jour ?

Lou a essayé de prononcer cette phrase comme une simple question qui a finalement résonné comme une imploration.

– J'en suis convaincu, conclut le psychiatre.

Lou est alors dirigée vers la salle des visites et on lui indique une table à laquelle elle s'assoit. Elle voit d'autres patients installés face à une mère, une femme, un ami… certains sont émus, d'autres, fermés, d'autres encore, absents psychologiquement. C'est la première fois qu'elle a peur de rencontrer son propre père. Son cœur bat la chamade quand elle voit la porte s'ouvrir au fond de la salle. Adam entre avec un infirmier et elle est rassurée de le voir debout, alerte et souriant. Le soignant sourit lui aussi et elle remarque que son père dit quelque chose qui transforme le sourire de l'infirmier en rire. Ce moment lui fait chaud au cœur, mais quand son père pose les yeux sur elle, l'appréhension rejaillit.

– Bonjour, lui dit-il en arrivant à la table.

– Bonjour, répond-elle sans savoir si elle doit utiliser le mot « papa », si elle doit se lever pour l'embrasser, le prendre dans ses bras, rester assise. Comment tu vas ? demande-t-elle simplement alors qu'il s'assoit face à elle.

– Comme un vieux qui a perdu la boule, plaisante-t-il. Et vous ? Vous êtes ?

Lou sent son cœur saigner et acidifier toute sa poitrine. Elle esquisse un sourire qu'elle veut naturel, mais qui s'avère triste.

– Je suis ta fille, papa.

Adam se fige et ses yeux détaillent chaque partie du visage de Lou. L'instant silencieux semble durer une éternité pour la jeune femme qui ne sait pas quoi dire. Adam recule alors sa chaise d'un mouvement vif et le crissement des pieds sur le carrelage fait réagir toute la salle.

– Et alors quoi ? lance-t-il. Tu ne viens pas faire un câlin à ton vieux père ? ajoute-t-il en ouvrant les bras.

Lou laisse l'émotion l'envahir et se lève pour aller se blottir contre Adam.

– Je suis tellement désolé, lui glisse-t-il à l'oreille. Une belle femme comme toi, je devrais me souvenir.

– Tu as préféré oublier ma chiantise, je suis sûre, lâche-t-elle dans un spasme, entre rire et pleur.

– Vous voyez, vous lui avez transmis votre humour à deux balles, intervient l'infirmier avant de s'éloigner.

Adam et Lou se rassoient et Adam attend quelques instants que l'homme soit assez loin.

– Tu vas peut-être pouvoir me dire, toi, prononce-t-il alors à voix basse. Pourquoi je suis ici ? Ils ne m'ont pas raconté toute la vérité, je crois.

– C'est une longue histoire, on en reparlera, tu veux bien ? Dis-moi plutôt comment tu te sens.

– Bien. Beaucoup mieux depuis ce matin. Je ne sais pas ce qu'ils m'ont donné, mais je me sens comme dans un corps de jeune vigoureux !

Lou sourit, mais se sent stupide. Ne pas savoir quoi dire à son père, c'est si déstabilisant.

– C'est quand même une situation très étrange, enchaîne Adam. J'ai l'impression de n'être qu'un corps vidé de sa substance. Qui sommes-nous, finalement, sans le passé qui nous a forgés ? Oublier jusqu'à la chair de sa chair… je crois qu'il n'y a pas plus perturbant.

Lou reste muette, la gorge au bord de l'obstruction.

– Alors, dis-moi ! reprend-il avec une joie simulée. Je n'ai pas pu engendrer une beauté comme toi tout seul. Ta mère doit être une magnifique femme ! Quoique… Qu'est-ce qu'une très belle femme ferait avec un vieux rabougri comme moi ?

Comment annonce-t-on à son père que sa femme est morte et que c'est le point de départ de la sombre histoire ? Lou baisse les yeux et se triture les doigts sous la table.

– Je suis avocate, annonce-t-elle comme si elle n'avait pas entendu ce que vient de dire son père. Et c'est toi qui m'as donné envie de faire ce métier et qui m'as tout appris sur les criminels.

– Ah oui ? Et qu'ai-je bien pu dire ou faire pour te guider sur cette voie ?

– Tu étais expert psychiatre au pénal, tu te souviens ?

Adam affiche une moue de négation et Lou s'en veut d'avoir prononcé la fin de cette phrase.

– La psychologie des criminels n'a pas de secrets pour toi, continue-t-elle en employant volontairement le présent. Tu es l'un des meilleurs dans ton domaine et tu as aidé beaucoup de personnes dans ta vie.

Elle voit que ses mots restent sans effet sur son père.

– Bref, grâce à toi, j'exerce un métier qui me plaît vraiment.

Adam laisse un silence s'installer et Lou est subitement gênée d'être fixée sans ciller.

– Tu as été mon avocate, un jour ? demande-t-il soudain.

– Pourquoi tu me demandes ça ?

– Je viens de te voir assise face à moi dans une petite salle et j'ai… Non, je ne sais pas.

Lou hésite un instant, mais pourquoi cacher des choses à un homme qui veut retrouver son passé ?

– Oui, je l'ai été, avoue-t-elle.

Adam la regarde avec étonnement.

– Pourquoi ? Je veux dire, pour quelle raison j'aurais eu besoin de toi ?

– Ce sont des choses qui… Je crois qu'on a le temps de se dire tout ça, non ? Plus tard.

– Non, j'ai besoin de savoir. Tu te rends compte que je ne sais même pas quel homme j'ai été. Comment veux-tu que je me définisse aujourd'hui ?

Lou voit alors son père se tasser sur sa chaise, regard absent. Il vient de plonger dans un souvenir.

– Il y a du sang, souffle-t-il, effaré. Plein de sang. Qu'est-ce que ça veut dire ? Qu'est-ce que j'ai fait ? Une femme… Cette femme… Oui, je me souviens ! Oh, mon Dieu ! dit-il en plaquant une main contre ses lèvres.

L'infirmier qui le surveille remarque le malaise et se précipite vers la table.

– Elle s'est égorgée ! lâche Adam, en proie à une sidération extrême.

– Ça va ? s'inquiète le soignant en regardant d'abord Adam puis Lou.

– Ce n'est pas moi ? s'angoisse Adam en posant des yeux ronds sur sa fille. Dis-moi que ce n'est pas moi qui ai fait ça !

– Non, répond aussitôt Lou. Tu n'as rien fait, je peux te l'assurer.

– Que se passe-t-il ? demande l'infirmier.

– Il a eu un souvenir.

– Vous lui avez dit quelque chose qui a pu réveiller ce souvenir ?

– Non, ce n'est pas elle, se reprend Adam en avalant sa salive récalcitrante. C'est ma tête qui se remet en route. J'aurais préféré qu'elle le fasse avec des belles images, mais apparemment, je n'ai pas le choix des chaînes. C'est vous qui avez planqué la télécommande ?

Malgré cette touche d'humour, personne ne ressent l'envie de rire autour de la table.

CHAPITRE 103

Poullaouen,
à quelques minutes de Huelgoat

La mère de Gregory a emménagé dans une maison située à trente minutes de l'UMD pour permettre à son fils d'obtenir plus facilement des permissions de sortie. Alors qu'elle rentre d'une promenade, elle est arrêtée par un homme. Son visage ne lui semble pas inconnu, mais elle est incapable de savoir où elle aurait pu voir cette personne, d'autant qu'elle est ici depuis très peu de temps.

– Bonjour, madame.

– Bonjour, répond-elle machinalement en jetant un coup d'œil autour d'elle et en reprenant sa marche.

– Je ne voulais pas vous faire peur, excusez-moi. Mais, je crois que l'on se connaît.

– Je ne pense pas, dit-elle pour ne pas avoir à s'attarder.

– Gregory m'a pourtant beaucoup parlé de vous.

La mère de Gregory ne cache alors pas sa stupeur et se retourne pour regarder l'homme.

– Comment connaissez-vous mon fils ?

– Je suis un vieil ami. Je sais ce qui lui est arrivé et j'en suis sincèrement désolé. Comment va-t-il ?

– Bien mieux.

– Il sera bientôt libre ?

– Je ne le crois pas. Après ce qu'il a fait, ils vont vouloir garder un œil sur lui. C'est bien normal, non ? Mais, ils ont accepté de le laisser passer les fêtes de Noël avec moi, je vais le chercher ce soir.

– C'est une très bonne nouvelle ! Je suis heureux pour lui. Et pour vous, bien sûr, parce que ça doit être très compliqué à vivre pour une mère.

La femme acquiesce en silence et réfléchit un moment avant de reprendre la parole.

– Venez donc dîner avec nous, ce soir. Je suis sûre que Gregory serait très content de vous voir.

– C'est très gentil de votre part, mais je ne suis pas disponible ce soir. Une autre fois peut-être. Par contre, pourriez-vous lui transmettre un message ? demande-t-il en sortant un calepin et un stylo de sa poche.

La mère de Gregory accepte et attend que l'inconnu écrive son message. Il lui tend le papier plié en quatre sans le lâcher quand elle veut le saisir.

– Je vous fais confiance, vous le lui donnerez ?

– Je le lui remets dès ce soir et je ne ferai pas ma curieuse, promis, sourit-elle, trouvant finalement cet homme très agréable.

CHAPITRE 104

Forêt de Huelgoat, le soir même

Après avoir déposé ses affaires dans la maison de sa mère, Gregory a découvert le message que celle-ci lui a transmis sans comprendre qui a bien pu l'écrire. Il repense alors à Frédéric, le patient de l'UMD rencontré lors de sa première séance d'ergothérapie et qui a finalement obtenu sa liberté trois mois après la première demande. Mais comment aurait-il pu connaître sa mère ? Et pourquoi essaierait-il d'entrer en contact avec lui ? Ses consignes étaient claires : aucun lien ne doit pouvoir être établi entre eux. C'est donc avec un gros point d'interrogation dans l'esprit que Gregory se rend au rendez-vous fixé sur le papier.

Il fait nuit quand il arrive devant la Grotte du Diable et il a du mal à voir où il s'engage quand il descend l'échelle métallique. Le bruit assourdissant de l'eau qui chute brouille ses repères et il sent une tension monter en lui. Au pied des barreaux, il éclaire avec sa torche le passage sous la roche. La lumière lui renvoie le reflet des grilles du fond. Au départ, il pense que c'est fermé et s'apprête à remonter.

– Greg, c'est toi ? entend-il.

Il s'accroupit et comprend alors qu'il peut s'engager dans le passage restreint s'il reste dans cette position. Les grilles ne sont pas là pour fermer l'issue, mais pour empêcher de basculer dans le gouffre. Le bruit de l'eau est encore plus fort à l'intérieur. Sur ses gardes, il se redresse dès qu'il peut et fait vadrouiller sa lampe de droite à gauche jusqu'à trouver sa cible. Stupéfait, il entrouvre la bouche avant de sourire franchement.

– Putain, c'est toi ! Qu'est-ce que tu fous là ?

– C'est bon, ça ! dit Pierre en prenant Gregory dans ses bras. Ça fait longtemps !

– Je n'aurais jamais imaginé te voir ici. Je me demandais vraiment qui avait pu aller voir ma mère. On avait dit aucun lien, pourtant. Pourquoi tu as pris ce risque ?

– Tu n'es pas au courant de tout le bordel qui a eu lieu ?

– Je passe mes journées à l'UMD, je te rappelle. Comment tu veux que je sois au courant ?

– Je suis recherché.

– Quoi ? Tu n'es pas sérieux ! Qu'est-ce que tu as foutu ?

– Une grosse connerie, ricane Pierre. Et je n'ai pas fini.

Gregory recule de quelques pas pour s'appuyer contre les grilles.

– Attends ! lâche-t-il. Tu ne vas pas me dire que tu es en train de tout foutre en l'air ?

– C'est déjà mort.

– Arrête tes conneries ! Tu te fous de moi ?

– Ils ont mes carnets.

– Putain ! fulmine Gregory en regardant les tourbillons vifs de l'eau une dizaine de mètres plus bas. Mais pourquoi ? Qu'est-ce que tu as fait ?

– Tu te souviens de Magda ?

– Ouais, soupire Gregory, perturbé par les annonces de Pierre.

– Les psys de merde n'ont rien fait pour l'aider.

– Attends, tu parles de qui, là ?

– Jacuri et Perez.

Gregory laisse sa bouche s'ouvrir en même temps qu'il commence à comprendre.

– Jacuri ? C'est à cause de toi s'il est enfermé à l'UMD ?

Pierre hoche la tête.

– Il l'a bien cherché, ce vieux con !

– Qu'cst-ce qu'il a fait ?

– Quand j'ai retrouvé ma liberté, j'ai aussi retrouvé Magda, explique Pierre. Mais elle ne voulait plus me voir parce que c'était cette niaise d'Ilda qui avait repris le dessus. Du coup, j'ai tout fait pour que Magda revienne, mais l'autre froussarde a eu peur et elle a foncé à l'hosto pour y être internée. C'est là que Jacuri a recommencé à l'aider.

– Attends ? Tu es en train de me dire que tu en as voulu à Jacuri parce qu'il a essayé de secourir Magda ?

– Non, il voulait l'éliminer, justement !

– OK, si tu veux. Vas-y, continue.

– Je lui ai donné un premier avertissement : une pierre en plein sur sa bagnole, mais il n'a pas compris. Alors, un jour je l'ai suivi jusqu'à sa baraque secondaire, ici, à Huelgoat. Je me suis dit que si j'avais besoin de m'en prendre à lui, ce serait un terrain de jeux idéal. Forêt immense, isolement, pas de vidéosurveillance.

– Et après ?

– Un jour, Perez a pris le relais avec Magda parce que Jacuri est venu ici pour s'occuper de sa femme mourante.

Pierre s'approche des grilles et perd son regard dans le gouffre.

– Et ? s'impatiente Gregory.

– Perez a fait sortir Magda, mais c'était trop tôt, répond Pierre en posant des yeux brûlants sur Gregory. Le soir même, elle a buté sa mère avant de se foutre en l'air.

– Merde, désolé, je ne savais pas.

Pierre regarde à nouveau vers le bas en contractant les mâchoires.

– Mais, pour le coup, Jacuri n'y est pour rien, alors ? réalise Gregory.

– Il était présent quand Magda s'est suicidée.

– Je croyais qu'il était ici, à Huelgoat ? Je ne comprends rien.

– Il est allé chez sa mère, ce soir-là, et il n'a rien fait pour empêcher le drame. Il a vu Magda s'ouvrir la gorge et il n'a pas réagi ! C'est un truc à me rendre dingue quand j'y repense. Magda était la seule chose qui avait réussi à me faire tenir pendant mes vingt ans passés chez les fous. Et Jacuri a assisté au carnage sans broncher. J'ai tellement rêvé de le voir souffrir ! J'aurais aimé l'entendre couiner, me supplier, l'admirer en train de crever de douleur.

– Tu as fait quoi, alors ?

– Au début, j'ai traîné autour de sa maison. Chaque fois que je le voyais, je m'imaginais lui enfoncer un pieu dans le cul. J'aurais pris tout mon temps pour qu'il le sente progresser en lui aussi loin que possible. C'était tellement bon de m'imaginer ça ! Mais je me serais grillé trop vite. Il fallait que je trouve autre chose. L'idée m'est venue le jour où sa femme s'est suicidée.

– Comment ça ?

– J'étais là, depuis le matin, à observer ce qui se passait. Jacuri a reçu deux patientes en séance avant de retourner dans la maison et de découvrir le cadavre de sa femme. Elle venait de s'ouvrir les veines. Là, j'ai vu sa réaction. Le vieux était carrément anéanti. Il a vrillé complet et il a commencé à vivre dans son moulin, incapable de remettre les pieds dans la maison.

– Putain, c'est ça qui l'a rendu dingo ?

– Non. C'est moi qui ai décidé de le rendre fou.

– Je ne comprends pas.

– Comme il n'allait plus dans la maison, j'ai pu visiter tranquillement. Une nuit, j'ai découvert une pièce enterrée sous sa cave avec un accès extérieur. Alors j'ai établi un plan. Je savais que Jacuri en voulait à Perez d'avoir laissé sortir Magda, on en avait parlé aux infos après la garde à vue du vieux. Du coup, si on retrouvait le cadavre de Perez dans sa cave, cela ferait de lui le coupable idéal.

– Tu as buté Perez ?

– D'une pierre deux coups ! Mais, ça n'aurait pas suffi. Je ne voulais pas juste faire inculper Jacuri, je voulais le rendre fou. J'avais repéré les deux patientes qui étaient avec lui quand sa femme s'était suicidée. Ça lui donnait un mobile pour les tuer puisque si elles n'avaient pas été là, il aurait été avec sa femme.

– Donc, tu les as tuées aussi ?

– Pas moi. J'ai fait appel à mes contacts. Deux mecs que j'avais recrutés, comme toi. Je leur ai expliqué le projet et ils ont débarqué sans poser de questions. Ils ont laissé leurs portables actifs chez eux, la base, avec pour consigne de ne laisser aucune trace tout en passant à l'acte chez Jacuri.

– Comment ils ont fait ?

– Le premier a laissé le corps dans l'eau près du moulin du vieux qui était tellement à l'ouest qu'il n'a rien vu. Au bout d'une semaine, on a sorti le cadavre, ce qui fait que la pauvre patiente s'est décomposée à vitesse grand V. Pas facile de retrouver des traces dans ce cas-là, à part grâce aux petits organismes aquatiques qui indiquent d'où vient le corps.

– Bien vu. Et l'autre ?

– Avant de planter la fille en plein cœur avec un pinceau dans l'atelier du vieux, il l'a couverte de peinture, un pot trouvé sur place. Jacuri n'avait que deux options en découvrant le corps. Appeler la gendarmerie qui en avait déjà après lui ou faire disparaître le corps. Qui disait gendarmerie disait sérieux soupçons contre lui. Qui disait dissimulation disait grand nettoyage, donc élimination des traces principales. Il a choisi la seconde option.

– Du coup, si je te suis bien, rien ne permettait de remonter jusqu'à toi ? Alors pourquoi tu es recherché ?

– J'ai fait le con. Un truc qui n'était pas prévu dans mon plan. Mais putain, qu'est-ce que c'était bon !

– Tu as tout foutu en l'air pour te faire plaisir, c'est ça ? lance Gregory sur un ton réprobateur.

– Eh ! Je t'emmerde ! OK ? Sans moi, tu serais en train de croupir en taule, alors va te faire foutre !

– Vas-y, balance, c'était quoi, ton moment de jouissance ?

– Le lendemain du meurtre dans l'atelier, j'ai suivi Jacuri dans la forêt. Il cherchait des traces, ce con-là, et il a fini par faire un malaise. Il s'est écroulé comme une grosse merde et au même moment, trois gosses sont sortis de nulle part. J'ai vite compris que l'un d'eux était le fils d'un flic, il n'arrêtait pas de s'en vanter. Après, tout est allé très vite. Ils ont vu le corps au sol, ils ont paniqué et je les ai fait taire. Trois jeunes hommes inconscients devant moi, je n'ai pas pu résister.

– Qu'est-ce que tu veux dire ?

Gregory éclaire le visage de Pierre et remarque la lueur malsaine dans son regard.

– Si ça peut te rassurer, j'ai épargné le fils du flic.

– Qu'est-ce que tu as fait des deux autres ?

– Juste à côté, il y avait une cabane remplie de matériel en tout genre. Un signe du destin, non ?

– Putain, tu n'as pas fait ça ?

– C'était plus fort que moi. Tu sais très bien qu'on ne peut pas lutter. Pense à ce que tu as ressenti en découpant les seins et le dos de ta sœur, et dis-moi que tu pourras lutter contre le désir qui t'envahira le jour où il reviendra. Parce que, crois-moi, il reviendra.

Gregory regarde une nouvelle fois l'eau agitée sous lui sans répondre.

– Mes deux plus jeunes victimes, se délecte Pierre en fermant les yeux.

Gregory n'est pas à l'aise avec cette jouissance pédophile. Quelque chose est en train de céder en lui. Il ne doit pas se focaliser là-dessus. La colère l'aidera.

– Alors, maintenant, les flics savent tout, c'est ça ? Tu as récidivé, c'est ça ton problème ! Mais au passage, tu as foutu le projet en l'air sans te soucier de moi ni de ceux que tu avais recrutés. Tu n'as pensé qu'à ta gueule !

Pierre souffle longuement avant d'afficher un sourire désinvolte.

– Si ça t'intéresse toujours, ajoute Gregory, quand j'étais à Lyon, j'ai formé un mec qui a buté deux infirmiers et comme j'ai compris qu'il pouvait me balancer, je l'ai aidé à se suicider. Un autre est sorti il y a quelques mois de l'UMD où je suis, bonne recrue, je crois.

– Tu as toujours été un bon élève, je n'ai jamais douté de toi. Et rassure-toi, je n'ai pas mentionné ton nom dans mes carnets. Rien ne te relie à moi. Tu peux très bien assurer la continuité. Il te reste des mois à passer à l'UMD avant d'être transféré dans une unité psychiatrique hospitalière. Tu as le temps de former un nouveau groupe.

– Arrête ! Tu sais très bien que les expertises vont être renforcées maintenant que tu as semé le doute dans la réalité des maladies psychologiques.

– Tu as la confiance du psy de l'UMD ?

– Lui, oui. Mais il en reste un qui peut me faire tomber s'il retrouve la mémoire. C'est Jacuri. Je sais qu'il a compris.

– Quelle preuve il aurait ?

– La parole d'un psy contre celle d'un malade.

– C’est trop tard pour lui, il ne peut pas revenir sur son expertise.

– Il n’a plus rien à perdre.

– Si. Sa fille, annonce Pierre avec un désir non dissimulé. Et j’ai déjà commencé le travail. Ce sera la prochaine.

Perdu dans ses réflexions, Gregory regarde une dernière fois par-dessus les grilles. La force que l’eau s’impose à elle-même est impressionnante dans ce gouffre.

CHAPITRE 105

Huelgoat, le 23 décembre 2023

Adam a quitté l'UMD il y a quatre jours et depuis son retour chez lui, quelques souvenirs refont surface, mais Lou aimerait que ça se décante plus rapidement. Se sentant responsable de ce qui est arrivé à son père pendant son internement, elle estime devoir l'aider à retrouver une vie normale. L'idée lui est apparue il y a quelques jours, elle a alors pesé le pour et le contre et a fini par se décider. Elle a appelé Jessie Maure. Cette dernière a longuement hésité avant de venir à la rencontre d'Adam, mais Lou a su être convaincante.

Quand le taxi dépose Jessie devant la maison, Lou s'empresse d'aller l'accueillir alors qu'Adam est dans le moulin. Le premier contact entre les deux femmes est timide. Lou se demande si son idée est judicieuse et Jessie se demande pourquoi elle a accepté.

– Vous lui avez annoncé que je venais ? s'assure-t-elle auprès de Lou qui la guide vers l'entrée.

– C'est un peu compliqué. Il a encore tendance à oublier ce qu'on lui dit. Je ne suis pas non plus certaine qu'il se souvienne de vous au premier regard.

– D'accord.

– Je peux vous montrer la maison et votre chambre si vous voulez poser vos affaires avant d'aller le voir.

– Non, je préfère y aller directement.

– Très bien.

Lou traverse le pont, suivie de Jessie, et inspire un grand coup avant de poser la main sur la poignée de la porte du moulin.

– Une dernière chose, l'interrompt Jessie. Je crois que je serais plus à l'aise si j'étais seule avec lui, ça ne vous ennuie pas ?

Lou marque un temps d'arrêt mais finit par laisser son père entre les mains de celle qui détient ses mémoires écrites.

***

Je suis Adam. Clarice Starling, pour certains. Docteur Hannibal Lecter, pour d'autres.

Je suis le docteur Jacuri. Un expert psychiatre dont la vie ne ressemble pas en tout point aux idées véhiculées par le cinéma.

Je suis Adam Jacuri. Un homme de soixante-deux ans, qui approche de la retraite et qui aimerait s'autoriser à vivre sereinement les quelques années qui lui restent, aux côtés de sa femme, Lucille.

Adam découvre les premières lignes du livre que Jessie vient de lui tendre. Assis dans le canapé, il secoue la tête avant de refermer l'ouvrage.

– Je ne comprends pas, dit-il. Vous m'avez dit que vous vous appeliez Jessie, mais qui êtes-vous pour moi ?

– Je suis écrivain et vous avez commencé à me conter vos mémoires il y a un an maintenant. Nous avons passé beaucoup de temps ensemble et vous m'avez fait assez confiance pour me livrer vos plus sombres secrets.

– Je suis désolé, je n'ai encore que très peu de souvenirs de mon passé.

– Lou m'a expliqué, ne vous inquiétez pas. Elle a pensé que cela pourrait vous aider de me revoir et de découvrir ce que contiennent ces pages.

– Je ne sais pas, répond-il repoussant le livre à l'autre bout du canapé. Vous l'avez publié ?

– Non. Je vous avais promis de ne pas le faire sans votre accord.

– Je ne suis pas sûr que ce soit une bonne idée. Forcer la mémoire peut être dangereux.

– Vous avez donc des souvenirs théoriques sur votre profession.

– Ils n'ont pas fait un reset total, répond-il avec un léger sourire.

– Si vous me permettez, j'aimerais juste vous apporter une précision et après, vous ferez ce que vous voulez de ce livre.

– Allez-y.

– Il y a neuf mois, vous m'avez appelée pour me demander d'arrêter l'écriture de vos mémoires.

– Pourquoi ai-je fait ça ?

– Un événement vous avait perturbé au point de ne plus croire en rien, surtout pas en vous. Vous refusiez alors que les lecteurs puissent découvrir les choses qui vous paraissaient honteuses à ce moment-là.

– Très bien. J'ignore de quoi il s'agit, mais je vois que je reste cohérent avec moi-même en ne lisant pas ce livre.

– Ce n'est pas tout, ajoute Jessie. Vous êtes revenu sur votre décision, le mois dernier. Un soir, vous m'avez rappelée, très inquiet et perturbé. Des événements terribles s'étaient produits et vous vous apprêtiez à faire quelque chose d'effroyable, seulement vous ignoriez quelle en serait l'issue pour vous. Vous m'avez demandé de vous écouter ce soir-là et de publier ce livre s'il vous arrivait quelque chose de grave. Tout est écrit dans le chapitre final.

Adam regarde Jessie sans ciller. Il est en train d'accueillir les souvenirs que sa mémoire accepte de lui dévoiler. Mal à l'aise face à son silence, Jessie ne sait plus vraiment quoi dire.

– Je crois que je vais vous laisser le temps de digérer ce que je viens de vous expliquer. Lou m'a proposé de passer la nuit ici. J'espère que cela ne vous ennuie pas ?

– Restez le temps que vous voudrez.

Jessie remarque qu'Adam n'habite pas ses paroles. Il est concentré sur autre chose. Alors qu'elle ouvre la porte du moulin, elle le sent se lever derrière elle.

– Jessie, attendez ! dit-il en laissant le temps à son souvenir de se dérouler.

Elle patiente sans oser bouger par peur d'interrompre quelque chose.

– Jean Ferou, finit par prononcer Adam. Le procès a eu lieu ? Comment ça s'est passé ?

– Vous vous souvenez ?

– C'est vraiment surprenant, la mémoire et ses secrets… Racontez-moi et dites-moi que cet homme est désormais derrière les barreaux pour longtemps.

– Ça a été très éprouvant. Le revoir à quelques mètres de moi, croiser son regard, sentir la terreur exploser en moi. Le premier jour du procès, j'ai pensé que je ne tiendrais pas. Puis est arrivé le moment de la lecture de votre première expertise. C'était comme si vous étiez là, à mes côtés, à me dire que tout irait bien. Vos analyses ont permis aux jurés de comprendre que le psychisme de cet homme ne pourrait pas trouver d'autre porte de sortie que la destruction, même s'il était suivi en unité spécialisée. La question du discernement n'a pas fait débat.

Adam essaye de se souvenir de ce qu'il avait expliqué de la psychologie de cet homme dans ses rapports mais pour l'instant, il n'a pas encore accès à ces informations.

– Êtes-vous satisfaite du verdict ? demande-t-il.

– Perpétuité assortie d'une période de sûreté de trente ans.

– Ça ne répond pas à ma question.

Jessie sourit.

– Je recommence à dormir, c'est déjà une bonne chose. Vous avez joué un rôle important dans ce procès malgré votre absence. Merci, Adam.

***

Adam a longtemps hésité, tournant autour du livre comme un chien autour d'un hérisson. Il connaît par cœur les dangers de faire revenir trop brutalement des souvenirs refoulés. Même si sa mémoire semble s'assouplir de plus en plus vite à mesure que les jours passent, il a peur de ne pas savoir gérer des abréactions trop intenses. Peut-être que la présence de Lou pourrait le rassurer. Il arrête finalement de faire les cent pas et s'assoit dans le canapé, décidé à commencer seul et à faire appel à elle s'il sent que ça devient trop difficile.

Les premiers chapitres de ses mémoires provoquent l'apparition de flashes qui éclairent son esprit par moments. Des bribes de vie, des filaments de son histoire qui grésillent, des maillons qui se cherchent pour former la bonne chaîne. Terreur, tristesse, culpabilité, honte… Il sait que les émotions ne mentent pas et que même si l'esprit masque la vérité, le corps se souvient. Son passé d'expert est en train de lentement se retisser. Les dossiers les plus importants ou les plus choquants lui reviennent à l'esprit. Pierre… Quand le début de ce fil réussit à s'extraire de la bobine trop serrée, plus rien n'arrête son déroulement. De sa première rencontre avec ce criminel jusqu'à la nuit où il pense l'avoir entendu parler à son oreille dans la forêt. Un imbroglio d'émotions néfastes menace alors d'exploser en lui. Adam se sent nauséeux et éloigne le livre de lui un moment pour se lever et marcher. Lou arrive à la porte à cet instant et l'ouvre juste assez pour y passer la tête.

– Ça va, papa ? Tu n'as besoin de rien ?

– Si, dit-il en arrêtant de tourner en rond. Je crois que j'ai besoin de toi. Tu veux bien rester près de moi ?

Lou acquiesce en silence et entre. Elle prend un fauteuil qu'elle tire devant le canapé et s'installe en face d'Adam qui vient de se réinstaller à côté du livre.

– Certaines choses sont en train de refaire surface, lui confie-t-il, et c'est assez difficile. J'ai l'impression que mon esprit me balance un tas de choses sans avoir fait de tri préalable. C'est indigeste. Tu pourrais peut-être m'aider à déblayer tout ça ?

– Si je peux. Qu'aimerais-tu savoir ?

– Est-ce que tu connais Pierre ?

Lou se mord la joue. Parler de Pierre implique tellement de choses. Pierre, c'est le passé, le présent, et certainement l'avenir de son père. Comment parler de Pierre sans évoquer les horreurs ayant mené son père à la folie ? Comment parler de Pierre sans que l'intrusion mnésique soit trop brutale ?

– Lou ? Dis-moi ce que tu sais, s'il te plaît. Je viens de lire que tu avais eu accès à son dossier malgré moi quand tu avais quinze ans.

– Oui, c'était le début de notre association père-fille contre le crime, sourit-elle.

– Je crois que c'était le début de bien pire que cela, non ?

– Je ne sais pas si c'était une bonne idée, finalement, de te proposer la lecture de ce livre.

– Tu n'as pas à me protéger, Lou. Mon passé fait partie de moi. Il reviendra, qu'on le veuille ou non, qu'on le force ou non.

– Pierre est la personne responsable de tout ce qui t'arrive en ce moment.

– Comment ça ?

– Si tu veux vraiment savoir, ça implique de parler de maman.

– Tu m'as dit qu'elle était morte d'un cancer.

Lou tend le bras vers le canapé et saisit le livre qu'elle feuillette jusqu'à un chapitre bien précis.

– Tu acceptes que je te lise la vérité ? Celle que tu as si bien décrite.

Adam plaque son dos contre les coussins du canapé et valide d'un signe de tête.

– Ça risque d'être douloureux, papa.
– Je suis prêt.

Comment vous conter mes mémoires sans vous parler de la femme la plus chère à mon cœur ? Lucille. Je pourrais vous dire comme tout le monde, que c'était ma moitié, mon repère, mon phare dans la tempête, mon âme sœur… Mais Lucille, c'était bien plus que tout cela pour moi. Je priais parfois pour mourir avant elle de peur de connaître un désespoir plus douloureux que l'agonie. Puis, un jour, des mots terrifiants sont sortis de la bouche d'un médecin. Cancer des poumons, phase terminale, aucun espoir. Mon énergie vitale s'est éteinte à ce moment-là.

Durant les mois qui ont suivi, elle n'a montré que force, courage et résilience. J'aurais aimé être à la hauteur, mais j'avais l'impression que c'était elle qui me maintenait la tête hors de l'eau.

Lou ne peut empêcher sa voix de trembler et doit marquer des pauses pour éviter de s'effondrer. Elle n'ose pas regarder son père qu'elle entend pleurer avec retenue.

– Continue, s'il te plaît.

Le 23 octobre 2023 restera le jour le plus douloureux de ma vie entière. En se réveillant, elle m'a pris la main et m'a confié qu'elle souffrait trop.

Elle a alors prononcé ces mots que je ne souhaite à personne d'entendre :

– Aide-moi. S'il te plaît, aide-moi à partir, je n'en peux plus.

Quand la personne que vous aimez le plus au monde vous demande cela, vous savez que vous ne serez plus jamais le même, que quelle que soit votre décision, vous la regretterez.

Lou s'arrête quand elle entend son père expirer un râle déchirant. Yeux fermés et cachés derrière ses mains, il se souvient. Il revoit les images de Lucille. Le sang. Les yeux ouverts.

– Qu'est-ce que j'ai fait ? gémit-il.

Lou se lève pour le rejoindre et passer un bras autour de lui. Il se laisse alors tomber contre elle comme un enfant triste.

– Je l'ai abandonnée dans le pire des moments. Quel monstre d'égoïsme est capable de faire ça ?

– Tu l'aimais trop, papa, sanglote Lou.

– Je l'ai laissé mourir seule, dans la souffrance et la peur !

Une multitude d'images bombarde désormais l'esprit d'Adam. Comme si le souvenir de la mort de sa femme était le bouchon responsable de l'occlusion de sa mémoire, un déferlement de contenus mnésiques le submerge alors.

– Papa, ça va ? s'inquiète Lou.

– Oui.

Il se laisse faire en respirant profondément, prêt à découvrir ce qu'était sa vie et ce qu'il a fait avant de se retrouver dans cet état. La peur essaye de l'en dissuader, mais il se dit qu'elle ne sera jamais aussi forte que celle que Lucille a ressentie en franchissant le passage sans lui. Blotti contre Lou, il laisse sa vie le réimprégner et ses mémoires s'inscrire dans ses cellules. Immobile, Lou sent son père passer par différentes émotions. Calant instinctivement sa respiration sur la sienne, elle perçoit le grand huit intérieur qu'il est en train de vivre. Elle espère qu'il se remettra de toutes les révélations que sa mémoire est en train de lui faire.

***

Adam a fini par s'endormir sur le canapé et Lou l'a laissé récupérer tranquillement en gardant un œil sur lui. Debout près de la fenêtre, elle regarde vers la maison et voit Jessie préparer le dîner. La nuit est proche, ce qui n'est pas pour la rassurer. Elle a beau savoir que des gendarmes patrouillent et surveillent les alentours, elle se sent vulnérable. Son téléphone sonne dans sa poche et elle se hâte de le sortir pour éviter qu'il ne réveille son père.

– Oui, dit-elle en sortant sans bruit du moulin.

– Lou, c'est moi. Enfin, Marc, pardon.

– Ça va ? Tu as l'air bizarre.

– Je voulais être le premier à te l'annoncer.

– Qu'est-ce qui se passe ? Tu me fais peur.

– Pierre Morin a été retrouvé.

Lou ne sait pas quoi répondre.

– Son corps gisait dans les eaux du gouffre de la Grotte du Diable.

– Il est mort ? s'exclame-t-elle avec sidération.

– Oui. Ses affaires ont été retrouvées dans un recoin rocheux de la grotte. Il devait se cacher dans la forêt depuis le début. Le légiste est formel, il s'est noyé. Pour le moment, aucune blessure n'a été relevée.

– Tu crois qu'il s'est suicidé ?

– C'est possible. Il savait qu'on était à sa recherche, il n'avait plus d'issue. Il a sûrement préféré ça à un nouvel enfermement.

– Alors, ça y est ?

– Oui. C'est fini, Lou.

Elle expire bruyamment et se laisse glisser contre un poteau du pont.

– Tu passes ? lui demande-t-elle.

– Je ne peux pas, je dois aller retrouver mon fils.

– OK.

– Lou…

– Oui.

Le silence donne un espoir à Lou.

– Prends soin de toi.

Elle raccroche et pince les lèvres pour ravaler sa déception avant de se tourner vers le moulin. Son père la regarde, sourire aux lèvres.

– Viens là, lui dit-il en l'accueillant dans ses bras. Je crois que ma mémoire capte désormais toutes les chaînes. Jessie m'a fourni la bonne télécommande, on dirait.

– Je suis désolée, répond Lou. Je sais à quel point ça doit difficile pour toi.

– Merci.

Lou adresse un regard interrogateur à son père.

– Je t'ai demandé le pire qu'un père puisse demander à son enfant, et pourtant, tu es toujours là. Merci. Et pardon.

– Si je devais le refaire…

– Chut… Dis-moi juste une chose, parce que je n'ai pas le fin mot de l'histoire. Les gendarmes ont-ils la preuve que Pierre est derrière tout ça ?

– Oui. Et c'est fini, papa.

– Ils l'ont arrêté ? demande-t-il avec espoir.

– Il est mort.

– Abattu ?

– Son corps a été retrouvé.

– Comment ça ?

– Il se serait suicidé.

– Non ! souffle Adam. C'est impossible.

CHAPITRE 106

Brigade de gendarmerie de Huelgoat,
le 23 décembre 2023

– Je veux parler au lieutenant Dupuis, je vous dis ! s'énerve Adam.

– Et moi, je vous répète qu'il n'est pas là !

– Un problème ? demande le major en sortant du bureau.

– Monsieur ne veut pas entendre que le lieutenant est absent.

– Monsieur Jacuri, qu'est-ce qui se passe ? demande le major.

– Si je vous le dis à vous, vous ne me croirez pas, ça ne sert à rien.

– Essayez toujours.

– Pierre Morin ne s'est pas suicidé.

Le major fronce les sourcils.

– Entrez, lance-t-il à Adam en le laissant pénétrer dans son bureau avant de fermer la porte. Qu'est-ce qui vous fait affirmer ça ?

– Pierre Morin ne se serait jamais suicidé, c'est tout simplement impossible !

– Pourtant…

– Il faut me croire. Cette fois, il faut me croire !

– OK, on va tout reprendre depuis le début, dit le major en contournant son bureau pour s'asseoir et en invitant Adam à faire pareil.

Ce dernier s'exécute et tente de se calmer. Il est exténué. Les révélations nombreuses de ces dernières heures et les tentatives de son esprit pour faire des liens et des analyses sont en train de l'épuiser.

– Comment avez-vous appris pour Pierre Morin ? demande le major.

– Votre lieutenant a prévenu ma fille.

Le major serre les dents et se retient de commenter.

– Le docteur Natri, psychiatre à l'UMD, nous a fait part de votre état et des effets secondaires de la séance d'électrochocs. Comment vous sentez-vous ?

– Bien. Beaucoup mieux.

– Content de l'apprendre.

– Ne soyez pas hypocrite, ça ne vous ressemble pas et du coup, ça se voit. Je pense avoir cerné le sens réel de votre question. Vous voulez savoir comment un vieux fou qui a perdu la mémoire peut affirmer que Pierre Morin ne s'est pas suicidé.

– Et la réponse est ?

– Que le vieux a recouvré la mémoire et qu'il se souvient parfaitement de la psychologie de Pierre

Morin. Je l'ai expertisé et je connais son dossier par cœur. Sa personnalité est incompatible avec un suicide.

– Vous admettrez qu'il est un peu difficile de croire que vous ayez retrouvé votre mémoire aussi rapidement, non ?

– Mais je me fous que vous me croyiez ! C'est pas possible, vous ne pouvez pas continuer à me prendre pour un con après tout ce qui s'est passé ! Vous êtes incroyable !

– Oh, doucement ! OK, je l'admets, je n'ai pas toujours été très malin avec vous et je m'en excuse. Ça vous va ?

– Peu importe ! Je veux que vous preniez ma déclaration au sérieux, le reste n'a aucune importance.

– Si Pierre Morin ne s'est pas suicidé, vous suggérez quoi ?

– Gregory Prezeau. Il est dans le coup, c'est sûr, je le dis depuis le début. Alors, vous allez me dire qu'il est à l'UMD, qu'il n'a pas pu croiser la route de Pierre, mais il faut creuser de ce côté-là. Peut-être quelqu'un qu'il aurait rencontré à l'UMD et qui serait sorti depuis. Étant donné que l'idée du réseau que vous rejetiez tant semble maintenant plausible…

– Gregory n'est pas à l'UMD en ce moment.

Adam manque de s'étrangler face à cette déclaration inattendue.

– Il a obtenu une autorisation de sortie pour les fêtes et sa mère possède une maison à quelques minutes d'ici.

– Alors qu'est-ce que vous faites encore là, à écouter un vieux déboussolé ? Vous devriez être en train de l'interroger.

– Rien ne le relie à Pierre Morin. Les carnets de Pierre ont été passés au crible, le nom de Gregory n'y apparaît jamais.

– Si on s'arrête à des notes, maintenant…

– Je ne devrais pas vous le dire, mais nous sommes sur la piste de Gregory depuis les découvertes faites lors des perquisitions chez Pierre et ses grands-parents. Une enquête est en cours sur un accident qui a eu lieu en séance d'ergothérapie à l'UMD et qui est à l'origine d'un suicide au sein de l'établissement. Il se pourrait qu'il soit lié à tout ça.

– Alors, vous me croyez ?

– La question n'est pas là. Seules comptent les preuves.

– Alors, trouvez-les et arrêtez-le, sinon les meurtres continueront.

CHAPITRE 107

Huelgoat, au même moment

Lou voit le nom de Marc apparaître sur son téléphone alors qu'elle grignote une tranche de saucisson en compagnie de Jessie. Elle hésite assez longtemps pour que l'appel bascule sur messagerie.

– Ne vous privez pas de répondre à cause de moi, lui dit Jessie. Je suis désolée, j'ai l'impression d'être de trop ce soir. Il se passe tellement de choses pour vous.

– Absolument pas. Je n'avais simplement pas envie de répondre. Je suis désolée si je vous semble ailleurs, je suis inquiète pour mon père.

– Je comprends.

– Je ne vous ai même pas remerciée.

– Vous n'avez aucune raison de le faire.

– Bien sûr que si. Quand mon père est sorti de son cabinet tout à l'heure, il m'a regardée. Bon, dit comme ça, c'est un peu idiot, plaisante Lou. En fait, il m'a regardée comme avant. Comment dire ? J'ai eu l'impression qu'il me voyait enfin. Pas juste comme sa fille sur le papier, mais comme sa fille avec qui il a passé trente-cinq ans de sa vie.

Lou sent l'émotion arriver.

– Votre travail a permis à sa mémoire de se reformer autour de son passé. C'est incroyable que ça ait pu débloquer ses souvenirs aussi rapidement. Ça va maintenant lui permettre d'avancer.

– C'est drôle, remarque Jessie. C'est la première fois que le titre de ce livre prend tout son sens dans mon esprit. Quand votre père m'a demandé d'arrêter d'écrire ses mémoires, je l'ai très mal vécu, alors j'ai continué quand même. Aujourd'hui, je me dis que rien n'arrive sans raison et que tout a un sens.

– Merci, Jessie. Merci de ne pas l'avoir abandonné quand il avait le plus besoin de vous. Sans vous, nous n'aurions jamais su ce qui s'était vraiment passé ce soir-là.

– Votre père a joué un rôle très important dans ma vie, je ne pouvais pas l'abandonner, c'était inconcevable.

– Vous vous êtes rencontrés lors du procès du manoir Andermatt, c'est ça ?

– Oui, et grâce à lui, j'ai pu comprendre, avancer, et aujourd'hui, je peux essayer de me reconstruire. Votre père m'a vraiment aidée.

– Il est le seul à ne pas être au courant qu'il a aidé beaucoup de monde, sourit Lou.

Interrompue une troisième fois par son portable qui fait danser le nom de Marc sur l'écran, elle se décide à répondre en s'excusant auprès de Jessie.

– Oui, dit-elle assez froidement.

– Je suis devant, tu me rejoins ?

Lou sent son cœur sautiller de joie et elle tente de le faire cesser, mais cet exercice est impossible. Face à Marc, dans l'obscurité, elle ne trouve pas ses mots. Lui aussi semble déstabilisé.

– David m'a appelé pour me dire que ton père était à la brigade, dit-il pour entamer la discussion.

Lou croise les bras devant elle pour s'imposer une distance censée la protéger, de lui ou de ses propres sentiments, elle l'ignore.

– Et donc ? Tu t'es dit que tu devais venir ici ? Ta place n'est pas plutôt à la brigade, à entendre ce que mon père a à dire ?

– Je suis d'accord avec lui. La thèse du suicide ne me convainc pas.

– Alors, c'est reparti ? On prend les mêmes et on recommence ? Cette fois, laissez mon père en dehors de ça. Vous avez failli le tuer une fois, je ne vous permettrai pas de le faire une deuxième.

Tout comme elle ignore pourquoi elle croise les bras, elle se demande pourquoi elle s'énerve sur l'homme qui la trouble au point de lui faire perdre ses repères. Elle sent son esprit vaciller et doit écarter les pieds pour trouver son point d'équilibre. Elle voit alors le regard de Marc changer et s'agripper au sien. Une vague chaude se répand en elle comme un torrent. Il observe ses lèvres et inspire longuement.

– Je n'ai pas envie de me dire que je ne vais plus te voir, avoue-t-il subitement en maîtrisant au mieux son désir.

– Rien ne t'y oblige, susurre-t-elle.

Le téléphone de Marc vient briser l'instant suspendu. Il regarde par peur que ce soit le boulot. Lou voit apparaître « Coralie » et expire avec un sourire désabusé.

– Je crois qu'elle, elle préférerait qu'on ne se voie plus.

Lou reste sourde à ce que Marc essaye de lui dire et elle tourne les talons pour rentrer.

CHAPITRE 108

Après avoir quitté la brigade, Adam prend la route pour retrouver Lou et Jessie chez lui. Il est impatient de leur raconter son entrevue avec le major et les confidences de ce dernier concernant Gregory. Et dire qu'il détenait la vérité depuis le début et que personne ne voulait le croire. Dire qu'il a évité un procès à ce criminel en le déclarant irresponsable de ses actes. Quelle honte ! Mais si les gendarmes le croient, désormais, la marche arrière est peut-être possible et la vérité pourra être rétablie. Il fera tout pour.

Alors qu'il roule en rase campagne, il voit des phares, dans ses rétroviseurs, se rapprocher à vive allure. La voiture klaxonne en arrivant près de lui, lui fait des appels et le double alors qu'il y a zéro visibilité. Adam râle tout seul face à l'inconscience de certaines personnes. Quelques centaines de mètres plus loin, il voit la même voiture sur le bas-côté, feux de détresse en train de clignoter et une silhouette lui faisant signe de s'arrêter. Il ralentit et la personne se cache le visage, éblouie par les phares. Adam fait coulisser la vitre côté passager.

– Vous avez un problème ? demande-t-il en se penchant dans l'habitacle. Vous rouliez un peu vite, il faut dire.

– Oui, entend-il avant de voir le visage se présenter à la fenêtre.

Adam a un moment de flottement.

– Bonsoir, docteur.

Adam se fige et ne sait pas quoi dire, quoi faire.

– Surpris ?

– Qu'est-ce que vous faites là ? demande-t-il enfin.

– Je suis sorti pour passer les fêtes avec maman.

– Ça, je le sais déjà. Qu'est-ce que vous me voulez, Gregory ?

– Vous saluer parce que je n'en ai pas eu le droit à l'UMD, l'autre jour.

– C'est fait, merci, répond Adam en enclenchant une vitesse.

– Pas si vite ! Il faut que vous sachiez quelque chose.

– Et moi, je n'ai rien envie d'entendre sortir de votre bouche.

Alors qu'Adam remonte la vitre à l'aide du bouton sur sa gauche, Gregory parle subitement plus fort.

– Votre fille, docteur ! C'est important !

Adam interrompt son geste et enlève le pied de la pédale d'accélérateur.

– Pierre l'a menacée de mort, elle vous l'a dit ?

Adam est sous le choc.

– Il est même venu jusque chez vous quand elle était seule, elle l'a échappé belle. Il ne faudrait pas qu'il lui arrive quelque chose.

Le cœur d'Adam est en train de lui faire vivre un enfer. Il ne sait pas si son corps va résister encore longtemps à cette journée.

– Si vous cherchez à me faire peur, c'est raté, ment-il. Pierre est mort.

– Ah oui, c'est vrai ! Vous devriez peut-être me remercier ?

– Qu'est-ce que tu veux vraiment, espèce d'enfoiré ?

– Ouh ! Monsieur le docteur, vous devenez vulgaire.

– Je te jure que…

– Stop ! Ne me menace pas, tu n'es pas en position de force. Je voulais juste te dire que si tu témoignais contre moi, ta fille ne serait plus jamais en sécurité.

– Si je te fais enfermer pour de bon, elle le sera.

– Détrompe-toi, le réseau est vaste et j'ai des pions partout.

Adam serre les dents.

– Peut-être, mais les flics connaissent désormais le nom de ceux que tu appelles tes pions.

– Encore faux. Pierre avait les siens, j'ai les miens. Alors, fais en sorte que je ne sois pas ennuyé et tout ira bien pour ta fille.

– Espèce de…

– Chut… dit Gregory en plaquant l'index contre ses lèvres.

***

Lou entend la voiture de son père arriver et elle s'étonne du temps qui passe avant que la porte de la maison ne s'ouvre. C'est quand elle se décide à aller voir si tout va bien qu'Adam arrive.

– Ça va ? lui demande-t-elle aussitôt.

– Ça ira mieux quand j'aurai mangé, répond-il en accrochant son manteau et son écharpe à la patère murale.

– Justement, on t'attendait.

– Vous préférez peut-être que je vous laisse ? propose Jessie. Vous avez sûrement des choses à vous dire.

– Non, restez, impose Adam.

Lou est surprise du ton qu'il vient d'employer mais elle ne relève pas.

– Alors, il paraît que tu as vu le major, amorce-t-elle.

– Comment le sais-tu ?

– Le lieutenant m'a prévenue. Ça a été, il n'a pas été trop désagréable avec toi ?

– Non.

– Il t'a cru ?

– Peu importe.

– Comment ça ? Ne me dis pas qu'il t'a…

– Lou ! J'ai dit peu importe.

Lou reporte alors son attention sur le plat de lasagnes à sortir du four pour éviter d'exprimer sa surprise teintée de vexation. Durant le repas, personne ne parle du rendez-vous à la brigade. Lou a compris que si son père a demandé à Jessie de rester et a esquivé le sujet, c'est qu'il n'est pas prêt à l'évoquer. Mais pourquoi ? Que s'est-il passé durant cet entretien ? Elle meurt d'envie de savoir et se surprend à vouloir que Jessie monte se coucher pour avoir une vraie discussion avec son père.

Pourtant, au moment du dessert, c'est Jessie qu'Adam choisit d'entraîner dehors pour parler en privé. Lou est blessée, jalouse, frustrée. Un mélange de tout. Une fois sur le pont, Adam remercie Jessie pour son travail et sa présence qui lui a fait du bien. Elle se doute qu'il ne l'a pas fait venir là juste pour ça. Elle attend donc la suite.

– J'ai bien réfléchi, finit-il par dire. J'accepte que vous publiiez mes mémoires, mais j'ai deux exigences à apporter.

Jessie est heureuse de cette décision. Elle va enfin pouvoir proposer ce long travail aux lecteurs avec l'espoir qu'il engendre des prises de conscience sur le rapport de la société aux personnes souffrant de troubles psychiatriques et sur l'équilibre difficile entre justice et psychiatrie.

– Quelles sont vos exigences ? demande-t-elle.

– Je vous interdis de parler de Gregory.

– Je ne comprends pas.

– Je ne vous demande pas de comprendre.

Jessie est froissée par le ton sur lequel Adam vient de prononcer cette phrase. Elle fait le lien avec celui qu'il a employé en arrivant de la brigade et réalise qu'il a dû se passer quelque chose.

– Le deuxième élément, enchaîne Adam, interrompant le cours de ses pensées, c'est le chapitre final. Supprimez-le.

– Pardon ? Mais, c'est justement le…

– C'est à prendre ou à laisser.

Jessie tente de ravaler ce qu'elle ressent, mais sa voix change d'intonation quand elle reprend la parole.

– Je peux savoir ce qui se passe ? Je ne suis pas votre employée, je vous rappelle.

– Non, mais c'est ma vie que vous allez exposer aux yeux de tous, il me semble que j'ai le droit de décider.

– Vous m'avez confié tellement de choses… pourtant, ce soir, je crois qu'il s'est passé un événement troublant que vous voulez tenir secret.

– Et c'est mon droit. Rentrons.

Adam n'attend pas de réponse de Jessie, il se dirige vers la maison sans voir qu'elle ne le suit pas. Quand il rentre, Lou est là, impatiente de comprendre. Elle profite de ce qu'il soit seul pour lancer la discussion.

– Tu m'expliques ?

– Il n'y a rien à dire. Je vais aller me coucher.

– Je ne crois pas, non. Tu vas d'abord m'expliquer ce qui se passe.

– Parce que toi, tu me racontes tout ?

– Quoi ? De quoi tu parles ?

– Rien. Je suis exténué, cette journée m'a bouleversé, j'ai besoin de repos.

– Alors, ça y est ? Tout est vraiment redevenu comme avant, avec les disputes entre nous que maman craignait tant.

– Laisse ta mère en dehors de ça !

– Papa, s'attriste Lou, parle-moi. Ne me laisse pas comme ça, pas ce soir.

– Pourquoi ne m'as-tu pas dit que Pierre t'avait menacée de mort ?

Lou ferme les yeux en soufflant.

– Tu ne te souvenais de rien, pourquoi j'aurais dû te parler de ça ? Et quand tu as recouvré la mémoire, je venais d'apprendre qu'il était mort, ça n'avait plus aucune importance. C'est pour ça que tu m'en veux ?

– Je ne t'en veux pas.

– Alors pourquoi es-tu désagréable, ce soir ? C'est le major, c'est ça ? Il ne t'a pas cru ?

– Je ne sais pas pourquoi je me suis persuadé que Pierre ne pouvait pas s'être suicidé, c'est idiot. N'importe qui peut se foutre en l'air, il n'y a pas de règles.

– Il a réussi à te persuader que tu avais tort ? Pourtant, Marc… enfin, le lieutenant est d'accord avec toi.

– Vous êtes devenus intimes, tous les deux ?

– Non, se ferme Lou. Tu as soumis tes réflexions concernant Gregory au major ?

– Gregory est un malade que j'ai expertisé, il est désormais pris en charge, point final.

– Mais tu sais qu'il n'est pas malade, tu te souviens ?

– Laissons la gendarmerie faire son travail, je ne veux plus penser à tout ça. Je monte.

Lou regarde son père gravir les marches. Son intuition la trompe rarement.

***

Mémoires, chapitre final

Nous sommes le 18 novembre 2023.

Je suis Adam Jacuri, sain de corps et d'esprit, et des accusations lourdes vont désormais peser sur moi. Pourtant, je suis innocent.

Vous allez vous dire que tout prouve le contraire et comme les enquêteurs, vous allez vous convaincre que je suis fou et coupable. En effet, quoi que je fasse, quoi que je dise, je m'enfonce et la situation se retourne contre moi. J'ai l'impression d'être coincé au cœur d'un thriller trop bien ficelé pour être réaliste.

Je ne sais pas ce qui m'attend, la mort, la prison, la folie… Peu importe, je dois essayer de mettre un terme à ce qui a pris naissance en partie à cause de moi.

Je n'ai plus d'autre option. Si je veux prouver que de faux psychotiques se sont organisés pour tuer en marge de la justice, je dois intégrer leur monde et comprendre comment c'est possible.

Le 16 novembre, une femme a été tuée dans une dépendance de ma propriété. Je n'y suis pour rien, mais par peur d'être soupçonné, j'ai dissimulé son corps. Je présente toutes mes excuses à la famille. Ce soir, j'irai le déterrer et après, j'appellerai les secours. Je feindrai la folie, comme ces criminels qui se sont joués de moi. Je serai alors expertisé et placé en détention provisoire. Trop sage, je serai pris en charge dans une unité spécialement aménagée. Mais, ce n'est pas là que je veux être. S'il le faut, j'agresserai quelqu'un là-bas pour être considéré comme un malade difficile parce que ce n'est pas en UHSA que je veux me retrouver, mais en UMD. Une fois transféré, j'essaierai de convaincre les médecins que j'ai raison et qu'une armée se forme au sein des établissements psychiatriques. Pour lutter contre elle, nous devrons nous serrer les coudes entre pairs.

Pourquoi l'UMD ? Parce que je sais que derrière Pierre, il y a Gregory.

***

Une semaine plus tard...

C'est la fin de la permission de sortie, Gregory doit réintégrer l'UMD avant dix-neuf heures. Il conduit la voiture de sa mère qui l'accompagne et il s'aperçoit qu'il risque d'être en retard à Plouguernével. Les chemins enneigés du départ n'ont pas facilité le trajet.

– Tu veux bien ralentir, s'il te plaît, tu me fais peur.

– Ça va, maman, je gère, ne t'inquiète pas.

– Ça glisse vraiment, c'est risqué.

– Il est hors de question que j'arrive en retard, tu sais que ça peut me porter préjudice.

La mère de Gregory se tait un instant, main droite cramponnée sur le côté de son siège. Après avoir soufflé un bon coup, elle reprend :

– Écoute, je voudrais te dire que…

– Ça va vite passer, la coupe-t-il. Je sais que tu aurais aimé que ça dure plus longtemps, mais il y aura d'autres autorisations comme celle-ci et après je serai placé en hôpital de jour. On se verra plus souvent.

– Je sais, oui.

La mère de Gregory n'arrive pas à lui dire que ce n'est absolument pas de ça qu'elle voulait lui parler. Elle le laisse continuer.

– C'était super d'être avec toi pour Noël ! J'ai vraiment passé un très bon moment ! En fait, c'était le meilleur Noël de ma vie. Sans lui…

Je suis désolée si ça te fait du mal quand je dis ça, mais…

– Non, je ne souffre plus pour lui depuis bien longtemps. Il nous a fait trop de mal et il est très bien six pieds sous terre.

Gregory tourne légèrement la tête pour adresser un sourire affectueux à sa mère en posant une main sur son genou.

– Attention ! crie-t-elle alors que la voiture chasse de l'arrière dans un virage. Tu vois ! Tu me fais vraiment peur ! Je ne sais pas si ton psy préfère te voir arriver en retard ou mort, mais moi, je tiens à ma vie !

– Pas à la mienne ? plaisante Gregory.

– Arrête tes bêtises. Et laisse-moi parler maintenant, s'il te plaît. Ce que je voulais te dire tout à l'heure, c'est à propos de… Enfin…

– Quoi ? Bah vas-y ! rigole Gregory. Pourquoi tu bafouilles comme ça ? On s'est dit qu'il n'y aurait plus de secrets entre nous.

– C'est au sujet de l'homme qui m'a donné le mot pour toi l'autre jour.

Gregory cramponne ses deux mains sur le volant et rive les yeux à la route.

– Je savais que je l'avais déjà vu quelque part et on en a parlé aux informations tout à l'heure. C'est celui qui était recherché pour toutes les horreurs commises ces derniers temps à Huelgoat. Alors, je veux que tu me dises pourquoi il voulait te voir.

– Laisse tomber, maman.

– Comment tu connaissais cet homme ? On a dit, plus de secrets.

– Arrête, je te dis, ça ne sert à rien de parler de ça.

– Bien sûr que si, ça sert à quelque chose ! s'énerve-t-elle. Tu te rends compte ? C'était un monstre et il m'a affirmé être ton ami.

– Il a menti.

– Tu es allé le voir. Je le sais parce que j'ai regardé le papier et je sais qu'il t'a fixé rendez-vous.

– Je ne savais pas que c'était lui.

– Gregory ! s'emporte-t-elle comme une mère sur son petit garçon qui ne veut pas obéir. Il a été retrouvé mort quelques jours plus tard, à l'endroit où tu devais le retrouver.

– Vas-y ! crache-t-il. Tu penses que c'est moi, c'est ça ?

– Je n'ai pas dit ça, mais j'ai besoin de comprendre ou de savoir.

– Tu veux savoir quoi ? Ce type était une ordure de la pire espèce. Un psychopathe si tu préfères, ça te va, là ?

– Il n'en avait pas l'air, pourtant.

– Bah, vas-y ! Dis que je mens aussi, maintenant !

– Peu importe ! La question n'est pas là. Explique-moi ce qui s'est passé.

– Rien ! Il ne s'est rien passé, fin de la discussion.

La mère de Gregory croise les bras et plaque la tête contre le siège en regardant droit devant elle. Elle hésite à prononcer les mots qui lui brûlent les lèvres. Craindre les réactions de son propre enfant, ce constat lui fait si mal. S'il a été capable de tuer sa sœur, pourrait-il basculer et assassiner sa propre mère ? Elle repousse cette question dans un coin de son esprit et se lance.

– Les gendarmes sont venus hier, quand tu étais parti faire des courses.

Gregory tourne vivement la tête vers elle, qui refuse de le regarder.

– Ils m'ont demandé si tu avais été en contact avec cet homme, termine-t-elle.

– Putain ! Tu leur as dit quoi ? Tu m'as balancé ?

La mère de Gregory soupire de dépit en baissant la tête.

– Tu crois vraiment que je serais capable de ça ? Moi qui ai déménagé pour toi et qui t'accueille sous mon toit alors que tu as tué ta… ma fille… s'étrangle-t-elle dans un sanglot.

– Pardon, lâche Gregory en posant une main sur sa tête. Pardon, maman, je suis vraiment trop con. Qu'est-ce que je suis devenu, putain ? Ne pleure pas, s'il te plaît. Je ne veux plus te faire de peine, plus jamais, tu m'entends ?

– Alors, promets-moi une chose, une seule.

Gregory regarde sa mère, sourcils froncés.

– Promets-moi de ne plus jamais faire de mal à personne.

– Maman…

– Non, écoute-moi. J'ignore pourquoi, mais je sens au fond de moi que tu as tué cet homme.

Peut-être le méritait-il, peu importe, tu n'en avais pas le droit. Mais, c'est fait. Ce que je veux, c'est que tu t'arrêtes là, pour toujours. Je t'en supplie, jure-le-moi. Dis-moi que c'est fini, que tu tournes la page et que tu ne penseras plus jamais au mal.

Gregory se mord l'intérieur des joues et ses doigts agrippent des mèches de ses cheveux. Il entend alors la voix de Pierre résonner dans son esprit : « Dis-moi que tu pourras lutter contre le désir de tuer le jour où il reviendra. Parce que crois-moi, il reviendra. »

– Maman, c'est…

La mère de Gregory refuse d'entendre les arguments de son fils, elle sait que de simples mots auraient le pouvoir de la détruire.

– Les gendarmes m'ont aussi dit que tu n'étais peut-être pas malade comme on le pense, mais que tu aurais joué la comédie.

– Putain ! Les enfoirés !

– Si c'est vrai, ça signifie que tu as le choix, Gregory. Tu es libre d'arrêter et je te promets de toujours être là pour toi. Je ne t'en voudrai pas parce que je t'aime plus que tout.

Gregory se laisse soudain submerger par des émotions lointaines. Il ressent la violence des coups de son père, l'injustice dévastatrice de subir à la place de sa sœur, la douleur insoutenable mais réprimée pour ne pas pleurer parce que s'il pleurait, c'était pire… *Un homme, c'est fort, résistant, et ça ne chiale pas comme une mauviette !* Il revoit alors sa mère défigurée, elle aussi, par les coups trop fréquents, trop puissants. Elle et lui étaient les deux défouloirs d'un homme déchu.

– Ce n'est pas si simple, maman, lâche-t-il alors. Dans ma tête, c'est…

– Je t'aiderai, je serai là. On y arrivera ensemble, comme on l'a toujours fait. Ne laisse pas le pouvoir à ton père encore une fois, celui de te rendre comme lui.

– Je ne suis pas comme lui ! crie Gregory avec une hargne qui saisit sa mère.

– Alors, promets-moi de ne jamais recommencer, le supplie-t-elle dans un souffle désespéré. J'ai besoin de t'entendre me le promettre, ce soir, avant que tu retournes là-bas.

Les muscles de Gregory se contractent subitement quand les souvenirs traumatisants l'envahissent. Son pied enfonce l'accélérateur et la voiture se laisse emporter par la vitesse qui augmente trop. La mère de Gregory tente de le raisonner, mais il n'est plus là, son esprit est absorbé hors de l'habitacle. Quand elle voit le pire arriver, elle pousse un hurlement strident et Gregory revient à lui, mais trop brutalement. Son premier réflexe est d'agresser la pédale de frein. Le véhicule se lance alors dans une valse silencieuse sur la route brillante. Plusieurs tours sur lui-même et une glissade expresse pour terminer en embrassade fracassante contre un arbre.

Des sifflements de plus en plus forts agressent les tympans de Gregory quand il revient à lui. Décollant lentement le visage de l'airbag, il réalise ce qui vient d'arriver. Son œil droit croit voir, mais refuse de voir. Son cœur s'emballe et il tourne doucement la tête avant de gémir comme un enfant terrorisé. L'arbre n'a pas bougé et la voiture s'est adaptée à lui jusqu'à ce qu'il entre en contact avec le corps de sa mère.

– Maman ! hurle-t-il. Non, je t'en supplie, maman, réponds-moi.

Gregory sait que la carrosserie et le moteur ont broyé le bas du corps. Il ne regarde que le visage ensanglanté de celle qu'il a aimée, au point de parfois vouloir mourir à sa place sous les coups de son père.

– Maman, réponds-moi, répète-t-il, effondré.

Alors qu'il perçoit un souffle, il voudrait la toucher, lui essuyer les yeux, la joue, mais il est coincé lui aussi. La cage thoracique comprimée, il commence à manquer d'air. Sa mère émet un râle, comme des mots qui n'arrivent pas à se former jusqu'au bout.

– Maman, souffle Gregory qui commence à sentir la douleur exploser dans tout son corps. Je te le promets. Je te le promets, maman. Je te le promets.

ÉPILOGUE

Poullaouen, le 30 décembre 2024

Il y a tout juste un an, Gregory expliquait à sa mère qu'il serait bientôt libre, avant que l'accident de voiture n'ôte la vie à cette dernière. Cet après-midi, il a quitté l'hôpital dans lequel il était interné depuis deux mois après sa sortie de l'UMD.

Il est libre.

Pourtant, ni sa tête ni son cœur ne se réjouissent de ce moment. Libre mais seul. Un an qu'il pleure la disparition de sa mère. Un an qu'il s'en veut, qu'il ne fait plus semblant d'être un malade sur la bonne voie, qu'il est simplement Gregory Prezeau, un homme qui a commis le pire et qui ne sait plus qui il est.

Quand le taxi le dépose devant la maison qu'avait achetée sa mère, Gregory reste face à la porte sans parvenir à entrer. Il n'est pas revenu ici depuis l'accident et une peur inconnue lui tord l'estomac. Il s'assoit sur les marches devant l'entrée et reste immobile pendant des heures, dans le froid. Alors que la nuit envahit la rue et que les guirlandes multicolores se mettent à clignoter sur les façades, il se lève, transi de froid, et glisse la clé dans la serrure.

Quand il pousse la porte, il a l'impression d'être enveloppé par l'odeur de sa mère. Les premières émotions jaillissent. Le sapin de l'année passée a baissé les branches et laissé tomber guirlandes et boules sur le parquet. Le gilet rose, que sa mère avait enlevé pour mettre son manteau avant de partir, est toujours là, sur le dossier du fauteuil en cuir. Gregory le prend et le porte à son visage. Il ressent un vide énorme. Un sentiment d'abandon qui le renvoie à son enfance, à son père, à sa sœur. Des images défilent, des sensations, des cris, de la peur, de la terreur. Un film se déroule dans sa tête et la scène finale semble se jouer entre sa sœur et lui.

Il revoit en premier lieu son père le frapper alors qu'il rentre blessé après son agression dans la rue. Ce jour-là, il a bien cru qu'il allait le tuer. Sa mère hurle pour faire cesser les coups, mais ça ne fait que les amplifier. Gregory se sent partir. Il ne sait toujours pas ce qui s'est passé ensuite, avant de reprendre conscience, allongé sur le lit de la chambre. Il entend alors de nouveaux cris de l'autre côté de la porte. Sa sœur est rentrée et il sait pourquoi elle a ravivé le brasier, parce qu'elle se prostitue et que son père l'a appris. Pourtant, elle, il ne l'a jamais frappée. Soudain, la porte s'ouvre, sa sœur entre, terrorisée, et ferme à clé. Elle se jette contre Gregory et le supplie de l'aider. Elle dit que leur père est devenu fou et qu'il va la tuer. Gregory ne ressent plus aucune pitié. Sa sœur n'est même pas capable de voir l'état dans lequel son père l'a mis. Il décide, à ce moment-là, qu'il ne payera plus pour elle. Il veut juste qu'elle se taise. Pierre lui a expliqué comment faire et désormais, il se sent prêt.

Dans la maison froide, debout derrière le fauteuil de sa mère, Gregory ferme les yeux. Il se revoit frapper sa sœur. Elle le regarde avec terreur et avant d'avoir le temps de lui demander ce qui lui prend, le deuxième coup lui décale la mâchoire. Gregory sent qu'il n'est plus capable de s'arrêter. Au contraire. À mesure qu'il frappe, une force grandit en lui. Cette fois, c'est lui qui maîtrise l'autre, qui le domine et le réduit à l'état de chose. Ce qu'il fait le rend tout-puissant et il aime ça. Il sort le couteau de sa poche et l'enfonce une première fois.

Toujours dans la même position, Gregory laisse sa tête basculer vers l'arrière, mains cramponnées au dossier du fauteuil. Ses souvenirs lui font revivre la sensation de la lame qui pénètre, ressort, et qui absorbe un peu de vie à chaque fois. Les cris de sa sœur se réduisent progressivement jusqu'à devenir des plaintes silencieuses. Il lit la terreur dans son regard et la jouissance que ça lui procure le fait sourire. La lueur des yeux de sa proie commence à s'éteindre. Gregory repense alors à ce qu'elle a fait avec les hommes qui la payaient. Il la pousse violemment en arrière sur le lit et lui arrache son tee-shirt. Elle n'est plus consciente, mais elle paiera jusqu'au bout, il l'a décidé. Il s'assoit à cheval sur le corps déjà meurtri et la lame de son couteau prend pour cible les seins qui s'offrent à lui. Des pénétrations, des lacérations, des mouvements frénétiques qui réduisent le tout en un amas difforme de chair et de sang. Alors qu'il ressent quelque chose au niveau de son sexe, il s'y refuse et se décale sur le côté avant de faire entrer la lame dans le bas-ventre de sa sœur. Profondément. Il ne reste qu'à la faire glisser en travers pour ouvrir.

Gregory n'en a pas conscience à cet instant, mais, debout en appui sur le fauteuil de sa mère, il sourit. Son corps est là, mais son esprit continue son travail de réminiscence. Sa sœur est désormais sur le ventre, il vient de la retourner comme un vulgaire tas de viande. Pierre a parlé d'ange déchu, il sait ce qu'il doit faire s'il veut qu'on le croie fou. La lame suit la colonne vertébrale avec des sursauts à chaque côte. Drôle de sensation.

Le corps de Gregory se souvient. Cette sensation. La lame qui glisse sur la peau du dos, qui pénètre les muscles, qui décolle la peau… les ailes d'un ange. Il ouvre subitement les yeux et inspire comme après une plongée trop longue dans ses tréfonds. Les ongles enfoncés dans le cuir du fauteuil, il sent ses jambes se dérober légèrement sous lui. Réalisant ce qu'il vient d'éprouver, une nausée le surprend. La voix de Pierre lui revient, plus forte que jamais : « Dis-moi que tu pourras lutter contre le désir de tuer le jour où il reviendra. Parce que crois-moi, il reviendra. » Gregory fait le tour du fauteuil pour s'asseoir et se frappe les tempes en grimaçant et en luttant contre lui-même. Le souvenir du cadavre de sa sœur l'a rempli d'un tel sentiment de jouissance… il refuse que les mots de Pierre viennent le renforcer.

Je te le promets, maman.

Gregory revoit alors le corps broyé de sa mère qui venait juste de l'implorer d'arrêter de tuer. Il sent qu'il est sur le point de devenir réellement fou. Il comprend alors la définition de l'effondrement psychologique et se voit glisser vers le gouffre. Il se rend dans la cuisine, ouvre le tiroir sous le four et en sort un couteau.

***

Lou a rcjoint Adam à Huelgoat pour passer Noël. Censée repartir le lendemain, elle hésite encore à envoyer un message à Marc. Assise sur son lit, elle regarde son portable, le SMS est prêt, elle n'a plus qu'à cliquer. Elle sait que son couple va mal, il le lui a expliqué. Elle meurt d'envie de le revoir, mais quelles seront les conséquences ? Perdue dans ses pensées, elle est surprise par le bruit d'un moteur de voiture. Intriguée, elle pose son téléphone sur la couette et se lève pour aller regarder par la fenêtre de l'étage. Un taxi vient de déposer quelqu'un.

Adam, quant à lui, est dans son cabinet, en train de travailler sur le dossier d'un patient qui lui pose question. Il se laisse surprendre par les coups portés contre sa porte et crie d'entrer, pensant qu'il s'agit de Lou. Le grincement des gonds n'est pas suivi de sa fille. Adam se lève brusquement, faisant tomber son dossier, et passe derrière son fauteuil.

– Qu'est-ce que vous faites ici ?

Gregory se tient dans l'encadrure de la porte, yeux rouges et brillants, sueur perlant sur le front malgré l'air glacial. Adam aperçoit le couteau qui brille dans sa main. Au même moment, il voit Lou traverser le pont pour les rejoindre.

– Non ! lance-t-il dans sa direction. Va-t'en !

Gregory se retourne et la voit s'arrêter au milieu du pont, le regard terrifié. Le même que celui de sa sœur.

La fille de Jacuri, ce sera la prochaine. Dis-moi que tu pourras lutter contre le désir de tuer le jour où il reviendra. Parce que crois-moi, il reviendra.

– Arrête ! hurle-t-il en se donnant un coup de poing sur le côté de la tête. Je lui ai promis !

Adam est surpris. Il a l'impression de revoir le Gregory du premier entretien, en train de combattre ses démons intérieurs. Si c'est le cas, il peut peut-être encore inverser le processus.

– Gregory, regardez-moi, dit-il. Je ne sais pas ce qui se passe, mais je suis là. Vous les entendez encore, c'est ça ?

– Papa ! crie Lou qui ne sait pas quoi faire. Tétanisée au milieu du pont, elle pourrait courir dans la maison pour appeler Marc, mais elle refuse de laisser son père seul avec ce fou.

Gregory se retourne une nouvelle fois vers elle. Le plaisir de la lame qui entre dans le mou du ventre. Il regarde sa main.

La fille de Jacuri, ce sera la prochaine. C'est bon, ça ! Ça fait longtemps !

– Tais-toi ! Putain ! couine Gregory sans quitter Lou des yeux.

Celle-ci recule machinalement.

– Gregory ! lance Adam. Regardez-moi. Je suis là et ce que vous entendez n'est pas réel. Il n'y a que vous et moi, ici. Gregory !

Adam entend alors le couteau tinter sur le carrelage. Un sursaut d'espoir lui fait bondir le cœur.

– Ça va aller, continue-t-il.

Gregory se tient la tête entre les mains et s'effondre subitement, à genoux. Des sanglots puissants prennent possession de lui. Adam et Lou n'osent pas bouger. Ils assistent, impuissants, à cette scène improbable. Gregory finit par lever la tête vers Adam.

– Aidez-moi, docteur, je vous en supplie. J'ai besoin de vous, aidez-moi.

REMERCIEMENTS

Merci à tous les experts qui m'ont accompagnée dans l'écriture de ce livre et à tous ceux qui m'entourent au quotidien :

Mes experts en édition et relations humaines, Bertrand Pirel et Sophie Le Flour. Ils sont là, de l'émergence de l'idée jusqu'au point final, pour m'écouter, me conseiller, me soutenir. Ils ont cru en ce projet alors que mon premier pitch n'était qu'un flou artistique. Ils savent trouver les mots pour accompagner ce long processus de création et pour me donner confiance à chaque étape.

Les experts en psychiatrie criminelle, le docteur Garnier dont les cours m'ont tant appris, et le docteur Aubat, réellement passionnant quand il nous éclaire sur les processus psychologiques qui peuvent conduire au passage à l'acte.

Mon experte en amitié et psychologie humaine, Jessica Maurin. Les mécanismes psychiques n'ont que peu de secrets pour elle, tout comme les relations interpersonnelles. Elle m'a tant appris que je l'entends chuchoter à mon oreille quand je réfléchis aux structures de personnalité de mes personnages et aux liens qui les unissent.

Mes experts en partage d'expérience, soutien et folie lors des salons, mes amis auteurs qui savent me conseiller, me faire rire, m'émouvoir et chasser mes doutes.

Les experts en lecture, vous, les lecteurs, qui êtes au rendez-vous pour découvrir les histoires tout droit venues de mon esprit tordu ; vous, les libraires, qui, avec passion, savez conseiller et faire voyager mes romans ; et vous, chroniqueurs et journalistes, qui savez beaucoup mieux parler de mes romans que moi-même.

Merci de tout cœur à vous tous qui me donnez l'envie d'écrire encore et encore !

Composition et mise en pages
Nord Compo à Villeneuve-d'Ascq

Ouvrage dirigé par Sophie Le Flour
Graphisme de couverture : Emmanuel Pinchon
Visuels de couverture : Shutterstock : © Cipariss ; © Dika_Oktafiantama ; © Algernon77 ; © Tomertu 77 ; © Kittyfly © Kzww

59, quai Alphonse Le Gallo
92100 Boulogne-Billancourt
www.hugopublishing.fr

ISBN : 9782755678628 / 016
Dépôt légal : octobre 2024
Imprimé en Espagne par Liberdúplex en novembre 2025
sur papier provenant de forêts gérées de manière durable.
N° de l'imprimeur : 132493

MÉMOIRES D'UN EXPERT PSYCHIATRE